Ein Schleier aus Tränen

Sameem Ali lebt heute mit ihrem Mann Osghar und ihren beiden Söhnen Azmier und Asim in Großbritannien. Sie sagt: Heute kann ich ohne Groll in jene Zeit zurückblicken. Doch die Narben bleiben. Und es bleibt die bohrende Frage, wie in unserer Zeit, mitten in Europa, ein Schicksal wie das von Sameem möglich ist.

Sameem Ali
Humphrey Price – Teri Garrison

Ein Schleier aus Tränen

Aus dem Englischen
von Karin Dufner

Weltbild

Die englische Originalausgabe unter dem Titel *Belonging*
bei John Murray (Publishers)

Übersetzung: Karin Dufner
Redaktion: Ingola Lammers
Umschlag: Zeichenpool, München
Umschlagabbildung: Frau © Robert Essel NYC/Corbis
Ornament: © Shutterstock
Satz: Datagroup int. SRL, Timisoara
Druck und Bindung: GGP Media GmbH, Pößneck
Printed in the EU
ISBN 978-3-8289-3303-3

2017 2016
Die letzte Jahreszahl gibt die aktuelle Ausgabe an.

Ich widme dieses Buch meiner Familie:
Osghar, Azmier und Asim.

Dies ist eine wahre Geschichte, auch wenn manche Namen geändert wurden, um die Anonymität der Betroffenen zu schützen.

Prolog

In meiner Vergangenheit gibt es vieles, an das ich nur ungern zurückdenke. Bis heute kommen mir die Tränen, wenn ich mir vorstelle, was ich alles erdulden musste. Meine Erinnerungen sind mir weder ein Trost noch ein Ort, an den ich mich zurückziehen kann. Sie lasten auf mir wie ein Fluch.

Meine Mutter bedeutete mir alles. Deshalb war ich als Kind fest dazu entschlossen, ihr eine gehorsame, wohlerzogene und fleißige Tochter zu sein und mir ihre Anerkennung zu verdienen. Eine Tochter, die ihrer Liebe würdig war.

Als ich vor einigen Jahren endlich den Mut fand, einer anderen Frau von meinen Erlebnissen zu erzählen, fiel diese aus allen Wolken. »Sicher warst du ein Adoptivkind«, sagte sie, nachdem sie sich von ihrem Schrecken erholt hatte. »Eine andere Erklärung kann es nicht geben. Keine Mutter würde ihre eigene Tochter so behandeln. Warum versuchen wir nicht, deine Jugendamtakte aufzuspüren und deine wirkliche Mutter ausfindig zu machen? Vielleicht erfahren wir ja so etwas über deine Herkunft.«

Diese Begründung erschien mir einleuchtend. Ja, natürlich, so musste es gewesen sein! Warum war ich nicht schon früher darauf gekommen? Ich nahm den Vorschlag begeistert an, und so kam es, dass wir einige Wochen später in einer Amtsstube saßen. Die Tränen liefen mir übers Gesicht, als ich die Akte durchsah, die man mir gerade vorgelegt hatte. Nein, ich sei nicht adoptiert, stand da. Allerdings hatte das Jugendamt mich meinen Eltern weggenommen, weil diese mit mir überfordert gewesen waren. Einige Jahre später, als meine Familie mich wieder bei sich aufnehmen wollte, hatten die Behörden mich zurückgegeben. So sehr hatte ich mir eine glückliche Kindheit gewünscht und gehofft, sie mir zurückerobern zu können, wenn ich erst wusste, was damals geschehen war. Stattdessen fühlte ich mich nun, als hätte meine eigene Vergangenheit mir etwas weggenommen. Meine leibliche Mutter war es gewesen, die mich geschlagen, gequält, misshandelt, verschleppt, in eine Zwangsehe gepresst, beleidigt, vernachlässigt und erniedrigt hatte! Hinzu kam, dass sie sich all die Jahre geweigert hatte, mich zu lieben. Alles andere hätte ich ertragen können, doch nicht das. Schließlich war ich doch nur ein kleines Mädchen gewesen. Ich hatte mich ausgerechnet nach dem gesehnt, was meine Familie mir nicht geben wollte. Und dabei hatte auch ich es verdient, geliebt zu werden.

1

Als ich sechs Monate alt war, nahm das Jugendamt mich meinem Vater weg und brachte mich in ein Kinderheim. Nach meiner Geburt war meine Mutter erkrankt und mit meinen Geschwistern nach Pakistan zurückgekehrt. Warum sie mich zurückließ und warum mein Vater sie nicht begleitete, weiß ich bis heute nicht. Jedenfalls wurde ich aus der Wohnung meines Vaters abgeholt, weil die Nachbarn mich Tag und Nacht schreien hörten. Mein Vater, so las ich in der Akte, sei geisteskrank und somit nicht in der Lage gewesen, allein ein Kleinkind zu versorgen. Auch nachdem meine Mutter und meine Geschwister aus Pakistan zurückgekehrt waren, blieb ich im Heim.

Im Kinderheim verbrachte ich meine schönsten Jahre und war so glücklich, wie ich es erst als Erwachsene wieder werden sollte.

Leider sind meine Erinnerungen an die Zeit im Kinderheim sehr lückenhaft. Während ich den Tagesablauf noch vage im Gedächtnis habe, weiß ich fast nichts mehr über die Menschen dort oder über meinen Kindergarten. Die Tage und Wochen verschwimmen ineinander. Ich sehe die Jahreszeiten vor mir, erinnere mich, dass es im Winter kalt war und schneite und im Sommer die Sonne heiß und hell vom Himmel schien. Aber das ist auch schon alles. Hin und wieder kommen mir einzelne Begebenheiten in den Sinn. Zum Beispiel fiel mir einmal abends beim Lesen plötzlich ein, dass mir diese Geschichte schon einmal vorgelesen worden war, und ich hörte eine Stimme die Worte sagen, kurz bevor ich sie aussprach. Da mir zu Hause bei meiner Familie nie jemand vorgelesen hatte, gehörte diese Stimme vermutlich Tante Peggy, meiner Erzieherin im Kinderheim.

Von meiner Zeit dort habe ich am deutlichsten das Weihnachtsfest in Erinnerung, an dem ich meine Sindy-Puppe bekam. Ich war sechs und saß mit fünf oder sechs anderen Kindern in dem großen Aufenthaltsraum, wo ein Berg von Geschenken lag. Die Aufregung wuchs, während wir auf unsere Geschenke warteten. Als Erstes bekam ich einen in glänzendes rotes Papier gewickelten Karton: eine Sindy. Selig vor Glück wickelte ich das Päckchen aus. Doch obwohl ich die Sindy-Puppe liebte, ließ ich sie im Kinderheim zurück, als ich zu meiner Familie zog. Vermutlich erinnere ich mich an dieses Weihnachtsfest deshalb so gut, weil ich die Puppe später vermisste.

Was Liebe anging, kam ich im Kinderheim nie zu kurz. Tante Peggy, eine kleine, pummelige Frau mit rundem Gesicht und freundlichen Augen, roch nach Seife, Blumen und frischem Brot und hatte mich lieb. Sie trug ihr Haar kurz geschnitten. Wenn sie im Winter ein Kopftuch aufhatte, lugten ihre Ponyfransen ein Stück hervor und flatterten in der steifen Brise, die durch Cannock Chase wehte.

Auch das Herumlaufen, oder besser Herumtoben, im Cannock Chase habe ich noch gut im Gedächtnis. Im Heim gab es einen großen schwarzen Labrador namens Jet, der uns auf unseren Spaziergängen begleitete. Er rannte hin und her, jagte Stöckchen, Vögel oder einfach nur die Luft und kam dann so schnell zu uns zurück, dass uns vor Aufregung und Gelächter ganz schwindelig wurde. Ich fand es wunderschön, mein Gesicht in dem dichten Fell an seinem Hals zu vergraben und seinen schmalen Kopf zu streicheln.

Vom Inneren des Hauses habe ich nur noch das Esszimmer, wo wir unsere Mahlzeiten einnahmen, den großen Aufenthaltsraum, in dem wir fernsahen, und mein Schlafzimmer in Erinnerung. Oft saß ich in der Küche und kratzte nach dem Kuchenbacken die Schüssel mit einem Löffel aus. Weil ich aufpassen musste, mich nicht schmutzig zu machen, trug ich in der Küche immer eine Schürze. Alle unsere Schürzen hingen an Haken neben den Türen. Meine war blau.

In meinem Schlafzimmer standen drei Betten. Die Wände waren mit Postern von David Cassidy und den Bay City Rollers dekoriert. Mir gefiel der Sänger Les McKeown am besten. Neben meinem Bett stand ein Regal, in dem ich meine Schätze aufbewahrte: Sindy, den kleinen Porzellandelphin, den ich in einem Laden in Rhyl gekauft hatte (mein Souvenir von unserem Ausflug ans Meer), ein aus dem Spielzimmer geliehenes Buch und einige Tannenzapfen aus dem nahen Wald. Wenn ich mich ins Bett legte und die Vorhänge ein Stück offen ließ, konnte ich vor dem Einschlafen all diese Dinge anschauen.

Eines der anderen beiden Betten gehörte Amanda. Obwohl sie sechs Monate jünger war als ich, war sie schon im Heim, seit ich denken konnte. Amanda und ich waren unzertrennlich und unternahmen alles gemeinsam, wie es sich für beste Freundinnen gehörte. In der Schule besuchten wir dieselbe Klasse, und wenn wir im Spielzimmer am Ende des Flurs waren und die beiden Jungen im Zimmer nebenan versuchten, uns die Spielsachen zu stehlen, verteidigten wir uns gegenseitig. Einmal wurden die beiden Jungen erwischt. Und da sie den Erzieherinnen Widerworte gaben und frech waren, bekamen sie zur Strafe am Samstagvormittag Fernsehverbot.

Wir liebten den großen Garten hinter dem Haus und spielten dort, so oft es möglich war. Selbst im Winter, wenn Amanda und ich uns beim An- und Ausziehen der vorgeschriebenen Gummistiefel helfen mussten, wollten wir unbedingt nach draußen. Im Garten gab es Rutschbahnen und Schaukeln, Gras, in dem man sich wälzen konnte, und Büsche, die ideale Verstecke boten. Amanda und ich hatten unsere Geheimplätze, wo wir am Nachmittag oft mit unseren Puppen spielten. Im Sommer wären wir am liebsten gar nicht mehr ins Haus gegangen.

Während der Schulwoche trug ich einen knielangen Rock und eine Strickjacke mit kleinen roten Knöpfen. Anfangs musste Tante Peggy das Zuknöpfen übernehmen. Inzwischen weiß ich, dass es nur eine kleine Schule mit einem winzigen Schulhof war, doch für mich bedeutete sie die ganze Welt.

Jeden Morgen wurden wir um halb acht von Tante Peggy geweckt, wuschen uns und zogen uns an. Inzwischen kam ich allein zurecht. Anschließend gingen wir zum Frühstück nach unten, wo der Tisch bereits mit Schälchen für unsere Frühstücksflocken, Tellern für den Toast und kleinen Saftgläsern gedeckt war. Amanda hatte Schwierigkeiten, die Uhr zu lesen. Aber ich konnte es schon und war stolz darauf, ihr sagen zu können, wann Tante Peggy erscheinen würde, falls wir einmal früher als sonst aufwachten.

In der Schule wurde ich wegen meines Stotterns gehänselt und musste mir angewöhnen, langsamer zu sprechen, damit mein Gehirn Zeit hatte, die Wörter, die ich sagen wollte, zuerst zu Ende zu denken. Tante Peggy brachte mich zum Lachen, wenn sie meinte, mein Gehirn liefe vor mir her. Dann stellte ich mir kichernd vor, wie mein Gehirn vor mir her die Straße entlangrannte. Mit der Zeit und mit viel Geduld lernte ich, im richtigen Moment Luft zu holen und die schwierigen Buchstaben zu singen, und bekam mein Stottern so in den Griff, bis sich das Problem irgendwann legte.

Allerdings drohte bald die nächste Herausforderung: meine Füße. Ich litt an einer angeborenen Missbildung und musste bis ins Teenageralter hinein mehrere Operationen über mich ergehen lassen. Auch wenn ich mich kaum noch daran erinnern kann, steht es deutlich in den Akten: »Sie geht immer noch zu breitbeinig ... möglicherweise, wird Sam Plastikschienen brauchen. Ihre Füße kippen seitlich weg.«

Da ich einige Monate älter als Amanda war, durfte ich abends ein bisschen länger aufbleiben. Und so lag ich auf dem Sofa, sah mir *Crossroads* an und wollte mich auf keinen Fall ins Bett schicken lassen, obwohl ich schon fast schlief. Wenn ich schließlich doch nach oben ging, nahm ich Rücksicht auf Amanda, machte die Tür richtig zu und drückte die Türklinke herunter, damit es nicht knallte, so wie Tante Peggy es mir gezeigt hatte.

Am Wochenende schliefen wir aus, kamen aber dennoch meist früher nach unten, als es den Erzieherinnen recht war. Bis zum Mittagessen durften wir im Schlafanzug bleiben, fernsehen und mit Jet spielen.

Nachmittags zogen wir Stiefel und Mäntel an. Dann begleitete uns eine Erzieherin zum Bonbonladen um die Ecke, damit wir unser Taschengeld ausgeben konnten. Anschließend machten wir einen Spaziergang im Cannock Chase, wo wir den restlichen Nachmittag verbrachten, falls es nicht zu stark regnete.

Im Chase fühlte ich mich als Kind am glücklichsten. Das kilometergroße aus Wäldern und Wiesen bestehende Gelände kam Amanda und mir wie ein unendlich weites Zauberland vor. Hier gab es kleine schlammige Bäche, an deren Ufern wir liegen und ins Wasser schauen konnten. Winzige Bodensenken luden uns ein, uns hinzulegen und die Wolken zu beobachten, die über unsere Köpfe hinwegsausten. Die Landschaft schien ihre eigenen Farben und Gerüche zu besitzen, die ich bis jetzt nirgendwo sonst wiedergefunden habe. Wir liebten es, hier herumzutollen, Fangen und Verstecken zu spielen und uns eigene Spiele wie »Such den Troll« auszudenken. Das Spiel bestand hauptsächlich daraus, auf die Bäume zu klettern und dort so gellend wie möglich zu schreien.

Jet fühlte sich im Chase ebenfalls wohl. Er lief neben uns her, und wenn wir müde waren, setzte er sich ebenfalls und hechelte genau so laut wie wir. Wenn wir Stöckchen für ihn warfen, rannte er jedes Mal los und brachte sie uns zurück.

Schließlich gingen wir nach Hause und hatten natürlich großen Hunger. Zuerst aber mussten wir uns die Hände waschen. Am Samstag war das Abendessen immer ganz besonders lecker – beispielsweise Hamburger mit Pommes und Eiscreme zum Nachtisch. Manchmal gab es auch Bananenbrote, und weil ich die nicht leiden konnte, bekam ich stattdessen Brot mit Gurke. Hin und wieder war auch

Speck auf den Broten. Doch am liebsten mochte ich die Nachspeisen und Kuchen.

Sonntags zogen wir unsere guten Sachen an und gingen in die Kirche. Anschließend fand die Sonntagsschule statt, die mir großen Spaß machte. Die Lieder, die wir dort sangen, konnte ich mir gut merken, und oft trällerte ich auf dem Heimweg »Morning Has Broken« oder »All Things Bright And Beautiful« vor mich hin.

Ich erinnere mich noch daran, dass wir eines Sonntags beim Glockenläuten helfen durften. Hinter der alten Kirche stand ein Turm, wo man uns vorsichtig die steilen Stufen hinaufführte. Dort hingen lange Seile, die an den Glocken, hoch über unseren Köpfen, befestigt waren. Die Erwachsenen zeigten uns, wie man an den Seilen zog und dass wir uns an der glatten Stelle festhalten mussten, damit wir uns die Hände nicht wund scheuerten. Dann banden sie eine Schnur an die Seile und erklärten uns, wie wir damit die Seile herunterholen konnten. Wenn die Schnur wieder nach oben schwänge, müssten wir sie durch unsere Hände gleiten lassen, um uns nicht die Finger zu verletzen. Als wir an den Schnüren zerrten, passierte natürlich nicht viel. Aber die Erwachsenen standen neben uns und zogen gleichzeitig an den Seilen. So brachten wir die Glocken zum Läuten, und der Radau, den sie verbreiteten, klang hier im Turm viel lauter als draußen in der Kirche. Amanda und ich hielten uns jauchzend die Ohren zu.

Ich fühlte mich geborgen und gut versorgt. Mittags stand pünktlich das Essen auf dem Tisch, in der Schule saß meine beste Freundin neben mir, und Jet brachte mir das Stöckchen, das ich im Chase für ihn warf, zuverlässig zurück. Jeden Morgen wurde ich von Tante Peggy geweckt, und jeden Abend nach dem Baden sah sie nach, ob ich auch schon in meinem Bett lag, und gab mir einen Gutenachtkuss. Wenn ich hinfiel, hob sie mich hoch, und wenn ich mir das Knie aufschlug, säuberte sie die Wunde und klebte ein Pflaster darauf. Weil sie mich so gut behandelte, war ich sicher, dass sie meine Mutter sein musste, denn schließlich verhielt sie sich wie die Mütter in den Geschichten, die sie uns vorlas. Als ich sie eines Tages darauf ansprach, lachte sie. »Nein, ich bin deine Tante, Sam, und auch die Tante von allen anderen Kinder hier«, antwortete sie.

Einmal spielte ich draußen mit Amanda Fangen. Sie jagte mich, und weil ich so schnell rannte, wie meine Beine mich trugen, stürzte ich und verletzte mich am Knie. Es tat weh, und ich fing an zu weinen. Dann humpelte ich ins Haus, um es Tante Peggy zu erzählen.

»Tapfere Mädchen weinen nicht. Pssst, nicht weinen. Wir pusten jetzt auf das Knie, dann sind die Schmerzen gleich weg.«

Ich wollte zwar eigentlich nicht zu weinen aufhören, gehorchte aber.

»Schau, du bist ein tapferes Mädchen. Und es tut auch gar nicht mehr weh.«

Strahlend lächelte ich sie an, denn ich war gern ein tapferes Mädchen.

Hin und wieder besuchte mein Dad mich im Kinderheim. Ich fand es gar nicht seltsam, dass er nie lange blieb, sondern immer gleich wieder ging. Er kam, sprach im Büro mit den

Erzieherinnen, trat heraus, zauste mir das Haar, schenkte mir Süßigkeiten aus seiner Hosentasche und verschwand wieder. Dad war größer als alle anderen im Heim und lächelte viel, sodass seine Zähne sich weiß von seiner dunklen Haut abhoben. Was genau er zu mir sagte, weiß ich nicht mehr, und ich erinnere mich eigentlich nur noch an die Geschenke. Nachdem er den Arm um mich gelegt und freundlich mit mir geredet hatte, durfte ich die Bonbons und die Schokolade aus seinen Hosentaschen holen, um sie später mit Amanda zu teilen. Dabei lachten wir beide. Wenn er sich mit Tante Peggy unterhielt, schauten sie immer wieder in meine Richtung. Doch ich belauschte nicht, was sie sagten, denn mein Vater war für mich ein fremder Mensch, der nichts mit meinem Leben zu tun hatte. Er war eben mein Dad – mehr ist mir von seinen Besuchen nicht im Gedächtnis geblieben. Da er sich nie ankündigte, hatte ich weder Grund, mich darauf zu freuen, noch mich davor zu fürchten. Es war nicht weiter wichtig, sondern eher etwas, das einfach geschah: Väter kamen und brachten Süßigkeiten, ebenso wie man hinfiel und sich das Knie aufschlug.

Nur eine Abwechslung gab es in meinem Alltag: Manchmal, wenn ich vom Spielen zurückkam, war das dritte Bett neben meinem bezogen und frisch gemacht. Dann rannte ich nach unten und klopfte an die Bürotür, wo Tante Peggy mich schon mit meiner Schwester erwartete. Menas Übernachtungsbesuche waren das aufregendste Ereignis in meinem Leben und noch wundervoller als Weihnachten oder die Ausflüge ans Meer. Endlich hatte ich ein Familienmitglied bei mir, und ich fühlte mich deshalb wie etwas ganz Besonderes.

Beim ersten Mal war ich über die Veränderungen in meinem Zimmer sehr verwundert und fragte mich, wer das fremde Mädchen bei Tante Peggy wohl sein mochte. Sie sah mir überhaupt nicht ähnlich, war kleiner als ich und trug eine Art langes Kleid über einer weiten Hose. Ihr Haar war zwar dunkel wie meins, aber zu einem langen Zopf geflochten. Mit weit aufgerissenen Augen klammerte sie sich an Tante Peggy, als sollte sie auf offenem Meer ausgesetzt werden. Obwohl ich mich über die neue Spielgefährtin freute, machte sie einen sehr schüchternen Eindruck auf mich.

»Sam, das ist deine Schwester Mena«, verkündete Tante Peggy. »Sie wird eine Weile bei uns bleiben. Komm und begrüße sie.«

Meine *Schwester?* Natürlich wusste ich, was dieses Wort bedeutete, aber ich kannte dieses Mädchen doch gar nicht. Als ich Mena anlächelte, starrte sie mich verängstigt an. Ich griff nach ihrer Hand. »Hallo«, sagte ich. Allerdings sah sie mich nur weiter stumm an.

»Warum zeigst du Mena nicht, wo sie schlafen soll?«, schlug Tante Peggy vor. »Wir haben ein paar Kleider in die untere Schublade in deinem Zimmer gelegt. Hilf Mena doch beim Umziehen. Vielleicht möchte sie ja spielen und will sich die hübschen Sachen von zu Hause nicht schmutzig machen.«

Was mochte Tante Peggy bloß mit »Sachen von zu Hause« meinen? Mena war doch sicher jetzt hier zu Hause. Allerdings redeten Erwachsene oft so komisch daher, weshalb ich, Mena fest an der Hand, kehrtmachte und die Treppe hinauflief.

Ich war ja so stolz. Meine Schwester, meine eigene Schwester! Niemand sonst im Heim hatte seine Schwester hier. Ich fühlte mich wie ein Glückspilz und war sehr aufgeregt. Zuerst wollte ich ihr mein Zimmer zeigen und sie Amanda präsentieren. Und dann würden wir hinausgehen und schaukeln. Vielleicht kannte sie ja auch neue Spiele im Wald, von denen ich noch nie gehört hatte.

Als wir oben waren, setzte Mena sich aufs Bett, ließ mich einige Sachen für sie heraussuchen und teilte mir mit, was sie anziehen wollte und was nicht. Schließlich einigten wir uns auf eine Hose, weil sie es ablehnte, ihre Beine zu zeigen, und eine langärmelige Bluse. Da kam Amanda herein und blieb auf der Schwelle stehen, worauf ich sie aufforderte, hereinzukommen und meine Schwester zu begrüßen. Danach rannten wir hinunter in den Garten. Ich platzte fast vor Begeisterung und Stolz und zeigte Mena die Schaukeln. Sie kletterte vorsichtig darauf, wusste aber nicht, was sie tun musste, um sie in Bewegung zu setzen. Also stellte ich mich hinter sie und schob an. »Nicht so fest! Nicht so fest!«, rief sie, erschrocken über Höhe und Geschwindigkeit. Am liebsten hätte ich die Schaukel neben ihr benutzt, aber sie konnte nicht allein schaukeln, und ich wollte nicht, dass jemand anders sie anschob.

»Los«, sagte ich dann und rannte über die Wiese. »Wir wollen Verstecken spielen.« Allerdings musste Amanda uns beide gemeinsam suchen, weil Mena Angst hatte, sich allein zu verstecken. Sogar Fangen spielen war nicht leicht mit ihr, weil ich, wenn sie an der Reihe war, extra langsam laufen und mich erwischen lassen musste, denn sie konnte nicht so schnell rennen wie wir. Doch das kümmerte mich nicht. Schließlich war sie meine Schwester, und ich hatte die Pflicht, mich um sie zu kümmern, weil sie neu hier war.

Nie fragte ich sie, warum man sie hergebracht hatte, woher sie kam und ob sie vor dem heutigen Tag von der Existenz einer Schwester gewusst habe. Das Kinderheim war mein Zuhause, meine Welt, und sie besuchte mich eben. Mein Dad erschien ja auch dann und wann und brachte mir Süßigkeiten, weshalb ich es nicht weiter außergewöhnlich fand, dass Mena bei mir übernachtete.

Obwohl Mena ganze zwei Jahre älter war als ich, musste ich ihr alles zeigen und erklären. Auf mich wirkte sie schüchtern und wie ein ziemlicher Angsthase. Amanda und ich erzählten uns abends im Bett oft Geschichten von den Trollen im Cannock Chase. Doch weil Mena sich schrecklich gruselte und verlangte, dass wir das Fenster zumachten, verzichteten wir in ihrer Gegenwart lieber darauf. Sie kam etwa zwei Mal im Jahr. Ich weiß nicht genau, wie lange sie jeweils blieb, es können ein paar Tage oder ein ganzer Sommer gewesen sein.

Das Leben im Heim hatte mich mutig gemacht, weil ich gar nicht wusste, dass es Gründe gab, sich zu fürchten. Nie musste ich Hunger leiden. Meine Kleider waren stets sauber. Und wenn ich aus der Schule kam, wurde ich immer liebevoll begrüßt.

Mein Leben war ein Traum. Bis zu dem Tag, an dem ich meine Mutter kennenlernte.

2

Es muss in den Ferien gewesen sein, denn ich hatte keine Schule, und Mena besuchte mich gerade. Es war ihr letzter Tag vor der Abreise, und weil wir wussten, dass Dad mit dem Auto gekommen war, um sie abzuholen, gingen wir hinunter ins Büro, als es Zeit zum Aufbruch wurde. Diesmal jedoch war Dad nicht allein, und anders als sonst bückte er sich weder, um mir die Wange zu tätscheln, noch schenkte er mir Süßigkeiten. Stattdessen nahm er meine Hand und drückte sie gegen die Handfläche seiner Begleiterin. Sie war mager und ein Stück kleiner als mein Dad. Außerdem lächelte sie nicht, sondern schien mich eher abschätzend zu mustern. Sie trug die gleichen komischen Sachen wie Mena bei ihrer Ankunft, bevor sie im Heim Jeans angezogen hatte, und dazu ein Kopftuch. Ich fand, dass sie sehr ernst und hübsch aussah. »Sameem«, sagte mein Dad. »Das ist deine Mutter. Sag hallo.«

Meine Mutter machte keine Anstalten, mich an sich zu ziehen und mich zu umarmen, und umfasste nur schlaff meine Hand. Ich betrachtete sie. »Hallo«, wiederholte ich höflich und ohne zu wissen, ob ich mich richtig verhielt. In den Geschichten, die man uns vorlas, kamen zwar Mütter vor, doch die lebten immer mit ihren Kindern zusammen und gaben ihnen Gutenachtküsse, so wie Tante Peggy es bei mir tat. Meine Mutter hingegen hatte offenbar keine Lust, mich zu küssen oder zu umarmen. Sie blickte mich einfach nur an. Im nächsten Moment drehte sie sich zu meinem Vater um und gab merkwürdige Laute von sich, die hart, barsch und ein wenig beängstigend klangen. Ich wich einen Schritt zurück. Da Mena dicht hinter mir stand, stieß ich prompt mit ihr zusammen. Auch sie hatte offenbar nicht das Bedürfnis, Mutter um den Hals zu fallen. Mutter hielt meine Hand fester und sprach mich in freundlicherem Ton an. Dann streckte sie die andere Hand aus, und weil Mena mich von hinten anschob, trat ich vor und griff danach. Wieder wechselte meine Mutter ein paar Worte mit meinem Vater. »Sie sagt, du hättest dich sehr verändert«, übersetzte dieser lächelnd. »Du wärst so groß und erwachsen geworden.« Schüchtern lächelte ich sie an. Was würde sie nun tun?

Sie schaute über meinen Kopf hinweg und gab wieder die merkwürdigen Laute von sich, diesmal in Menas Richtung. Daraufhin drängelte Mena sich an mir vorbei, antwortete etwas, machte kehrt und ging wieder nach oben. Ich hätte sie gern begleitet, aber Mutter ließ meine Hand nicht los. Am deutlichsten erinnere ich mich daran, dass sich in diesem Moment ein neues Gefühl in mir ausbreitete. Etwas hatte sich verändert: Ich hatte eine Mutter! Noch nie hatte ich eine Mutter gehabt, und sie war eigens gekommen, um *mich* zu besuchen. Als ich wieder zu der Frau aufsah, lächelte sie mich zum ersten Mal an. Ich erwiderte ihr Lächeln, und sie ergriff erneut das Wort. Inzwischen klang ihr Tonfall in meinen Ohren weniger streng und fremd. Wie konnte das auch sein? Schließlich war sie ja meine Mutter! »Okay«, erwiderte ich, da mir das als die richtige Antwort erschien, denn ich hatte ja nichts verstanden. Kurz darauf kehrte Mena – inzwischen in ihren Kleidern von daheim – zurück, und dann waren sie fort. Es störte mich nicht, dass sie gingen, denn ich war ja hier zu Hause. Von diesem Tag an war meine Mutter mein wichtigster Gast von allen. Schließlich bekam Amanda nie Besuch von ihrer Mutter. Schon durch die Anwesenheit meiner Schwester hatte ich mich wie eine Prinzessin gefühlt. Aber meine Mutter machte mich zur Königin. Deshalb vergötterte ich sie, und wenn sie kam, saß ich gerne neben ihr und hielt ihre Hand.

Dass sich meine Mutter nur blicken ließ, um Mena abzuholen, belastete mich nicht weiter. Mein Dad war es, der nur für mich da war. In all den Jahren sah er fast jede Woche nach mir, während Mutter nur erschien, wenn Mena fortmusste.

Unsere Begegnungen liefen stets nach dem gleichen Muster ab. Ich ging zu ihr, stellte mich neben sie und griff nach ihrer Hand, worauf sie den Kopf senkte und mich ansah. »Alles in Ordnung?«, fragte sie. Ich antwortete mit »Ja«, und damit war unser Gespräch auch schon zu Ende. Dad lächelte mir aufmunternd zu, und sobald Mena sich umgezogen hatte, verschwanden die drei. Ich machte mir nie Gedanken darüber, warum sie mich zurückließen, denn schließlich gehörte ich hierher.

Als ich sieben war, begann Mutter, mich häufiger zu besuchen, ohne dass Mena dabei war, und ich hatte endlich Gelegenheit, mit ihr allein zu sein. Da diese Besuche nur mir galten und ich mich deshalb für etwas Besonderes hielt, wurde Mutter für mich zum Sinnbild der Vollkommenheit. Der seltsame strenge Geruch, der mir in die Nase stieg, wenn ich sie umarmte, störte mich nicht. Dass sich unsere Unterhaltungen auf »Alles in Ordnung?« und »Ja« beschränkten, bedeutete ebenfalls kein Problem für mich. Sie war meine Mutter und konnte deshalb nichts falsch machen. Ich setzte mich neben sie auf das große Sofa. *»Beja, beja«*, sagte sie dann. Ich wusste, dass das »Setz dich« bedeuten musste, und nahm lächelnd ihre Hand.

Aus den Geschichten, die ich in den Büchern gelesen hatte, wusste ich, was eine Mutter war. Mütter hatten keine Fehler. Und da Tante Peggy in meinen Augen schon den Inbegriff der Perfektion verkörperte, war ich sicher, dass meine Mutter sie darin noch übertraf. So sehr betete ich sie an und liebte sie, dass ihre Fremdartigkeit für mich keine Rolle spielte. Ich nahm die Unterschiede einfach hin, denn eine Mutter zu haben und sie zu lieben, erschien mir als das Natürlichste von der Welt.

Genauso natürlich fand ich es, dass ich in einigen Monaten nach Hause zurückkehren sollte.

»Sam«, begann Tante Peggy eines Tages. »Ich muss dir etwa Wichtiges sagen.« Sie hatte mich im Spielzimmer aufgespürt und war mit mir ins Schlafzimmer gegangen, um mit mir zu reden. Tante Peggy setzte sich aufs Bett und nahm meine Hände. Ihr Tonfall war so anders als sonst, und ihre Stimme zitterte. Doch ich verstand den Grund nicht. »Du gehst nach Hause«, verkündete sie.

»Nach Hause? Aber ich bin doch schon zu Hause.«

Tante Peggy lächelte. »Nein, ich meine nach Hause zu deiner Familie. Du wirst wieder bei deiner Familie wohnen.«

»Meiner Familie?« Ich wusste nicht, wovon sie redete.

»Ja. Du hast drei Brüder und außer Mena noch eine Schwester.«

Fassungslos starrte ich sie an. Eine ganze Familie! Aber dann musste ich ja weg von hier! Welche Folgen würde das haben? Ich blinzelte, und meine Augen füllten sich mit Tränen. »Wird Mena dort sein?«, fragte ich. Tante Peggy nickte. »Kommen wir auch ab und zu hierher zurück? Wirst du mich besuchen?«

Tante Peggy lachte auf. »Nein, du Dummerchen. Du kehrst für immer nach Hause zurück. Ich muss hier bei Amanda und den anderen Kindern bleiben.«

Ich hatte keine Ahnung, was »für immer« bedeutete. Allerdings konnte ich mir nichts Aufregenderes vorstellen, als eine Familie zu haben und bei ihr zu wohnen. Mir fiel ein älteres Mädchen im Heim ein, das zu seiner Familie heimgekehrt und darüber sehr glücklich gewesen war. In den nächsten Tagen malte ich mir aus, ich wäre dies Mädchen und genauso glücklich, und schmiedete Pläne für mein Leben bei meiner Familie.

Nachts lag ich im Bett und sprach mit Amanda über die Spiele, die wir gemeinsam spielen würden. »Hoffentlich sind deine Brüder nicht wie die Jungs nebenan«, meinte Amanda.

»Nein«, erwiderte ich. »Wir sind ja eine Familie, und in den Büchern sind Familien glücklich und vertragen sich.« Ich malte mir die Spiele aus und das schöne große Haus, in dem meine Brüder und Schwestern sicher wohnten. Amanda war in meinem Träumen stets präsent, denn als beste Freundin würde sie mich selbstverständlich besuchen. »Und ich komme und übernachte hier bei dir«, versprach ich. »Also musst du dafür sorgen, dass mein Bett immer frisch bezogen ist und auf mich wartet.«

Am Tag der Abreise war ich bereit. Der Koffer mit meinen Sachen war gepackt, und ich hatte gebadet und mein bestes Kleid angezogen, um einen guten Eindruck zu machen. Tante Peggy gab sich ganz besondere Mühe mit meinen Haaren. Dann lief ich nach unten, um zu warten.

Nach einer schieren Ewigkeit fuhr endlich ein Wagen vor, und Mutter stieg aus. Am Steuer saß ein Erwachsener, den ich nicht kannte. Nachdem Mutter kurz mit Tante Peggy gesprochen hatte, streckte sie die Hand nach mir aus und sagte etwas in der Sprache, die ich nicht verstand. Dennoch griff ich nach ihrer Hand und ließ mich zum Auto führen.

Der fremde Erwachsene stieg aus und verstaute meinen kleinen Koffer im Kofferraum. Er war mager und hatte schulterlanges Haar und einen dicken, lockigen Schnurrbart. »Ich bin Manz«, sagte er zu mir. »Dein Bruder. Ab ins Auto mit dir.«

Mein Bruder erschien mir schrecklich alt, weshalb ich mir nicht vorstellen konnte, mit ihm zu spielen. »Guten Morgen«, murmelte ich schüchtern, wie man es mir beigebracht hatte. Was mir in der Nacht zuvor noch wie ein aufregendes Abenteuer erschienen war, empfand ich nun als seltsam und ein wenig beängstigend, und ich fühlte mich plötzlich sehr klein. »Auf Wiedersehen, Sam«, hörte ich da hinter mir eine Stimme. Tante Peggy und Amanda standen an der Tür.

Ich machte mich von Mutter los und rannte zu ihnen zurück. Verwirrung machte sich in mir breit. Eigentlich hätte ich doch glücklich sein sollen! Und doch krampfte sich mein Magen zusammen, und ich hatte Tränen in den Augen! In meiner Freude, zu meiner Familie zurückkehren zu dürfen, hatte ich gar nicht an den traurigen Abschied von Amanda und dem Heim gedacht. Ich umarmte Tante Peggy. »Dass du mir auch brav bist«, meinte sie.

»Ich verspreche es«, flüsterte ich, nicht ahnend, was diese Zusage mich kosten würde.

Dann umarmte ich Amanda, die genauso bitterlich weinte wie ich.

»Weine nicht«, meinte ich. »Ich komme dich besuchen.«

»Los jetzt, wir müssen«, rief da der Mann, der meinen Koffer verstaut hatte, barsch. Mutter packte mich an den Schultern und zog mich von Amanda weg. Mit einem traurigen Blick zurück folgte ich Mutter den Weg entlang zum Auto.

Der Mann hielt mir die hintere Wagentür auf und machte eine ungeduldige Kopfbewegung. Also holte ich tief Luft und stieg zögernd ein. Auf dem Sitz kniend, hielt ich aus dem Fenster Ausschau nach Tante Peggy und Amanda und winkte aus Leibeskräften, als wir abfuhren. Bald bogen wir um die Ecke. Doch obwohl sie kaum noch zu sehen waren, winkte ich immer weiter.

3

Mutter und mein Bruder Manz fuhren mit mir nach Walsall, wo sie wohnten. Noch nie hatte ich mich ohne die Begleitung eines Erwachsenen, den ich kannte, so weit vom Kinderheim entfernt. Aber ich machte mir keine Sorgen, denn schließlich saß meine Mutter ja vor mir.

Während der ziemlich langen Fahrt wechselten Mutter und Manz kein Wort mit mir, sondern unterhielten sich in ihrer eigenen Sprache. Da ich zu schüchtern war, um Fragen zu stellen, blickte ich aus dem Fenster und sang manchmal leise vor mich hin. Obwohl ich vorab Bescheid gewusst hatte, war es ein Schock gewesen, das Heim zu verlassen, denn schließlich hatte ich keine Vorstellung davon, was mich erwartete. Ich war ziemlich überwältigt, und deshalb hatte ich nichts dagegen, schweigend dazusitzen, bis ich angesprochen wurde.

Der Verkehr wurde dichter, sodass Manz langsamer fahren musste. »Gleich sind wir da«, meldete er vom Vordersitz, ohne sich zu mir umzudrehen. Inzwischen sahen die Häuser und die Menschen draußen anders aus. Alles hier wirkte kleiner und nicht so ordentlich, jedoch auch bunter. Von allem schien es hier mehr zu geben – ausgenommen Gras und Bäume. Die Auslagen der Läden reichten bis auf den Gehweg hinaus, und die Passanten drängelten sich grob, um von einem Geschäft zum anderen zu gelangen. Kleine Kinder wimmelten zu ihren Füßen herum. Ich drückte mir die Nase an der Fensterscheibe platt. Vielleicht würden sie ja alle meine Freunde werden.

Vor dem kleinsten und am meisten heruntergekommenen Haus blieb der Wagen stehen. Der Garten war verwildert und von Unkraut überwuchert. Da die Vorhänge zugezogen waren, konnte ich von draußen nicht ins Haus hineinschauen. Obwohl ich wusste, dass es falsch von mir war, war ich ein wenig enttäuscht. Ich stieg aus und betrachtete das Haus. Von der in einem fahlen Grün gestrichenen Eingangstür blätterte der Lack ab, sodass darunter das nackte Holz zum Vorschein kam. Mutter marschierte den Gartenweg hinauf, während Manz meinen Koffer aus dem Kofferraum hob. Ich folgte Mutter. Mena stand wie ein Gespenst in der Tür. Sie trug ihr Kleid und die weite Hose und wirkte magerer, als ich sie in Erinnerung hatte. An ihrem Lächeln erkannte ich, dass sie froh war, mich zu sehen, auch wenn sie mir nicht entgegenlief, um mich in diesem Haus willkommen zu heißen. Es war nicht mein Zuhause, noch nicht, so sehr ich es mir auch wünschte. In meiner Aufregung und Nervosität griff ich nach Mutters Hand. »*Ami*«, begann ich.

»*Chalander*«, zischte sie und riss sich los. Ich war entsetzt, nicht so sehr über das, was sie gesagt hatte, denn ich hatte es ja nicht verstanden, sondern über ihren Tonfall. Noch nie hatte jemand so mit mir gesprochen. Kein Erwachsener im Heim hätte je ein Kind in diesem Ton angefahren. Allerdings herrschte um mich herum ein solcher Trubel – Manz drängte sich mit meinem Koffer vorbei, Mutter trat ein, und ich wollte unbedingt Mena begrüßen –, dass ich nicht weiter über Mutters plötzlichen Stimmungswandel nachdachte.

Mena fiel mir um den Hals. Ich umarmte sie ebenfalls, erleichtert, dass endlich jemand nett zu mir war, und ich spürte ein warmes Gefühl, das den Knoten in meinem Magen auflöste. Ein breites Grinsen auf den Gesichtern, lösten wir uns voneinander, und ich wollte gerade etwas zu ihr sagen, als Mutter wieder mit scharfer Stimme etwas zischte, das ich nicht verstand. Mena zuckte zurück und zog mich ins Haus.

Mutter ging den dunklen Flur entlang und durch einen Türbogen in ein Zimmer. Als Mena ihr langsam folgte und ich mich an ihre Fersen heftete, fiel mir auf, wie trist alles hier war. Das Zimmer, das wir betraten, war nahezu unmöbliert, und es gab auch keinen Teppich. An einer Wand stand ein niedriges, zerfleddertes Ledersofa. Darauf saß ein fremdes älteres Mädchen, das genauso gekleidet war wie Mena. Am Fenster, wo die Vorhänge geschlossen waren, sodass kein Licht von der Straße hereinfiel, erkannte ich einen kleinen Holztisch. Ich wusste nicht, was ich von alldem halten sollte. Warum waren hier alle so unfreundlich? Und weshalb war das Haus so muffig, dunkel und schmutzig? Doch da ich nicht unangenehm auffallen wollte, hielt ich es für besser, keine Fragen zu stellen.

Mutter setzte sich neben einen kleinen Jungen auf das Sofa, ohne sich um mich zu kümmern oder mir mein Zimmer zu zeigen. Stattdessen wandte sie sich an das andere Mädchen, das mich daraufhin ansprach. Zumindest schien das ihre Absicht zu sein, denn sie sah mich beim Reden an, auch wenn ich kein Wort verstehen konnte. Als ich Mena fragend anschaute, seufzte das Mädchen auf dem Sofa tief auf, erhob sich, kam auf mich zu und musterte mich von

Kopf bis Fuß. »Ich bin Tara, deine älteste Schwester«, sagte sie. »Du wirst mich *Baji* nennen. Und jetzt geh dich umziehen. Hier tragen wir keine solchen Sachen.« Mit einer abfälligen Geste wies sie auf mein hübschestes Kleid, auf das ich heute Morgen so stolz gewesen war. Plötzlich von Scham ergriffen, ließ ich den Blick über mein Kleid schweifen. »Hier zeigen wir unsere Beine nicht. Du wirst dir Mühe geben müssen, dich anzupassen.«

Mit diesen Worten machte sie auf dem Absatz kehrt, setzte sich wieder aufs Sofa und starrte mich gehässig an, sodass ich mich noch elender fühlte. Die Situation war mir derart peinlich, dass ich feuerrot anlief. Ich war sicher, einen schrecklichen Fehler begangen zu haben, wusste jedoch nicht, was ich denn getan haben sollte. Ich war hin und her gerissen zwischen dem Wunsch nach einer Erklärung und dem, eine weitere Zurechtweisung meiner Mutter wie die vorhin an der Tür zu vermeiden.

Zum Glück kam Mena mir zu Hilfe und zupfte mich am Ärmel. »Komm, ich bringe dich nach oben und gebe dir andere Sachen.«

In diesem Moment kam noch eine Frau herein, die ein wenig älter war. Nachdem sie mich betrachtet hatte, richtete sie das Wort an Tara – *Baji* –, die mit einer wegwerfenden Geste auf mich etwas erwiderte. »Okay«, sagte ich, während ich mich fragte, was Tara wohl noch von mir wollte. Als die Frau auf mich zukam, verhielt ich mich so, wie ich es gelernt hatte, und begrüßte sie mit einem »Hallo«. Sie war genauso gekleidet wie alle anderen im Raum, trug jedoch außerdem ein Kopftuch. Ihr Haar war seitlich zu einem dicken Zopf geflochten. Sie war der erste Mensch seit Mena, der mich anlächelte. Allerdings konnte ich sie ebenfalls nicht verstehen.

»Das ist Hanif«, verkündete Tara vom Sofa aus. »Sie ist mit *Paji* verheiratet. Du musst sie *Babhi* nennen.«

Verdattert und schüchtern lächelte ich Hanif an. Ich hatte keine Ahnung, was Tara meinte. Wer war *Paji?* War Hanif auch eine Schwester? Meine Familie hatte ich mir ganz anders vorgestellt. Alle waren so viel älter als ich. Kein Mensch hatte das hübsche Kleid gelobt, das ich eigens zur Feier des Tages angezogen hatte. Und außer Mena hatte niemand ein freundliches Wort mit mir gewechselt.

»Komm, Zeit zum Umziehen«, erinnerte mich Mena.

So gerne hätte ich ihr erklärt, wie sehr ich mich über ihre Hilfe freute, denn nun war ich der Angsthase. Doch sie marschierte einfach los und eilte die Treppe hinauf. Ich folgte ihr. Oben gab es drei Türen. Der Flur war dunkel, weil die Türen geschlossen waren und weil es keine Fenster gab. Mena betrat das Zimmer links. Dank des offenen Fensters stank es hier nicht so wie unten. Im Raum standen zwei große Betten und ein Schrank. Auf dem Boden lag ein dunkler, fadenscheiniger Teppich. Die Wände waren kahl und wiesen oben in Deckennähe grünliche Flecken auf.

»Was ist denn los? Warum sind alle so unfreundlich?«, wollte ich wissen, aber Mena antwortete nicht.

Stattdessen wies sie auf das Bett am Fenster. »Du schläfst bei mir«, verkündete sie. »Das andere gehört *Baji.*«

Es gab kein Bettlaken, und am Fußende der Matratze lagen nur ein paar alte Decken. Das einzige Kopfkissen war grau und voller Flecken. Auf diesem Bett wollte ich nicht einmal sitzen, geschweige denn darin schlafen. Ich überlegte, ob ich wohl zum Heim zurückkehren und dort ein paar Laken und meine kuschelige Decke holen sollte. Und meine Poster, damit die Wände nicht so kahl wirkten.

Die Vorfreude, mit der ich mich auf die Reise gemacht hatte, war inzwischen wie weggeblasen, und ich hätte weinen können. Alles war so anders als in meinen Träumen. Außerdem wollte ich mein Zimmer nicht mit Tara teilen, die mir Angst machte und mir schrecklich alt erschien. »Wie alt ist denn Tara, *Baji*, meine ich? Und wer schläft in den anderen Zimmern?«, fragte ich. Vielleicht gab es ja anderswo ein besseres Bett für mich.

»*Baji* wird bald zwölf. Nebenan schläft Saber. Aber geh bloß nicht rein. Er kann es nicht leiden, wenn jemand sein Zimmer betritt. Das andere Zimmer ist das von Hanif und *Paji*.«

Wieder dieser Name. »Wer ist *Paji?* Und wo schläft Mutter? Wer ist der kleine Junge unten?«

Mena lachte auf.

»Hoppla, nicht so schnell. Keine Sorge, ich erkläre dir alles. Mutter schläft mit Salim unten auf dem Sofa, weil sie vom Treppensteigen kurzatmig wird.«

Verständnislos schüttelte ich den Kopf.

Mena legte den Arm um mich. »Schau nicht so traurig«, sagte sie, wohl in dem Versuch, mich zu beruhigen. »Ich bin wirklich froh, dass du hier bist. Endlich habe ich jemanden, mit dem ich reden kann. Ich weiß, dass du die Sprache nicht verstehst. Ich bringe sie dir bei, und wenn du sie erst gut kannst, ist alles in Ordnung.«

Tante Peggys letzte Worte vor meiner Abreise kamen mir

in den Sinn: *Sei ein braves Mädchen.* Ich lächelte Mena schüchtern an.

»Pass auf, jetzt setz dich erst mal«, wies sie mich an, worauf ich mich so vorsichtig wie möglich auf dem ekligen Bett niederließ. »*Baji* bedeutet ›ältere Schwester‹. Deshalb nennen wir Tara so. Und *Paji* heißt ›älterer Bruder‹, die Anrede für Manz, der dich hergefahren hat. Hanif ist seine Frau, also unsere Schwägerin, und sie wird mit *Babhi* angesprochen.«

»Warum gefällt niemandem mein Kleid? Was stimmt denn nicht damit?« Ich berührte mein bestes Kleid, das ich auf einmal gar nicht mehr leiden konnte.

»Das liegt daran, dass wir Moslems sind, Sam. Moslems ziehen sich so an wie ich«, erklärte Mena. Als sie meine Verwirrung bemerkte, seufzte sie auf. »Okay, ich habe vergessen dass du das gar nicht wissen kannst. Moslems haben mit Christen gemeinsam, dass sie auch an Gott glauben. Allerdings vertreten sie andere Auffassungen, zum Beispiel in Sachen Kleidung. Das wirst du schon noch herausfinden.«

Ich erinnerte mich an das, was wir in der Sonntagsschule gelernt hatten: »Ich glaube an einen Gott und an eine Kirche.« Wenigstens etwas, das ich verstand, dachte ich erleichtert. »Aber ich bin Christin«, wandte ich ein und wollte schon hinzufügen, dass ich in diesem Fall mein Kleid doch tragen dürfe. Aber Mena fiel mir hastig ins Wort.

»Pssst, Sam, sag nicht so etwas.« Sie packte mich an den Schultern und schüttelte mich leicht. »Sprich leiser. Wenn dich jemand hört, werden sie sehr böse werden und dich schlagen.«

»Was?« Ich war sicher, dass das als Scherz gemeint war. »Man wird hier geschlagen? Warum denn?«

Mena warf einen Blick zur geschlossenen Tür und beugte sich dann dicht zu mir vor. »Einmal habe ich den Boden nicht richtig gewischt«, flüsterte sie. »Da hat Mutter mich geschlagen. Und anschließend hat *Baji* mir noch eine Abreibung verpasst. Inzwischen versuche ich, den anderen möglichst aus dem Weg zu gehen.«

Entgeistert starrte ich sie an. Ich war nur einmal verprügelt worden, und zwar in der Schule. Ein Junge hatte mich an den Haaren gezogen, worauf ich so wütend geworden war, dass ich mich umgedreht und ihm eine geklebt hatte. Er hatte zurückgeschlagen, doch im nächsten Moment hatte uns eine Lehrerin getrennt. In dieser Woche wurden wir beide vom Schwimmunterricht ausgeschlossen. Allerdings war mein Widersacher ein gleichaltriger Junge gewesen. Von einem Erwachsenen geschlagen zu werden, war unvorstellbar für mich. Doch noch ehe ich etwas antworten konnte, hörten wir Tara von unten rufen: »Mena, bring Salim mit, wenn du zum Essen runterkommst.«

»Wer ist Salim?«, fragte ich Mena.

»Unser jüngster Bruder. Er kommt diesen Sommer in den Kindergarten.«

Mena wies auf die Tür. »Er ist nebenan. Los, zieh dich um. Dann nehmen wir ihn mit nach unten.«

»Nebenan. Das ist doch Sabers Zimmer, richtig?«

Sie nickte.

»Und wie alt ist er?«

»Zwölf. Zwei Jahre älter als ich«, erwiderte sie, stand auf und nahm einige Kleidungsstücke vom Fußende des Bettes. »Beeil dich. Ich helfe dir beim Umziehen.«

Ich schlüpfte aus meinem Kleid und faltete es zusammen, bevor ich es aufs Bett legte. Dann zog ich mit Menas Unterstützung die Sachen an, die sie mir hinhielt. Da ich noch nie so bekleidet gewesen war, kam ich mir sehr merkwürdig vor. Das grellorangefarbene lange Kleid und die dazu passende Hose erschienen mir wie ein Karnevalskostüm. Mena band mir ein Tuch um den Kopf. Anschließend betrachtete ich mich im Spiegel an der Schranktür. War ich das wirklich? Da ich meiner Mutter und meinen Schwestern nun ein wenig ähnlicher sah, fühlte ich mich gleich mehr zu Hause. Allerdings juckte der raue Stoff, und ich fand die langen Ärmel und die lange Hose sehr unbequem.

»Bist du zufrieden?« Mena lächelte schüchtern, als sei es ihr sehr wichtig, dass mir die Sachen gefielen.

»Schon gut, es geht so.« Ich zwang mich ebenfalls zu einem Lächeln.

Sie ging hinaus, öffnete die Tür des Nebenzimmers und kehrte mit Salim zurück, dem kleinen Jungen, dem ich bereits unten begegnet war. »Das ist deine Schwester Sam«, sagte Mena. Salim musterte mich nur wortlos.

»Hallo«, begrüßte ich ihn lächelnd, worauf der Anflug eines freundlichen Grinsens auf seinem Gesicht erschien. Mena zauste ihm das Haar. Als sie die Treppe hinunterstiegen, folgte ich ihnen. Auf den Stufen war ich sehr vorsichtig, denn ich befürchtete, über das lange Kleid zu stolpern.

In der Küche fragte ich Mena nach dem Weg zur Toilette. Sie zeigte zur Hintertür. »Da draußen.«

Eine Außentoilette? Ich war entsetzt. Im Garten, wo einen jeder sehen konnte? Mena, die meine Reaktion bemerkte, begleitete mich nach draußen. Nachdem ich über die Schwelle gestolpert war, wies sie zu meiner großen Erleichterung auf eine Tür neben uns.

»Hier«, sagte sie. »Beeil dich. Das Essen ist fertig.«

Vorsichtig schob ich die Tür auf, die ein gruseliges Quietschen von sich gab. Dann spähte ich hinein. Der Raum war dunkel, es stank, und an der hinteren Wand konnte ich eine Toilettenschüssel erkennen. Ich trat ein und tastete mit der Hand nach einem Lichtschalter, zog sie aber sofort wieder zurück, da die Wand feucht und klebrig war. »Los, trödle nicht rum«, drängte Mena. Offenbar würde mir der schwache Lichtschein, der durch ein kleines Fenster hereindrang, genügen müssen.

Als ich fertig war, schloss ich die Tür hinter mir. Ich erschauderte, und das nicht nur vor Kälte. »Wo kann ich mir die Hände waschen?«

»Da drin«, antwortete Mena. In der warmen Küche hielt ich die Hände unter den kalten Wasserstrahl. Hanif, die mit Tellern und Besteck hantierte, musterte mich von oben bis unten und sagte dann etwas zu Mena. Ich wünschte, sie hätte Englisch gesprochen, damit ich sie verstehen konnte. »Sie findet, dass du jetzt hübsch aussiehst«, übersetzte Mena. Dann lächelten sie mich beide an.

Ich fühlte mich ganz und gar nicht hübsch. Es gab keine Seife, um das klebrige Zeug von der Wand von meinen Händen abzuwaschen, und außerdem war die Hose zu weit, sodass ich sie ständig hochziehen musste. Also war mir ziemlich unwohl zumute.

Während Mena mit Hanif redete, hielt ich Ausschau nach etwas, um mir die Hände abzutrocknen. Da ich nichts entdecken konnte, wischte ich sie an den Kleidern ab. Dann sah ich mich in der Küche um. Es gab keinen Tisch, nur eine Arbeitsfläche, die mit Mehl, Gläsern und Schalen bedeckt war. Auf dem Herd blubberten einige große Töpfe, doch die Oberfläche war mit Essensresten verkrustet.

»Also«, verkündete Mena. »Essenszeit.« Mit diesen Worten reichte sie mir einen Teller. »Mach es mir einfach nach«, fuhr sie fort. Zuerst nahm sie einen Pfannkuchen von einem Stapel neben dem Herd. Dann schöpfte Hanif etwas aus einem der Töpfe. »Das ist Huhn«, erklärte Mena. Ich folgte ihrem Beispiel und bedankte mich höflich bei Hanif, als sie mir etwas auftat. Sie lachte.

Anschließend gingen Mena und ich in ein Zimmer, das ich noch nicht kannte. Ein überwältigender fremdartiger Geruch schlug mir entgegen. Er erinnerte mich an Jets Fell an einem regnerischen Tag oder an die feuchten Laubhaufen, durch die wir im Chase getollt waren. Am liebsten hätte ich sofort wieder kehrtgemacht, doch Mena trat ein. Da ich wegen der Abfahrt aus dem Heim das Mittagessen verpasst hatte und sehr hungrig war, folgte ich ihr.

Im Zimmer war es beinahe so kalt wie draußen auf der Toilette, aber wenigstens gab es hier Licht. Mena knipste es an, und dann ließen wir uns auf dem einzigen Möbelstück im Raum nieder. Es war ein durchgesessenes wackliges Sofa, und wir mussten die Teller auf den Knien balancieren. Da wir im Heim immer an einem Tisch gegessen hatten, wusste ich nicht, wie ich mich verhalten sollte, und sah Mena abwartend an.

Diese stellte ihren Teller auf den Schoß, brach ein Stück von dem Pfannkuchen ab, tunkte ihn in die Sauce und aß ihn. »Worauf wartest du?«, nuschelte sie mit vollem Mund.

»Wie soll ich das essen?«, fragte ich sie. »Wo sind Messer und Gabel?«

»Nimm das *roti* einfach mit der Hand, brich ein Stück ab und benütze es wie einen Löffel. Schau, so.« Wieder häufte sie einen Happen Essen auf ein Stück Pfannkuchen und schob es in den Mund. »Hmmm«, seufzte sie genüsslich.

Ich griff nach dem *roti*, riss wie Mena ein Stück ab, schichtete Huhn darauf und folgte ihrem Beispiel.

Autsch! Mein Mund brannte wie Feuer, und mein Gesicht wurde plötzlich ganz heiß. Wie gerne wäre ich den scheußlichen Geschmack wieder losgeworden, aber da ich ja brav sein wollte, spuckte ich das Essen nicht aus. Als ich wild mit den Händen wedelte, sprang Mena auf. »Ich hole dir ein Glas Wasser«, rief sie und stürzte hinaus. Mir gelang es, das Essen hinunterzuschlucken, bevor sie zurückkehrte. Ich riss ihr den Becher aus der Hand und leerte ihn in einem Zug.

»Uff!«, keuchte ich. »Was soll denn das sein? So etwas kann ich nicht essen.«

Ich hörte Gelächter. Tara und Hanif waren Mena gefolgt, um festzustellen, was geschehen war. Nun kicherten sie laut.

»Das ist Curry«, erwiderte Mena.

Davon hatte ich noch nie gehört, denn ich kannte nur die Gerichte, die es im Kinderheim gegeben hatte. Würstchen zum Beispiel oder Eintopf. Und Pommes – ich liebte Pommes.

Hanif und Tara sagten etwas zueinander und kehrten in die Küche zurück. »Was wollten sie?«, erkundigte ich mich bei Mena. Es störte mich schrecklich, dass ich nichts verstand, und ich war sicher, dass sie über mich geredet hatten.

Und ich hatte mich nicht geirrt. Mena senkte den Kopf. »Sie meinten, sie wüssten nicht, was sie sonst für dich kochen sollten. Also müsstest du dich daran gewöhnen.«

»Aber es schmeckt mir nicht! Gibt es denn gar nichts anderes?« Vorsichtig berührte ich meine brennenden Lippen.

»Nein, gibt es nicht. Ich weiß, dass du es nicht magst«, antwortete Mena und seufzte auf. »Dann iss eben nur das *roti* ohne Curry.«

Ich brach ein Stück von dem *roti* ab, das noch nichts von der Sauce abbekommen hatte, und steckte es vorsichtig in den Mund. Ohne Curry schmeckte es besser, ein bisschen wie trockener Toast. »So klappt es«, stellte ich fest.

»Du wirst dich darauf einstellen müssen, Sam. Keine Angst, es lässt sich leichter essen, wenn es Reis dazu gibt«, fügte sie hinzu, als ich das Gesicht verzog. »Aber heute Abend esse ich deine Reste auf, einverstanden?«, erbot sich Mena.

Während ich ihr meinen Teller reichte, den sie im Nu leerte, fragte ich mich, warum denn nichts anderes zu essen im Haus war. Im Kinderheim konnten wir immer noch ein Butterbrot bekommen, wenn wir unseren Teller leer gegessen hatten. Nach einer Nachspeise erkundigte ich mich lieber gar nicht erst, da das unhöflich gewesen wäre. Außerdem fror ich, und der Hunger machte es nicht besser. Ob ich wohl später ein schönes heißes Bad nehmen konnte, um mich aufzuwärmen? Allerdings hatte ich hier noch kein Badezimmer gesehen, und mir graute davor, herausfinden zu müssen, dass es womöglich auch draußen in der Dunkelheit lag. Nachdem Mena aufgegessen hatte, gingen wir in die Küche und stellten unsere Teller ins Spülbecken.

»Abwaschen!«, rief Tara aus dem anderen Zimmer, wo sie mit Mutter saß.

»Schon gut«, erwiderte Mena. Tante Peggy hätte so etwas nie von uns verlangt, und sie hätte auch nicht geduldet, dass wir uns gegenseitig herumkommandierten, denn das war für sie ein Zeichen von schlechten Manieren. Während Mena spülte und das Geschirr auf einem Abtropfgestell stapelte, stand ich neben ihr und sah ihr zu. Schließlich war ich darauf angewiesen, dass sie mir erklärte, was hier gespielt wurde, damit ich es nicht mehr als so bedrohlich empfand. Hinzu kam, dass ich immer weiter Wasser trinken musste, um das Brennen in meinem Mund zu lindern, das erst nach einer Weile nachließ. Als Mena fertig war, schüttelte sie sich das Wasser von den Händen und wischte sie dann an ihrem Kleid ab.

Im Heim hatte ich immer gewusst, wie spät es war, weil in beiden Etagen Uhren hingen, und hatte meinen Tagesablauf danach einteilen können. »Wie viel Uhr ist es?«, erkundigte ich mich bei Mena, denn ich hatte nirgendwo im Haus eine Uhr entdeckt.

»Keine Ahnung«, antwortete sie achselzuckend. »Schlafenszeit ist es jedenfalls nicht, denn Manz ist noch nicht zu Hause.«

»Habt ihr denn keine Uhr?«
»Die Uhrzeit interessiert uns nicht.«

Wie gerne hätte ich sie nach dem Grund gefragt, und überhaupt lagen mir unzählige Fragen auf der Zunge. Zum Beispiel hatte ich meinen Bruder Saber noch nicht gesehen. Wo war Salim abgeblieben? Wo aß er? Warum nahm die Familie ihre Mahlzeiten nicht zusammen ein? Mena und ich kehrten in das Zimmer zurück, wo wir gegessen hatten. Dann erzählte sie mir ein wenig von den Sitten in diesem Haus. Allerdings konnte sie nicht alle meine vielen Fragen beantworten.

Am meisten wunderte es mich, dass Mutter sich nicht vergewissert hatte, ob wir auch ordentlich aßen. Im Heim hatte Tante Peggy immer darauf geachtet, dass auch jeder seinen Teller leerte.

Im nächsten Moment kam Manz herein. Hanif ging in die Küche und füllte einen Teller für ihn. Danach teilte sie uns mit, es sei Schlafenszeit, da Manz jetzt zu Hause sei. Ich erkundigte mich, wo ich mir die Zähne putzen könnte.

»Folge mir«, meinte Mena. Sie marschierte in die Küche, nahm das Salzfass, tauchte den Finger hinein und rieb ihre Zähne mit dem Salz ab. Dann spuckte sie es ins Waschbecken und spülte sich mit Leitungswasser den Mund aus. Entsetzt beobachtete ich sie. »Benützt du denn keine Zahnbürste? Oder Zahnpasta?«

»Nein«, entgegnete Mena. »Wir haben keine. Mach es einfach so wie ich.«

Ich versuchte es zwar, musste aber von dem Salzgeschmack im Mund würgen. Als wir nach oben kamen, stellten wir fest, dass Tara bereits im Bett lag und uns den Rücken zukehrte. Mena legte sich ins Bett und mummelte sich in die Decken ein.

»Ich muss mich vor dem Schlafen noch umziehen«, flüsterte ich, um Tara nicht zu wecken. »Wo ist mein Koffer?«

»Ich weiß nicht. Schlaf einfach in deinen Sachen so wie ich.«

»Nein, ich brauche meinen Schlafanzug«, beharrte ich. »Wo mag nur mein Koffer stecken?«

Mena setzte sich auf. »Schlaf in deinen Sachen, wir suchen ihn morgen«, brummte sie gereizt, legte sich wieder hin und zog sich die Decken über den Kopf.

Aber ich wollte mich unbedingt umziehen. Schließlich tat ich das abends immer, und ich wusste, dass ich mich besser fühlen würde, wenn ich den Alltag aus dem Heim so gut wie möglich beibehielt. Also konnte Mena reden, was sie wollte. Ich brauchte meinen Koffer. Wahrscheinlich war er noch unten. »Ich muss aufs Klo. Kommst du mit?«, wandte ich mich wieder an Mena. Ich wollte mich unten nach dem Koffer umsehen.

»Bist du übergeschnappt?«, zischte sie und hob wieder den Kopf. »Es ist dunkel! Ich gehe da nicht raus, und du lässt es besser auch bleiben. Sonst holt dich noch der schwarze Mann.«

Mir fiel ein, wie leicht sich Mena im Kinderheim von meinen und Amandas Geschichten hatte ins Bockshorn jagen lassen. »Den schwarzen Mann gibt es gar nicht«, entgegnete ich deshalb leichthin.

»Wenn du auch nur ein Geräusch machst, wird Mutter dich anbrüllen«, wandte Mena nach einer kleinen Pause ein.

»Schläft sie unten?«

»Ja, das habe ich dir doch schon erklärt. Vom Treppensteigen wird sie sehr müde.«

»Oh, Mena, bitte komm mit.« Da sie sich weiterhin weigerte, nahm ich meinen ganzen Mut zusammen und ging allein. Im Haus war es zwar still, aber da das Licht noch brannte, fand ich mich gut zurecht. So schnell wie möglich schlich ich nach unten und huschte auf Zehenspitzen durch die Küche. Meinen Koffer konnte ich allerdings nirgendwo entdecken.

Ich öffnete die Hintertür und ließ sie offen. Draußen war es stockfinster und bis auf den gedämpften Verkehrslärm ruhig. Inzwischen fühlte ich mich ganz und gar nicht mehr mutig. Bei offener Toilettentür erledigte ich so schnell wie möglich mein Geschäft. Danach eilte ich wieder hinein und schloss die Küchentür hinter mir ab. Etwas ließ mich erschaudern, als ich mich zurück ins Bett pirschte.

»Dann hat der schwarze Mann dich also doch nicht geholt«, stellte Mena fest, als ich zu ihr ins Bett schlüpfte. Ich war dankbar, dass sie neben mir lag, denn ich hatte einen sehr merkwürdigen Tag hinter mir.

»Nein, ich habe dir ja gesagt, dass es den nicht gibt«, erwiderte ich und hoffte, dass sie mir meine Furcht nicht anmerkte.

So reglos wie möglich lag ich da und versuchte, nicht daran zu denken, wie die Matratze bei Tageslicht ausgesehen hatte. Während Mena sich hin und her wälzte, betete ich, ich möge endlich einschlafen. Mein erster Tag bei meiner Familie war ganz anders verlaufen als erhofft – vielleicht würde es morgen ja besser werden. Ich erinnerte mich an Tante Peggy und daran, dass ich ihr versprochen hatte, ein braves Mädchen zu sein. Dann würde meine Familie mich sicher lieb gewinnen.

4

In jener Nacht hatte ich einen Traum. Es war ein merkwürdiger Traum, in dem ich im Chase spazierenging und mich verirrte. Ich stand in einem feuchten Waldstück. Obwohl es hell war, konnte ich mich nicht von der Stelle rühren und fragte mich, wie ich wohl nach Hause kommen sollte. Ein seltsamer Geruch stieg mir in die Nase. Dann bewegte sich Mena plötzlich neben mir, und ich schreckte jäh hoch. Der Geruch war noch immer da. Aber ich lag nicht in meinem bequemen Bett unter den lächelnden Gesichtern von Popstars, sondern in einem schmutzigen Zimmer eines fremden Hauses. Ich hatte keine Ahnung, wie spät es war, doch draußen war es schon hell. Eine Weile blieb ich so liegen. Da sich im Haus nichts rührte, schloss ich die Augen und schlief wieder ein.

Als ich das nächste Mal erwachte, wurde ich von Mena, die sich zu einer Kugel zusammengerollt hatte, an die Wand gedrückt. Sie schlief tief und fest, weshalb ich sie nicht wecken wollte. In dem Licht, das durch die dünnen Vorhänge hereinfiel, sah ich, wie widerlich das Bett war und wie fleckig die Wände wirkten. Obwohl ich mich freute, bei meiner Familie zu sein, war ich von den schäbigen Lebensverhältnissen enttäuscht, denn ich hatte mir vorgestellt, dass sie in einem viel hübscheren Haus wohnten. Die Zustände hier machten mir noch mehr zu schaffen als der frostige Empfang von gestern.

Da fiel mir ein, dass heute Sonntag war, und ich fragte mich, ob ich wohl zur Kirche gehen konnte – es sah jedoch nicht danach aus, denn alle schliefen noch. Was wohl auf der Straße oder in den Nachbarhäusern los war? Vorsichtig rutschte ich um Mena herum, schlüpfte aus dem Bett und spähte hinaus. So weit das Auge reichte, waren alle Vorhänge geschlossen. Ging denn niemand hier zur Kirche?

Da hörte ich hinter mir, wie sich eine der anderen Schlafzimmertüren öffnete. Allerdings kam derjenige nicht herein, um uns zu bitten, aufzustehen und uns zu waschen, sondern ging die Treppe hinunter. Ich schickte mich schon an, ihm zu folgen, als Mena den Kopf hob. »Wo willst du denn hin?«

»Runter. Ich muss aufs Klo.«

Sie stöhnte auf. »Bitte noch nicht. Sonst darf ich auch nicht im Bett bleiben.«

Warum wollte sie denn nicht aufstehen? Noch etwas, das mir Rätsel aufgab. Also legte ich mich wieder neben sie ins Bett. »Wie spät ist es?«

»Keine Ahnung. Sehr früh. Wenn gegenüber die Vorhänge offen sind, stehe ich auf. Sind sie offen?«

»Nein, noch nicht.«

»Dann schlaf weiter.«

»Ich kann nicht.« Erneut setzte ich mich auf und wollte Mena gerade fragen, warum ich nicht nach unten durfte, als Tara, den Kopf unter der Decke vergraben, uns anbrüllte: »Mund halten, ihr beiden. Ich will schlafen!«

Ich warf Mena einen Blick zu. Doch die zog nur die Augenbrauen hoch, drehte sich um und schlief wieder ein.

Gelangweilt saß ich da und schaute so lange aus dem Fenster, bis gegenüber die Vorhänge aufgingen.

Ich sprang auf. »Endlich sind die Vorhänge offen. Zeit zum Aufstehen!«

Wieder stöhnte Mena auf.

»Was ist los mit dir? Schlaf weiter. Warum hast du es so eilig mit dem Aufstehen?«, schimpfte Tara.

»Ich muss aufs Klo.« Inzwischen interessierten mich ihre Einwände nicht mehr, und ich steuerte auf die Zimmertür zu. »Ich gehe jetzt runter.«

Unten saß Mutter, Salim neben sich, auf dem Sofa. Als sie aufblickte, wünschte ich ihr fröhlich einen guten Morgen, aber sie nahm mich gar nicht zur Kenntnis. Also setzte ich meinen Weg zur Hintertür fort. Der Boden der kleinen Toilette war eiskalt, sodass ich erschauderte. Während ich dasaß, sah ich mich um und stellte fest, wie verwahrlost alles war. Selbst bei Tageslicht herrschte trübe Dämmerung im Raum. Ich hoffte, dass ich bald meinen Koffer finden würde, der auch meine Pantoffeln enthielt, denn der Boden war sehr schmutzig. Schließlich öffnete ich die Tür, um in die Küche zurückzukehren.

Tara drängte sich grob an mir vorbei. »Langsam Zeit, dass du fertig wirst.«

»Ich war doch gar nicht lange drin«, wollte ich protestieren, aber sie knallte nur die Tür zu, ohne auf mich zu achten. Auf Zehenspitzen schlich ich zurück in die Küche und wischte mir die Fußsohlen ab.

Hanif stand am Herd und buk die runden Pfannkuchen – *rotis*, verbesserte ich mich – über der offenen Gasflamme. Ich beobachtete, wie sie das *roti* mit bemehlten Händen hin und her drehte. Immer wieder musste sie die Hände von der Flamme wegziehen. Mir knurrte zwar der

Magen, aber ich wusste nicht, wie ich sie um etwas zu essen bitten sollte. Nirgendwo gab es Schälchen und Kartons mit Frühstücksflocken, auf die ich hätte zeigen können, und ich ahnte, dass sie mich nicht verstehen würde, auch wenn ich sie ganz höflich fragte. Also wartete ich darauf, dass Tara zurückkam. »Entschuldige«, sprach ich sie an, »aber könnte ich bitte etwas zum Frühstück haben. Ich bin sehr hungrig.«

»Was?«, gab sie zurück.

»Ich habe Hunger.«

Hanif sagte etwas, und Tara antwortete, bevor sie sich wieder zu mir umdrehte. »Willst du Toast?«

»Ja, bitte.«

»Da ist das Brot.« Tara wies auf das Regal. »Hol es her.« Ich reichte ihr das Päckchen mit vorgeschnittenem Weißbrot. »Mach es auf, oder soll ich dich etwa bedienen?«, befahl sie.

Da ich noch nie ein Brotpäckchen geöffnet hatte und auch nicht wusste, wie es ging, fingerte ich eine Weile hilflos daran herum. »Kannst du denn gar nichts allein?«, zischte Tara. »Gib schon her.«

Da ergriff Hanif wieder das Wort, worauf Tara mir das Päckchen mit einem Grinsen wieder in die Hand drückte. »Sie findet, dass du selbstständiger werden musst. Falls du das Päckchen also nicht aufkriegst, gibt es auch kein Brot.«

Ich verstand noch immer nicht, wie der Verschluss funktionierte, und zerrte solange an der Plastikverpackung, bis sie aufplatzte. Dann riss ich ein Stück Brot heraus.

»Warum hast du das gemacht, du dumme Gans!«, rief Tara aus und nahm mir das Brot weg. »Jetzt wird es schneller hart.«

»Ich habe doch nur Hunger.«

»Du hast zu tun, was dir gesagt wird. Jetzt bekommst du gar nichts mehr von mir.«

Mein Magen knurrte, und ich hatte die Spielchen satt. Warum musste sie die Dinge nur so kompliziert machen? War es denn so ein Drama, dass ich ein Stück Toast essen wollte?

»Her mit dem Brot«, befahl sie und wies auf die Scheiben in meiner Hand. Rasch stopfte ich mir eine Scheibe in den Mund. Besser als nichts, sagte ich mir.

Tara packte mich. »Spuck das aus.«

Aber ich weigerte mich und schluckte das Brot stattdessen herunter. Tara fing an herumzubrüllen und versetzte mir einen Stoß, dass ich gegen den Kühlschrank prallte und zu Boden fiel. Ich brach in Tränen aus. In diesem Moment kam Mutter herein, und um Schwierigkeiten zu vermeiden, begann ich sofort, mich zu rechtfertigen. »Mutter«, sagte ich. »Sie hat angefangen und ...«

Aber Mutter würdigte mich keines Blickes. Sie wechselte nur ein paar Worte mit Hanif, die ihr einen Teller mit Resten vom Abendessen gab, sah Tara kurz an und ging hinaus, ohne mich überhaupt wahrzunehmen. Tara musterte mich mit schadenfrohem Blick und meinte dann etwas zu Hanif, die auflachte. Nachdem Tara das Brot wieder aufs Regal gelegt hatte, füllten die beiden ihre Teller und folgten Mutter. Ich blieb weinend auf dem Boden liegen und begriff nicht, wie ein Mensch – insbesondere die eigene Schwester – so gemein sein konnte.

Kurz darauf erschien Mena, kniete sich neben mich und wischte mir mit ihrem Ärmel die Tränen weg. »Was machst du denn da unten?«, fragte sie mich in dem Ton, den ich immer anschlug, wenn ich Amanda trösten wollte. Es klang, als hätte ich mich lächerlich gemacht.

»Tara wollte mir nichts zum Frühstück geben und hat sich geweigert, das Brotpäckchen aufzumachen. Als ich die Folie zerrissen habe, hat sie mir das Brot weggenommen und mich geschubst. Mutter kam herein, hat mir aber nicht geholfen«, schluchzte ich.

»Ich habe dir doch gesagt, du sollst oben bleiben. Du musst warten, bis niemand mehr in der Küche ist«, antwortete Mena. »So halte ich es jedenfalls.« *Tja, jetzt weiß ich es*, hätte ich am liebsten geantwortet. *Du hättest mich wenigstens warnen können.* Aber ich schwieg. Sie half mir auf. »Sollen wir jetzt Toast machen?«, schlug sie vor.

»Ja, bitte.«

Mena erklärte mir, dass wir immer frisches Brot im Haus hätten, da Manz in einer Bäckerei arbeitete und es jeden Abend mitbrachte. Dann zeigte sie mir, wie man die Packung öffnete, indem man oben den Verschluss entfernte, und auch, wie man das Backblech benützte. Als ich auf einem Stuhl saß und ihr dabei zusah, fühlte ich mich schon ein bisschen besser. Immer wieder drehte sie sich zu mir um und lächelte mir aufmunternd zu. Ich war froh, dass Mena nett zu mir war, denn sonst schien hier niemand viel für mich übrig zu haben. Mutter hatte seit unserer Rückkehr aus dem Kinderheim kein Wort mehr mit mir gewechselt.

Als der Toast fertig war, holte Mena einen Becher Margarine aus dem Kühlschrank und verstrich sie mit einem Löffelstiel.

»Wir essen in der Küche«, sagte sie. »Wenn wir zu den anderen reingehen, wird Mutter nur Arbeit für uns finden.«

Also frühstückten wir stehend in der Küche.

Anschließend fühlte ich mich gestärkt, und meine Neugier regte sich wieder. »Was mag nur aus meinem Koffer geworden sein? Ist er vielleicht dahinten?«

Ein Teil der hinteren Küchenwand war mit einem Vorhang abgetrennt. Ich schaute dahinter, entdeckte einen Lichtschalter und machte Licht.

»Hast du ihn?«, erkundigte sich Mena.

»Nein, kein Koffer. Aber was sind denn das für Sachen?«, fragte ich. Die Nische hinter dem Vorhang war bis auf einen Boiler leer und hatte einen Betonboden und nackte Wände. Nur in der Mitte standen eine riesige Zinkwanne, die eher an einen Wassertrog für die Tiere auf einer Farm erinnerte, und ein paar niedrige Hocker.

»Ach, hier baden wir und waschen unsere Kleider«, antwortete Mena.

»Du willst mich wohl veräppeln.«

»Nein, einmal in der Woche ist Badeabend, und die Wäsche waschen wir sonntags.«

Einmal in der Woche? So selten? Im Kinderheim durfte ich jeden zweiten Abend ein wunderbares warmes Schaumbad nehmen.

Nach unserem kargen Frühstück gingen wir wieder hinauf in unser Zimmer. An den Geräuschen, die durch das offene Fenster hereindrangen, erkannte ich, dass das Viertel aufgewacht war und dass die Kinder auf der Straße spielten.

»Lass uns rausgehen und mitspielen.«

»Nein«, protestierte Mena rasch.

»Warum denn nicht?«

»Weil ich nicht will.«

»Und aus welchem Grund?«

»Die Jungs sind so gemein. Sie treten mich. Und wenn ich in den Laden gehe, um Eier oder sonst etwas zu besorgen, nehmen sie mir das Geld weg. Deshalb kaufe ich auch nicht mehr ein.«

»Gut, aber wir können doch im Garten spielen.«

Mena überlegte einen Moment. »Einverstanden, wir wollen um Erlaubnis fragen.« Wir rannten in die Küche, wo wir Hanif antrafen. Mena sprach mit ihr, Hanif antwortete und kehrte dann in das Zimmer zurück, wo Mutter saß. Mena wandte sich an mich. »Sie sagt, es ist in Ordnung, aber wir sollen Salim mitnehmen.«

Es war ein sonniger Vormittag im Sommer, und die Sonne schien angenehm warm, als wir drei das Haus verließen. Der Garten war so groß wie der im Kinderheim, doch bei weitem nicht so gut gepflegt. Ein überwucherter Rasen erstreckte sich bis zur Mauer. An manchen Stellen war das Gras so hoch wie ich. Es gab eine mit Platten ausgelegte Fläche, wo das Unkraut aus den Ritzen ragte, und mitten im Garten stand ein hoher Baum. Von einem Ast hing ein Stück Seil mit einem Autoreifen daran.

»Eine Schaukel!«, rief ich aus, froh, etwas Vertrautes zu sehen.

»Saber hat sie gemacht«, erwiderte Mena. Ich schaukelte, während Salim einen Fußball ohne Luft gefunden hatte, den er vergnügt hin und her trat. Er warf ihn ins hohe Gras und wollte sich gerade hineinstürzen, um ihn zurückzuholen, als Mena nach ihm rief. *»Nahi*, Salim, *ider ow.«* Salim blieb stehen, worauf Mena den Ball aus dem hohen Gras angelte und ihn ihm zurückgab. *»Ider ow«*, wiederholte sie und schob Salim zu den Platten.

»Was hast du gerade zu ihm gesagt?«, fragte ich neugierig und hörte auf zu schaukeln.

»Was?«

»Gerade eben. *Ider ow*, glaube ich.«

»Ach, das bedeutet ›komm her‹. *Ow* heißt ›komm‹ und *ider* heißt ›hier‹.«

»Ider ow, Mena, *ider ow!«*, rief ich. Sie lachte. »Und wie sagt man nein?«

»Nahi.«

»Und ja?«

»Ji.«

»Ji, nahi, ider ow, ji, nahi, ider ow«, jubelte ich immer wieder und schwang die Beine in die Luft, um zu sehen, wie hoch ich schaukeln konnte.

Mena machte einen kleinen Schritt auf mich zu. »Nicht so hoch. Das Seil könnte reißen.«

Ihre ständige Schwarzmalerei ging mir allmählich auf die Nerven. »Wie sagt man ›das passiert schon nicht‹?«

»Einfach nur *nahi*.«

»Nahi, Mena, *nahi.«* Ich lachte.

Nach einer Weile jedoch hörte ich auf, weil ich bemerkte, wie sehr ich Mena damit in Panik versetzte, und beschloss stattdessen, auf den Baum zu klettern. Im Cannock Chase war ich oft auf Bäume geklettert und stellte mich recht geschickt dabei an. Doch meine Schwester bekam es jetzt erst richtig mit der Angst zu tun.

»Sam! Komm runter!«, rief sie. »Bitte. Du wirst fallen.«

Am liebsten hätte ich erwidert, dass alles in Ordnung sei und dass mir nichts passieren könne, entschied mich dann aber, ihr heute diesen Gefallen zu tun. Schließlich hatte ich noch viele Tage Zeit, um auf diesen Baum zu klettern.

Ich verzog mich in das hohe Gras. Hier konnte ich mich verstecken, ohne dass mich jemand sah. Wegen der warmen Sonne war es angenehm trocken, weshalb ich die Arme und Beine weit ausbreitete, um ein Muster im Gras zu hinterlassen. Salim kam, legte sich neben mich und folgte meinem Beispiel. Wir beide lachten, als er mich nachmachte und das Gras uns kitzelte.

»Wir sind schon lange genug hier draußen«, meinte Mena, die auf uns gewartet hatte. »Wir müssen wieder rein.«

Ich fand es sehr anstrengend, dass Mena ständig unter Anspannung zu stehen schien, verkniff mir jedoch meine Bemerkung. Stattdessen hob ich Salim auf und veranstaltete mit ihm ein Wettrennen zurück zum Haus.

Inzwischen musste ich wieder auf die Toilette. Schon vorhin war mir aufgefallen, dass das Toilettenpapier fehlte, und ich fragte Mena, wo denn noch welches wäre. Darauf wollte sie wissen, wozu ich es brauchte. Ich erklärte es ihr. »Wir Muslime benutzen keins«, antwortete sie. »Wir waschen uns. In der Toilette ist ein *lota*.« Als ich das Wort hörte, machte ich ein verdattertes Gesicht. Mena teilte mir mit, es handle sich um einen Plastikkrug mit einer Tülle. »Füll das *lota* mit Wasser und nimm es mit rein.« Ich gehorchte, doch da ich nicht wusste, wie ich mich waschen sollte, riss ich schließlich Streifen von der Zeitung ab, die ich auf dem Fensterbrett fand. Es sollte noch einige Wochen dauern, bis ich begriff, wie Mena und alle anderen die Toilette benutzten. Denn als ich eines Tages aufs Klo musste, sah ich, wie Mutter sich mit dem *lota* wusch. Sie hatte die Tür weit offen gelassen, sodass ich sie genau beobachten konnte. Von da an war mir klar, wie es funktionierte.

Drinnen versuchte ich, mich mit meinem neuen Zuhause vertraut zu machen. Da Mutter sich weigerte, die Vorhänge zu öffnen, lebten wir im ständigen Halbdunkel und mussten uns mit dem matten Licht einer nackten Glühbirne an der Decke begnügen. Anfangs verstand ich den Grund nicht, und ich brauchte lange, um mich daran zu gewöhnen.

Ich ging mit Mena in Mutters Zimmer. Hier stand ein kleiner Schrank mit einem Fernseher und einem Videorecorder an der Wand gegenüber dem Sofa. Daneben führte ein Türbogen in den Raum, wo Mena und ich gegessen hatten. Die Wände hatten eine schmutzigbraune Farbe, und der Boden war – soweit ich feststellen konnte – mit schmuddeligem grauem PVC bedeckt. Salim schien sich an dem Dreck nicht zu stören, denn er setzte sich sofort und fing an, mit einem rotweißen Auto zu spielen.

Mir war es rätselhaft, wie er bei diesem Lärm überhaupt spielen konnte. Mutter und Hanif saßen an einem Holztisch – später lernte ich, ihn als Bank zu bezeichnen – und waren mit einer Arbeit beschäftigt. Ich kam näher, um festzustellen, was sie da taten. Vielleicht bastelten sie ja etwas, womit wir spielen konnten. Tara hatte sich neben ihnen auf dem Fußboden niedergelassen.

Mutter sagte etwas zu Mena und winkte uns beide heran. »Setz dich neben mich«, meinte Mena. Bei meinem Anblick spielte Tara die beleidigte Leberwurst und wandte sich ab. Ich zwängte mich neben Mena, sodass ich eingeklemmt an der Wand saß. »Wir müssen helfen«, verkündete Mena.

Ich beobachtete, wie Mena und Tara Gegenstände aus den Tüten nahmen, die vor ihnen lagen. Eine Tüte enthielt gefährlich aussehende, scharfkantige Metallstücke, die etwa so lang wie mein Finger waren, die andere Schrauben. Ich hatte einmal beobachtet, wie Tante Peggy im Kinderheim eine Steckdose gesichert hatte. Fasziniert hatte ich zugesehen, wie die Sicherung im Loch verschwand und so fest saß, dass ich sie nicht mehr entfernen konnte. Wozu allerdings die Klemmen gut waren, wusste ich nicht.

»Es funktioniert folgendermaßen«, erklärte Mena. Sie nahm zwei Klemmen, drückte sie unten zusammen, steckte dann eine Schraube in das so entstandene Loch und schraubte sie zusammen. Das fertige Stück reichte sie nach oben zur Bank. Hanif schob eine Feder von unten auf die Klemme und gab sie dann Mutter, die das Ganze in die Maschine steckte und einen langen Hebel herunterdrückte. Ein Knirschen ertönte. Dann zog Mutter den Hebel hoch, entnahm die Klemme und verstaute sie in einer Tüte, die links von ihr lag.

»Versuch es mal«, sagte Tara und musterte mich lauernd. Ich wusste, sie wartete nur darauf, dass ich einen Fehler machte, damit sie mich auslachen und bei Mutter verpetzen konnte. Und leider erfüllte sich ihr Wunsch.

»So geht das nicht!«, schrie sie mich prompt an. »Du bist aber auch zu dämlich! Kannst du nicht einfach nachmachen, was ich dir gezeigt habe?«

»Es war zu schnell, um es richtig zu sehen«, erwiderte ich. »Zeig es mir noch einmal.«

Wieder bewegten sich ihre Finger so rasch, dass ich nicht folgen konnte. Als Mena mich anstieß, schaute ich stattdessen ihr zu. Da sie langsamer vorging, erkannte ich, was sie da tat, und obwohl Tara missbilligend mit der Zunge schnalzte, brachte ich tatsächlich ein Stück zustande, das ich nicht zum Nacharbeiten zurückbekam. Ich war diese Tätigkeit mit den Händen nicht gewöhnt und deshalb nicht in der Lage, mit den anderen beiden Schritt zu halten. Also hatte ich erst ungefähr zehn Stück hergestellt, als Mutter etwas zu Mena sagte. Diese blickte mich an und meinte: »Wir machen noch die fertig, an denen wir gerade arbeiten, und servieren dann das Abendessen.«

Es überraschte mich ein wenig, dass man das von uns verlangte, denn im Heim hatten wir Kinder nichts zum Abendessen beitragen müssen. Allerdings schwieg ich, bis wir vom Tisch aufstehen und in die Küche gehen durften. Ich war froh, dass es jetzt endlich Essen gab, denn mir knurrte schon den ganzen Nachmittag der Magen. »Musst du denn immer so viel arbeiten?«, fragte ich Mena, sobald wir außer Hörweite waren. »Kochst du auch?«

»Nein, das erledigen meistens Hanif und Tara. Meine Aufgabe ist es, Mutter und die anderen zu bedienen, obwohl es nett wäre, wenn mir jemand in der Küche helfen würde.« Sie lächelte.

Wir unterhielten uns, während Mena Teller aus dem Schrank nahm und mir erklärte, was sie da tat. Sie verteilte Reis aus einem großen Topf auf die Teller, nahm dann diese und gab mit einer Schöpfkelle etwas von der scharfen Sauce darauf, die mir am Vorabend schon nicht geschmeckt hatte.

»Was haben wir denn da drinnen zusammengebaut?«, wollte ich wissen.

»Das sind Teile für ein sogenanntes Anlasserkabel. Jedes Auto braucht zum Starten eine Batterie, und manchmal gibt die den Geist auf. Dann befestigt man die eine Klemme an der Batterie und die andere an der Batterie eines zweiten Autos, damit der Motor anspringt. Aber ich habe das noch nie selbst gesehen«, fügte Mena hinzu. »Nachdem die Klemmen abgeholt werden, muss noch ein Kabel daran, damit es funktioniert.«

Als ich mich erkundigte, warum wir die Dinger hier im Haus zusammenschraubten, antwortete Mena, Mutter bekäme Geld für jede volle Tüte, weshalb wir ihr alle helfen müssten. »Jeden Tag?« Ich traute meinen Ohren nicht. Nein, erwiderte Mena, nicht wenn wir in der Schule seien. Außerdem dürften wir niemandem erzählen, dass Mutter auf diese Weise Geld verdiente.

Die Herstellung der Klemmen wurde Menas und meine Aufgabe. Wir schraubten sie zusammen und reichten sie dann Mutter, damit sie oder Hanif mithilfe der Maschine die Feder hineinstecken und das fertige Stück in einem Beutel verstauen konnte. Bald erkannte ich, dass die vollen Beutel täglich abgeholt wurden. Tara saß zwar bei Mena und mir, arbeitete aber nicht mit, sondern kritisierte nur an uns herum. »So müsst ihr es machen, nicht so«, sagte sie, und wir gehorchten. Da ich mich freute, Mutter zur Hand gehen zu können, fand ich diese Arbeit auch nicht merkwürdig. Es gehörte einfach zu den vielen eigenartigen Dingen im Haus meiner Familie. Die Klemmen, die Ausschuss waren, behielten wir und benutzten sie als Wäscheklammern im Garten.

Mena erklärte mir auch, dass die Vorhänge immer geschlossen bleiben müssten, damit niemand hereinschaute. Mutter verdiente nämlich Geld mit den Klemmen und kassierte gleichzeitig Sozialhilfe für uns. Darum fürchtete sie sich nicht nur davor, erwischt zu werden und das ganze Geld zurückzahlen zu müssen, sondern hatte auch Angst um ihren Aufenthaltsstatus. Es bestand nämlich Gefahr, dass sie nach Pakistan ausgewiesen werden würde.

Nachdem Mena und ich das Essen verteilt und eine ordentliche Portion für Manz beiseite gestellt hatten, half ich ihr, die Teller zu den anderen zu tragen. Wir beide aßen in der Küche. Ich kostete noch einmal die von Mena über die Teller geschöpfte Sauce, fand sie aber weiterhin zu scharf und zu bitter. Mein Mund brannte so, dass ich einige Gläser Wasser trinken musste, damit die Schmerzen nachließen. Also gab es für mich wieder nur ein trockenes *roti*, was alles war, was ich hinunterbringen konnte.

Nach dem Essen gingen Mena und ich zurück in Mutters Zimmer und setzten uns neben Tara, Hanif und Mutter auf den schmutzigen Boden, um fernzusehen. Ich hatte gehofft, einige meiner Lieblingssendungen aus dem Heim anschauen zu dürfen, aber weit gefehlt. Es lief ein Film, in dem hauptsächlich getanzt und gesungen wurde. Natürlich konnte ich kein Wort verstehen und fragte Mena, worum es ging. Doch Tara brüllte uns sofort an, wir sollten still sein, weshalb ich es aufgab und einfach nur die Bilder betrachtete und der Musik lauschte. Mir gefiel der Film nicht besonders, aber alle anderen schienen begeistert zu sein.

Als wir auf dem Boden lagen, hörte ich plötzlich ein Geräusch hinter mir. Es war ein schreckliches Husten, sodass ich im Gegensatz zu Mena herumfuhr. Mutter hatte sich zur Wand umgedreht und sich geräuspert. Angewidert sah ich zu, wie der Speichel die Wand neben dem Sofa hinunterrann. Wie mir rasch klar wurde, wies diese bereits Spuren weiterer Versuche auf. Sonst schien es niemandem im Raum aufgefallen zu sein. Eigentlich wollte ich Mutter fragen, ob alles in Ordnung sei, doch als sie sich umdrehte, um weiter den Film zu verfolgen, wusste ich, dass sie so etwas öfter tat.

Nach dem Film stellte ich fest, dass Mutter sich erhoben hatte und etwas zu Tara sagte. Natürlich konnte ich kein Wort verstehen. Tara klappte den Sitz des Sofas hoch, nahm eine Decke und einige Kissen heraus und drückte die Rücklehne herunter, sodass das Sofa flach wurde wie ein Bett. Mutter nahm Kissen und Decke und legte sich hin. Es war ihr Zimmer, obwohl hier der Fernseher stand, sodass wir alle gehen mussten, wenn sie schlafen wollte. Also blieb uns nichts anderes übrig, als ihrem Beispiel zu folgen, denn wir hatten keine Bücher zu lesen. Schlafanzüge besaßen wir ebenfalls nicht, und um saubere Unterwäsche brauchten wir uns auch keine Sorgen zu machen, weil wir keine trugen.

Der nächste Tag verlief genauso. Wir durften bloß hinaus, um im Garten zu spielen, und auch das nur, wenn wir Salim mitnahmen. Anschließend mussten wir mit Mutter Klemmen zusammenschrauben und zu guter Letzt das von Hanif und Tara gekochte Essen verteilen. Tara kommandierte mich weiter herum, und Hanif redete kein Wort mit mir, weil sie kein Englisch sprach. Mutter beachtete mich meistens gar nicht. Außerdem lernte ich endlich meinen Bruder Saber kennen, der jedoch nur selten zu Hause zu sein schien. Keine Ahnung, wo er sich herumtrieb. Manz ging zur Arbeit, bevor wir aufstanden, und er kam erst spät zurück, weshalb ich nie Gelegenheit hatte, mich mit ihm zu unterhalten. Wenn er zu Hause war, mussten wir aufpassen, ihn ja nicht zu verärgern, und durften ihn weder beim Schlafen noch beim Essen stören. Ohne Mena und Salim wäre ich wohl so einsam gewesen wie noch nie in meinem Leben.

In einem anderen Traum war ich wieder im Cannock Chase, wo es allerdings anders und noch idyllischer aussah als in meiner Erinnerung. Ich schlief im Schatten der Bäume im dichten Gras. Plötzlich jedoch wurde mir klar, dass der Hügel, auf dem ich mich befand, nicht etwa der Rand einer mit Gras bewachsenen Böschung, sondern eine steile Klippe war, über die ich jeden Moment hinunter in die Tiefe stürzen würde. Ich spürte, wie eine Hand mich rüttelte. Tante Peggy lächelte mich an und sagte, ich dürfe nicht hier liegen bleiben, da die Gefahr eines Unfalls zu groß sei. Während ich noch ihre Hand hielt, spürte ich einen Ruck. Diesmal wachte ich wirklich auf, und zwar, weil Mena mich im Schlaf in den Rücken getreten hatte. Ich lag in unserem kleinen Schlafzimmer in Walsall.

»Los, spülen«, befahl Tara eines Tages barsch, als ich meinen Teller zurück in die Küche brachte. Und so kam es, dass ich nun für das gesamte schmutzige Geschirr im Haus zuständig war. Mena half mir dabei, da ich ihr schließlich auch beim Servieren des Essens zur Hand ging, was ihre Aufgabe zu sein schien. Ich war gerade groß genug, um über das Spülbecken nach der Bürste und der Flasche mit dem Spülmittel zu greifen. Doch ich lernte rasch, Teller, Besteck und Gläser zu reinigen und abzutrocknen. Das Auswaschen der schweren Kochtöpfe hasste ich ganz besonders.

Immer noch war mir vieles in diesem Haus schleierhaft. Zum Beispiel wurde Dad nie erwähnt. Er kam auch nicht zu Besuch, und ich hatte keine Ahnung, wo er wohnte. Als ich Mena einmal darauf ansprach, drehte sie sich in alle Richtungen nach möglichen Lauschern um. Dann warnte sie mich davor, in Gegenwart der anderen über ihn zu reden. Ich hatte einen Heißhunger auf Schokolade, die wir von Mutter nie bekamen, und hoffte deshalb, dass Dad mir welche mitbringen würde. Dass er nicht mit uns zusammenlebte, wunderte mich hingegen nicht, denn ich hatte ihn bis jetzt ohnehin nur dann und wann gesehen. Allerdings schien seit dem letzten Mal eine Ewigkeit vergangen zu sein. »Dad kommt nicht oft«, erklärte Mena, »weil Mutter ihn anbrüllt.« Nun, dieses Gefühl kannte ich. Und da ich es auch nicht mochte, angebrüllt zu werden, hatte ich volles Verständnis dafür, dass er sich nicht bei uns blicken ließ. Als Kind nahm ich viele Dinge hin, die mir später als Erwachsene merkwürdig erschienen. Eigentlich hätte ich Fragen stellen müssen, aber ich tat es nicht, sondern machte mir meine eigenen Gedanken.

Das Essen, das es zu Hause gab, bekam ich noch immer nicht hinunter. Also ernährte ich mich hauptsächlich von dem Brot, das Manz mitbrachte, und wurde im Laufe der nächsten Wochen immer schwächer und magerer. Zum Glück fing bald die Schule wieder an, und das bedeutete für mich mindestens eine warme Mahlzeit am Tag.

Am Abend vor unserem ersten Schultag wollte ich gerade zu Bett gehen, als Tara hereinkam. »Für die Schule brauchst du ein paar andere Kleider. Hier drin sind noch welche, die ich nicht mehr brauche«, sagte sie und kramte im Schrank. »Da, das kannst du morgen anziehen. Mir ist es zu klein geworden.«

»Danke«, antwortete ich und wünschte, ich hätte eigene Sachen gehabt, die ich mit niemandem teilen musste und die noch nicht getragen worden waren.

Wir legten uns hin. Allerdings war es schon längst dunkel, als ich endlich schlafen konnte. Ich hoffte, dass es an meiner neuen Schule schön sein und dass ich dort Freundinnen finden würde. Allmählich gewöhnte ich mich an mein seltsames Zuhause, dessen Regeln ich nicht verstand und wo niemand außer Mena nett zu mir war. Außerdem hoffte ich, dass ich mein Versprechen an Tante Peggy, brav zu sein, endlich wahrmachen könnte, damit die Menschen – meine neuen Mitschüler, meine Familie und meine Mutter – mich lieb gewannen.

5

Manz, der immer als Erster das Haus verließ, um zur Arbeit zu fahren, klopfte am nächsten Morgen im Vorbeigehen an unsere Tür. »Aufstehen!«, rief er.

Begierig, den Tag in Angriff zu nehmen, sprang ich aus dem Bett. Tara hingegen blieb liegen und beschwerte sich über den Radau um diese frühe Zeit, während Mena sich aufsetzte und gähnend streckte, aber sich nicht von der Stelle rührte. Doch heute wollte ich mir durch nichts die Laune verderben lassen. Ich würde zur Schule gehen, neue Menschen kennenlernen und Freunde finden. Und so passte es nur, dass mir eine angenehm warme Brise entgegenwehte, als ich hinunter und zur Hintertür hinausging, um die Toilette zu benutzen. Bei meiner Rückkehr war Mutter in der Küche, kehrte mir aber den Rücken zu, sodass ich auf Zehenspitzen an ihr vorbeischleichen konnte.

Auf der Treppe begegnete ich Tara, die gerade nach unten wollte. Ich ging in unser Zimmer, um mich anzuziehen, während Mena sich endlich aufrappelte und sich auf den Weg zur Toilette machte. Ich schlüpfte in den *shalwar-kameez*, die Tunika und die Pyjamahose, die wir alle trugen.

»Wann gehen wir los?«, fragte ich, als Mena zurückkam. »Sind Tara und Saber schon fort?«

»Ich weiß nicht. Müssen wir denn nach ihnen aufbrechen?«

Mena zeigte aus dem Fenster. »Schau, sie sind bereits vorne am Laden.«

Als ich aus dem Fenster spähte, sah ich meinen älteren Bruder und meine Schwester die Straße hinaufschlendern. »Ja, da sind sie«, sagte ich.

»Gut. Wir machen uns erst auf den Weg, wenn der Bus kommt.«

Ich verstand nicht. »Warum?«

»Siehst du die Bushaltestelle an der Hauptstraße?«, erwiderte Mena und wies auf die Ecke, um die Saber und Tara gerade gebogen waren. »Den Mann im Anzug? Wenn der in den Bus steigt, ist es Zeit, zur Schule zu gehen.«

Warum konnte meine Familie keine Uhren im Haus haben wie alle anderen Leute? »Was machen wir bis dahin? Frühstücken?«

»Ich wage mich erst runter, wenn es Zeit zum Aufbruch ist«, protestierte Mena. »Sonst befiehlt Mutter uns, Frühstück für sie zu machen, und wir kommen zu spät.«

Also blieben wir oben und starrten aus dem Fenster, bis der Mann im Anzug in den Bus stieg. Dann scheuchte Mena mich so schnell wie möglich die Treppe hinunter und zur Vordertür hinaus, bevor Mutter Gelegenheit hatte, nach uns zu rufen.

Ich war es nicht gewöhnt, das Haus zu verlassen, ohne mich von einem Erwachsenen zu verabschieden. Und dass ich den Schulweg ohne die Aufsicht eines Erwachsenen zurücklegte, war für mich völlig undenkbar. Mena und ich mussten ganz allein stark befahrene Hauptstraßen überqueren, und ich ertappte mich dabei, wie ich fest ihre Hand umklammerte. Plötzlich sah ich sie als meine ältere Schwester, die sie ja auch war.

Der Schulhof wimmelte von Kindern aller Altersgruppen, einige in Begleitung ihrer Eltern, andere wie wir allein. Eines jedoch fiel mir sofort auf. In meiner Schule in Cannock Chase waren die meisten Kinder weiß gewesen, während hier fast alle Mädchen und Jungen so wie ich dunkelhäutig und schwarzhaarig waren.

»Lass uns jemanden zum Spielen finden«, schlug ich Mena aufgeregt vor, doch sie lehnte ab.

»Zuerst müssen wir deine Lehrerin suchen, damit du weißt, wo du heute hinmusst.«

Wir gingen einen langen Flur entlang und kamen an Klassenzimmern vorbei, deren Türen kleine Fenster hatten, sodass die Erwachsenen hineinschauen konnten. Vor einem Zimmer, an dessen Tür ein Name stand, hielten wir an. »Mrs Young«, lautete die Aufschrift. Darunter hing ein Kinderbild, das eine Gruppe von Jungen und Mädchen darstellte. Alle waren braun und trugen bunte Kleider wie ich.

Als Mena klopfte, rief eine Frauenstimme »Herein«.

Wir folgten der Aufforderung. Hinter einem Schreibtisch saß eine elegante Frau, die bei unserem Anblick lächelte. »Hallo, Mena, hattest du schöne Ferien?« Sie hatte eine sympathische Stimme.

Mena antwortete nicht, nickte nur und schob mich dann am Ellenbogen nach vorne.

»Ach, du bist sicher Menas Schwester Sameem«, meinte die Dame freundlich. »Ich bin deine Lehrerin Mrs Young.«

Draußen auf dem Flur läutete eine Glocke, und ich hörte wie Dutzende von Kindern herbeigerannt kamen. Einige betraten das Klassenzimmer. Mrs Young teilte allen, auch mir, einen Platz zu. Mena winkte zum Abschied und gab mir flüsternd und mit Gesten zu verstehen, dass wir uns in der Pause vor dem Klassenzimmer treffen würden.

Dann nahm Mrs Young ein großes Buch aus der Schreibtischschublade und verkündete, sie werde uns jetzt namentlich aufrufen. Wir sollten höflich mit »Hier, Mrs Young« antworten. Die meisten Kinder schienen sich zu kennen. Mit mir sprach niemand. Als Mrs Young mich aufrief, schauten sich zwar alle um, aber niemand lächelte. »Du wirst sicher bald Freunde finden«, sagte sie und ging weiter die Liste durch.

In der ersten Stunde stand Lesen auf dem Plan. »Komm, Sameem«, meinte Mrs Young. »Weil du neu bist, darfst du anfangen. Tritt vor, damit dich alle beim Lesen auch sehen können.«

Langsam ging ich nach vorne, wobei ich darauf achtete, nicht über meine Kleider zu stolpern oder mich sonst irgendwie lächerlich zu machen. Dann stellte ich mich neben Mrs Young, die sich wieder auf ihrem Stuhl niederließ. Sie reichte mir ein Buch – ich habe vergessen, was es war, doch ich wusste sofort, dass das Vorlesen für mich kein Problem darstellen würde – und forderte mich auf zu beginnen. Mühelos las ich die ersten Seiten.

»Das ist genug, Sameem«, unterbrach mich Mrs Young. »Versuchen wir es mit etwas Schwierigerem. Mit dem hier kommst du ja offenbar recht gut zurecht.« Sie wählte ein anderes Buch aus dem Stapel auf ihrem Schreibtisch und gab es mir. Es war zwar ein wenig anspruchsvoller, aber ich las fast fehlerfrei und geriet nur bei einigen Wörtern ins Stocken.

»Sehr gut. Du kannst jetzt aufhören.« Mrs Young schien

zufrieden. »Geh zurück an deinen Platz. Aber nimm das Buch mit.«

Auf dem Weg zu meinem Pult sah ich einigen meiner Mitschüler ins Gesicht, doch niemand erwiderte aufmunternd meinen Blick. Anscheinend würde es eine Weile dauern, bis ich hier Freunde fand.

Und so verging der Vormittag, bis es zur Pause läutete. »Alles aufstellen«, befahl Mrs Young. Wir bildeten eine Zweierreihe. Da ich ziemlich weit hinten saß, gehörte ich zu den letzten und konnte sehen, dass Mena mich schon erwartete, als wir herauskamen. Sie erkundigte sich nicht nach meinem Vormittag, sondern ging schweigend hinaus auf den Hof. Ich folgte ihr.

Draußen tobten Kinder auf dem Klettergerüst herum, spielten Himmel und Erde und rannten johlend hin und her. Ich brannte darauf, mich ihnen anzuschließen, und wäre am liebsten sofort losgelaufen, doch Mena hielt mich am Arm fest. »Da drüben«, sagte sie. Wir stellten uns neben die Türen, ganz in die Nähe der Lehrerin, die Pausenaufsicht hatte, und rührten uns die ganze restliche Pause nicht vom Fleck. Offenbar hatte Mena keine Freundinnen und auch keine Lust, mit den anderen Kindern herumzutollen. Und so standen wir nur da und sahen zu, wie die anderen Spaß hatten.

Das Schul-Mittagessen schmeckte mir ausgezeichnet, auch wenn die anderen es scheußlich fanden oder das wenigstens behaupteten. Es war die erste Mahlzeit seit Ewigkeiten, die ich hinunterbrachte, sodass ich alles verschlang, was man mir vorsetzte. Ich mochte sogar den Griespudding und bat um einen Nachschlag. »Igitt, wie kannst du nur so etwas essen?«, wunderte sich einer meiner Tischnachbarn.

Der Nachmittag in der Schule verlief genauso wie der Vormittag. Niemand in der Klasse sprach mit mir, und Mena erwartete mich nach dem Unterricht. »Bis morgen, Sameem«, verabschiedete sich Mrs Young lächelnd von mir.

Auf dem Heimweg sagte Mena kaum ein Wort. Da mir klar wurde, dass sie, ganz anders als ich damals in Cannock Chase, keinen Spaß an der Schule hatte, erzählte ich ihr auch nicht von meinem Tag. »Morgen fängt Salim mit dem Kindergarten an«, verkündete sie. »Dann müssen wir ihn mitnehmen.«

»Gut«, antwortete ich. Mehr wurde auf dem Heimweg nicht geredet.

Beim Nachhausekommen rechnete ich damit, dass Mutter uns an der Tür erwarten und sich erkundigen würde, wie es in der Schule gewesen sei. Aber sie hatte sich hingelegt. »Da seid ihr ja«, rief sie nur. »Holt mir Tee.« In der Küche stand noch das Geschirr vom Frühstück und vom Mittagessen und wartete darauf, gespült zu werden. Dass es etwas zu tun gab, schien Mena ein wenig aufzuheitern, und so machten wir uns daran, die Küche in Ordnung zu bringen.

Hanif kochte das Abendessen. Es gab Reis und ein Gericht namens *dahl*, das wie Suppe aussah, aber nicht so schmeckte. Da ich es sogar noch scheußlicher fand als das Curry, begnügte ich mich mit etwas Reis. Abends beim Zubettgehen war ich noch hungrig.

Am nächsten Morgen nahmen wir Salim mit zur Schule. Er trug eine schicke neue Hose und ein T-Shirt, die Mutter für ihn gekauft hatte. Bedrückt dachte ich daran, wie nett es gewesen wäre, zum Schulanfang auch neue Kleider zu bekommen, aber Salim war so aufgeregt und redete den ganzen Weg über den Kindergarten, dass mir nicht viel Zeit zum Grübeln blieb.

Auch an diesem Tag zeigte ich im Unterricht wieder gute Leistungen. Doch zu meiner Enttäuschung wollte Mena in der Pause wieder nur an der Mauer stehen und die anderen Kinder beobachten. Gerade verließen wir nach dem Unterricht den Schulhof, als ich ausrief: »Mena – Salim!« Wir hatten unseren kleinen Bruder vergessen. Lachend rannten wir zurück zum Kindergarten, wo er, strahlend nach dem ersten Tag, mit seiner Erzieherin wartete.

In den nächsten Tagen kam ich dahinter, dass ich in der Pause nicht neben Mena stehen bleiben musste. Kinder, die keine Lust hatten, draußen zu spielen, durften nämlich in der Bibliothek sitzen und lesen. Ich entschied mich für diese Möglichkeit. So schloss ich zwar keine Freundschaften, doch das störte mich nicht, weil mir die Bücher als Freunde genügten. An meinem ersten Tag suchte mich Mena und fragte mich, ob ich zum Spielen auf den Hof gehen wolle.

»Nein, ich lese gerade ein sehr spannendes Buch. Ich bleibe lieber hier.«

Es dauerte auch nicht lange, bis ich begriff, aus welchem Grund Mena in der Schule keine Freundinnen hatte und warum niemand nett zu mir war. Unsere Kleider waren aus zweiter Hand, wofür man uns verspottete. Und da ich nicht mehr das kleine Mädchen war, das unbekümmert durch Cannock Chase tollte, konnten sie bei ihren Spielen in der Pause nichts mit mir anfangen. Noch schlimmer war, dass ich wieder angefangen hatte zu stottern und deshalb ebenfalls gehänselt wurde.

Es begann, kurz nachdem wir von der Schule gekommen waren. Gerade hatte ich das vom Tag übrig gebliebene Geschirr gespült und wir setzten uns, um die von Hanif zubereitete Mahlzeit zu verspeisen. Mutter saß an ihrem üblichen Platz, Mena und ich kauerten auf dem Fußboden an ihr Sofa gelehnt. Hanif hatte das Essen in der Küche verteilt, und Mena hatte mir meinen Teller gebracht. Normalerweise störte es niemanden, dass ich nur das trockene *roti* aß und Mena das scharfe Gericht überließ. Diesmal jedoch hatte Hanif das Curry über das ganze *roti* gegossen, und ich brachte es trotz aller Mühe einfach nicht hinunter. Schon von einem kleinen Stück traten mir die Tränen in die Augen, und mein Mund brannte wie Feuer.

Also stellte ich den Teller weg. »Mena, ich kann das nicht essen. Nimm du es«, sagte ich. Tara blickte zu mir hinüber und meinte dann etwas zu Mutter. Im nächsten Moment spürte ich einen heftigen Schlag im Rücken, sodass ich vor Überraschung und Angst einen Schrei ausstieß und vornüberkippte.

Ich sah mich um. Mutter starrte mich finster an und zischte etwas. Sie war es gewesen! Meine eigene Mutter hatte mich geschlagen! Ich verstand den Grund nicht und brach in Tränen aus. Als ich die anderen hilfesuchend ansah, erwiderte Hanif streng meinen Blick. Tara grinste schadenfroh, während Mena auf ihren Teller starrte. »Mena, was ist?«, stieß ich mühsam hervor.

»Iss einfach auf. Du verschwendest Lebensmittel«, antwortete sie und konnte mir nicht in die Augen schauen.

Ich drehte mich wieder um. Mutter aß weiter, ohne auf mich zu achten. *Bitte, ich verschwende keine Lebensmittel, ich kriege das einfach nicht runter*, wollte ich ihr sagen. *Es ist viel zu scharf.* Aber als ich zum Sprechen ansetzte, kam nur ein »M-m-m-m-m-m« heraus.

Mutter musterte mich erstaunt. Tara lachte. Sie wussten alle nichts von meinem Stottern, weil ich gelernt hatte, es zu kaschieren. Von meiner eigenen Mutter geschlagen zu werden, war so ein Schock gewesen, dass es wieder angefangen hatte.

Schließlich gingen sie hinaus, und Mena leerte meinen Teller. Aber der Schaden war nicht mehr gutzumachen. In Gegenwart meiner Familie konnte ich nicht mehr ungezwungen sprechen, und natürlich stotterte ich auch in der Schule bei den unpassendsten Gelegenheiten. Alle Methoden, die ich im Kinderheim gelernt hatte, um dagegen anzugehen, blieben wirkungslos. Wenn Mena und ich allein waren, fiel es kaum auf, doch in Anwesenheit der anderen, wurde jede Unterhaltung zur Tortur.

Mutter war überzeugt, mein Stottern heilen zu können, indem sie die Haut unter meiner Zunge aufschnitt. Diese zöge die Zunge nämlich auf die falsche Weise herunter. Zornig rief sie nach Hanif, damit sie ihr half. Dann legten die beiden mich in der Küche auf den Fußboden und befahlen mir den Mund zu öffnen. Trotz meiner Verständnislosigkeit gehorchte ich. Mutter hatte eine Rasierklinge in der Hand, und zwar eine von der Art, wie man sie in altmodischen Rasierapparaten findet. Entsetzt starrte ich darauf.

»Mutter, was ...«, wollte ich sagen, aber Hanif drückte mich herunter.

»Jetzt halt still, Sameem«, befahl Mutter. Tara übersetzte, während Hanif mir mit den Knien die Arme festhielt und mir mit den Händen den Mund aufzwang. Mutter beugte sich mit der Rasierklinge vor, und ich musste hilflos zuschauen, wie sie immer näher und näher kam. Ich wollte den Mund zumachen und die Augen schließen, aber es ging nicht. Als Mutters trockene Finger in meinen Mund fuhren, presste ich mich in den Boden und unterdrückte den Würgereiz. Dann spürte ich einen scharfen brennenden Schmerz, als sie mit der Rasierklinge die Haut durchtrennte, die meine Zunge unten am Gaumen festhielt. Ich versuchte zu schreien und mich loszureißen. Was machte sie da mit mir? »Halt still, Kind. Wenn ich das durchschneide, verschwindet dein Stottern und du kannst wieder richtig reden. Falls du zappelst, verletze ich dich noch aus Versehen im Mund«, sagte sie immer wieder. Nach dieser Warnung, gab ich mir alle Mühe, mich nicht zu bewegen. Aber meine Beine zuckten weiter, denn der Schmerz und der Ekel vor dem Geschmack meines eigenen Blutes im Mund waren zu groß. Sie zwickte mich, damit ich mich nicht rührte. Schließlich lehnte sie sich zurück. »So, fertig«, verkündete sie, als ob sie jemand darum gebeten und sie eine gewaltige Leistung vollbracht hätte. Hanif ließ meinen Kopf los, worauf ich mich zur Seite drehte und Blut in eine Schüssel spuckte.

Bis heute ist die Haut unter meiner Zunge nicht nachgewachsen, und man kann noch deutlich sehen, wo sie mich geschnitten hat.

Mutter schien mit ihrem Werk zufrieden. »So, jetzt kannst du deine Zunge richtig bewegen, und das Stottern geht weg.«

Schluchzend vor Entsetzen saß ich auf dem Boden. Doch

es waren nicht die pochenden Schmerzen, die mich am meisten quälten, sondern Mutters Gleichgültigkeit. Offenbar war ich für sie nichts weiter als ein Gegenstand, den sie nach Belieben herumstoßen, verspotten und zerstören konnte. Jedenfalls betrachtete sie mich offenbar nicht als ihre Tochter. Und dennoch sehnte ich mich so sehr danach, ihre innig geliebte Tochter zu sein, dass ich alles getan hätte, was sie von mir verlangte, nur damit sie mir endlich ihre Zuneigung schenkte. Ich war sogar bereit, mich von ihr verstümmeln zu lassen. Es versteht sich von selbst, dass meine Stotterei dadurch nicht verging.

Dad war der einzige Erwachsene, bei dem ich mich sicher fühlte. Und so wandte ich mich bei seinen seltenen Besuchen trostsuchend an ihn. Er ging mit Mena und mir in den Park. Doch wenn wir zurückkamen, fand Mutter immer einen Grund, ihm eine Szene zu machen, weshalb er diese Ausflüge irgendwann einstellte. Anfangs verstand ich nicht, was geredet wurde, schnappte aber bald die ersten Sprachfetzen auf und konnte den Gesprächen allmählich folgen. Mutter verlangte Geld von ihm, und wenn er erwiderte, er habe keins, befahl sie ihm zu verschwinden, worauf er sich einfach trollte.

Was ich jedoch nicht begriff und was mich in den Nächten oder an ausgesprochen scheußlichen Tagen manchmal zum Grübeln brachte, war die Frage, warum Dad mich nicht einfach mit zu sich nach Hause nahm. Er musste doch wissen, dass Mutter mich ebenso oft anbrüllte wie ihn. Weshalb ließ er mich dann bei ihr zurück?

Natürlich versetzten Dads Besuche das ganze Haus in

Aufruhr. Erstens rauchte er, was Ma wegen ihres Asthmas nicht leiden konnte. Offenbar schien es außer mir alle zu stören. Dad unterschied sich vom Rest der Familie. Er war gelassen, und nichts konnte ihn aus der Ruhe bringen, ganz im Gegensatz zu Mutter, die stets Probleme zu wälzen schien. Außerdem blickte Mutter nur finster drein, während Dad mich immer freundlich anlächelte, ein Lächeln, das einzig und allein für mich bestimmt war, auch wenn er nur wenig mit mir sprach.

Bei meiner Ankunft im Haushalt hatte Hanif den Großteil des Kochens erledigt, und es sollte ein Jahr vergehen, bis ich meine erste Kochstunde bekam. Ich wollte unbedingt beim Kochen helfen, da ich hoffte, dass dadurch mehr zu essen für mich abfiel. Vielleicht würde ich ja auch endlich lernen, das verhasste Curry zu mögen. Dass weder Tara noch Mena bei Hanif Kochunterricht nehmen musste, sondern nur ich, fiel mir gar nicht auf.

Außerdem war ich fest entschlossen, die Sprache zu lernen, die Mutter und Tara dazu benutzten, mich auszuschließen. Mena half mir, indem sie mir die Gegenstände in der Küche zeigte. »Was ist das?«, fragte sie und hielt einen Topf, einen Teller oder einen Löffel hoch. Dann musste ich ihr das Wort dafür auf Pandschabi sagen. Doch am meisten schnappte ich durch die Filme auf, die wir uns alle gemeinsam ansahen.

Normale Fernsehsendungen liefen bei uns eigentlich nie. Für gewöhnlich legte Tara eine Kassette ein, meist Videos mit Titeln wie *Songs from Indian Movies.* Das Kinn in die Hände gestützt, lag ich auf dem Boden und betrachtete sehnsüchtig die fröhlichen, glücklichen Familien, die lachten (und sangen und tanzten, was ich immer albern fand) und alles gemeinsam unternahmen. Wie bei uns zog die Frau zur Familie des Ehemanns, doch damit waren die Gemeinsamkeiten schon zu Ende. Im Gegensatz zu den Ehefrauen in den Filmen bediente Hanif ihre Schwiegermutter nämlich nicht, denn das Kochen, Putzen und Wäschewaschen schien eher meine Aufgabe zu sein. Warum hätte Hanif sich auch anstrengen sollen, solange sie eine Sklavin – mich – hatte, die ihr jede Arbeit abnahm?

Wenn Mutter nicht da war, schlich ich mich ins Zimmer, spielte die Videos noch einmal ab und sprach die Wörter nach, bis ich verstand, was um mich herum geredet wurde, und wusste, was ich darauf antworten sollte. Das Einzige, was ich aus den Filmen nicht lernte, waren die Kraftausdrücke, mit denen Mutter mich überhäufte, denn dazu ging es in den Drehbüchern viel zu gesittet zu.

Hanif war die Einzige im Haus, die sich weigerte, Englisch zu lernen. Mutter sprach Englisch, falls es sich nicht umgehen ließ, doch Hanif sträubte sich mit Händen und Füßen. Wenn sie etwas von mir wollte, bat sie Mena, zu übersetzen. Als ich genug Pandschabi konnte, tröstete sie mich manchmal, nachdem Mutter mich geschlagen hatte. Meistens jedoch sagte sie nur: »Versuch, sie nicht zu verärgern, Sameem. Du weißt ja, wie schnell sie wütend wird.« Bei ihr klang es, als ob die schlechte Laune meiner Mutter ein größeres Unglück gewesen wäre als die Platzwunden und Blutergüsse, die meinen Körper bedeckten.

(Viel später erst kam ich dahinter, dass Hanif mit ihrer Freundlichkeit Hintergedanken verfolgte. Sie wollte mich an einen ihrer Cousins verheiraten, um ihm die Einreise nach England zu ermöglichen. Das hätte bedeutet, dass ich für immer mit ihr unter einem Dach hätte leben und mich für sie hätte abschuften müssen. Allerdings machte Mutter Hanif einen Strich durch die Rechnung, nachdem es in Pakistan Streit um ein Stück Land gegeben hatte, worauf die beiden eine Weile nicht mehr miteinander sprachen.)

In der Küche zeigte Hanif sich von ihrer geduldigeren Seite, vermutlich weil sie dort nicht unter Mutters Fuchtel stand. Deshalb konnte ich ihr Fragen stellen, ohne dass sie mir über den Mund fuhr, ich solle nicht so viel schwatzen, nichts Falsches sagen oder kein dummes Zeug reden.

Nachdem ich Hanif eine Weile beim Zwiebelschälen zugesehen hatte, gab sie mir eine, damit ich es selbst versuchte. Ich fing an, die Schale abzuziehen, worauf sie mit einem Seufzer die Hand ausstreckte, um mir zu helfen.

»Leg sie hin und schneide sie. Da ist ein Messer.«

Ich hatte ihr schon oft beim Gemüseschneiden zugeschaut und gesehen, wie mühelos die Klinge durch die Stücke auf dem Schneidebrett glitt. Aber zu meiner Überraschung entpuppte es sich als ziemlich schwierig. Als ich die Klinge in die Zwiebel drückte, drang sie nicht durch. Hanif stand neben mir, nahm meine Hand und führte sie an den Rand der Zwiebel. »Nimm kleinere Stückchen«, sagte sie. »Und dann versuchst du es noch einmal an der ersten Stelle.«

Tränen traten mir in die Augen, und ich wischte sie weg, bevor ich weitermachte. Bei jedem Ansatz wurde es leichter, und schließlich hatte ich die ganze Zwiebel zerschnitten.

»Und nun mach aus den großen Stücken kleine und gib sie in den Topf.«

Als ich fertig war und aufblickte, stellte ich fest, dass sie mich tatsächlich anlächelte. »Schau, du kannst schon eine Zwiebel schneiden. Ausgezeichnet.«

Ich wollte noch eine Zwiebel schneiden und außerdem ein Curry kochen. Wie sehr wünschte ich mir, sie würde wieder lächeln, und ich sehnte mich danach, von ihr gelobt zu werden. Es war so schön, etwas beigebracht zu bekommen, denn das bedeutete Aufmerksamkeit und Anerkennung. Anschließend zeigte mir Hanif, wie man *rotis* machte, wobei ich mir die Finger an der offenen Flamme verbrannte. Als Nächstes erklärte sie mir, wie man die Zwiebeln briet und wie viel Chilipulver und andere Gewürze dazukamen.

Schon ein oder zwei Wochen später gab es abends ein Curry, das ich ganz allein gekocht hatte. Und nach einem halben Jahr bereitete ich sämtliche Speisen für meine Familie zu. Wenn ich aus der Schule nach Hause kam, erwartete man von mir, dass ich für alle kochte. Dass ich dafür keinerlei Dank erhielt, fiel mir gar nicht auf. Bald wusste ich, wie man die scharf gewürzten Gerichte herstellte, die meine Familie so gerne aß. Ich lernte, alle anderen zu bedienen, bevor ich selbst zugriff, und immer genug für Manz beiseite zu stellen, damit er auch etwas hatte, wenn er nach Hause kam. Mein Wunsch, endlich genug zu essen abzukriegen, erfüllte sich jedoch nicht.

Mena sprang für mich in die Bresche, wenn ich einmal etwas vergessen hatte. »Erinnerst du dich, wie viele Löffel Chili in ein Gemüsecurry gehören?« oder »Wie viel Wasser muss in den Reis?«

Mena kannte immer die Antwort, obwohl das Kochen stets an mir hängen blieb. Keine Ahnung, was ich ohne sie gemacht hätte. Vieles erledigten wir zusammen. Ich kochte, sie leistete mir dabei Gesellschaft. Ich spülte das Geschirr, sie räumte es in den Schrank. Ich fegte den Boden, sie hielt die Schaufel fest, damit ich den Kehricht besser daraufschieben konnte. Und wenn ich die Wäsche auf die Leine hängte, half sie mir beim Glattziehen.

Beim Kochen und Spülen spielten wir Wortspiele. In einem davon ging es darum, den anderen zum Aussprechen eines bestimmten Wortes wie beispielsweise »ja« zu bringen.

»Du musst aber schnell antworten«, sagte Mena.

»Gut.«

»Was kochst du?«

»Gemüse.«

»Magst du Gemüse?«

»Nein.«

»Magst du mich?« Ich nickte.

»Nicken ist verboten. Du hast ja gesagt«, rief sie erfreut aus.

»Nein, habe ich nicht.«

Obwohl ich Spaß an diesen Spielen mit Mena hatte, vermisste ich richtige Spielsachen wie Buntstifte, Filzstifte, Malbücher, Bücher, in denen man Punkte zu Bildern verbinden musste, und Puzzles.

Eines Tages auf dem Heimweg von der Schule versuchte Mena, mir das Pfeifen beizubringen. Aber so sehr ich mich auch abmühte, ich schaffte es einfach nicht. Wenn ich die Lippen schürzte und pustete, kam da nur Luft, allerdings kein Geräusch.

Ich übte die ganzen zwanzig Minuten, bis wir zu Hause waren, und auch noch danach beim Kochen, ja, sogar abends unter der Bettdecke. Und dann, am nächsten Morgen auf dem Schulweg, blies ich vorsichtig, und ein leises Pfeifen ertönte.

»Du kannst es«, begeisterte sich Mena.

Ich versuchte es wieder.

Nichts.

»Wenn ich lächle, klappt es nicht«, sagte ich.

Also zwang ich mich zu einer ernsten, reglosen Miene, und diesmal ertönte ein richtiger schriller Pfiff.

»Ich kann pfeifen, ich kann pfeifen.«

Vor lauter Begeisterung hüpfte ich den ganzen Weg zur Schule.

Den ganzen Tag über pfiff ich, sobald sich die Gelegenheit bot. Ich pfiff beim Nachhausekommen, und ich pfiff beim Geschirrspülen.

Doch plötzlich hörte ich hinter mir ein Geräusch. Als ich mich umdrehte, war Mena zur Toilette gegangen und Hanif stand hinter mir.

»Wo hast du das her?«

»Nirgendwo.«

»Aus der Schule etwa?«

»Nein, ich habe es gerade erst gelernt.«

»Männer pfeifen den Mädchen nach. Wenn ich das noch einmal höre, erzähle ich es deinem Bruder, verstanden?«

Ich nickte, und sie ging hinaus.

Als Mena zurückkehrte, berichtete ich ihr von dem Gespräch mit Hanif. »Die ist nur neidisch, weil sie nicht pfeifen kann«, erwiderte sie. Wir grinsten uns an.

Ich pfiff nie wieder im Haus oder wenn Gefahr bestand, dass Hanif oder Manz in der Nähe sein könnten. Doch unterwegs pfiff ich weiter nach Herzenslust.

Putzen war die Hausarbeit, die ich am meisten hasste. Immer war es staubig im Haus, und da wir keinen Staubsauger besaßen, der mir die Aufgabe erleichtert hätte, musste ich die Flocken auf dem Fußboden mit Besen, Mopp und Schrubber in Schach halten. Das Schlimmste jedoch war das Säubern der Wand, wo Mutter gesessen hatte. Ich hatte gesehen, wie sie hustete. Nun musste ich mit einem Lappen den Schleim von Wand und Boden wischen. Etwas geriet immer an meine Finger, sodass Brechreiz in mir aufstieg. Denn wenn ich mich in Mutters Gegenwart übergeben hätte, anstatt brav zu putzen, hätte ich mir nur wieder eine Kopfnuss eingehandelt. Angeblich war ihr Asthma schuld daran, was wegen des vielen Staubs durchaus im Bereich des Möglichen lag. Aber ich glaubte ihr nicht wirklich. Warum an die Wand und nicht in einen Eimer oder ein anderes Gefäß, das sich leicht auswaschen ließ? Es war so ekelhaft, doch während man den kleinen Salim davon fernhielt, musste ich es wegschrubben. Auch Mena machte einen Bogen darum, weil ihr davon übel wurde.

Noch schlimmer war es, wenn Mutter pinkeln musste. Wieder schützte sie Krankheit vor, um es im Haus vor unseren Augen zu erledigen. Zu diesem Zweck bewahrte sie einen Nachttopf unter dem Sofa auf. Während wir Kinder – nicht Saber oder Manz, vor ihnen hätte sie es niemals getan, also nur die Mädchen und Salim – seelenruhig vor dem Fernseher saßen, holte sie plötzlich den Nachttopf hervor, breitete eine Decke über ihre Mitte und kauerte sich zum Pinkeln hin. Wir versuchten, nicht hinzuhören, und wenn sie fertig war, rief sie mich zu sich. »Sameem, Sameem!« Denn ich war es, die den vollen Nachttopf hinausbringen und in die Toilette leeren musste. Da Mena sich beinahe einmal übergeben hätte, blieb diese Pflicht an mir hängen.

Taras Schikanen wurden immer schlimmer, denn sie betrachtete mich als ihre Sklavin, die sie nach Herzenslust herumkommandieren konnte. Ich musste ihr gläserweise Wasser holen, das Essen servieren, ihr Bett machen, ihre Wäsche von der Leine nehmen und ihr schmutziges Geschirr in die Küche bringen, ohne dass sie auch nur einen Finger gerührt hätte. Es war mir rätselhaft, wie sie ihr Leben vor meiner Ankunft bewältigt hatte. Außerdem sprach sie nur noch Pandschabi mit mir, sodass ich außer meinem Namen nichts verstand.

Taras größtes Vergnügen bestand offenbar darin, mich vor den anderen zum Gespött zu machen, und ich fand bald, dass sie sich aufführte wie eine verwöhnte Prinzessin. Ich rächte mich, indem ich ihre Kleider zwar wie befohlen auf einen Stuhl stapelte, allerdings ohne zuvor das dort liegende Schulbuch wegzuräumen, sodass sie es hektisch suchen musste.

»Sam, geh in den Laden und hole Milch«, wies Tara mich eines Tages an. Mena begleitete mich, und wir schlenderten gerade die Straße hinunter, als zwei Jungen – sie hießen Carl und Luke und hatten Mena schon öfter das Geld weggenommen – auf uns zukamen. Die beiden Jungen traten so dicht an uns heran, dass ich an die Mauer zurückwich.

Mena versteckte sich hinter mir.

»Was habt ihr auf der Straße zu suchen?«, fragte Carl.

»Habt ihr Geld dabei?«, erkundigte sich Luke.

Sie waren so nah, dass ich ihren Atem spüren konnte. Da Mena zitterte, bekam ich es auch ein wenig mit der Angst zu tun. »Lasst uns in Ruhe«, sagte ich dennoch.

Carl lachte: »Her mit dem Geld«, befahl er.

»Warum?« Ich hoffte, dass ich mutiger klang, als ich mich fühlte.

»Wenn nicht, kleb ich dir eine.«

Bei diesen Worten setzte Luke ein hämisches Grinsen auf.

»Gib ihm das Geld, Sam«, flehte Mena, die immer noch hinter mir stand.

Der Junge erinnerte mich an meinen Zimmernachbarn im Heim, und ich war fest entschlossen, mich nicht von ihm einschüchtern zu lassen. Ich hatte es ja so satt, herumgeschubst zu werden. »Nein«, verkündete ich.

Als er ausholte, um mich zu schlagen, musste er den Kopf ein Stück in meine Richtung drehen, sodass ich die kurzen Haare über seinen Ohren zu fassen bekam. Ich zog kräftig daran, eine bewährte Methode, die auch diesmal wieder erfolgreich war.

»Autsch!«, jammerte er.

Ich sah einfach nicht ein, warum ich mich auch noch von diesen beiden kleinen Mistkerlen quälen lassen sollte. Deshalb zog ich noch ein wenig fester, worauf sein Geheul lauter wurde. Luke wich mit erschrockener Miene zurück.

Inzwischen beugte Mena sich aufgeregt über meine Schulter. »Zieh noch fester!«, rief sie.

»Nein, nein, bitte nicht«, flehte Carl tränenüberströmt.

Ich hielt ihn weiter an den Haaren und trat einen Schritt vor. »Von nun an wirst du Mena und mich in Ruhe lassen, kapiert?«

»Ja, ja, wir tun euch nichts mehr. Lass mich bitte los«, bettelte er.

Sicherheitshalber zerrte ich noch einmal an seinen Haaren, sodass er noch lauter schrie. Dann stieß ich ihn weg. Er hielt die Hand an sein Ohr und suchte, gefolgt von Luke, rasch das Weite.

Mena sprang begeistert auf und nieder. »Du hättest noch fester ziehen sollen!«

»Nein, das reicht«, erwiderte ich. »Komm, wir holen jetzt die Milch.« Ich hatte das Gefühl, etwas Großes geleistet und es einem Tyrannen mit gleicher Münze heimgezahlt zu haben. Zumindest wusste ich jetzt, dass ich noch immer in der Lage war, mich zu verteidigen, falls es nötig sein sollte.

Interessanterweise lächelten Carl und Luke uns jetzt jedes Mal zu, wenn wir uns auf der Straße trafen. Sie kamen uns nie wieder zu nahe.

Als die Schule anfing, zog Tara ins Erdgeschoss. Unter der Treppe gab es eine kleine Nische, die gerade groß genug für ein schmales Bett war. Da Tara nun dort schlief, bekam ich ihr Bett.

Wie selig war ich, endlich ein eigenes Bett zu haben, denn nun war unser kleines Zimmer für mich ein Ort, an den ich mich vor der Welt zurückziehen konnte, nachdem alle Hausarbeiten erledigt waren. Das hieß, falls es nicht zu kalt war, denn wir hatten dort keine Heizung. Da Mutter nie nach oben kam, blieben wir meistens ungestört. Allerdings übernachtete Tara hin und wieder doch bei uns, wenn ihr Bett schmutzig war, weil Salim wieder einmal hineingepinkelt hatte. Dann brüllte sie ihn an, stürmte in unser Zimmer und warf mich aus meinem Bett, sodass ich mich zu Mena legen musste.

Bücher waren mein Ein und Alles. Weil ich mich immer mehr zurückzog und in der Schule keine Freundinnen hatte, verkroch ich mich in der Bibliothek und verschlang spannende Geschichten über Kinder, die sich miteinander verbündeten, um Erwachsenen eins auszuwischen: *Die fünf Freunde, Nancy Drew*, die *Hardy Boys* und der *Geheimbund der Sieben* waren meine Lieblingsfiguren, und ich las alle Bände, die in der Bibliothek standen. Manchmal löste ich den Fall schon vor Ende des Buches. *Ich habe es gleich gewusst*, flüsterte ich dann. Die Bücher ermöglichten mir die Flucht aus der schrecklichen Welt, in der ich lebte, denn ich hatte das Gefühl, weder zu Hause noch in der Schule wirklich dazuzugehören. Niemand gab sich Mühe, damit ich mich willkommen fühlte und mich leichter eingewöhnte. Ich lernte, damit zurechtzukommen, indem ich meine Erwartungen herunterschraubte. Allerdings weiß ich nicht, wie ich mein Leben in diesem Haus ohne meine Bücher überstanden hätte.

6

Eines Tages in der Schule eröffnete mir Mena, dass wir anfangen müssten, die Moschee am Ort zu besuchen. Ich freute mich schon darauf, weil ich es mir so ähnlich wie in der Sonntagsschule vorstellte, denn Mena hatte mir erzählt, wir würden aus einem religiösen Buch lernen. Doch ich wurde enttäuscht, denn in der Moschee ging es eher zu wie zu Hause. Der Unterricht fand sogar in einem Wohnhaus statt.

Nach der Schule gingen wir nach oben, um unsere Kopftücher zu holen, die an Haken hinter der Schlafzimmertür hingen. Mena zeigte mir, wie man das Tuch fest um den Kopf band.

»Anschließend kommt ihr sofort nach Hause«, befahl Mutter, als wir aufbrachen.

Bis zur Moschee war es von unserem Haus etwa so weit wie bis zur Schule, nur in die entgegengesetzte Richtung. Unterwegs kamen wir an einem unbebauten Gelände vorbei, wo sich viele kleine Hügel erhoben. Mena sagte, dass sie »Affenhügel« hießen.

»Warum?«

»Keine Ahnung. Saber nennt sie so.« Menas Miene verfinsterte sich ein wenig. »Eigentlich sollte er uns in die Moschee begleiten, aber er spielt lieber mit seinen Freunden in den Hügeln.«

Als wir weitergingen, blickte ich mich immer wieder um, in der Hoffnung, Saber zwischen den Hügeln zu entdecken. Doch ich sah keine Spur von ihm.

Die Moschee war ein großes Haus, wo etwa dreißig Kinder im Koran unterwiesen wurden. Die Mädchen, die mit ihren weißen Kopftüchern alle gleich aussahen, saßen im Wohnzimmer, die Jungen nebenan. Wir ließen uns auf dem Boden nieder. Es war kalt. Während wir auf den *molvi*, den religiösen Führer, warteten, zupften einige Mädchen ihre Kopftücher zurecht, sodass auch die letzte Haarsträhne darunter verschwand. Ich begriff nicht, warum das so wichtig für sie war.

Schließlich erschien der *molvi*. Wir verharrten reglos und rechneten damit, dass der Unterricht nun beginnen würde. Doch der *molvi* ging zwischen uns hin und her und blieb dann hinter mir stehen. Plötzlich spürte ich einen Schlag auf die Schulter.

Vor Schreck und Schmerz schrie ich auf und hob den Kopf. Warum hatte er mich wohl geschlagen? Aber er wies nur wortlos auf mein Haar. Mena beugte sich vor und schob ein paar herausgerutschte Strähnen zurück unter das Kopftuch. Ich verstand nicht, warum der *molvi* Gewalt angewendet hatte, anstatt mich zu ermahnen und mir Gelegenheit zu geben, den Fehler wiedergutzumachen. Die Tränen, die mir in die Augen traten, waren ebenso der Wut über diese Ungerechtigkeit geschuldet wie dem Schmerz. Die anderen Mädchen starrten in ihren Koran und wichen meinem Blick sorgsam aus.

Danach fragte ich Mena, wie oft wir in dieses schreckliche Haus gehen müssten. Sie erwiderte, wir würden im Islam unterwiesen, indem wir den Koran läsen. Das sei die übliche Methode. Der Unterricht fand jeden Tag nach der Schule statt. Wir fingen mit der *Quaida* an, einem dreißigseitigen

Büchlein. Auf der ersten Seite stand das Arabische Alphabet, und wir würden jeden Tag eine Zeile davon lernen (eine Seite hat etwa sechs Zeilen). Anschließend würde man uns die Aussprache beibringen, die davon abhinge, ob der jeweilige Buchstabe unten oder oben mit einem Strich oder einem anderen Symbol versehen sei. Und zu guter Letzt sollten wir erfahren, wie die Buchstaben klangen, wenn man sie miteinander verband. Auf der ersten Seite hätten die Wörter vier Buchstaben, auf der nächsten sechs und so weiter.

Während wir noch an der *Quaida* arbeiteten, trieb der *molvi* uns ständig zur Eile an. »Macht schnell, bald könnt ihr den Koran lesen«, sagte er. Die Mädchen im Zimmer, allesamt Anfängerinnen, strahlten übers ganze Gesicht, wenn sie diese Worte hörten. Bei ihm klang es, als ob der Koran ein Zauberbuch voller Wunder sei, weshalb ich wie alle anderen darauf brannte, mit dem Lesen zu beginnen. Allerdings verstanden wir nicht, was wir da lasen, da man uns nur in der Aussprache unterwies. Und so saßen wir da und wiederholten die Lektion des Tages ein ums andere Mal, damit wir sie nicht vergaßen. Wenn wir das Gelernte des Vortags nicht richtig aufsagen konnten, wurden wir beschimpft oder sogar geschlagen.

Als ich neun zusammenhängende Buchstaben beherrschte, befand der *molvi*, dass ich mich nun an den Koran wagen könne. Es hatte ungefähr ein Jahr gedauert. Sobald ich etwa neun Jahre alt war und den Koran lesen konnte, müsste ich nicht mehr in die Moschee gehen. Arabisch zu schreiben, brachte man mir nie bei, nur das Lesen. Wir sollten nur den Koran lesen können, das war alles, was wir über den Islam wissen mussten.

Als der Sommer in den Herbst überging warf ich auf dem Weg zur Moschee stets einen sehnsüchtigen Blick auf die Affenhügel und wünschte, mich dort verstecken zu können.

»Heute will ich nicht in die Moschee«, meinte ich eines Tages zu Mena. »Ich will Saber suchen.«

»Was soll das, Sam?« Wie immer hatte Mena eine Todesangst davor, was Mutter tun würde, wenn sie herausfand, dass wir den Unterricht geschwänzt hatten.

»Mutter wird es nie erfahren, Mena. Es ist ja nur für eine Woche.« Mit diesen Worten marschierte ich los. Sie folgte mir nach kurzem Zögern.

Mena und ich kletterten den ersten Hügel hinauf. Oben am Gipfel entdeckten wir unter uns eine Gruppe von Jungen. Angestrengt spähte ich nach unten, während Mena fragte: »Ist das Saber? Ich kann nichts erkennen.«

»Es gibt nur einen Weg, das herauszufinden«, entgegnete ich. »Saber! Saber!«, rief ich zu ihnen hinunter.

Einer der Jungen blickte hoch, löste sich von den anderen und kam auf uns zu.

»Bestimmt ist er das. Wir wollen runtergehen.« Ich übernahm die Führung.

Allerdings war unser Bruder gar nicht erfreut, uns zu sehen. »Was habt ihr beide hier zu suchen? Was wollt ihr? Warum seid ihr nicht in der Moschee?«

»Wo wir hingehen, ist unsere Sache. Oder bist du etwa in der Moschee?«

Nach einem kurzen finsteren Blick auf mich senkte er mit einem schuldbewussten Grinsen den Kopf. »Ja, ihr habt mich erwischt. Ich will da nicht hin, weil ich mir die Wörter nicht merken kann. Und wenn ich falsch antworte, setzt es Prügel.«

»Ich bin auch geschlagen worden«, verkündete ich, erntete aber nicht das erwartete Mitgefühl.

»Aber ihr beide müsst jetzt verschwinden. Wenn Mutter das mitkriegt, bekommen wir alle Ärger.«

Warum verschwindest du nicht selbst?, hätte ich am liebsten gefragt. Weshalb sollen wir gehen? Allerdings hatte ich mir bereits das in meiner Familie vorherrschende Denken angeeignet, das lautete, dass man Männern eben ihren Willen lassen musste. »Gut«, sagte ich stattdessen. »Aber nicht diese Woche, einverstanden? Schließlich sind wir schon mal hier. Nächste Woche gehen wir wieder hin. Lass uns jetzt bleiben, in Ordnung?«

Saber betrachtete uns nachdenklich. »Meinetwegen bleibt eben«, erwiderte er nach einer Weile. »Wir reparieren gerade ein Fahrrad. Aber steht uns bloß nicht im Weg rum und redet kein dummes Zeug.«

Also setzten wir uns neben die Jungen, während sie an der Kette und der Gangschaltung des Fahrrads herumbastelten. Dass alles voller Schmieröl war, schien keinen von ihnen zu kümmern. Ich war neugierig, wie Saber das wieder wegkriegen wollte, bevor er nach Hause kam.

Nach einer Weile wurde mir das Herumsitzen zu langweilig, und ich schaute zum nächsten Hügel hinüber. »Ich frage mich, was wohl da drüben ist.«

Mena hatte bis jetzt geschwiegen, als ob sie hoffte, nicht aufzufallen, wenn sie einfach den Mund hielt. »Keine Ahnung. Ich war noch nie dort«, sagte sie nun.

Als ich mich erhob, fuhr Saber hoch. »Wo willst du hin?«, erkundigte er sich.

»Ich klettere nur auf den Hügel da und schaue, was dort ist«, antwortete ich. »Mena, kommst du mit?«

Mena stand auf. »Einverstanden.«

Saber warf einen Blick auf seine Freunde. »Aber geht nicht zu weit weg. Wenn ihr nicht in einer halben Stunde zu Hause seid, schöpft Mutter Verdacht.«

»Okay«, riefen wir. Und mit diesen Worten stapften wir den Hügel hinauf. Zu meiner Überraschung schien Mena Spaß an dem Abenteuer zu haben. »So weit war ich noch nie. Wo, glaubst du, führt der Weg hin, Sam?«

»Ich weiß nicht. Lass uns abwarten, bis wir oben sind«, entgegnete ich.

Ein wenig atemlos erreichten wir den Gipfel und spähten in die Ferne. Vor uns erstreckte sich Hügel um Hügel, und wir hatten eine wundervolle Aussicht auf die umliegenden Straßen, als wir dort oben im Schein der Abendsonne standen. »Ich will nie wieder nach Hause«, sagte ich.

»Ich auch nicht«, erwiderte Mena. Im nächsten Moment seufzte sie auf. »Doch wir müssen, und zwar bald. Wenn wir nicht rechtzeitig zurück sind, macht Mutter uns die Hölle heiß.«

»Lass uns noch ein bisschen bleiben.«

Und so setzten wir uns aneinandergelehnt für ein paar Minuten ins Gras und genossen den stillen und friedlichen Abend. Die offene Landschaft und der Himmel, der sich über uns wölbte, erinnerten mich an Cannock Chase. Vögel flogen durch die warme Luft und riefen nach mir. Ich beneidete sie um ihre Freiheit und darum, dass sie einfach der Welt entfliehen und sich in ihr eigenes Reich zurückziehen konnten.

Als die Sonne unterging und die Schatten länger wurden, stand Mena auf und klopfte sich den Staub von den Kleidern. »Los«, forderte sie mich auf. »Wir müssen nach Hause.«

Saber, der am Fuße des Hügels stand, empfing uns mit finsterer Miene. »Wehe, wenn ihr euch noch einmal hier blicken lasst. Ich komme irgendwann nach.«

Damit drehte er sich um und kehrte zu seinen Freunden zurück.

Warum dieser plötzliche Stimmungswandel? Saber war zwar ein Fremder für mich, aber ich vermutete, dass er ebenfalls Tagträumen nachhing. Vielleicht hatten Mena und ich ihn an die Wirklichkeit erinnert.

Nie wieder stieg ich hinauf in die Hügel, obwohl ich es so sehr liebte, den Himmel zu betrachten, die herumfliegenden Vögel zu beobachten und mir vorzustellen, dass sie sich, ebenso wie wir, irgendwann niederließen, um sich auszuruhen. Es lag nicht nur daran, dass ich mich am liebsten draußen an der frischen Luft aufhielt. Mir fehlte auch die Bewegung, denn es machte mich müde und träge, den ganzen Tag im Haus und in der Schule herumzusitzen. Als ich die Hügel hinaufgeklettert war, fühlte ich mich wie damals, als ich noch mit Amanda im Chase herumtollen konnte.

Nur, wenn ich das Haus verlassen durfte – auf dem Schulweg, dem Fußmarsch zur Moschee oder beim Einkaufen im Laden an der Ecke –, hatte ich Gelegenheit, mir Gedanken über mein Zuhause zu machen. Nie wusste ich, woran ich war, alles erschien mir seltsam, und obwohl ich mich nach Kräften bemühte zu tun, was man mir auftrug – oder besser bei mir voraussetzte, ohne mir den Grund oder den genauen Ablauf der Aufgabe zu erklären –, machte ich offenbar immer etwas falsch. Dennoch strengte ich mich weiter an, dazuzugehören und mich anzupassen. Mit der Zeit schmeckte mir sogar das Essen – denn etwas anderes gab es nicht. Außerdem wünschte ich mir nichts sehnlicher, als von meinen Brüdern und Schwestern gemocht zu werden. Ich wünschte mir die Liebe meiner Mutter, und so suchte ich die Schuld stets bei mir, wenn sie mich wegen angeblicher Fehler anschrie oder schlug. Es wollte mir einfach nicht in den Kopf, warum mir mein Einsatz und meine Liebe nur Beschimpfungen und Prügel einbrachten.

Mutters Verhalten gab mir besondere Rätsel auf, denn ich war noch nie jemandem wie ihr begegnet. Alle Menschen, die ich bis jetzt gekannt hatte – Tante Peggy, mein Vater, der Vikar in der Kirche und die Köchin, die Kuchen für uns buk und uns die Schüssel auslecken ließ –, hatten mich gütig und fürsorglich behandelt. Ich war es nicht gewohnt, angeschrien zu werden, ganz zu schweigen davon, dass mich jemand schlug. Mutter roch nach *masala*, und wenn sie nicht lag, saß sie im Schneidersitz auf dem Sofa. Ihre Augen wirkten gütig, das pechschwarze Haar trug sie ordentlich zu einem Pferdeschwanz gebunden oder zu einem Zopf geflochten, und sie machte eigentlich keinen sehr furchterweckenden Eindruck.

Dennoch entpuppte sich mein Zuhause von der ersten Woche an als ein Ort des Schreckens. Mutter wechselte kaum ein Wort mit mir, Mena oder sonst jemandem, schrie aber viel herum. Ihr Mund diente eigentlich nur dazu, zu brüllen und ekligen gelben Schleim hochzuwürgen, den sie dann an die Wand spuckte. Mutter zu küssen, kam mir nie in den Sinn – und umgekehrt –, denn ihr Kuss wäre sicher ein himmelweiter Unterschied zu Tante Peggys sanften Gutenachtküssen gewesen. Auch ihre Hände waren nicht so zart wie die von Tante Peggy. Wenn Tante Peggy mir ein Thermometer in den Mund schieben musste, hielt sie dabei meine Hand, und versuchte anschließend, mich durch ein Spiel aufzuheitern. Als ich noch klein war und von einem Erwachsenen zur Schule gebracht werden musste, legte ich den Weg an ihrer Hand zurück. Seit Mutter mich aus dem Kinderheim abgeholt hatte, hatte sie mich nie wieder an die Hand genommen, und sie berührte mich nur, wenn sie mich schlug. Mit der Zeit wuchs meine Gewissheit, dass Mutter gar nicht fähig war, Zärtlichkeit zu zeigen.

Wenn ich mit ihr zu Hause war, fühlte ich mich eher ratlos als verängstigt. Was hatte ich bloß verbrochen? Welche meiner Eigenschaften versetzte sie nur so in Rage? Weshalb musste immer ich als Sündenbock herhalten? Wie gerne hätte ich eine Antwort auf diese Fragen gehabt.

Allerdings durfte ich mir die Furcht, die sich täglich auf dem Heimweg von der Schule in mir ausbreitete, nicht anmerken lassen. Wenn ich Mutter auf ihrem Sofa thronen sah, spürte ich, wie Angst in mir hochstieg, denn ich wusste, dass sie nur einen Grund suchte, mich anzuschreien, sobald ich den Raum betrat.

»Es wird allmählich Zeit, dass du nach Hause kommst. Warum hast du unterwegs herumgetrödelt, du faules Kind? Putz den Fußboden!«, fuhr sie mich dann an. Da ich nicht wagte, den Mund aufzumachen – ein Stottern hätte mir nur eine Kopfnuss eingebracht –, nickte ich bloß und gehorchte.

Manchmal hieß es auch »Wisch den Tisch ab!« oder »Mach mir eine Tasse Tee!« Jedenfalls konnte ich sicher sein, dass beim Betreten des Hauses Arbeit auf mich wartete. »Sam tu dies, Sam tu das.« Mein Verstand brauchte einige Monate, um sich an dieses neue Leben zu gewöhnen.

Ich konnte einfach nicht verstehen, warum meine Mutter mich nicht so behandelte wie die Mütter in den Büchern ihre Kinder behandelten. Aus den Geschichten wusste ich, dass eine Mutter gütig, hilfsbereit, fürsorglich, zärtlich und nachsichtig war, eine Frau also, an die man sich kuscheln konnte. Meine Traummutter sang mich in den Schlaf und streichelte mir dabei sanft über mein Gesicht. Allerdings kamen in einigen Märchen auch böse Mütter und Stiefmütter vor, die ihre Kinder oder die ihres Mannes zum Sterben in den Wald schickten. Vielleicht war ich ja zufällig in einer dieser Geschichten gelandet, dachte ich manchmal. Falls ich Glück hatte, strafte meine Mutter mich mit Nichtachtung. Doch wenn sie sich von mir gestört fühlte – und es war mir noch immer nicht gelungen, das Geheimnis zu ergründen, womit ich sie auf die Palme brachte –, schlug sie mich so fest, dass ich anschließend blaue Flecken hatte.

Benahm sich so eine normale Familie? Ich wusste es nicht, denn ich hatte bis jetzt noch keine gehabt, weshalb ich mich mit den bei uns herrschenden Zuständen abfand. Innerhalb weniger Wochen wurde ich eine sehr abgeklärte Siebenjährige, die gelernt hatte hinzunehmen, dass es in ihrem Zuhause weder Geborgenheit noch die fröhliche Stimmung gab, die sie sich in ihrer kindlichen Naivität ausgemalt hatte. Ein glückliches Zusammenleben mit meinen Schwestern und Brüdern würde es nicht geben. Und vor Mutter hatte ich Angst.

(Später erklärte mir jemand, dass diese Erkenntnis die Furcht ein wenig gelindert habe. Aber erzählen Sie das einmal einem siebenjährigen Mädchen, das jederzeit mit Prügeln von seiner Mutter, seinem Bruder und seiner Schwester rechnen muss.)

Es fing in der Küche an.

»Sameem, *haramdee*, was soll das? Habe ich dir das nicht schon letzte Woche gesagt?«

Während ich mich noch nach der mutmaßlichen Fehlerquelle umdrehte, spürte ich schon einen scharfen Schmerz im Rücken. Ich taumelte nach vorne, teils aus Überraschung, teils wegen der Wucht des Schlages. Tara lachte auf. Ich sah mich um. Was war geschehen? Eigentlich erwartete ich, dass Mutter ebenso erschrocken war wie ich, und fragte mich, wer mich wohl gestoßen hatte.

Aber Mutter beugte sich nur vor und drohte mir mit dem Finger. »Wenn du dir nicht mehr Mühe gibst, setzt es wieder etwas. Die Entscheidung liegt ganz bei dir.« Mit diesen Worten wandte sie sich ihrem Essen zu.

»Du musst besser aufpassen«, flüsterte Mena auf dem Weg die Treppe hinauf. »Mir haben sie immer vorher gesagt, dass es Prügel gibt, wenn ich nicht gehorche. Aber sie hat sich sogar die Mühe gespart, dich zu warnen. Provozier sie also nicht.«

Entgeistert starrte ich sie an. Womit hatte ich Mutter denn gerade dazu provoziert, mich zu schlagen? Was hatte ich getan? Meine einzige Sünde war gewesen, mich wie jeden Abend für sie am Kochherd abzuschuften. Ich war sicher, dass es ein einmaliger Ausrutscher, ein Irrtum gewesen war.

Doch da hatte ich die Rechnung ohne Mutter gemacht, die außerdem tatkräftige Unterstützung von Tara und Manz erhielt. Es war, als hätten die beiden nur auf ihre Chance gewartet. Tara platzte fast vor Schadenfreude, wenn Mutter mich schlug, und das Schlimmste war, dass die zwei nun irgendwie erleichtert wirkten.

Ich brauchte sehr lange, um dahinterzukommen, und ich habe es offen gestanden erst vor wenigen Jahren richtig begriffen: So grausam meine älteren Brüder und meine Schwester auch mit mir umgesprungen sein mochten, auch sie lebten in Todesangst vor den Stimmungsschwankungen und Tobsuchtsanfällen meiner Mutter und waren deshalb froh, als ich ihre Zielscheibe wurde – froh, weil es nun sie nicht mehr traf. Als ich eines Abends, den Rücken an Mena gekuschelt, im Bett lag, erinnerte ich mich an den Tag, als ich im Kinderheim von einer Biene gestochen worden war. Tante Peggy hatte mir erklärt, die Biene habe sich nur ihrer Natur gemäß verhalten und darauf reagiert, dass ich sie gestört hätte. Sie wisse nicht, was sie tue, habe sich auf die einzig ihr bekannte Weise verteidigt und sei nicht in der Lage, die Folgen des Stichs abzuschätzen. Ich stellte mir meine Familie als Bienenvolk vor, das instinktiv seinen Stock gegen einen Eindringling verteidigte – *mich*. Offenbar kümmerte es niemanden, wie ich diese Behandlung empfand. Allerdings wollte mir einfach nicht in den Kopf, warum sie mich als Störenfried und nicht als Familienmitglied betrachteten. Ich habe es bis heute nicht verstanden.

Auslöser für die Gewaltausbrüche war also nicht mein Verhalten. Es hing einzig und allein von den Launen meiner Mutter ab. Was ich zu einem x-beliebigen Zeitpunkt tat oder nicht tat, spielte eine untergeordnete Rolle. Ein nicht genau ihren Wünschen entsprechendes Essen – auch wenn es ihr beim letzten Mal noch geschmeckt hatte –, ein Geräusch im falschen Moment oder ein nicht weggeräumter Gegenstand konnten sie in Rage versetzen. Manchmal fühlte sie sich einfach nur dadurch provoziert, dass ich mich im selben Raum aufhielt, auf dem Boden lag und mit den anderen einen der Bollywood-Filme ansah, die alle so gern hatten. Als ich sie anfangs dabei beobachtete, wie sie Salim in den Arm nahm, wollte ich mich auch an sie kuscheln und streckte die Hände aus. »Ami«, bettelte ich, »bitte ...« Aber weiter kam ich nie, denn sie machte sich stets los oder wandte sich ab.

Die Misshandlungen nahmen immer mehr zu. Ein Klaps auf den Hinterkopf, ein Schlag auf die Schultern, ein Kneifen in den Arm, ein Tritt ans Bein, stets begleitet von einer Zurechtweisung. »Ich habe es dir doch verboten ...«, oder »Sprich nicht so mit mir ...« oder »Habe ich dir nicht gesagt, dass du das tun sollst.« Auch ihre Schuhe kamen zum Einsatz. Wenn ich in Reichweite war, zog sie ihre flache, dünne Sandale aus und hieb damit auf mich ein. War sie wirklich zornig, drehte sie den Schuh um und prügelte mich mit dem Absatz, damit es mehr wehtat.

Warum flüchtete ich nicht die Treppe hinauf, wohin sie mir wegen ihres Asthmas kaum hätte folgen können? Ich weiß es nicht und kann dazu nur sagen, dass ich stets glaubte, sie hätte einen guten Grund und sie würde sicher damit aufhören, wenn ich ihr gehorchte. Wäre ich eine brave Tochter gewesen, hätte sie doch keinen Anlass gehabt, mich zu schlagen. Dann wäre ihr Zorn ebenso schnell und überraschend verraucht, wie er gekommen war, sodass die liebevolle und gütige Mutter, die sich hinter ihrer barschen Art verbarg, endlich zum Vorschein kam. Diese naive Vorstellung überstand sogar den Tag, an dem sie mich mit einem Stock verprügelte.

Ihr *pika*, wie sie ihn nannte, obwohl ich nicht wusste, was das Wort bedeutete, lag unter dem Bett und kam nur gegen mich zum Einsatz, während meine Brüder und Schwestern verschont blieben. Der Stock war etwa siebzig Zentimeter lang und so dick wie mein Daumen. Wenn er auf meine Arme, meinen Rücken und meine Beine niedersauste, brach ich weinend vor Mutter zusammen.

Später – sobald keine Gefahr mehr bestand, dass sie damit dieselbe Bestrafung riskierte – tröstete mich Mena. Die anderen machten einen Bogen um mich. Niemand behandelte meine Wunden, denn im Haus gab es weder Salben noch Pflaster. Ich weinte so leise ich konnte, denn ich hatte Angst vor meiner Mutter und wusste ebenso wenig wie ein Hund, was ich bloß verbrochen haben mochte, um so bestraft zu werden. Nach diesen Prügelorgien gingen alle einfach zur Tagesordnung über: Meine Mutter tat, als wäre nichts geschehen, die anderen ignorierten mich, und ich wurde mit meinem Schmerz und meiner Furcht allein gelassen.

Ich bekam fast täglich Schläge – zumeist war es ein Stoß oder ein kräftiger Klaps auf den Rücken, um mich bei der Arbeit zur Eile anzutreiben. Wenn ich beim Geschirrspülen zu lange brauchte, brüllte Mutter, ich solle nicht trödeln, und Hanif, die mich nur selten prügelte und eigentlich nur anschrie, versetzte mir einen leichten Schubs. Falls ich vor der Schule vergessen hatte, die Wäsche wegzuräumen, handelte ich mir beim Nachhausekommen eine Abreibung mit Mutters Sandale ein. Welche Schlagwaffe sie wählte, hing von der Art der Verfehlung ab.

Es dauerte eine Weile, bis ich wieder Tante Peggys »tapferes Mädchen« war, denn mein Körper brauchte einige Monate, um sich auf die Prügel, die Misshandlungen und die Schmerzen einzustellen. Doch, obwohl meine Mutter die Täterin war – nachdem sie mich geschlagen hatte, meinte sie allen Ernstes oft: »Jetzt hat sie sich sicher daran gewöhnt« –, wollte ich mich bei ihr beliebt machen. Vielleicht wünschte ich mir ja, dass sie mir wie Tante Peggy einen Schokoladenkeks schenkte, weil ich so tapfer gewesen war.

Einmal, ich war etwa zehn Jahre alt, vergaß ich, das Curry zu salzen. Ich war eben mit dem Kochen fertig und bereitete gerade den Reis zu, als Mutter, die wie immer im Schneidersitz auf dem Sofa thronte, lautstark etwas zu essen forderte. Also schöpfte ich eine Portion aus dem Topf, brachte sie ihr und kehrte dann in die Küche zurück, um ihr ein Glas Wasser zu holen. Kaum hatte ich das Glas auf den Boden gestellt, als sie mich an den Haaren packte und mir den Kopf in den Nacken zerrte. »Wer soll denn das Curry salzen? Erwartest du, dass deine

Großmutter aus dem Grabe aufersteht und es für dich tut?«, brüllte sie mit überschnappender Stimme und stieß mich so heftig weg, dass ich hinfiel. Dann befahl sie mir, das Essen nachzuwürzen, bevor Manz nach Hause kam, und drohte mir Prügel mit dem *pika* – dem Stock – an.

Allerdings kam der Stock nicht sehr häufig zum Einsatz, sondern diente eher als Druckmittel.

Im Laufe der Zeit hatten die ständigen Prügel eine merkwürdige Wirkung auf mich, denn ich entwickelte allmählich das Gefühl, dass ich die Bestrafung verdient hatte. Etwas stimmte nicht mit mir, und deshalb war es meine Schuld, dass Mutter mich nicht liebte. Obwohl ich schon damals wusste, wie realitätsfern solche Gedanken waren, wurde ich die fixe Idee nicht mehr los. Und eines Tages, als ich nach einer Züchtigung blutete, fürchtete ich mich nicht mehr vor dem Anblick meines eigenen Blutes, sondern freute mich sogar darüber. Mutters Schlag hatte mich an der Innenseite des Handgelenks erwischt, sodass ihr Armreif die Haut aufgeritzt hatte. Fasziniert starrte ich auf die Blutstropfen. Endlich ein körperlich sichtbares Zeichen meines Leids, das ich bis jetzt in mich hineingefressen hatte. Es war eine Erleichterung, die Schmerzen am Arm nicht nur gefühlsmäßig, sondern auch optisch wahrnehmen zu können, eine Befreiung, die etwas in mir veränderte. Als ich einen zerbrochenen Glasarmreif von Hanif fand, versteckte ich ihn unter meinem Bett.

Eines Tages – mir schwirrte der Kopf von dem Gebrüll, den Schlägen und dem Selbsthass, weil ich wieder einmal an der Aufgabe gescheitert war, meiner Familie zu gefallen – nahm ich den Armreif, versteckte mich draußen auf der Toilette und ritzte damit vom Ellenbogen abwärts über meinen Arm. So ein Gefühl hatte ich bis jetzt noch nicht gekannt, denn der erwartete Schmerz blieb aus. Blut quoll aus der Wunde und rann über meinen Arm. Ein dunkles Geheimnis tropfte aus mir heraus, und es ging mir gleich besser, weil ich endlich etwas Greifbares hatte, das man wenigstens sehen konnte. Rasch wischte ich die Blutspur weg, und als es aufhörte zu bluten, bedeckte ich die Wunde mit dem Ärmel und kehrte zurück in die Küche. Niemand ahnte, was ich getan hatte, und ich fand es sehr aufregend, ein Geheimnis zu haben.

Ich schnitt mich wieder und wieder, allerdings nur oberflächlich. Dabei sagte ich mir, dass ich alles im Griff hatte, denn ich wusste ja, wann ich anfangen und wann ich aufhören musste. Manchmal benutzte ich auch Manz' Rasierer, aber mit dem gestohlenen, zerbrochenen Armreif klappte es am besten. In meinen Augen war er das passende Symbol, denn nun gab es einen Grund für blutige Blumen, die auf meiner Haut aufblühten, wenn ich mit dem Armreifen darüberfuhr, denn die Schläge, die mich trafen, wurden so von meinem eigenen Blut weggespült.

Ich schnitt nie so tief, dass es zu heftigen Blutungen gekommen wäre. Es war immer nur ein Rinnsal, das sich leicht wegwischen ließ. Allerdings ging es mir nicht darum, mich selbst zu verletzen, sondern um das Gefühl an sich. So sehr hatte ich mich an die Prügel gewöhnt, dass ich Schmerzen inzwischen brauchte und mich nach ihnen sehnte. Es war eine Befreiung, eine Erlösung, so, als drückte man so lange an einem vereiterten Pickel herum, bis er endlich aufplatzt.

Da der einzige Körperkontakt zu meiner Familie aus Schlägen bestand, deutete ich sie als Zeichen von Liebe. Nach dieser Logik schadete ich mir durch mein Verhalten nicht. Es war ein Liebesbeweis. Ich liebte mich, indem ich mich schnitt.

Ich tat es nur zehn oder zwölf Mal in einem Zeitraum von etwa achtzehn Monaten. Mit elf fing ich an und griff nur zu diesem Mittel, wenn ich mich sehr schlecht und unter Druck gesetzt fühlte. Manchmal, wenn ich geschlagen wurde, fand ich, dass die Bestrafung zu milde ausgefallen war, weil ich ja schließlich etwas falsch gemacht hatte. Dann wieder setzte es eine Tracht Prügel, ohne dass ich den Grund dafür kannte. Indem ich mich selbst bestrafte, schenkte ich mir das Interesse, das meine Familie mir verweigerte. Ich verlor kein Wort darüber, denn Reden wäre sinnlos gewesen. Doch es war ein angenehmes Gefühl. Außerdem fing ich an, Widerworte zu geben, weil ich geschlagen werden wollte und mich nach Körperkontakt sehnte. Und wenn alle Frechheit nichts half, ging ich und verletzte mich selbst. In der Toilette störte mich niemand.

Ich schnitt mich, weinte, bemitleidete mich und fühlte mich einsam. Die Hoffnung hatte ich längst verloren, denn ich war nicht Teil meiner Familie, konnte aber sonst nirgendwohin und saß deshalb in der Falle. Mir Arm oder Bein aufzukratzen und zuzusehen, wie das Blut die Farbe der Haut veränderte, war das einzige Ventil für meine Gefühle.

Es war mein Hilfeschrei. Doch wer sollte ihn hören?

Ich war ein sehr anpassungsfähiges kleines Mädchen. Schließlich war das hier meine Familie, weshalb mir gar nichts anderes übrig blieb, als mich einzuordnen. So sehr ich die Beschimpfungen, Ohrfeigen, Prügel und Tritte auch hasste und so verzweifelt ich das angenehme Leben im Kinderheim vermisste, sehnte ich mich doch danach, dass jemand den Arm um mich legte, damit ich mich ankuscheln konnte. Außerdem wünschte ich mir einen Menschen, der mich von meinen Pflichten entlastete, denn diese schienen täglich mehr zu werden. Jeden Tag beim Aufstehen und wenn ich von der Schule kam, nahm ich mir fest vor, dass heute alles besser wurde. Heute würde ich fließender Pandschabi sprechen, sagte ich mir. Heute würde ich etwas ganz besonders Leckeres kochen, sodass Mutter nach dem ersten Bissen aufblicken und lächelnd meinen würde, es sei mir sehr gut gelungen. Natürlich geschah das nie. Doch ich gab nicht auf.

Allerdings hatte ich auch keine andere Wahl, denn Mena war die Einzige, die auf meiner Seite stand. Nachts oder in der Küche fragte sie mich, ob mir der Arm wehtäte, wenn ich wieder einmal geschlagen worden war. Aber ich gab es nie zu, auch wenn mich bei jeder Bewegung ein brennender Schmerz durchzuckte. Nie verriet ich ihr, wie sehr ich wirklich litt. Obwohl mir manchmal beim Hinsetzen der Rücken wehtat, verzog ich nur das Gesicht, sagte aber kein Wort. Nur Weinen half, doch da Mena immer an meiner Seite war, hatte ich nur selten Gelegenheit dazu. Manchmal weinte ich draußen auf der

Toilette und hin und wieder auch auf dem Schulweg: Wenn mir ein eisiger Wind ins Gesicht wehte, riss ich ganz weit die Augen auf und ließ mir lautlos die Tränen über die Wangen laufen, um Trauer und Angst Luft zu machen, ohne dass Mena es bemerkte. Vermutlich wollte ich sie schützen, obwohl ich nicht einmal mich selbst schützen konnte.

Ich war bereit, alles zu tun, was von mir verlangt wurde. Im Haushalt helfen.

Putzen.

Kochen.

Ja, sogar Mutters Nachttopf hinausbringen, weil ich dachte, dass ich ihnen damit eine Freude machte.

Ich hielt dieses Leben für normal. Dennoch wusste ich, dass ich mich von meinen Schwestern und Brüdern unterschied, und die Selbstzweifel wollten sich trotz aller Anstrengung nicht legen.

Ich schob es auf meine Unwissenheit. Man erwartete von mir, dass ich mich an das Essen gewöhnte, weil meine Familie sich eben so ernährte. Man erwartete von mir, die Kleider zu tragen, die sie mir gaben, weil meine Familie sich eben so anzog. Wenn ich etwas tun sollte, zeigte man es mir einmal und lobte mich sogar, wenn ich es verstand. Doch falls ich die Arbeit dann nicht sofort fehlerfrei ausführen konnte, wurde ich beschimpft oder geschlagen.

Ich nahm das alles hin und freute mich sogar darüber. Schließlich wollte ich zur Familie gehören und wie eine Schwester behandelt werden und sah Gehorsam als einzigen Weg, dieses Ziel zu erreichen. So sehr sehnte ich mich nach Mutters Liebe und nach ihrer Anerkennung. Ich wünschte, sie würde mich anschauen und mich wirklich sehen, anstatt wie immer nur an mir vorbeizustarren. Deshalb tat ich alles für sie.

Und dennoch war es nie gut genug.

7

Nur wenn ich nachts – in Straßenkleidung – im Bett lag, hatte ich in diesem Haus Zeit, um in Ruhe nachzudenken, denn ich wurde ständig auf Trab gehalten und musste jeden Moment befürchten, gerügt oder geschlagen zu werden. Nachts jedoch ließ ich meiner Fantasie freien Lauf und malte mir ein freies Leben an einem anderen Ort aus, vielleicht im Chase, im Park oder auf den Hügeln in der Nähe unseres Hauses. In meinen Träumen war ich immer mit anderen Kindern zusammen, die allerdings weder Familienangehörige noch Mitschüler waren. Sie waren meine Freunde, und wir teilten alles miteinander, was wir mitgebracht oder im Wald gefunden hatten.

Da ich noch ein kleines Mädchen war, wollte ich spielen, aber Mutter ließ mir nie die Zeit dazu. Doch selbst wenn wir die Möglichkeit gehabt hätten, besaßen Mena und ich keine Spielsachen, denn mein Koffer aus dem Kinderheim blieb verschwunden. Wir hatten auch nichts, um uns zu verkleiden, und das einzige Spielzeug im Haus gehörte Salim.

Wenn Mutter und Hanif am Sonntagvormittag in die Stadt zum Einkaufen gingen, konnten Mena und ich uns endlich eine kleine Pause gönnen. Wir sahen fern und lachten über Chris Tarrant, Sally James und Lenny Henry in *Tiswas*. Anschließend schalteten wir um und schauten uns Zeichentrickfilme an. Dabei lagen wir auf dem Boden und ich fühlte mich fast, als wäre ich wieder ein kleines Mädchen im Heim und würde auf mein Mittagessen warten. Die Sache hatte nur den Haken, dass ich tatsächlich noch ein kleines Mädchen war, was Tara mir natürlich sofort unter die Nase reiben musste. Sie kam nämlich meistens herein, verkündete, sie werde jetzt den Fernseher abschalten, und drohte, uns bei Mutter zu verpetzen, wenn wir protestierten. Weil wir wussten, dass sie sich bald dazusetzen würde, achteten wir nicht auf sie. Schließlich war sie auch noch ein Kind.

Falls wir Glück hatten und Mutter länger wegblieb, konnten wir *Drei Engel für Charlie* sehen. Wir liebten diese Serie, und Mena und ich stellten uns gerne vor, wir wären die Mädchen im Fernsehen. Manchmal konnten wir Tara sogar zum Mitspielen überreden. Als sie älter wurde, hörte das wieder auf, doch für eine Weile ließ sie sich gerne überzeugen, mit uns nach draußen zu kommen. Ich erzählte den beiden, ich hätte im Garten etwas – zum Beispiel eine Haarbürste – versteckt, und tat, als wäre es eine Pistole, die sie suchen mussten. Ich wollte immer Sabrina, das Mädchen mit den langen schwarzen Haaren, sein. Wenn Tara die Lust am Spielen verlor, versteckte ich ihr Hausaufgabenheft, sodass sie und Mena gezwungen waren, den ganzen Garten zu durchkämmen, um Schularbeiten machen zu können.

Sobald wir die Stimmen von Mutter und Hanif im Vorgarten oder an der Tür hörten, schalteten wir sofort den Fernseher ab und eilten in die Küche, wo ich Position an der Spüle bezog und tat, als wäre ich den ganzen Tag mit dem Mittagessen beschäftigt gewesen.

Ganz im Gegensatz zum Samstagmorgen war der Sonntag für gewöhnlich kein Spaß, denn Hanif weckte mich, damit ich ihr beim Wäschewaschen half.

»Sam, such alle Kleider zusammen. Es ist Waschtag«, sagte sie und rüttelte mich wach. Dazu musste ich an sämtliche Zimmertüren klopfen. »Hau ab!«, rief Saber dann. Sobald ich die schmutzige Wäsche beisammenhatte, brachte ich sie nach unten und legte sie neben die Zinkwanne in den kleinen Raum neben der Küche.

Inzwischen hatte Hanif die Wanne mit Wasser gefüllt. Sie wusch jedes Kleidungsstück mit der Hand und reichte es dann mir, damit ich am Kaltwasserhahn neben dem Boiler die Seife herausspülte (das Wasser in der Wanne war warm). Anschließend musste ich die Sachen gründlich auswringen – eine anstrengende Tätigkeit, die mächtig in die Arme ging –, damit sie aufgehängt werden konnten. Wegen des kalten Wassers waren meine Hände bald wundgescheuert und gefühllos, und selbst die Schultern schmerzten mir von der Kälte. Bei schönem Wetter hängte ich die Wäsche draußen auf. Wenn es regnete, kamen sie an eine über dem Boiler aufgespannte Leine.

In den nächsten Wochen und Monaten gab ich die Hoffnung nicht auf, dass meine Gehorsamkeit und mein Fleiß irgendwann jemandem in der Familie auffallen würden. Ich nahm es ihnen übel, dass sie mir keine Zuneigung entgegenbrachten, doch am meisten sehnte ich mich immer noch nach Anerkennung.

Meine Außenseiterrolle brachte auch mit sich, dass ich nie neue Kleider bekam, sondern die abgelegten von Tara auftragen musste. Ich durfte sie auch nicht ordentlich in den

Schrank hängen und musste sie stattdessen auf dem Schrankboden stapeln. Um einen zusammenpassenden *shalwar-kameez* zu finden, war ich also gezwungen, alles herauszuholen und anschließend wieder einzuräumen. Meine Schuhe waren alt und abgewetzt und drückten.

Manchmal führte ich Selbstgespräche, in denen ich tat, als hätte ich eine Freundin, die mich umarmte, nachdem ich geschlagen worden war, und die mich küsste, wenn die Verletzungen zu sehr schmerzten.

An einem Tag im Winter gingen Mena, Saber und ich auf dem Heimweg von der Moschee an den Affenhügeln vorbei und sprachen über unsere größten Wünsche. Ich vermisste es sehr, nicht einfach losziehen und Süßigkeiten kaufen zu können. »Dazu hätte ich jetzt am meisten Lust«, sagte ich deshalb. Als ich die beiden ansah, fiel mir etwas ein. »Warum gehen wir nicht Weihnachtslieder singen und sammeln Geld für Süßigkeiten?« Die beiden starrten mich an, als wäre ich nicht ganz bei Trost, worauf ich ihnen erklärte, dass christliche Kinder um diese Jahreszeit von Haus zu Haus pilgerten und dabei Lieder sangen, die Weihnachtslieder hießen. Dann gaben die Leute ihnen Geld. Als kleine Kinder im Heim hatten wir das auch getan, auch wenn das Geld nicht in unseren Taschen landete, sondern für wohltätige Zwecke gespendet wurde. Saber fand die Idee prima, Mena sah natürlich wieder schwarz. Allerdings hatten die beiden zwei berechtigte Einwände: »Wir kennen keine Weihnachtslieder, und wir können nicht singen.« Ich versprach, das Singen zu übernehmen. Sie sollten einfach nur mitsummen. Wir übten auf dem Weg zu der Siedlung mit den hübschen neuen Häusern, wo unseres Wissens nach keine asiatischen Familien wohnten (damit Mutter auch sicher nichts davon erfuhr), und sangen – zumindest ich – vor einigen Türen »Away in a Manger«. Vermutlich klangen wir entsetzlich, verdienten aber dennoch zehn Pence für jeden. Ich gab mein Geld für ein Päckchen Snaps und Unmengen von Lakritze und Fruchtgummi aus, von denen es vier für einen Penny gab. Wir verspeisten alles auf dem Heimweg. Ich fühlte mich dafür entschädigt, dass ich in diesem Jahr kein Geburtstagsgeschenk bekommen hatte, und ließ mir die leckeren Süßigkeiten schmecken. Noch aufregender wurde das Ganze dadurch, dass wir das Geld ganz allein und ohne Mutters Wissen verdient hatten.

In diesem Jahr war ich in eine neue Klasse gekommen. Mein Lehrer, Mr Rowe, leitete das Weihnachtsspiel, legte sich mächtig ins Zeug und malte sogar selbst das Bühnenbild. Wir sollten die Geschichte von der Arche Noah aufführen, und ich war sehr aufgeregt, weil ich eines der Tiere spielen durfte, die von Noah in die Arche gebracht wurden. Dabei sollten wir alle »The animals went in two by two, hurrah, hurrah!« singen.

Ich gab Mutter den Brief, in dem sie zur Vorstellung eingeladen wurde. Weil sie ihn nicht lesen wollte – sie las grundsätzlich keine Briefe auf Englisch –, musste ich ihn ihr vorlesen. Und da die Unterschrift der Eltern verlangt wurde, unterschrieb ich ihn selbst. In der Schule brach der Tag der Aufführung an. Wir traten alle auf die Bühne, und im Saal drängten sich die Eltern, die ihren Kindern stolz zulächelten. Obwohl Mr Rowe es uns verboten hatte, hielten meine Mitschüler Ausschau nach ihren Familien und winkten ihnen wie wild zu. Kameras blitzten auf, und alle waren guter Dinge.

Alle, bis auf mich. So sehr ich auch dagegen ankämpfte und obwohl Mutter nicht versprochen hatte zu kommen, war ich enttäuscht, dass kein Mitglied meiner Familie erschienen war. Vermutlich war ich das einzige Kind, dessen Eltern durch Abwesenheit glänzten. Und noch schlimmer als diese schreckliche Demütigung war die Gewissheit, Mutter würde sicher vergessen haben, dass ich heute wegen der Aufführung später nach Hause kam. Bestimmt würde ich dafür Prügel beziehen.

Mein zehnter Geburtstag war ein Tag wie jeder andere. Ich musste kochen und putzen, und niemand verlor ein Wort darüber. Als ich an jenem Abend den Küchenboden wischte, dachte ich traurig daran, wie dieser Tag wohl im Heim verlaufen wäre. Mein »besonderer Tag« wurde er dort genannt und bedeutete, dass ich als Geburtstagskind keinen Finger rühren musste. Wie gerne hätte ich heute anstelle von *rotis* und Curry eine große Geburtstagstorte mit Kerzen gehabt, damit ich mir etwas wünschen konnte, wenn ich sie ausblies.

Mena kam in die Küche und setzte sich auf den Hocker.

»Heute habe ich Geburtstag«, sagte ich nach einer Weile. Ich wünschte, mir würde jemand gratulieren.

Mena lächelte traurig. »Herzlichen Glückwunsch«, antwortete sie. »Weißt du, was ich mache, wenn ich Geburtstag habe?«

Ich hielt in meiner Arbeit inne. Obwohl mir klar war, dass Mena genau wie ich Geburtstag haben musste, hatte ich keine Ahnung wann, denn sie hatte es nie erwähnt. »Nein. Was denn?«

»Wenn du schlafen gehst, mach die Augen fest zu und wünsch dir was. Behalt es für dich und erzähl es niemandem, sonst wird es nicht wahr. So funktioniert das.«

Als ich neben Mena im Bett lag, dachte ich daran, dass sie das auch an ihrem Geburtstag getan hatte, während ich schlief. Unsere Blicke trafen sich, und wir wussten, was die andere dachte, ohne es auszusprechen.

Mit den Klemmen für die Starterkabel war einige Monate nach meiner Ankunft Schluss gewesen. Nun gingen Mutter und Hanif zur Arbeit, was seine guten und schlechten Seiten hatte. Einerseits hatten wir so ein wenig unsere Ruhe, doch wenn die beiden nach Hause kamen, waren sie stets müde und verlangten sofort etwas zu essen. »Bringt das Essen. Ist es schon fertig? Hoffentlich steht das Essen auf dem Tisch. Wir haben den ganzen Tag gearbeitet und verhungern.« Mehr hörte ich nicht bei ihrer Rückkehr – niemals ein Bitte oder ein Danke.

Irgendwann gaben sie das Arbeiten wieder auf. Das Sozialamt hatte ihnen das Geld gesperrt, vermutlich weil man ihnen auf die Schliche gekommen war. Nun war die Familie also auf Manz' Einkommen angewiesen. Dennoch musste ich das Kochen weiter allein erledigen. Es war, als ob in unserem Haus alle ein anderes Leben führten als ich. Der Eid, ein islamischer Feiertag, der zwei Mal im Jahr begangen wird, war für mich nur ein gewöhnlicher Arbeitstag. Und während alle neue Kleider bekamen, erhielt ich Taras abgelegte Sachen vom Vorjahr und befürchtete Ärger, falls ich beim Kochen etwas darauf verschütten sollte.

Nur im Ramadan, wenn alle Moslems von Sonnenaufgang bis Sonnenuntergang fasten müssen, hatte ich Ruhe, denn ich brauchte nicht zu kochen, was für mich ein Grund zum Jubeln war. Mutter kaufte in dieser Zeit immer Lebensmittel wie Obst und Salat, die wir sonst nicht bekamen, vielleicht deshalb, weil wir tagsüber auch nichts trinken durften. Und so aßen wir riesige Mengen von Äpfeln, Bananen und Orangen. Im Ramadan wirkte Mutter entspannter, es war die einzige Zeit, in der sie mich nicht anschrie, weil ich etwas nicht zu ihrer Zufriedenheit erledigt hatte. Natürlich war das Fasten nicht leicht, insbesondere im Sommer, wenn es von drei Uhr morgens bis zehn Uhr nachts hell war.

Als ich zehn war, fand ich während des Ramadans auf dem Schulweg einen Penny auf der Straße. In meiner Freude marschierte ich sofort in den nächsten Süßigkeitenladen und kaufte mir etwas Leckeres. Kauend traf ich in der Schule ein. »Musst du nicht fasten?«, sagte eines der anderen Mädchen zu mir, worauf ich die Süßigkeit rasch ausspuckte.

Obwohl Tara inzwischen zu alt war, um mit uns zu spielen, konnte man – manchmal – trotzdem Spaß mit ihr haben. Eines Tages in der Küche stieß sie sich den Zeh am Tischbein an. Sie fluchte laut, und als Mena und ich lachten, fluchte sie noch viel lauter und beschimpfte uns. Allerdings hatte sie diesmal ein Lächeln im Gesicht. Mena schimpfte auch, und ich machte mit. Wir drei riefen die schlimmsten

Kraftausdrücke, die uns einfielen. Ich kannte die übelsten, aber ich brauchte ja nur die zu wiederholen, die Mutter mir ständig an den Kopf warf.

Wenn Mutter nicht zu Hause war, wurde Tara sichtlich lockerer. Einmal setzten wir uns sogar zu zweit an den Tisch, und sie zeigte mir geduldig, wie ich meine Haare flechten musste. Meine Haare wuchsen und wuchsen und reichten mir schon über die Schultern. Doch die von Mena und Tara waren noch viel länger. Damals hoffte ich, das Eis zwischen uns wäre endlich gebrochen. Aber sobald Mutter zurück war, fing Tara wieder an, mich herumzukommandieren.

Saber verhielt sich anders. Immer noch war er meistens nicht da und kam nur zum Essen und Schlafen nach Hause, um dann wieder stundenlang zu verschwinden. Mutter fragte ihn nie, wo er war. Außerdem schien er sich von ihr nichts sagen zu lassen. Eines Nachts hörten wir ihn hereinkommen – Mena und ich hatten uns nach oben geflüchtet, um niemandem im Weg zu sein –, und kurz darauf brüllte Mutter: »Wehe, wenn du damit Dreck machst. Wozu brauchst du das überhaupt?«

»Nichts, es ist für die Schule«, rief Saber nur, während seine Schritte sich auf der Treppe entfernten. Grinsend und mit einem leeren Pappkarton in der Hand, kam er in unser Zimmer.

»Was ist das?«, fragte ich.

»Hast du Lust auf ein Spiel?«

Ich musterte ihn argwöhnisch, denn sonst spielte er mit mir immer nur »Hilf mir, mein Fahrrad zu putzen« oder »Was gibt es zu essen?«.

»Was für ein Spiel?«

»Ein tolles Spiel. Es heißt Dame. Wer hat einen Stift?«

»Ich«, antwortete ich neugierig und begeistert von dem Gedanken, etwas Neues lernen zu können. Im Schrank unter meinen Kleidern bewahrte ich meine Sammlung von Kugelschreibern und Bleistiften auf. Ich nahm einen und reichte ihn Saber.

Er begann den Karton zu zerreißen. Anfangs war es schwierig, doch schließlich gelang es ihm, ein Stück herauszutrennen und zwei Quadrate herzustellen. Eines gab er mir und wies mich an, es in zwölf kleinere Stücke zu zerteilen. Mena erhielt dieselbe Instruktion.

»Und dann mal deine Teile an.«

Als Nächstes benutzte er ein gerades Stück Pappe als Lineal und zeichnete senkrechte und waagerechte Linien auf die Pappe. »Es sieht aus wie ein Schachbrett«, rief ich aus, worauf Saber mich lächelnd musterte.

»Okay, bist du fertig?«

Ich wollte unbedingt spielen. Saber legte das Brett vor sich aufs Bett und streckte beide Hände aus, worauf wir ihm unsere bunten Pappstückchen gaben.

»Wer will anfangen?«, fragte er.

»Ich!«, jubelte ich aufgeregt.

»Psst, nicht so laut«, zischten Saber und Mena. »Mutter darf uns nicht hören.«

»Entschuldigung.«

Saber verteilte die Spielsteine auf dem Brett, wobei er zwischen jedem ein Feld frei ließ. Meine Steine lagen auf der einen, seine auf der anderen Seite.

»Ich ziehe mit meinen Steinen von dieser Seite zu deiner.

Du musst mich aufhalten, und ich versuche das Gleiche. Dabei darfst du nur diagonal ziehen, und wenn dein Stein neben meinem ist, kann ich drüberspringen. Wer zuerst alle Spielsteine des anderen hat, hat gewonnen. Verstanden?«

»Hmmm. Wenn wir erst spielen, werde ich die Regeln schon begreifen«, sagte ich ein wenig verwirrt.

Aufmerksam beobachtete ich, wie er sich zu meiner Seite des Brettes vorarbeitete. Ich zog einfach, wie es mir gefiel, weil ich damals noch nicht wusste, dass eine Strategie dahintersteckte. Man braucht nicht eigens zu erwähnen, dass Saber gewann.

»Oh, und wenn ich auf deiner Seite ankomme, setzt du einen meiner Steine obendrauf, was heißt, dass ich jetzt auch gerade ziehen kann.«

Ich wandte mich an meine Schwester, die ängstlich neben uns saß.

»Mena, du bist dran.«

»Ich will nicht spielen. Ich verstehe das nicht«, sagte sie.

»Gut, dann ich noch mal«, meinte ich rasch zu Saber.

Als ich ihn das zweite Mal beobachtete, stellte ich fest, dass er die hintersten Steine erst bewegte, wenn alle anderen fort waren, und folgte diesem Beispiel bei der vierten Partie. Er siegte zwar wieder, allerdings nur um Haaresbreite.

Wir hörten Manz nach oben kommen. Doch aus irgendeinem Grund streckte er nicht den Kopf zur Tür herein, um uns ins Bett zu schicken, obwohl es schon spät war.

Saber beschloss, dass es für heute reichte. »Du machst das prima. Ich gehe jetzt ins Bett. Du kannst das Spiel behalten. Morgen spielen wir weiter.« Mit diesen Worten ging er schlafen.

Als wir am folgenden Abend spielten, schlug ich ihn beinahe. Das Spiel machte mir Spaß. Und am dritten Abend gewann ich endlich.

»Ich fasse es nicht«, meinte er bedrückt.

»Ich habe gewonnen«, antwortete ich grinsend. »Ich habe dich in deinem eigenen Spiel geschlagen.«

In jener Nacht wurde ich von einem Geräusch vor unserer Tür aus dem Schlaf gerissen. Eine Weile lag ich da und überlegte, was wohl geschehen war, doch ich hörte nur Schritte, die die Treppe hinauf- und hinuntergingen. Also beugte ich mich über Menas Bett und tippte sie auf die Schulter, bis sie aufwachte.

»Was gibt es, Sam?«, brummte sie schlaftrunken.

»Da ist etwas los«, zischte ich. »Draußen ist jemand.«

Ich dachte, dass sie das aufwecken würde, denn schließlich fürchtete sie sich ja vor dem schwarzen Mann. Aber sie drehte sich nur um. »Na und?«, murmelte sie.

Ich lag noch eine Weile da, bis die Neugier die Oberhand gewann. Die Schritte waren noch immer zu hören, und von unten hallte die Stimme meiner Mutter herauf. Plötzlich klopfte es an der Tür.

Ich schlich zur Tür und öffnete sie einen Spalt weit. Nun war die Stimme meiner Mutter deutlich zu vernehmen, denn sie stand am Fuße der Treppe und rief hinauf: »Der Krankenwagen ist da.«

Hanif kam an mir vorbei. Sie ging langsam und hatte den rechten Arm vor den Bauch gedrückt. »Fehlt dir etwas?«

»Alles in Ordnung«, erwiderte Hanif mit gepresster

Stimme und verzog das Gesicht. »Ich fahre jetzt ins Krankenhaus, um mein Baby zu bekommen.«

»Ein Baby? Wirklich?«

»Leg dich wieder hin, Sam«, sagte Manz, der mit Hanifs Mantel die Treppe hinaufkam.

Ich stand in der Tür und blickte ihnen nach, bis sie unten an der Treppe waren. Dann folgte ich ihnen leise, sodass ich die Vordertür im Auge behalten konnte, wenn ich in die Hocke ging, ohne mich dabei zu weit auf die Treppe vorwagen zu müssen. Hanif wurde von einem Mann in einer grünen Uniform erwartet, der sie von Manz übernahm und sie nach draußen zum wartenden Krankenwagen brachte.

Mutter stand vor dem Haus und winkte ihnen nach. Sobald der Krankenwagen fort war, schlüpfte ich wieder nach oben in unser Zimmer, weil ich nicht wollte, dass Mutter mich hereinkommen sah. Denn dann hätte sie sicher von mir verlangt, dass ich Tee für sie kochte oder ihr den Kopf massierte.

Gerade hatte ich mich wieder hingelegt, als draußen erneut der Fußboden knarzte. Die Tür ging auf, und Saber kam herein.

»Bist du wach, Sid?«, fragte er.

Saber nannte mich manchmal Sid nach einer Figur in der *Kenny Everett Show*. Sid Snot, weil mir so oft die Nase lief (»Snot« bedeutet »Rotz«.) Ich betrachtete es als Kosenamen und lächelte, wenn er ihn benützte.

»Ja?«, flüsterte ich.

Er setzte sich auf mein Bett. »Was ist passiert?«, wollte er wissen.

»Hanif wurde ins Krankenhaus gebracht, um dort ihr Baby zu kriegen«, erklärte ich.

»Aha«, meinte er, als sei ihm plötzlich ein Licht aufgegangen. »Ich fand, dass sie in letzter Zeit ziemlich dick geworden ist, aber ich habe es mir damit erklärt, dass sie den ganzen Tag nur herumliegt und dich die Arbeit machen lässt.«

Ich hatte keine Ahnung, was Gewichtszunahme mit Krankenhäusern und Kinderkriegen zu tun hatte, wollte mir aber gegenüber Saber keine Blöße geben.

Mena bewegte sich unter der Decke. »Sie kriegt ein Baby?«

»Das hat sie wenigstens gesagt«, antwortete ich. »*Paji* hat sie begleitet.«

»Tja, wenn das alles ist, gehe ich wieder ins Bett«, meinte Saber.

Als alle schliefen, lag ich grübelnd wach. Warum hatte Hanif mitten in der Nacht weggemusst? Was hatte dick werden mit Babys zu tun?

Am nächsten Morgen schlief ich noch – da es Sonntag war, musste niemand zur Schule oder zur Arbeit –, als Mutter von unten nach mir rief. »Sam! Sam! Komm sofort hierher!«

Ich zog mir die Decke über den Kopf. Da Mutter nie nach oben kam, sah ich eine Chance, mich noch ein bisschen länger zu verstecken.

Die Schlafzimmertür öffnete sich, und Salim trat ein. Er näherte sich dem Bett und schubste mich, worauf ich reglos liegen blieb und abwartete, was er wohl tun würde. Er bückte sich und nahm einen meiner Schuhe.

»Hey«, sagte ich und fuhr hoch. »Was machst du da?«

»Mutter will, dass du aufstehst und ihr hilfst. Sie hat gemeint, ich soll dich schlagen, damit du gehorchst.« Allerdings grinste er, weshalb ich wusste, dass er es nicht ernst meinte.

»Schon gut«, brummte ich. »Ich komm ja schon.«

Als ich nach unten ging, hörte ich Mutter in der Küche hantieren und folgte dem Geräusch, um sie zu fragen, was sie wollte.

Entsetzt blieb ich stehen, denn die Küche war ein Schlachtfeld, wie immer, wenn Mutter sich darin zu schaffen machte. Sie hatte nämlich die Angewohnheit, wahllos alles Mögliche zu öffnen, zu verschütten oder fallen zu lassen, denn es gab ja stets jemanden – mich –, der ihr hinterherräumte.

»Da bist du ja, du fauler Balg. Liegst den ganzen Tag im Bett, obwohl es so viel zu tun gibt.« Beim Sprechen schaute sie sich nicht einmal um, doch schließlich würdigte sie mich ja nie eines Blickes.

»Erstens nimmst du den großen Topf«, befahl sie, »und gibst vier Päckchen Butter hinein. Dann stellst du ihn auf den Herd und schmilzt die Butter. Und danach holst du Mörser und Stößel und zerkleinerst das da.«

Die Dinger, die ich laut Mutter zerkleinern sollte, waren hart und weiß und sahen aus wie Bohnen. Obwohl mir rasch der Arm wehtat, wusste ich, dass ich mir keine Pause gönnen durfte und weitermachen musste. Immer, wenn ich glaubte, fertig zu sein, nahm Mutter das feine Pulver, goss es in den Topf und reichte mir einen neuen Bohnenhaufen. Bei der Arbeit wurde kein Wort gewechselt. Mutter sprach nur mit mir, um mir Anweisungen zu geben, und ich war zu klug, um Fragen zu stellen.

Endlich waren alle Bohnen zermahlen. »Geh, wasch dich und frühstücke«, meinte Mutter. »Dann kannst du mir weiter helfen.« Ich ging nach draußen zur Toilette, wusch mir das Gesicht, aß ein Stück Toast und kehrte zurück. »Was machen wir da, Mutter?«, erkundigte ich mich.

»Das ist für Hanif, damit sie nach dem Baby wieder zu Kräften kommt.«

Ich hakte nicht nach, was so an Hanifs Kräften zehren mochte, obwohl die ganze Arbeit doch an mir hängen blieb, sondern verdrückte mich, um Mena zu wecken.

Manz sahen wir erst viel später, als er nach Hause kam und verkündete, Hanif habe einen kleinen Jungen zur Welt gebracht, den sie Frazand genannt hätten. Mein Bruder hatte ein Bettchen dabei. »Sam, komm mit und hilf mir, das zusammenzubauen«, meinte er.

Noch nie war ich in Manz' und Hanifs Zimmer gewesen, das im Gegensatz zu unserem sauber und hübsch eingerichtet war. Die Tapete hatte eine freundliche helle Farbe, und die beiden besaßen sogar einen eigenen Fernseher und einen Videorecorder. Das Doppelbett nahm den Großteil des Raums ein, doch an der Wand gab es noch eine freie Stelle für das Babybettchen. Manz' Anweisungen – »Nimm das« oder »Halt das fest, damit ich es zusammenstecken kann« – waren die einzigen Worte, die wir wechselten. Ich hatte ein mulmiges Gefühl, mit ihm allein zu sein, denn seine Wutausbrüche waren unberechenbar. Sobald das Bettchen fertig war, flüchtete ich mich zu Mena in unser Zimmer.

Nach einigen Tagen kam Hanif mit dem kleinen Frazand in eine Decke gewickelt aus dem Krankenhaus zurück. Ich beobachtete sie aufmerksam und hielt Ausschau nach Zeichen der großen Erschöpfung und harten Arbeit, von denen Mutter gesprochen hatte. Mir fiel auf, dass sie viel dünner geworden war, und ich erinnerte mich an Sabers Bemerkung über ihre Figur.

Mutter wollte, dass Hanif sich zu ihr aufs Sofa setzte, doch sie steuerte auf die Treppe zu. »Ich bin müde und möchte mich hinlegen.«

Sofort winkte Mutter Hanif zur Treppe. »Ja, ja, natürlich. Ruh dich nur aus. Sam wird dir etwas zu essen bringen.«

Das überraschte mich nicht weiter, denn ich war gleich nach meiner Rückkehr aus der Schule in die Küche geschickt worden, damit auch alles rechtzeitig für die »Prinzessin« fertig war, wie ich Hanif inzwischen insgeheim bezeichnete. Mena saß schon in der Küche und aß.

»Mena, bitte hilf mir. Ich bin so erledigt und muss noch Hausaufgaben machen.«

»Was soll ich tun?«

»Ich gehe jetzt rauf, um Hanif ihr Essen zu bringen, könntest du inzwischen abwaschen?«

Ich füllte einige Teller mit Reis und Curry, stellte sie auf ein Tablett und trug es zu Hanif. Allerdings erwartete mich in ihrem Zimmer eine schreckliche Überraschung. Mutter war dort – Mutter, die nie nach oben kam! Auf dem Bett im Nebenzimmer lagen alle unsere Schulbücher, weil Mena und ich wussten, dass Mutter nie einen Blick hineinwarf. Wenn sie die Bücher entdeckte, würde sie sie wegwerfen, denn sie warf alles weg, was auf Englisch war. Und dann würde sie mich oder sogar uns beide schlagen. Ich überlegte fieberhaft. »Herrje, ich habe Salz und Pfeffer vergessen.« Mit diesen Worten stellte ich das Tablett weg, rannte in unser Zimmer, sammelte leise die Bücher ein und versteckte sie unter dem Bett. Dann lief ich hinunter in die Küche.

Mena stand am Spülbecken. »Du hast unsere Bücher nicht versteckt!«, zischte ich.

»Na und? Mutter geht doch nie nach oben ...« Entsetzen malte sich auf ihrem Gesicht.

»Schon gut. Ich habe sie unters Bett gelegt«, erklärte ich.

In diesem Moment fing Mutter an zu schreien: »Sam, bist du gestorben? Hat dich jemand da unten umgebracht? Wir warten auf das Salz.«

Ich griff nach dem Salzstreuer und grinste Mena zu. »Noch mal Glück gehabt, was?«

Sobald ich nach oben kam, riss Hanif mir mit finsterer Miene den Salzstreuer aus der Hand, als hätte ich sie persönlich beleidigt, indem ich sie warten ließ. *Sie ist ja doch schon wieder recht kräftig*, dachte ich mir. »Tut mir leid, ich habe es nicht gleich gefunden«, sagte ich mit Unschuldsmiene. Mutter kehrte mir den Rücken zu. Ich konnte der Versuchung nicht widerstehen, ihr den Stinkefinger zu zeigen, als niemand hinschaute, und empfand ein wenig Genugtuung.

Eines Nachmittags traf ich Hanif in der Küche an. Sie war einkaufen gewesen und schickte mich nach oben, um ihren Sohn Franzand zu Bett zu bringen (zusätzlich zu all meinen anderen Pflichten verlangte Hanif nämlich von mir, dass ich auch noch das Baby versorgte). Ihr Mantel hing an einem Haken unten an der Treppe, und als ich ihn im Vorbeigehen streifte, hörte ich das Klimpern von Kleingeld. Sofort fielen mir die Kinder ein, die vorhin auf dem Pausenhof Chips gegessen hatten, und ich wollte auch unbedingt welche haben. Also steckte ich die Hand in Hanifs Manteltasche, schnappte mir so viele Münzen, wie ich erwischen konnte, und lief dann hinauf, um nach Franzand zu sehen. Ich nahm ihn, legte ihn aufs Bett und erzählte ihm eine Geschichte.

»Es waren einmal drei Bären, ein Mama-Bär, ein Papa-Bär und ein Baby-Bär ...«

Diese Gutenachtgeschichte musste ich nie beenden, weil er stets innerhalb weniger Minuten einschlief. Dann öffnete ich meine Hand, um meine Barschaft nachzuzählen. Drei Zehn-Pence-Münzen, fünf Zwei-Pence-Münzen und ein Fünfzig-Pence-Stück. *Die fünfzig Pence brauche ich nicht, das ist zu viel*, dachte ich. *Sie wird es bemerken. Aber den Rest behalte ich.*

Auf dem Weg nach unten steckte ich die fünfzig Pence wieder in ihre Tasche.

Am nächsten Morgen auf dem Schulweg bückte ich mich, als wollte ich mir den Schuh binden. »Schau mal«, sagte ich zu Mena. »Sieh, was ich gefunden habe.« Ich hielt eine der Zehn-Pence-Münzen hoch.

»Wer mag das wohl verloren haben? Schnell, vielleicht ist der Besitzer ja noch in der Nähe.« Mena war auf meinen Trick hereingefallen.

»Was wollen wir uns kaufen? Der Laden ist gleich da drüben.« Ich hatte meinen Fund genau an der richtigen Stelle gemacht.

Die Süßigkeiten lagen auf der Theke. Geleebonbons, Mojos und Fruchtgummi. Das Brausepulver stach mir besonders ins Auge, denn ich vermisste das Prickeln, wenn man eine Lakritzstange in die Brause tauchte, und sich das saure Gefühl im Mund ausbreitete.

Ein Hochgenuss.

»Kann ich ein Brausepulver haben, bitte? Was möchtest du?«

»Ich weiß nicht. Ich nehme das Gleiche.«

Der Ladenbesitzer reichte uns das Brausepulver. »Sechs Pence, bitte.«

Wieder betrachtete ich die Süßigkeiten. »Und noch acht Mojos, bitte.«

Er verstaute die Süßigkeiten in einer kleinen Papiertüte und streckte die Hand nach dem Geld aus. Mena beobachtete mich mit Argusaugen, als ich ihm die zehn Pence gab, als würde die Münze ihre Herkunft verraten, wenn sie meine Hand verließ.

Sobald wir aus dem Laden waren, riss ich das Päckchen auf, nahm die Lakritzstange und tauchte sie in die Brause. Dann steckte ich sie in den Mund und schloss die Augen, als es zu prickeln begann. Mena machte es mir nach und verzog mit einem Auflachen das Gesicht.

»Was ist denn das?« Sie blieb stehen.

»Brause. Die mag ich am liebsten. Du auch?«

»So etwas habe ich noch nie gegessen.«

»Jetzt schon. Den Rest hebe ich mir für die Pause auf.« Ich faltete das Tütchen wieder zusammen und steckte es in die Tasche. Später in der Pause wurde ich schon von Mena erwartet. Wir gingen zusammen auf den Hof, öffneten die Brausetütchen und leckten die prickelnde Brause von den Lakritzstangen.

»Das war aber lecker«, sagte ich und gab Mena ein paar Mojos.

»Stimmt.«

In den nächsten Tagen fand ich immer wieder Geld, und wir kauften uns Chips und Süßigkeiten. Da ich Hanif gelegentlich ein paar Münzen aus der Manteltasche stibitzte, konnten wir auch abends beim Lesen im Bett naschen.

Aber natürlich war das Glück nicht von Dauer. Als ich eines Nachmittags aus der Schule kam, saß Hanif neben Mutter und hatte den Kopf auf ihre Hände gestützt. Bei meinem Anblick merkten die beiden auf.

»Komm her, Sam«, befahl Mutter und zog einen Schuh aus. Ich wusste, was mich erwartete. Ich stand wie angewurzelt neben Mena und war unfähig, mich zu rühren.

»Komm her, hab ich gesagt!«, brüllte Mutter.

Ich näherte mich langsam. Als ich in Reichweite war, packte sie mich an der Hand und schlug mir mehrmals mit dem Schuh auf den Kopf. Dann zerrte sie mich an den Haaren zu Boden. Während des schmerzhaften Aufpralls spürte ich, wie sie mir außerdem brutal das Handgelenk umdrehte.

»Hast du Geld aus Hanifs Tasche gestohlen?«, schrie sie.

»Nein, ich habe es gefunden.«

Peng! Diesmal traf mich der Schlag ins Gesicht. Ich schmeckte Blut im Mund. Wieder zog sie mich an den Haaren.

Aus dem Augenwinkel sah ich, wie Mena sich die Treppe hinauf verdrückte.

Ich wusste, dass es für mich kein Entrinnen gab. Als Mutter mit dem Schuh mein Bein bearbeitete, brach ich in Tränen aus. »Ja, ich habe das Geld genommen«, flüsterte ich.

»Ich habe es genommen. Entschuldige. Ich will es nie mehr wieder tun.«

Mutter kniff mich so fest in den Arm, dass ich aufschrie. Schluchzend saß ich da und wartete auf den Befehl, mich zu entfernen.

»Steh auf und geh mir aus den Augen.«

Diese Aufforderung brauchte ich nicht zweimal zu hören. Blitzschnell rannte ich nach oben und warf mich bitterlich weinend aufs Bett. Ich weiß nicht, wann ich aufhörte und einschlief. Als ich nachts aufwachte, taten mir Arm, Handgelenk und Kopf weh. Wieder brach ich in Tränen aus, starrte in das orangefarbene Licht, das zum Fenster hereinfiel, und betete, dieser Albtraum möge endlich zu Ende sein.

Am nächsten Morgen zog ich meine Schuhe an und griff nach meinem Mantel. Mein Handgelenk schmerzte immer noch und war leicht geschwollen. Außerdem konnte ich es kaum bewegen. Auch der Kopf tat mir weh. Als ich mich kämmen wollte, schmerzten die Beulen so sehr, dass ich mir stattdessen einen Pferdeschwanz band.

»Bist du fertig?«, fragte ich Mena, die bis jetzt kein Wort mit mir gesprochen hatte.

»Ja.«

Schweigend machten wir uns auf den Schulweg. Wir waren schon fast da, als Mena endlich etwas sagte. »Alles in Ordnung?«

»Ich wünschte, sie würden mich einfach umbringen und mich mit einem Messer erstechen, damit ich es endlich hinter mir habe.« Wieder brach ich in Tränen aus. »Ständig werde ich ohne Grund geschlagen. Warum haut sie mich nicht einfach so fest auf den Kopf, dass ich tot bin.«

Ich hasste mein Leben.
Ich hasste die Prügel.
Und ich war der Schmerzen so müde.

Mein Lehrer im letzten Grundschuljahr hieß Mr Hastings. Er war sehr streng und schimpfte, wenn jemand im Unterricht schwätzte.

Eines Tages erwischte er mich dabei, wie ich mit Lisa und Mandy, zwei Mädchen aus meiner Klasse, tuschelte, und hatte offenbar genug von uns dreien.

»Raus mit euch. Geht mit diesem Brief zum Direktor. Der wird schon wissen, was er mit euch macht.«

Wir alle in der Schule fürchteten uns vor dem Riemen. Wer wirklich ungezogen war, wurde nämlich zum Direktor geschickt, und dann setzte es Hiebe mit dem Riemen. Auch Kinder – Jungen wie Mädchen –, die als sehr tapfer galten, hatten Tränen in den Augen, wenn sie aus dem Büro des Direktors kamen. Einige weinten sogar so bitterlich, dass sie nach Hause gehen durften. Nur die Mutigsten bissen die Zähne zusammen.

Das Warten vor dem Büro des Direktors, nachdem wir seiner Sekretärin den Brief gegeben hatten, war der schrecklichste Moment, an den ich mich aus meiner Schulzeit erinnere. Lisa, Mandy und ich hatten Todesängste. Wie sah der Riemen aus? Wie weh tat es? Wir wagten nicht, uns anzuschauen, weil wir befürchteten, schon im Voraus in Tränen auszubrechen.

Nach einer schieren Ewigkeit öffnete sich die Tür. Ich hatte noch nie ein Wort mit Mr Marsden, unserem Direktor, gewechselt. Bei Schulversammlungen stand er auf der

Bühne und hielt Ansprachen, doch er kam nicht in die Klassen, sodass ich ihn niemals aus der Nähe gesehen hatte. Er machte einen müden Eindruck und würdigte uns kaum eines Blickes. »Kommt rein«, sagte er streng. »Ich habe hier einen Brief von eurem Lehrer. Was habt ihr zu eurer Verteidigung vorzubringen?«

Betretenes Schweigen. »Es tut uns leid, Sir«, ergriff ich schließlich das Wort.

Er musterte mich eine Weile. Dann öffnete er eine Schublade seines Schreibtischs und holte einen dünnen Lederriemen heraus, der etwa so lang war wie die großen Lineale im Mathematikunterricht.

Das also war der berüchtigte Riemen! Ich machte mir keine großen Sorgen, denn ich hatte schon viel schlimmere Prügel bezogen. »Streck die linke Hand aus«, befahl er, was ich ohne zu zögern tat. Ich erwartete nichts Schlimmes, und als er mir damit auf die Handfläche schlug, tat es wirklich nicht weh. Es prickelte nur ein bisschen. Mutters Ohrfeigen waren da viel schmerzhafter.

Mr Marsden ging zur nächsten, und während ich mich noch fragte, warum alle deshalb so ein Theater veranstalteten, hörte ich wieder das Klatschen. Lisa brach in Tränen aus.

Dann war Mandy an der Reihe, doch sie zog die Hand zurück. »Ich habe gesagt, du sollst die linke Hand ausstrecken«, wiederholte der Direktor.

Mandys Arm zitterte. *Warum machen Sie das? Tun Sie ihr nicht weh. Sie hat doch sowieso schon Angst genug*, hätte ich am liebsten gerufen. Aber er holte aus, ein Klatschen, und Mandy schrie vor Schmerz auf.

Dann wandte sich der Direktor ab. »Geht zurück in eure Klasse«, schickte er uns fort. »Ich will euch hier nie wieder sehen.«

Da die anderen wimmernd ihre Hände umklammerten, sagte ich im Namen von uns allen »Jawohl, Sir« und folgte ihnen hinaus.

In der Pause scharte sich der Rest der Klasse um uns. »Wie war es denn? Wie lang ist denn der Riemen? Tat es sehr weh?«, wollten sie wissen.

Lisa und Mandy zeigten den anderen die roten Striemen an ihren Händen. Dann drehte Lisa sich zu mir um. »Sam hat es gar nicht gespürt. Sie hat nicht einmal geweint.«

Schweigen entstand, und alle starrten mich an. Normalerweise zeigten sie dann lachend mit dem Finger auf mich, doch diesmal war es anders und in ihrem Blick lag Ehrfurcht. Noch nie hatte es an dieser Schule jemanden gegeben, der nach einem Schlag mit dem Riemen nicht geweint hatte. Sogar die mutigsten großen Jungen hatten anschließend Tränen in den Augen.

Den restlichen Sommer wurde ich nicht mehr wegen meines Stotterns gehänselt oder wegen meiner Kleider ausgelacht.

Inzwischen war ich fast elf und sollte wie Mena die Forest Comprehensive School in Hawbush besuchen. Vor dem Ende der Sommerferien ging Mutter mit mir auf den Flohmarkt, um mir eine Schuluniform zu besorgen, denn es gab dort eine Bude, die Kleidung für die weiterführenden Schulen verkaufte. Ich verabscheute diese Kleider, weil sie alt und muffig rochen. Dass der Stand gleich daneben mit hübschen Seifen und anderen duftenden Dingen handelte, die mir viel besser gefielen, machte es noch schlimmer.

Da der Schulweg nun weiter war, mussten wir wie Saber und Tara schon um acht das Haus verlassen, um pünktlich zu sein. Das bedeutete, dass ich weniger Zeit zu Hause verbringen musste, und ich genoss den längeren Fußmarsch. Allerdings stammten die meisten meiner Mitschüler nicht von meiner alten Schule, sodass sich der Respekt, den ich mir durch den Zwischenfall mit dem Riemen verdient hatte, nicht herumsprach. Also war ich wieder die Außenseiterin in der Klasse und wurde von allen zum Gespött gemacht.

In der Grundschule hatte ich jedoch eine Strategie entwickelt, mit diesem Gerede umzugehen. Ich wusste, dass niemand aus meiner Familie für mich in die Bresche springen würde – Mena tat in der Schule und zu Hause weiterhin ihr Bestes, um nicht aufzufallen –, und so gewöhnte ich mir an, den Quälgeistern zuzustimmen, anstatt ihnen zu widersprechen. »Ja, meine Kleider sind wirklich scheußlich«, sagte ich dann, und so wurde es ihnen bald zu langweilig, mich zu piesacken.

In den meisten Fächern gehörte ich zu den Klassenbesten, denn ich war eine gute Schülerin. Naturwissenschaften, Mathematik und Erdkunde fielen mir leicht, und ich verschlang weiterhin jedes Buch, das ich in die Hände bekam. In der Mittagspause zog ich mich in die Bibliothek zurück und las alle Abenteuergeschichten, die ich finden konnte, wie *Nancy Drew, Die Schatzinsel* oder die Bücher aus der Reihe *My Naughty Little Sister*. Die gefielen mir am besten, und ich wünschte mir stets, das Mädchen zu sein, das die Geschichte erzählte, denn sie durfte mit ihrer Mutter kuscheln. Ich hatte natürlich immer noch nicht aufgegeben, auf Mutters Zuneigung zu hoffen, obwohl diese auch weiterhin ausblieb. Meine größte Freude war es, ein Buch bis zum Ende zu lesen, weil ich dann stolz war, es geschafft zu haben. Es war dieses Gefühl, das mich darüber hinwegtröstete, dass meine Mutter so gar nichts mit den Müttern in den Büchern gemeinsam hatte.

In der Schule wunderte sich kein Mensch, dass Mutter nie zu den Elternabenden oder zum Tag der offenen Tür erschien, dass sie nie meine Entschuldigungen für den Sportunterricht unterschrieb und dass sie auch nie mit den Lehrern sprach. Den Sportunterricht mied ich, da ich laut meiner Mutter krumme Beine hatte. Außerdem hatte ich Angst davor, beim Umkleiden angestarrt zu werden. Deshalb gewöhnte ich es mir an, Mutters Unterschrift unter ein von mir verfasstes Entschuldigungsschreiben zu setzen. Wenn wir eine Aushilfslehrerin hatten, was immer wieder einmal vorkam, wurde ich gefragt, warum der Brief denn in meiner Handschrift geschrieben sei. Dann erklärte ich, Mutter könne nicht Englisch schreiben. Da dieses Problem schon von Tara und Mena bekannt war, schien sich niemand mehr für meine häuslichen Verhältnisse zu interessieren. Als ich immer mehr das Selbstbewusstsein verlor, begann ich, mich auf dem Pausenhof und im Klassenzimmer unsichtbar zu machen. Die Lehrer ahnten nichts von meinem Elend, ich fiel nicht weiter auf, und so rutschte ich still und leise durch meine Schulzeit.

8

Es war ein ganz normaler Tag. Mutter hatte mich geschlagen, weil ich zum Abendessen ein angebranntes *roti* gebracht hatte. »Erwartest du etwa, dass ich das esse?«, schimpfte sie, nachdem sie mir einen kräftigen Klaps auf den Kopf und einen Stoß in den Rücken versetzt hatte. Also holte ich ihr ein anderes *roti*, kehrte in die Küche zurück und verspeiste das angebrannte, um mich für meine Nachlässigkeit zu bestrafen.

An diesem Abend ging ich mit Kopf- und Rückenschmerzen zu Bett und fühlte mich noch ausgelaugter als gewöhnlich. Eigentlich hätte ich aufgeregt sein müssen, denn in zwei Tagen sollte ich meinen elften Geburtstag feiern. Also lag ich im Bett, überlegte mir, was ich mir wünschen könnte, und stellte mir vor, wie ich ganz fest die Augen schließen und es niemandem erzählen würde, damit es auch bestimmt wahr würde.

Als ich am nächsten Morgen, einem Sonntag, spät erwachte, fühlte ich mich sehr müde und hatte einen steifen Rücken, der bei jeder Bewegung schmerzte. Mena stand vor mir auf, was ziemlich ungewöhnlich war.

»Fehlt dir etwas?«, fragte sie. »Ich habe Rückenschmerzen«, antwortete ich und blieb im Bett liegen.

Inzwischen war Tara aufgewacht, sie saß in ihrem Bett und rieb sich die Augen. Wie immer hatte sie sich am Vorabend unten ins Bett legen wollen und festgestellt, dass Salim hineingepinkelt hatte. Nachdem sie ihn ausgiebig beschimpft hatte (»Wehe, wenn du dich noch mal auf mein Bett setzt, kapiert? Dann lasse ich den schwarzen Mann rein. Der holt dich dann aus meinem Zimmer und nimmt dich für immer mit, verstanden?«), sodass der Fünfjährige vor Angst erstarrte, war sie nach oben gekommen, um bei uns zu schlafen. Das hieß, dass ich zu Mena ins Bett klettern und ihren schlaffen Körper wegschieben musste, damit ich Platz hatte. Weil Tara mich in ihrer üblichen herrischen Art wach gerüttelt hatte, hatte ich nicht sehr gut geschlafen. Dennoch rappelte ich mich hoch und stellte meine Füße auf den Boden.

»Du siehst ziemlich elend aus«, stellte Mena fest.

Achselzuckend blickte ich sie an, stand auf und kehrte ihr den Rücken zu, um das Bett zu machen. Als ich die Decke anhob, entdeckte ich einen großen roten Fleck auf der Matratze. Mena schnappte nach Luft. »Sam, du blutest ja. Dein Rücken blutet.«

Ich erstarrte, da ich nicht wusste, woher das viele Blut stammte. Außerdem befürchtete ich, es könnte weiterbluten, wenn ich mich bewegte.

»Lass mal sehen«, meinte Tara und lüpfte vorsichtig mein Kleid. »Igitt!«

»Was ist denn los?«, fragte ich voller Angst, weil meine Schwestern um etwas, das ich nicht sehen konnte, so ein Aufhebens veranstalteten.

»Jetzt gibt es richtig Ärger. Du hast nämlich deine Periode gekriegt. Ich erzähle es gleich Mum und Hanif«, sagte Tara, schadenfroh wie immer.

»Nein, bitte nicht«, flüsterte ich, doch sie war schon hinausgelaufen.

»Tut es sehr weh?«, erkundigte sich Mena.

»Nein«, antwortete ich und versuchte, mir meine Rückenschmerzen nicht anmerken zu lassen. »Du musst mir helfen, Mena. Ich brauche Wasser, um die Matratze sauber zu machen, aber zuerst muss ich mich umziehen.«

Zu spät. Ich hörte, wie Tara wieder nach oben kam. Sie stürmte ins Zimmer, und beim Anblick meiner misslichen Lage erschien ein selbstzufriedenes Grinsen auf ihrem Gesicht. Offenbar fühlte sie sich sehr wichtig.

»Hanif will, dass du sofort runterkommst.«

»Es ist alles in Ordnung. Ich mache nur die Matratze sauber und ziehe mich um.«

»Sie hat *sofort* gesagt.«

Als ich Tara ansah, zog sie die Augenbrauen hoch. »Soll ich ihr etwa ausrichten, dass du dich weigerst?«, sollte das wohl heißen.

»Sind meine Kleider sehr schmutzig?«, fragte ich Mena.

»Ja.«

»Du hast keine Zeit zum Umziehen. Los, Abmarsch«, befahl Tara.

Es war mir entsetzlich peinlich, in meinen blutigen Sachen nach unten zu gehen. Auf dem Weg die Treppe hinab, stieg mir ein widerlicher Geruch in die Nase. Ich hatte große Angst, wusste aber nicht, was ich verbrochen hatte.

Als ich hereinkam, saßen Hanif und Mutter auf dem Sofa. Ich blickte sie an und senkte dann beschämt den Kopf. »Dreh dich um«, brüllte Mutter. Ich gehorchte. »Komm her«, wies sie mich an. Als ich es tat, hob sie mein Kleid an und zog mir den *shalwar* hinunter. Ich stand nur da und wagte aus Furcht vor Schlägen nicht, sie zu fragen, warum ich blutete.

»Du Schlampe, warum hast du jetzt schon deine Periode? Du dreckiges Flittchen.«

Ich hatte keine Ahnung, was das Wort »Periode« bedeutete. Auf Pandschabi heißt es *ganda kapra*, die »Zeit des schmutzigen Lappens«. Bei mir blieb nur »schmutzig« hängen.

»Geh dich waschen. Dann komme ich und zeige dir, was du tun sollst«, meinte Hanif. Ihr Tonfall war zwar auch nicht freundlicher als sonst, aber ich hätte vor Freude beinahe geweint, so froh war ich, den Raum verlassen und mich säubern zu dürfen. Ich rannte in die Küche.

»Wehe, wenn du diese Sachen im Bad wäschst. Tu es draußen«, rief Mutter mir nach.

Zu meiner Erleichterung hingen an der Leine im Bad einige meiner Kleider, sodass ich zum Umziehen nicht wieder nach oben gehen musste.

Hanif folgte mir in die Küche und gab mir ein Unterhöschen und ein rechteckig gefaltetes Stück Stoff.

»Benütz das und komm zu mir, wenn du noch mehr davon brauchst. Leg es so zwischen deine Beine.« Sie machte es mir vor, indem sie den Stoff zwischen ihre eigenen Beine klemmte.

Ich kehrte zurück ins Bad, wusste jedoch immer noch nicht, was geschehen war und warum Hanif mir das Höschen gegeben hatte. Nachdem ich die Wanne mit warmem Wasser gefüllt hatte, wusch ich mich. Ich schämte mich sehr. Wenn ich nur den Tee nicht verschüttet hätte, wäre das sicher nicht geschehen!

Ich verdrehte den Kopf, so weit ich konnte, um zu sehen, ob ich am Rücken blutete, und stellte endlich fest, woher das Blut wirklich kam. Rasch stieg ich aus der Wanne, trocknete mich ab, steckte das Stoffstück zwischen die Beine und schlüpfte in das Höschen, das Hanif mir gegeben hatte. Es war ein altes von ihr und mir viel zu groß, sodass ich es vorne zusammenbinden musste, damit es nicht rutschte.

Ich hatte ganz vergessen, wie es war, ein Unterhöschen zu tragen. Als alles fest saß, zog ich den *shalwar* darüber.

»Bist du fertig?« Hanif steckte den Kopf zur Tür herein, um nach mir zu sehen.

Ich nickte.

»Das passiert von nun an jeden Monat. Die Stoffstücke sind in einer Tüte im Schrank unter der Treppe. Daneben liegen Höschen. Die benutzt du, damit der Stoff nicht verrutscht.«

Wieder nickte ich, verstand aber noch immer kein Wort. Ich wollte nur nach draußen gehen, meine Kleider waschen und allein sein.

Also öffnete ich die Hintertür, legte meine Kleider auf den Boden, nahm die Schüssel, füllte sie drinnen mit Wasser und trug sie hinaus, um meine Sachen einzuweichen. Als ich mich hinkauerte und sie schrubben wollte, kam Mena heraus.

»Alles in Ordnung?«

»Ja. Hanif sagt, das passiert jetzt jeden Monat.«

»Ja, ich weiß. Zum Glück hat es bei mir noch nicht angefangen. Ich gehe rein, mir ist kalt.«

Nun war ich noch verwirrter. Was meinte sie damit, bei

ihr habe es noch nicht angefangen? Mena war eine Klasse über mir, was bedeutete, dass sie bereits Aufklärungsunterricht gehabt hatte.

Kurz nach meiner ersten Periode hatten wir ebenfalls Aufklärungsunterricht. Als ich den anderen Mädchen erzählte, dass ich schon meine Tage hatte, sprach es sich rasch herum. Eines der beliebteren Mädchen, das sonst nie ein Wort mit mir gewechselt hätte, kam in der Pause auf mich zu und fragte mich, wie es so sei. »Entsetzlich«, antwortete ich. »So, als hätte man Bauchschmerzen.«

Im Laufe der Monate kam ich dahinter, dass ich jeden Monat meine Tage bekam, ganz gleich, ob ich geschlagen worden war oder nicht. Es dauerte viele Jahre, bis ich mich nicht mehr »schmutzig« fühlte und mir keine Vorwürfe mehr machte, ich hätte das Eintreten meiner Periode selbst verschuldet.

Um den anderen und ihren ständigen Befehlen aus dem Weg zu gehen, verbrachten Mena und ich so viel Zeit wie möglich oben in unserem Zimmer. Eines Abends saß ich wieder dort, als Mena hereingestürmt kam. »Tara heiratet!«, rief sie aufgeregt.

»Was?« Ich war sehr überrascht. Da Tara inzwischen sechzehn und zu alt war, um mit uns zu spielen, sprach sie eigentlich nur noch mit uns, um uns herumzukommandieren. »Wen heiratet sie denn?«

»Bashir.«

»Ist das der Mann, der vor ein paar Monaten aus Pakistan gekommen ist?«

Mena nickte. Bashir war ein Cousin von uns, der Sohn von einer von Mutters Schwestern. Auf mich machte er einen recht netten Eindruck, obwohl er nur Pandschabi sprach. Er war sehr groß, und wir verglichen ihn wegen seines Schnurrbarts immer mit Tom Selleck. Er hatte sich ein paar Häuser weiter eingemietet.

»Wann ist denn die Hochzeit?«, fragte ich. Da eine Hochzeit ein Grund zum Feiern war, war ich ebenso begeistert wie Mena.

»Offenbar sehr bald. Mutter will, dass die beiden so schnell wie möglich heiraten.«

»Mag Tara ihn denn?« Ich hatte die zwei noch nie zusammen gesehen.

»Ob sie ihn mag? Das spielt doch keine Rolle. Sie heiratet ihn, weil Mutter das so möchte.«

»Das finde ich nicht richtig.« Allerdings wusste ich aus den Filmen, die wir uns ansahen, dass in traditionellen Familien wie unserer Ehen bereits in frühester Kindheit, ja, sogar schon im Babyalter, arrangiert wurden. Wenn beide Kinder dann alt genug waren, fand die Hochzeit statt. Da das als völlig normal galt, hatte Mena keine Einwände.

»Amanda und ich haben früher oft Hochzeit gespielt«, erzählte ich Mena. »Wir haben uns weiße Handtücher als Schleier um den Kopf gewickelt und sind dann durch den Speisesaal geschritten, wo unsere Prinzen uns erwarteten.« Ich stand auf und machte es ihr vor. Die Prinzen waren, wie ich hinzufügte, unsere Teddybären gewesen.

Mena fing an zu kichern.

»›Nimmst du diesen Prinzen zum Ehemann?‹, hat Amanda dann gefragt, und ich antwortete mit ja. Dann drehte sie sich zu dem Prinzen um und meinte: ›Du darfst die Braut jetzt küssen.‹«

Mena presste sich das Kissen vor den Mund, damit man unten ihr Gelächter nicht hörte. Mutter brauchte ja nicht zu wissen, dass wir gute Laune hatten.

Aus den Filmen wussten wir, dass man sich nicht einfach in irgendjemanden verlieben durfte, sondern den Mann heiraten musste, den die Eltern ausgesucht hatten. Wer sich weigerte, brachte Schande über die Familie, weshalb so etwas für Mena und mich unter keinen Umständen in Frage gekommen wäre. Paare, die ihren Eltern nicht gehorchten und zusammen durchbrannten, um heimlich zu heiraten, mussten ganz weit wegziehen. Trotzdem wurden sie unweigerlich, manchmal sogar von Auftragskillern, aufgespürt und getötet, um die Familienehre wiederherzustellen.

Die Hochzeit war ganz anders, als ich es mir vorgestellt hatte. Natürlich verlor Tara keine Zeit, um ihre Forderungen zu stellen. Die Tradition verlange, dass die Töchter beider Familien vor den Gästen einen Tanzwettbewerb veranstalteten, und sie erwartete von mir, dass ich daran teilnahm. Außerdem beschloss sie, mir den Tanz selbst beizubringen. Also legte sie eine Videokassette ein, spielte ein Lied wieder und wieder ab und wollte dann, dass ich es selbst versuchte. Doch trotz aller Anstrengung, klappte es einfach nicht.

Tara wurde immer zorniger. »Kannst du es denn nicht besser? Sie bewegt den Arm doch nach links, nicht nach rechts!«

»Ich gebe mir Mühe«, protestierte ich und schlängelte mich, im Versuch, die Schauspielerin auf dem Bildschirm nachzuahmen, durchs Zimmer. Aber ich kam mir steif und unbeholfen vor.

»Es ist zwecklos mit dir! Ein Affe könnte besser tanzen als du.«

Tara stellte sich hinter mich, umklammerte fest meine Handgelenke, zog mir die Arme hoch und drehte mich herum, damit ich die Bewegungen richtig ausführte. Nachdem ich sie zum dritten Mal auf den Fuß getreten hatte, ließ sie mich los und stieß mich weg. »Wenn du es nicht richtig kannst, darfst du nicht auf meiner Hochzeit tanzen«, verkündete sie und rauschte hinaus. Und da ich ohnehin keine Lust dazu hatte, hatte sie mich damit auf einen guten Gedanken gebracht.

Als sie zurückkehrte, patzte ich immer weiter, stolperte über ihre Füße und wedelte gegen den Rhythmus mit den Händen. Schließlich schaltete Tara unter Wutgeheul den Fernseher ab. »Vergiss es! Du kannst es einfach nicht. Dich lasse ich auf gar keinen Fall auf meiner Hochzeit tanzen. Verschwinde.«

Ich verkniff mir ein Grinsen und flüchtete in die Küche, wo Mena wortlos und fragend die Augenbraue hochzog. Ich zwinkerte ihr zu.

Für den großen Tag hatte Mutter uns allen neue Sachen gekauft. Saber kam in einem schicken weißen *shalwar-kameez* in unser Zimmer. »Warum dürfen wir keine normalen Kleider anziehen«, beschwerte er sich und verzog missbilligend den Mund.

Ich fand, dass er wirklich gut aussah. »Du kannst meinen haben«, erwiderte ich und hielt ihm meine eleganten neuen Sachen hin. Das Kleid war blau und hatte ebenso wie der dazu passende Schal einen Goldrand. Seit ich neun gewesen war, und Mutter mir einen orangefarbenen *shalwar-kameez* für Besuche genäht hatte, war es mein erstes neues Kleidungsstück. Den orangefarbenen *shalwar-kameez* trug ich noch immer dann und wann, obwohl er inzwischen ein wenig zu klein war. Doch fühlte ich mich darin wie jemand Besonderes, weil es das einzige Geschenk war, das ich je von Mutter bekommen hatte.

Saber grinste nur höhnisch. »Nein danke«, sagte er und rannte hinaus.

»Ich hasse rosa«, meinte Mena und betrachtete ihr Kleid auf dem Bett.

»Wenn du möchtest, können wir tauschen.«

»Ja, bitte.«

Und so tauschten wir Kleider. Der rosafarbene *shalwar-kameez* war an den gleichen Stellen bestickt wie der blaue, und als wir beide angezogen waren, sah Mena einfach bezaubernd aus. »Ach, Mena, du siehst aus wie eine Prinzessin!«, rief ich aus, in der Hoffnung, dass sie dasselbe von mir dachte. Nachdem Mena ihr langes schwarzes Haar vor dem Spiegel frisiert hatte, machte sie Platz, damit ich mich betrachten konnte.

Aus dem Spiegel an der Schranktür schaute mir eine Fremde entgegen. Auch die hübschen Sachen änderten nichts daran, wie ich mein Spiegelbild wahrnahm, sie machten es nur noch schlimmer. Anstelle einer Prinzessin erblickte ich ein trauriges kleines Mädchen mit bedrückter Miene und zerzaustem Haar, das einen einsamen und verlorenen Eindruck machte. Sie wollte jemandem von dem Schmerz erzählen, der in ihr tobte. Sie sehnte sich danach, Freundinnen zu haben. Eine einzige Freundin wäre schon genug gewesen, sie wollte ja nicht zu anspruchsvoll sein. Eine beste Freundin, mit der sie darüber sprechen konnte, wie müde sie war – von der Hausarbeit, von den Schlägen und von der dauernden Missachtung. Sie konnte es nicht mehr ertragen, ständig gedemütigt zu werden, und wollte einfach nur noch, dass es aufhörte. Am liebsten wäre sie fortgelaufen, aber ihr blieb nichts anderes übrig, als sich immer tiefer in sich selbst zurückzuziehen. Sie brauchte eine Antwort auf die Frage, warum sie so ein Leben führen musste.

Ich hielt mein Spiegelbild nicht mehr aus und wandte mich ab.

»Du siehst spitze aus«, sagte Mena, aber ich wusste, dass sie nur nett zu mir sein wollte. »Nun, ganz okay«, fügte sie hinzu, als sie meine Miene bemerkte.

Vor lauter Traurigkeit konnte ich ihr nicht antworten. Um festzustellen, wie ich aussah, brauchte ich keinen Spiegel, denn ich war nicht mehr das kleine Mädchen, das ich bei meiner Ankunft gewesen war. Ich hatte mich bis zur Unkenntlichkeit verändert.

Saber steckte den Kopf zur Tür herein. »Mutter sagt, ihr sollt runterkommen, wenn ihr fertig seid.«

Unten sah alles ganz anders aus als sonst. Keine Spur mehr von dem Grau und Schmutz. Die Möbel waren umgestellt, und weiße Laken bedeckten die Fußböden. An den Wänden und Fenstern hingen bunte Stoffe, und das Licht fing sich in funkelnden Perlenschnüren. Es machte wirklich alles einen hübschen Eindruck.

Mena und ich gingen in die Küche. Wenigstens war ich nicht für das Hochzeitsessen zuständig, denn Mutter hatte beschlossen, dass es unmöglich war, die vielen Speisen selbst zuzubereiten, und sie bei einem Mann bestellt, den sie »Onkel« nannte. Nun stand sie da und kochte Tee, während Hanif den Abwasch erledigte. »Sam, verteil die Pappbecher in den Zimmern und warte an der Tür, um die Gäste zu begrüßen.«

Ich nahm den Stapel Pappbecher und stellte ihn neben die Flaschen mit Saft und Cola ins Wohnzimmer. Die Gäste an der Tür zu empfangen, war ein Spaß. Alle hatten sich zur Feier des Tages fein gemacht, und die Frauen trugen bunte *shalwar-kameez*. Noch nie hatten in unserem schäbigen Haus so ein Farbenmeer und Stimmengewirr geherrscht. Ich fragte mich, wie die Leute sich bei dem Radau nur verstehen wollten.

Ich rannte von einem Zimmer ins andere. »Zähl die Teller.« – »Geh und hol die Servierschälchen.« – »Füll die Salzstreuer nach.« – »Nimm das Joghurt aus dem Kühlschrank.« – »Schneide die Gurke klein.« Dabei musste ich ständig darauf achten, meine schönen neuen Sachen nicht schmutzig zu machen, denn ich hatte, anders als Mutter und Hanif, keine Schürze.

Dann gab Mutter mir die letzte Anweisung: »Geh und sieh nach, ob Tara fertig ist. Der *molvi* wird jede Minute hier sein.«

»Wo ist sie?« Ich hatte Tara ganz vergessen und war ihr den ganzen Tag noch nicht begegnet.

»In Hanifs Zimmer«, erwiderte Mutter, über die Schulter gewandt. »Sie ist schon den ganzen Vormittag mit ihren Freundinnen dort und bereitet sich vor. Der *molvi* erscheint um eins. Sag ihr, sie soll nicht allein runterkommen. Ich hole sie.«

Ich rannte nach oben und klopfte an Hanifs Zimmertür.

»Herein«, antwortete eine Stimme.

Taras Freundinnen wuselten im Zimmer herum und huschten kichernd hin und her. Tara hatte mir den Rücken zugekehrt.

»Mum sagt, du sollst dich beeilen«, meldete ich, »weil der *molvi* jeden Moment hier sein wird. Aber sie möchte, dass du oben wartest, bis sie dich abholt.«

Bei diesen Worten drehte Tara sich zu mir um. Sie trug einen langen roten Rock und einen passenden mit Gold bestickten *kameez*. Dazu hatte sie goldene Schuhe an. Die dicke, aus drei Strängen bestehende Goldkette passte zu ihren Ohrringen. Ihre Lippen waren dunkelrot geschminkt, und ihr Augen-Make-up betonte ihre rosigen Wangen. Sie sah aus, als wäre sie einer Filmkulisse entstiegen. Ich schnappte nach Luft.

»Wow, Tara«, flüsterte ich. »Du bist wunderschön.«

Zum ersten Mal in meinem Leben lächelte meine ältere Schwester über etwas, was ich gesagt hatte.

»Richte Mum aus, ich bin fast fertig«, erwiderte sie. »Ach, und könntest du mir einen Gefallen tun und mir rasch ein Glas Cola holen?«

Ich rannte in die Küche, um das zu erledigen.

»Da bist du ja. Schneide diese Zwiebeln, Sam«, befahl Hanif, als ich hereinkam.

»Aber ich soll Tara ein Glas Cola bringen. Übrigens ist sie fertig.«

»Dann musst du dich eben ein bisschen beeilen. Zuerst sind die Zwiebeln dran.«

Also dauerte es eine Viertelstunde, bis ich mit der Cola zu Tara zurückkehrte.

»Was hast du so lange gemacht?« Tara riss mir den Becher aus der Hand, und das Bild in meinem Kopf zersprang in tausend Scherben. »Ich verdurste. Und was soll dieser Pappbecher? Konnte es nicht einmal ein richtiges Glas sein?«

Ich zuckte zusammen, als ich hinter mir eine Stimme hörte. »Bist du bereit herunterzukommen?« Mutter war mir nach oben gefolgt.

Ihre Freundinnen verstummten, während Tara leise ja erwiderte und auf Mutter zuging.

Mutter legte Tara einen roten Schleier übers Gesicht und führte sie nach unten. Wir gingen hinter ihr her. Als Tara unten an der Treppe angekommen war, hörten alle auf zu schwatzen, und die Gäste bildeten eine Gasse, um ihr Platz zu machen. Es war ein feierlicher Augenblick.

Am Fenster stand ein Stuhl. Mutter half Tara beim Platznehmen und zupfte vorsichtig ihre Kleider zurecht. Die Frauen starrten die Braut an. »Sie ist wunderschön«, hörte ich eine flüstern. »Wie viel Gold haben ihre Eltern ihr gegeben?« – »Gut, dass sie ihren Cousin heiratet.« – »Seine Eltern leben in Pakistan und werden ihr deshalb nicht im Nacken sitzen.«

Mutter bedeutete Mena, vor Tara auf dem Boden Platz zu nehmen. Dann traten die Frauen vor und gaben Tara Geld, das sie an Mena weiterreichte, damit sie es in ihrer Handtasche verstaute. Mit dem Geld sollte Tara dazu überredet werden, ihren Schleier abzunehmen. Die Frauen schnappten nach Luft. »Ist sie nicht eine Schönheit?«, begeisterten sie sich. »Sie ist ja so reizend.« – »Möge Allah dich mit allen Schätzen der Welt segnen.«

Ein Strahlen ging von Tara aus. Sie wirkte heute völlig verändert, auch wenn sie den Kopf stets gesenkt hielt und zu Boden blickte, als hätte sie das Lob nicht verdient. Ich stand ein Stück abseits und beobachtete sie ebenso aufgeregt wie die anderen im Raum. Allerdings wusste ich, dass sie sich streng an Mutters Drehbuch hielt.

Vor einigen Tagen hatte ich nach dem Abendessen die Küche sauber gemacht, während Hanif und Mutter Tara die letzten Anweisungen gaben.

»Wenn wir dich nach unten bringen, darfst du weder den Kopf heben noch lächeln«, sagte Mutter.

»Die Leute sollen nicht glauben, dass du dich darauf freust, dein Elternhaus zu verlassen«, fügte Hanif hinzu.

»Wenn es Zeit zum Abschied ist, musst du weinen und uns umarmen«, ergänzte Mutter. »Du darfst auf keinen Fall glücklich wirken, denn sonst denken die Leute, wir hätten dich schlecht behandelt und du wärst froh zu gehen.«

»Der *molvi* ist da!«, rief Mutter, die an der Tür stand. Hanif wandte sich an mich. »Hol mir einen Stuhl aus der Küche«, befahl sie. »Schnell.«

Ich schleppte einen Küchenstühl herbei, der neben Tara gestellt wurde. Ein alter Mann, der einen weißen *shalwar-kameez* und eine schwarze Weste trug, ließ sich darauf nieder. Dann beugte er sich zu Tara hinüber und sprach so leise mit ihr, dass wir anderen ihn nicht verstehen konnten. Tara wiederholte gehorsam alles, was er sagte. Danach erhob er sich und ging ins Nebenzimmer. Ich reichte den Stuhl an Manz weiter, der an der Tür gewartet hatte.

Als der *molvi* ihm folgte, spähte ich durch den Türspalt und entdeckte Bashir. Er trug einen grünen Anzug, wirkte nervös und hörte dem *molvi* aufmerksam zu. Ich hätte gerne weiter zugeschaut, doch Mutter rief mich aus der Küche, damit ich beim Servieren half.

Sie reichte mir einige Pappteller. »Geh und gib jedem einen Teller. Und nimm die Tüte mit den Gabeln mit und verteil sie ebenfalls.«

Die Frauen saßen im Kreis auf dem Boden. Während ich Teller und Gabeln herumreichte, zählte ich sie und konnte kaum fassen, dass sich siebenundzwanzig Frauen und zehn Kinder in einem Raum aufhielten, der sonst nur mit Mutter und uns schon überfüllt wirkte.

Als ich in die Küche zurückkehrte, standen Schüsseln mit dampfendem Reis auf der Theke.

»Worauf wartest du? Bring den Gästen den Reis!«

Köstlich duftendes Fleischcurry und Salat warteten darauf, serviert zu werden. Beim Hinaustragen lief mir das Wasser im Munde zusammen.

Während die Frauen zugriffen, ging ich wieder in die Küche, wo Mutter und Hanif saßen und aßen. Wunderbar, dachte ich, denn mein Magen knurrte heftig.

»Jetzt bring die Teller und das Essen zu den Männern im

anderen Zimmer«, befahl Hanif und deutete auf weitere Schüsseln und Teller.

Wieder eilte ich mehrmals zwischen Küche und Gästen hin und her, ohne dass mir jemand seine Hilfe angeboten hätte. Als ich fertig war, winkte Tara mich zu sich.

»Hol mir etwas zu essen«, wies sie mich an. »Ich verhungere.« Ich füllte einen Teller für sie und ging dann abermals in die Küche, wo mich sicher weitere Arbeit erwartete. »Beeil dich und iss etwas«, meinte Hanif da zu meiner Überraschung zu mir. »Dann kannst du die Teller wegräumen.«

Ich nahm mir etwas zu essen und sah mich nach einem Sitzplatz um. Da Hanif und Mutter die einzigen Stühle in der Küche besetzt hielten, ließ ich mich in einer Ecke auf dem Boden nieder. Ich schob eine Gabel Curry in den Mund und hielt inne, denn es schmeckte einfach köstlich. Vermutlich lag es daran, dass ich es ausnahmsweise nicht selbst gekocht hatte, jedenfalls konnte ich mich nicht erinnern, wann ich zuletzt in den Genuss einer von einer anderen Person zubereiteten Speise gekommen war. Hungrig verschlang ich meine Portion und nahm mir rasch noch einen Nachschlag.

Gerade war ich fertig, als Hanif mir eine Tüte und Pappschälchen reichte. »Sammle jetzt die Teller ein«, sagte sie, »und verteil diese Schälchen für den süßen Reis.«

Also fing ich an, im Wohnzimmer die Teller abzuräumen. »Gibt es süßen Reis?«, fragte eine Frau.

»Ich bringe ihn gleich«, erwiderte ich. »Könnten Sie vielleicht die Schälchen herumreichen, während ich die Teller einsammle?«

Nachdem sie mir mit einem freundlichen Lächeln die Schälchen abgenommen hatte, trug ich alles weg und ging dann Löffel und den süßen Reis holen. Bei meiner Rückkehr griff die Dame nach der Reisschüssel, stellte sie auf das weiße Laken und tätschelte mir freundlich die Wange. »Ich wünschte, meine Töchter würden so hart arbeiten wie du.«

Zum ersten Mal war ich gelobt worden. Ich strahlte übers ganze Gesicht.

Als ich in die Küche kam, standen Mutter und Hanif vor den Töpfen und erörterten, was sie mit den Resten anfangen sollten.

»Möchtest du süßen Reis?«, fragte Mutter. Ich nickte. »Dann hol dir ein Schälchen und nimm dir welchen.«

Ich aß schnell und hoffte, bald zu Bett gehen zu dürfen, denn nach dem aufregenden Tag und der vielen Arbeit war ich völlig erschöpft. Aber weit gefehlt. »Wenn du aufgegessen hast, räum die Schälchen aus den anderen Zimmern weg«, befahl Mutter.

Ich war kaum damit fertig, als Bashir hereinkam und sich auf den Stuhl neben Tara setzte. Die beiden sahen sich schüchtern an. Die Männer folgten ihm. »Möge Allah euch beide segnen«, sagten sie, tätschelten der Braut den Kopf und verabschiedeten sich dann.

Sobald sie fort waren, stimmten die Frauen einen monotonen Singsang an. Ich verstand nur »Unsere Tochter verlässt uns. Unsere Tochter verlässt uns jetzt.« Etwa bei der Hälfte des Liedes standen Tara und Bashir auf. Hanif und Mutter umarmten sie und fingen an zu weinen. Mir kam es vor, als schluchzten sie umso heftiger, je lauter die Frauen sangen. Als Tara auf die Tür zusteuerte, erreichte das Klagen seinen Höhepunkt.

Hanif führte Tara aus dem Haus, und wir folgten den Frauen ins Freie. Mena und ich standen am Tor und blickten den anderen nach, die die fünfzig Meter zu Bashirs Wohnung zurücklegten. Die Frauen warteten, während Hanif Tara und Bashir ins Haus zog und die Tür schloss. Mena und ich rannten zurück in unser Haus.

»Wohnt sie jetzt dort?«, fragte Mena auf dem Weg nach oben in unser Zimmer.

»Keine Ahnung«, erwiderte ich achselzuckend. Offen gestanden war es mir herzlich gleichgültig, denn ich war so müde. Außerdem bedeutete Taras Auszug, dass es jetzt einen Menschen weniger gab, der mich herumkommandieren konnte.

»Als Älteste bekomme ich ihr Bett«, verkündete Mena, gleichzeitig lachend und gähnend. Mit diesen Worten kuschelte sie sich in Taras Bett. Mich störte das nicht. Jetzt hatte ich das Bett am Fenster und konnte die Vorhänge öffnen, wann ich wollte, um in dem Licht, das von draußen hereinfiel, zu lesen.

9

Seit Tara aus dem Haus war, übernachtete Dad manchmal bei uns in Sabers Zimmer, auch wenn Saber das nicht leiden konnte. Dad erwähnte nie das Kinderheim, seine Besuche dort, die Süßigkeiten in seinen Hosentaschen oder sonst etwas von damals. Es war, als hätte es diese Zeit niemals gegeben. Allerdings legte er mir stets sanft die Hand auf den Kopf und zauste mir das Haar. Mir bedeutete das sehr viel, da der Rest der Familie mich nur berührte, um mir wehzutun, und ich wusste, dass er mich gern hatte. Wenn er gekonnt hätte, hätte er mich bestimmt mitgenommen. Ich malte mir aus, dass er irgendwo ganz weit weg arbeitete, wo Kinder nicht erlaubt waren. Vielleicht war mein Dad ja Privatdetektiv und ermittelte verdeckt, klärte Kriminalfälle auf und fing Verbrecher. Da mir niemand etwas erzählte und ich nicht wagte, Fragen zu stellen, hatte ich keinen Grund, am Wahrheitsgehalt meiner Theorien zu zweifeln. Mutter hatte uns verboten, mit Vater auszugehen, weil er angeblich unter Stimmungsschwankungen litt. Jedoch hatte ich noch nie erlebt, dass er die Beherrschung verloren hätte. Allerdings hatte Mutter uns solche Angst gemacht, dass wir uns fürchteten, ihn zu begleiten. Manchmal behauptete Vater, Mutter hätte gestattet, dass wir mitkämen, doch das entpuppte sich meistens als Lüge.

Im Spätherbst 1980 fand an unserer Schule ein Vortrag über Kindesmisshandlung statt, und die Lehrerin bat uns, Bescheid zu sagen, falls jemand von uns misshandelt würde. Anfangs zögerte ich. Doch eine Woche später – ich hatte mir wieder eine Tracht Prügel eingehandelt, weil ich Manz' Kragen nicht richtig gewaschen hatte –, beschloss ich, mit unserem Vertrauenslehrer Mr Pritchard zu sprechen.

Es fiel mir nicht leicht, und zwar nicht etwa, weil mir die Worte gefehlt hätten, um auszudrücken, was man mir zu Hause antat. Das Problem war nur, dass ich wegen meines Stotterns zunächst nichts herausbrachte. Unter seinem mitfühlenden Blick schaffte ich es schließlich, ihm mitzuteilen, dass ich letztens von meiner Mutter geschlagen worden sei, dass sie mich schon öfter misshandelt habe und dass ich wünschte, es möge endlich aufhören. Dabei weinte ich, und Mr Pritchard tätschelte mir mitfühlend den Arm, während er mir ein Taschentuch reichte.

»Ich werde mit jemandem sprechen, Sameem. Wir kümmern uns darum, dass das nie wieder vorkommt.«

An diesem Tag auf dem Nachhauseweg empfand ich gleichzeitig Freude – endlich würde sich etwas ändern – und Furcht –, was, wenn Mutter es herausfand? Da ich natürlich keine Ahnung hatte, was man unternehmen wollte, um dem Prügeln Einhalt zu gebieten, wurde ich von den kommenden Ereignissen völlig überrumpelt.

Als wir einige Tage später von der Schule kamen, stand ein Fremder in unserem Haus. Mena und ich blickten zwischen ihm und Mutter hin und her und rechneten mit dem Schlimmsten. Mena flüchtete sich sofort nach oben, um sich aus der Schusslinie zu bringen.

»Hallo, Sameen, keine Angst, ich bin Sozialarbeiter«, stellte der Mann sich vor. »Man hat mich geschickt, um zu überprüfen, was du deinem Lehrer erzählt hast. Ich habe gerade mit deiner Mutter gesprochen.«

Ich sah sie an. In Erwartung ihres Tobsuchtsanfalls krampfte sich mir der Magen zusammen, denn ich erkannte an ihrem Augenausdruck, dass sie vor Wut kochte.

»Was hast du dem Mann gesagt?«, fragte sie auf Pandschabi und keuchte dabei, um einen Asthmaanfall vorzutäuschen.

»Ist mit dir alles in Ordnung?«, erkundigte sich der Sozialarbeiter.

»Wenn du nicht ja sagst, bringe ich dich um«, stieß sie hervor.

Also bejahte ich.

»Warum hast du dem Lehrer dann mitgeteilt, dass deine Mutter dich misshandelt?«

Ich zuckte die Achseln.

»Deine Mutter ist sehr krank und bereut es, dass sie dich kürzlich gestoßen hat.«

»Es tut mir sehr leid«, schluchzte meine Mutter auf Englisch. »Geh nach oben, *kutee.*« Das ließ ich mir nicht zweimal sagen.

Mena erwartete mich oben. »Was ist da los? Wer ist dieser Mann? Was will er von Mutter? Was hat sie zu dir gemeint?«

»Pssst!«, zischte ich, weil ich mithören wollte, was unten gesprochen wurde. Da die Tür geschlossen war, konnte ich nichts verstehen. Kurz darauf ging der Sozialarbeiter.

»Sameem! Sameem!«, rief meine Mutter.

»Ich komme«, antwortete ich, rührte mich aber nicht, sondern blieb zitternd an der Zimmertür stehen. Ich wollte nicht nach unten, denn ich wusste genau, was mir blühte.

»Bitte, geh, sonst wird sie wirklich wütend und schlägt dich noch mehr«, flehte Mena. »Vielleicht bringt sie dich sogar um.«

Ich schlich nach unten. Mutter saß auf dem Sofa. Ich blieb am Fuße der Treppe am anderen Ende des Raums stehen und umklammerte das Geländer, um einen Sicherheitsabstand zu wahren.

»Komm her«, befahl sie, die Hände flach auf dem Sofa.

»Nein, *Ami*«, erwiderte ich. »Dann schlägst du mich wieder.«

Plötzlich brüllte sie mich an und überhäufte mich mit den übelsten Beschimpfungen. Im nächsten Moment sprang sie auf und stürmte so schnell auf mich zu, dass ich keine Zeit mehr zum Ausweichen hatte. Sie packte mich an den Haaren und zerrte mich von der Treppe weg. Als sie mich mit der einen Hand an den Haaren zog und mit der anderen auf mich einschlug, fing ich an zu schreien und zu schluchzen. Während sie weiter auf meinen Kopf und meine Arme einprügelte, riss ich mich los, ließ mich auf den Boden fallen, in der Hoffnung, dass sie mich dann nicht so gut erreichen konnte. Dabei flehte ich die ganze Zeit um Gnade.

Auf einmal wich sie zurück, und ich hoffte für einen Moment schon, es überstanden zu haben. Aber im nächsten Moment drehte sie sich mit dem *pika* in der Hand zu mir um und drosch so fest sie konnte auf meinen Rücken und meine Seiten ein. Dabei brüllte sie mich weiter an. Noch nie hatte sie mich derart verprügelt, und die Schmerzen waren so unbeschreiblich, dass ich wimmerte wie ein verletztes

Tier. Die Luft blieb mir weg, sodass ich sie nicht mehr anbetteln konnte.

Bitte, hör auf.

Als ich schützend die Arme über den Kopf hob, hieb sie ein paar Mal darauf ein, bearbeitete dann aber weiter meinen Rücken und meine Beine. Sie war nicht mehr aufzuhalten, und ich dachte, es würde nie vorbeigehen, als Schlag um Schlag auf mich einprasselte. Ich war sicher, dass sie mich umbringen wollte.

Hanif, die das alles vom Sofa aus beobachtet hatte, beschloss endlich, meiner Mutter in den Arm zu fallen. »Es reicht«, sagte sie. »Das Mädchen blutet.« Das hatte ich bis jetzt noch gar nicht bemerkt. Blut quoll aus meinen Wunden an Armen, Rücken und Beinen. Als Mutter mir befahl, ihr aus den Augen zu gehen, kroch ich die Treppe hinauf. Mutter rief mir nach, Manz werde bald nach Hause kommen. Sie werde ihn bitten, mir auch eine Abreibung zu verpassen.

Bitterlich weinend lag ich auf meinem Bett. Mena schwieg. Sie wischte mir nur das Blut ab und half mir beim Umziehen, als ich mich wieder aufsetzen konnte. Nie wieder wollte ich mein Zimmer verlassen oder einen Finger rühren. Es sollte einfach nur noch aufhören.

Allerdings bedeutete dieses Ereignis keinen Wendepunkt für meine Gefühle, denn ich glaubte weiterhin, eine Enttäuschung für meine Mutter und im Unrecht zu sein. Auch wenn ich mich nicht gerne schlagen ließ, war ich überzeugt, dass sie nun einmal nicht anders konnte, weil ich sie dazu provozierte. Inzwischen weiß ich, wie sehr ich die Wirklichkeit verkannte. Damals jedoch war ich so verunsichert, dass ich Mutter jedes Wort abnahm und mich für die Schuldige hielt.

Seltsamerweise musste ich keine zweite Tracht Prügel von Manz über mich ergehen lassen, sondern nur auf das Abendessen verzichten, weil ich nicht nach unten gehen wollte. Trotz Mutters Drohungen schlug Manz mich eigentlich nur, wenn er selbst einen Grund sah, zornig auf mich zu sein, zum Beispiel, weil ich seine Sachen nicht richtig gewaschen hatte. Mutter äußerte sich – natürlich nur hinter seinem Rücken, nie in seiner Gegenwart – oft recht derb über seine aufbrausende Art und bezeichnete ihn als *kad damak*, was »verdorben« oder in anderen Worten »geisteskrank« bedeutete. Einmal verprügelte mich Manz, weil ich Hanif Widerworte gegeben hatte. Er versetzte mir einen Fausthieb und stieß mich so grob zu Boden, dass ich mir den Kopf anschlug. Um mir zu beweisen, dass ich ihm dennoch überlegen war, zog ich abends nach dem Zubettgehen den Vorhang ein Stück auf, sodass ich im Licht der Straßenlaterne meine Hausaufgaben beenden konnte.

Etwas zu leisten, ohne dass er mich daran hindern konnte, war mir ein großer Trost.

Mein zwölfter Geburtstag verging wie alle anderen unbemerkt. Ich war froh, dass mich niemand in der Schule darauf ansprach, denn früher hatte ich dann immer lügen müssen. »Ach, ich bekomme ein Puppenhaus«, hatte ich geantwortet, wenn mich jemand nach meinen Geburtstagsgeschenken fragte. Ich sagte nämlich nicht gern die Unwahrheit und sah es auch gar nicht ein. Allerdings hätte die Wahrheit mir auch nicht weitergeholfen. Wie sollte ich anderen Menschen erklären, dass meine Familie meinen Geburtstag ignorierte?

Wenn Dad zwei oder drei Mal im Monat zu Besuch kam, saß er stundenlang mit Mutter zusammen und unterhielt sich ruhig mit ihr. Wir gewöhnten uns daran, bis er einmal tagsüber an einem Samstag erschien. Wir hatten eben zu Mittag gegessen, und ich war gerade mit dem Abwasch fertig, als er in die Küche kam. »Habt ihr, du und Mena, Lust auf einen Ausflug?«, meinte er lässig.

»Mutter wird es verbieten«, erwiderte ich, wohl wissend, dass genau das geschah, wenn er sie fragte.

»Nein, wird sie nicht«, antwortete er grinsend. »Sie hat es erlaubt.«

Wenn Dad log, sagte er immer »ehrlich«, als ob er nicht nur sein Gegenüber, sondern auch sich selbst überzeugen müsste. Da dieses Wort diesmal fehlte, hätte ich beinahe einen Jubelruf ausgestoßen. »Wirklich? Jetzt gleich? Oh, ich gehe nur rasch Mena holen.«

Dad kicherte.

Mena lag mit dem Rücken zur Tür auf dem Bett. »Dad will mit uns einen Ausflug unternehmen. Mum erlaubt es«, verkündete ich atemlos, weil ich die Treppe hinaufgerannt und so aufregt war.

»Lüge«, sagte sie, ohne sich umzudrehen.

»Nein, Mena, wirklich. Wir dürfen.«

Sie setzte sich auf und sah mich zweifelnd an.

Ich nickte. »Ja, es stimmt.«

Mena sprang aus dem Bett und wischte sich die Hände an den Kleidern ab. »Dann also los.«

»Ich bringe sie in ein paar Stunden zurück«, sagte Dad zu Mutter. Wir folgten ihm zur Tür hinaus, wagten allerdings nicht, unsere Mutter anzusehen. Wenn sie gemerkt hätte, wie viel uns dieser Ausflug bedeutete, hätte sie ihn nämlich sofort verboten. Erst als die Tür hinter uns ins Schloss gefallen war, glaubten wir, dass er tatsächlich stattfand.

»Wo gehen wir hin? Wo gehen wir hin?«, fragten wir, während wir uns vom Haus entfernten.

»Worauf habt ihr denn Lust?«, erwiderte Dad, den unsere Begeisterung zum Schmunzeln brachte.

Mena zuckte die Achseln Wir waren schon so lange nicht mit Dad unterwegs gewesen, dass wir ganz vergessen hatten, was man alles unternehmen konnte.

»Lass uns zum Mond fliegen!«, rief ich, und wir lachten.

»Ich habe keine Rakete. Was haltet ihr stattdessen vom Zoo?«, schlug Dad vor.

Mena und ich tauschten Blicke. Dafür waren wir doch schon viel zu groß! »Nein, nicht in den Zoo«, sagte ich deshalb. »Könnten wir nicht in eine Bibliothek gehen?«

»Ich glaube, im Stadtzentrum gibt es eine. Sollen wir mal nachschauen?«

Dad brauchte uns nur anzusehen, um zu wissen, dass wir dort unbedingt hinwollten. »Gut, dann also in die Bibliothek«, meinte er lächelnd. Und so machten wir uns auf den Weg ins Stadtzentrum, um sie zu suchen.

Mit Dad zusammen zu sein, war so anders: Er hörte uns zu. Er kommandierte uns nicht ständig herum. Und das

Schönste war, dass er uns anlächelte, anstatt den Blick abzuwenden oder uns anzubrüllen. In Mutters Gegenwart stand ich dauernd unter Druck, sie zufriedenzustellen und mich noch mehr ins Zeug zu legen, damit sie mich endlich lobte. Bei Dad hingegen brauchte man sich nicht ununterbrochen anzustrengen. Er schien unsere Gegenwart genauso zu genießen wie wir seine.

In der Bibliothek steigerte sich das friedliche Gefühl noch mehr. Als wir eintraten, brandete eine gewaltige Welle der Stille und Geborgenheit über mich hinweg. Hier herrschten Ruhe, Wissen und die Verlockungen einer fremden Welt. Bis jetzt hatte ich gar nicht geahnt, wie sehr ich eine solche Umgebung brauchte.

Dad zeigte uns die Abteilung mit den Kinderbüchern und begann dann ein Gespräch mit der Dame hinter der Theke. Wir liefen in verschiedene Richtungen. Mena entdeckte einen großen Bildband und ließ sich damit auf einem Stuhl nieder, um ihn anzusehen. Ich hingegen studierte die Beschriftungen auf den Regalen, bis ich das Gesuchte gefunden hatte. Ganz am Ende der Abteilung mit den Jugendbüchern gab es ein Regal mit der Aufschrift »Kriminalromane«. Ich ließ die Hände über die Buchrücken gleiten. Die Titel kündeten von Abenteuern in fernen Ländern, wo tapfere Kinder belohnt wurden.

Als ich gerade ein Buch aus dem Regal nehmen wollte, kam Dad auf mich zu. »Ich habe mit der Bibliothekarin geredet und ein Formular ausgefüllt. Ihr dürft drei Bücher pro Person mitnehmen, aber ihr müsst sie zu dem Datum zurückgeben, das die Dame in die Bücher stempelt.«

Im ersten Moment verschlug es mir den Atem. Ich konnte die Bücher zu Hause im Bett lesen – zu schön, um wahr zu sein. »Wir können die Bücher wirklich mitnehmen?«

»Ja, natürlich«, antwortete Dad. »Aber lasst euch beim Aussuchen nicht zu viel Zeit. Ich muss euch bald nach Hause bringen.«

Schließlich entschied ich mich für einen Krimi mit den *Fünf Freunden*, ein Buch mit *Nancy Drew* und eines mit den *Hardy Boys*. Mena wählte ein Märchenbuch.

»Du kannst noch zwei Bücher mitnehmen«, erinnerte ich sie.

»Ich will aber nur dieses eine.«

Rasch wandte ich mich an Dad. »Wenn Mena nur ein Buch aussucht, kann ich dann noch zwei haben?«

»Klar, falls du sie selbst trägst.«

Ich nahm noch zwei *Fünf Freunde*. Dann gingen Mena und ich zur Tür.

»Sam, Mena«, rief Dad uns nach und winkte uns zurück zur Theke. »Ihr könnt nicht einfach davonlaufen. Die Dame muss die Bücher noch stempeln. Und vergesst nicht, sie pünktlich wieder abzugeben.«

Nachdem die Dame das Formular vorne in jedem Buch abgestempelt hatte, wedelte sie mit der Hand, damit die Tinte schneller trocknete. »Soll ich sie für dich in eine Tüte tun?«, fragte sie, als sie meine Bücher sah. Ich nickte. Ich nahm die Tüte entgegen, die sie mir reichte, aber sie war so schwer, dass ich mit der einen Hand den Henkel festhalten und sie mit der anderen von unten stützen musste.

»Gib schon her«, meinte Dad, der sah, wie ich mich mit der Tüte abmühte. Er trug die Tüte den ganzen Weg nach

Hause und ließ sie mich nur halten, um uns Süßigkeiten und Schokolade zu kaufen. Mena und ich verabredeten, sie erst heute Abend beim Lesen im Bett zu essen.

»Wo warst du mit ihnen?«, fragte Mutter, sobald wir den Fuß über die Schwelle setzten.

»In der Bibliothek«, hörten wir Dad antworten, während wir uns rasch nach oben verdrückten, um die Bücher unter unseren Betten zu verstecken. »Sie haben einige Bücher ausgeliehen, die in einem Monat zurückgegeben werden müssen.«

»Du hast ihnen Bücher besorgt? Englische Bücher?«, brüllte Mutter Dad auf Pandschabi an, dass das ganze Haus wackelte. »In der Schule lernen sie genug Englisch. Wozu brauchen sie also Bücher?«

Mutter hasste alles, was auf Englisch geschrieben war. Briefe landeten ungeöffnet im Müll, und Rechnungen bezahlte sie nur, wenn jemand an der Tür erschien und drohte, ansonsten Gas oder Strom abzustellen.

Ich schlich mich zur Treppe, um mehr zu hören, während Mena sich wie immer vor Mutters Wutausbrüchen in unserem Zimmer verkroch. Dad versuchte, Mutter mit leiser sanfter Stimme zu beruhigen. »Es sind nur ein paar Bücher mit Bildern und Tiergeschichten. Ich zeige sie dir, wenn du willst.«

Mutters Antwort konnte ich nicht verstehen. Nach einer Weile kam Dad zur Treppe. Ich rannte in unser Zimmer, denn er sollte nicht wissen, dass ich gelauscht hatte.

»Mena, Sam, ich gehe!«, rief er.

Rasch liefen wir nach unten, um uns zu verabschieden.

»Danke, Dad, dass du mit uns in die Bibliothek gegangen bist«, sagten wir im Chor und umarmten ihn.

Liebevoll streichelte er unsere Gesichter. »Bis bald«, meinte er und ging.

Mutter erwähnte die Bücher nicht. Ich war den ganzen Abend guter Dinge, konnte es jedoch kaum erwarten, bis es Schlafenszeit war, damit ich nach oben gehen und lesen konnte. Nicht einmal die Hausarbeit konnte mir die Laune verderben, und so spülte ich vergnügt das Geschirr, fegte den Boden, putzte den Herd und massierte Mutter den Kopf, weil sie Kopfschmerzen hatte. Diese Aufgabe fiel für gewöhnlich mir zu, und sie erwartete von mir, dass ich zwanzig Minuten lang ihre Kopfhaut knetete und so fest drückte, dass mir die Finger wehtaten. Manchmal sprang Mena für mich ein. Dann legte Mutter sich hin und verlangte, dass ich auf ihren Beinen – natürlich ohne auf ihre Knie zu treten – und ihrem Rücken hin und her ging und ihr die Arme streckte. Allerdings war die Kopfmassage das Anstrengendste, denn weil Mutter dabei lag, taten mir bald von der verkrampften Körperhaltung Rücken und Finger weh.

Endlich war alles erledigt, und Mena und ich wollten gerade nach oben gehen, um unsere Bücher zu lesen. Doch in diesem Moment kam Manz von der Arbeit nach Hause und machte mir sofort Vorwürfe, weil ich seine Kleider nicht gewaschen hatte.

Seit einiger Zeit hatte ich mir angewöhnt, zu widersprechen. Wenn mir jemand einen Befehl gab, murmelte ich eine Antwort. Auf die Frage »Was?«, erwiderte ich nur, »Du hast mich ganz genau verstanden«, und ging. Die Schläge hatten inzwischen so überhand genommen, dass nichts, was ich tat, eine Rolle mehr spielte. Außerdem konnte ich mir durch mein selbstzerstörerisches Verhalten wenigstens vormachen, die Gewalt habe einen Grund. Ich protestierte zwar nicht oft, doch meine sture Verweigerungshaltung fiel sogar Mutter auf. Und darauf kam es schließlich an.

Heute hatte ich den ganzen Abend hart gearbeitet. Das Haus war blitzblank, das Geschirr gespült und weggeräumt, und Manz' Essen stand bereit und musste nur noch aufgewärmt werden. Aber er wusste meine Bemühungen nicht zu schätzen, sondern sah nur das, was ich nicht mehr geschafft hatte. Ich wünschte mir nichts sehnlicher, als endlich zu meinen Büchern gehen zu können, und vor meinem geistigen Auge entstand das Bild, wie Hanif auf dem Sofa saß, während ich mich krummschuftete. Und so entfuhr mir die Bemerkung, bevor ich Zeit zum Nachdenken hatte: »Bitte doch deine Frau, deine dämlichen Kleider zu waschen.« Mit diesen Worten wollte ich die Treppe hinaufstürmen.

»Was sagst du da?« Manz streckte den Arm aus und zerrte mich an den Haaren zurück.

Ich wusste, was nun geschehen würde, und fühlte mich, als stünde ich außerhalb meines Körpers und sähe dabei zu. Obwohl ich die Schläge spürte, war ich eigentlich nur Beobachterin. Mena presste sich ängstlich an die Wand, während ich mich fragte, warum sie sich fürchtete. Schließlich schlug Manz ja mich und nicht sie. Vielleicht stimmt es wirklich, dass es schwerer ist, einen geliebten Menschen leiden zu sehen, als die Tortur selbst durchzumachen.

Er drosch auf mich ein, zog mich an den Haaren, schlug

mich auf die Schläfen, bis ich zu Boden stürzte, und trat nach mir. Dann zerrte er mich an den Haaren wieder hoch, damit er mich besser in den Bauch boxen konnte. Mir blieb die Luft weg, sodass ich auf die Knie sank.

Nie haute er mich ins Gesicht, um keine Spuren zu hinterlassen, die andere vielleicht hätten sehen können. Es war diese Berechnung, für die ich ihn am allermeisten hasste. Deshalb weinte ich nicht, denn ich gönnte ihm nicht die Genugtuung, meine Schmerzensschreie zu hören, und biss mir auf die Lippe, bis mir die Tränen übers Gesicht liefen.

Dann schleuderte er mich zu Boden und verpasste mir zum Abschluss noch einen Tritt. Anders als Mutter, die während ihrer Prügelorgien auf mich einbrüllte, hatte er kein Wort von sich gegeben. »Jetzt merkst du dir hoffentlich in Zukunft, dass du meine Kleider waschen sollst«, meinte er nur. »Steh auf und hol mir etwas zu essen. Ich habe Hunger.« Mit diesen Worten ging er davon, als hätte er nur mit dem Schuh ein wenig Laub von der Tür weggeschoben. So wenig bedeutete ich ihm.

Ich schleppte mich in die Küche und zog mich an einem Stuhl hoch, um mir am Spülbecken die Tränen vom Gesicht zu waschen und festzustellen, welche Schäden er angerichtet hatte. Während ich mir laut die Nase putzte, flüsterte ich alle üblen Schimpfwörter, die ich kannte, was mich ein wenig aufmunterte.

Während ich noch dastand, kam Mena leise herein. »Warum hast du ihm widersprochen?«, fragte sie.

»Was meinst du?«, erwiderte ich. »Es ist doch die Wahrheit, oder nicht? Hanif sollte ihm das Abendessen servieren, anstatt immer nur herumzusitzen.« Als ich hustete, taten mir die Seiten weh, doch beim vorsichtigen Abtasten konnte ich keine Knochenbrüche entdecken. »Tust du das Essen auf den Teller, Mena? Ich bringe es ihm, aber kannst du mir helfen?«

Ich servierte Manz sein Essen.

»Brauchen wir morgen Brot?«, erkundigte er sich. Offenbar hatte er ganz vergessen, dass er mir gerade eine üble Tracht Prügel verabreicht hatte. Er tat, als wäre überhaupt nichts geschehen.

»Nein, wir haben noch jede Menge da. Möchtest du noch etwas?« Ich wollte nichts wie weg von ihm und mich zu meinen Büchern flüchten, die mir nach diesem Abend noch verlockender erschienen.

Er schüttelte den Kopf und fing an, das Essen in sich hineinzuschaufeln. Also lief ich schnell nach oben, wo Mena mich schon erwartete.

»Soll ich die Bücher rausholen?«, schlug sie vor.

»Nein, lass uns noch einen Moment Geduld haben. Wenn Manz zu Bett geht, wird er uns sicher befehlen, das Licht auszumachen.«

Kurz darauf folgte er uns, und wir hörten, wie er die Treppe hinaufkam. Auf dem Weg zu seinem Zimmer öffnete er unsere Tür und streckte, ohne hereinzuschauen, seine Hand herein, um das Licht zu löschen. »Schlaft jetzt«, knurrte er. »Und macht es bloß nicht wieder an.«

Beinahe hätte ich vor Überraschung nach Luft geschnappt. Das hatte er bis jetzt noch nie gesagt. Ob Mutter ihm wohl von den Büchern erzählt hatte?

»Was sollen wir tun?«, fragte Mena, als alles still war. »Jetzt können wir nicht mehr lesen.«

Allerdings hatte ich mir dafür schon eine Lösung einfallen lassen, auch wenn ich bis jetzt keinen Grund gehabt hatte, sie in die Tat umzusetzen. »Schau«, verkündete ich nun. Mit diesen Worten streckte ich die Hand aus und zog den Vorhang zurück, sodass das Licht der Straßenlaterne hereinfiel. Es schimmerte zwar orange, war aber hell genug zum Lesen. »Sieh, jetzt können wir lesen, ohne etwas zu tun, das Manz uns verboten hat.«

Ich beugte mich über die Bettkante und holte die Bücher aus der Tüte. Nachdem ich Mena ihr Bilderbuch mit den Märchen gereicht hatte, suchte ich mir auch eines aus. Der Einband zeigte ein junges Mädchen, das mit einer Taschenlampe in einen Baumstumpf leuchtete. Ich lag da, genoss den Moment und erfand meine eigene Geschichte zu dem Bild, bevor ich mich der in dem Buch widmete und mich auf die Seite drehte, um mehr Licht zum Lesen zu haben.

»Wovon handelt dein Buch?«, flüsterte Mena, nachdem wir etwa zehn Minuten gelesen hatten.

»Von einem Mädchen, das auf dem Land lebt und einem Verbrechen auf der Spur ist.«

»Ich lese *Hänsel und Gretel.* Es geht um zwei Kinder, die ein Haus finden, das aus furchtbar leckerem Essen besteht. Leider wissen sie nicht, dass dieses Haus einer bösen alten Frau gehört.«

Diese Geschichte hatte ich als kleines Kind im Heim schon Dutzende Male gelesen. Allerdings behielt ich das für mich, denn schließlich hatte Mena ihre Kindheit ohne Bücher verbringen müssen. Als sie einige Zeit später einschlief, lag das Buch noch neben ihr auf dem Bett. Ich nahm es, merkte mir die Seitenzahl, klappte beide Bücher zu und versteckte sie zwischen Wand und Bett, damit wir morgen früh weiterlesen konnten, falls uns Zeit blieb. Beim Einschlafen ließen die Schmerzen in meinem Körper allmählich nach, während ich davon träumte, eine eigene Taschenlampe zu besitzen und Kriminalfälle zu lösen.

10

Dad kam zwar weiterhin, um mit Mena und mir Ausflüge zu unternehmen, legte seine Besuche aber stets so, dass Mutter nicht zu Hause war und es uns nicht verbieten konnte. Wenn sie nachmittags fortwollte, holte sie oft Tara her, damit sie auf das Haus aufpasste. Dann versuchte Tara zu verhindern, dass Dad uns mitnahm. »Mutter ist nicht da«, protestierte sie.

»In diesem Fall brauchen wir sie auch nicht zu fragen. Also los«, lautete stets seine Antwort, wenn wir aufbrachen. »Möchtest du nicht mitkommen?« Tara schüttelte zwar immer den Kopf, stellte sich uns aber wenigstens nicht in den Weg. Dad spazierte mit uns zum Park, wo wir mit ihm herumtollten und uns von ihm Eis und Süßigkeiten kaufen ließen. Manchmal gingen wir auch in den botanischen Garten, schlenderten Hand in Hand unter den Bäumen dahin oder fuhren mit der Mini-Eisenbahn. Obwohl wir am liebsten gar nicht mehr nach Hause zurückgekehrt wären, ließ es sich leider nicht vermeiden.

In Dads Gegenwart war ich ein anderer Mensch, denn ich durfte endlich Kind sein. Zu Hause besaß ich keine Spielsachen, und Lärm war streng verboten, da Mutter davon Kopfschmerzen bekam. Im Park hingegen hatte ich Gelegenheit, nur zum Spaß zu jubeln, zu rufen und mich frei zu fühlen. Weil der Rest der Familie nicht viel von Dad zu halten schien, glaubte ich, ihm besonders ähnlich zu sein. Schließlich konnte mich auch niemand leiden. Mit seiner sanften Art unterschied er sich sehr von den anderen Mitgliedern der Familie, die nur ihre Wut an mir ausließen. Ganz besonders imponierte mir, dass er einfach ging und Mutter die kalte Schulter zeigte, wenn sie ihn wieder einmal übel beschimpfte. Seinem Beispiel folgend, machte ich ebenfalls gute Miene zum bösen Spiel und versuchte, nicht auf das zu achten, was sie mir an den Kopf warfen und antaten. Doch tief in meinem Innersten schmerzte es trotzdem. Wenn Dad sich abends verabschiedete, wünschte ich mir so sehr, er würde mich mitnehmen.

Allerdings wusste ich, dass er krank war, obwohl ich keine Ahnung hatte, wie die genaue Diagnose lautete. Jedenfalls brauchte er einmal im Monat eine Beruhigungsspritze. Wenn er uns besuchte, stand nach einer Weile häufig eine Krankenschwester vor unserer Tür. Sie sagte, er müsse sich jetzt seine Spritze geben lassen, worauf Vater kurz protestierte, er bekäme davon Händezittern. »Anderenfalls wirst du wütend, und dann darfst du gar nicht mehr hierher kommen«, drohte Mutter dann, sodass er schließlich einwilligte. Ich beobachtete durch den Türspalt, wie er die Hose ein Stück herunterließ, damit die Schwester ihn in den Po spritzen konnte. Als sie die Nadel hineinstach, erschauderte ich.

Wir wohnten in Walsall, bis ich zwölf war. Nur wenn ich ins Krankenhaus musste, war ich eine Weile von der Angst und der Sklavenarbeit zu Hause befreit. Da ich immer wieder Schwierigkeiten mit meinen Füßen hatte, weil meine Zehen sich zusammenkrümmten und versteiften, sodass ich sie nicht mehr ausstrecken konnte, wurde ich oft ambulant im Krankenhaus behandelt. Manchmal war sogar eine Operation nötig.

Die Krankenhausaufenthalte empfand ich als paradiesisch, weil ich hier endlich Ruhe und Frieden fand. Niemand scheuchte mich herum, das Essen erinnerte mich an die Mahlzeiten im Kinderheim, und ich wurde auch nicht geschlagen.

Als ich zu meiner Familie kam, deutete Mutter oft auf meine Füße und sagte dazu etwas. Es dauerte etwa sechs Monate, bis ich verstand, dass sie »krumme Füße« oder »Krüppel« meinte. Sie versuchte auch, meine Zehen durch leichtes Klopfen mit einem Hammer zu strecken, und drohte mir einen kräftigeren Schlag an, wenn ich weiter bockig bliebe, denn sie glaubte, dass ich es absichtlich tat. Im Krankenhaus achtete ich stets darauf, niemanden zu nah an mich heranzulassen, um keine Fragen beantworten zu müssen, schlief so viel wie möglich und wachte nur zu den Mahlzeiten auf.

Ich lag im Bett, während lächelnde Krankenschwestern mir Köstlichkeiten wie Pommes, Fischstäbchen, Pasteten und vor allem Süßspeisen servierten. Dass es zu Hause nie einen Nachtisch wie Schokokuchen, Sirupteilchen oder Cornflakestorte gab, fehlte mir am meisten. Obwohl ich mich inzwischen an das scharfe Essen gewöhnt hatte, vermisste ich die Süßigkeiten aus meiner Kindheit.

Mena musste auch an den Füßen operiert werden. Besuch hatten wir nur, wenn Mutter kam, um uns abzuholen.

Obwohl ich am liebsten im Krankenhaus geblieben wäre, wusste ich, dass ich ebenso von dort fortmusste wie aus dem Kinderheim. Und so wurde ich nach zwei glücklichen Wochen mit eingegipstem Bein nach Hause geschickt. Der Gips blieb noch fünf Wochen dran, sodass ich durchs Haus humpelte und die während meiner Abwesenheit liegen gebliebene Hausarbeit erledigte, für die sich niemand verantwortlich gefühlt hatte. Dass ich ein Gipsbein und außerdem die ärztliche Anweisung hatte, mich zu schonen, spielte dabei keine Rolle. »Mutter, schau, ich schaffe die Hausarbeit sogar mit Gips. Sag mir, wie fleißig und geschickt ich bin«, hätte ich am liebsten gerufen. Doch sie verlor nie ein Wort darüber, geschweige denn, dass sie mich gelobt hätte.

Wenn der Gips abgenommen werden sollte, brachte Mutter mich zurück ins Krankenhaus. Wir nahmen ein Taxi, und Mutter verlangte vom Krankenhaus eine Erstattung der Fahrkosten. Aber statt es für die Taxifahrt nach Hause zu verwenden, steckte sie es in die eigene Tasche, und wir gingen zu Fuß. Der Arzt betrachtete den rissigen und abgeblätterten Gipsverband und hielt mir eine Standpauke, weil ich mich nicht geschont hatte. Da Mutter schwieg, durfte ich natürlich auch nichts sagen.

Seit Hanif den kleinen Frazand hatte, gab es für mich im Haus noch mehr zu tun. Den ganzen lieben Tag war sie mit ihm beschäftigt, sodass ich sogar noch weniger Hilfe hatte als früher. Nur Mena ging mir hin und wieder in der Küche beim Geschirrspülen und beim Putzen zur Hand. Ansonsten waren das Fegen, Staubwischen, Schrubben sowie das Waschen sämtlicher Kleider und das Kochen meine Angelegenheit.

Da die ganze Hausarbeit auf meinen Schultern lastete und ich außerdem noch Zeit für meine Schulaufgaben finden musste, war ich ständig müde. Auch war ich sehr gereizt, sodass ich Hanif häufiger als früher anfuhr, insbesondere, wenn sie mir etwas auftrug, wenn ich gerade anderweitig beschäftigt war. Außerdem wurde Hanif wieder dick, und eines Abends kamen Mena und ich beim Spülen in der Küche zu dem Schluss, dass sie sicher bald wieder ein Baby kriegen würde. Diese Vorstellung erschreckte mich sehr, denn ich war ohnehin schon völlig überlastet.

Wie sollte ich noch ein Baby versorgen?

Als Mutter mich eines Tages zu sich rief, nahm ich selbstverständlich an, dass ich wieder eine Ohrfeige oder Schlimmeres beziehen würde, weil ich Hanif Widerworte gegeben hatte. Es war 1982, und ich war inzwischen fast dreizehn. Obwohl ich ein bisschen gewachsen war, war ich, verglichen mit meinen besser ernährten Mitschülerinnen, noch recht klein für mein Alter.

Mutter winkte mich zu sich, während ich instinktiv so viel Sicherheitsabstand wie möglich hielt. Plötzlich jedoch streckte sie die Hand aus, zog mich an sich, umarmte mich und flüsterte mir etwas ins Ohr. »Sam, du bist ein braves Kind«, sagte sie. »Eine gute Tochter, denn du arbeitest so fleißig für deine Familie und für mich. Ich bin zufrieden mit dir.«

Ich traute meinen Ohren nicht. Endlich bekam ich ein Lob für meine harte Arbeit und meine Bemühungen, alle Aufgaben gut zu erledigen.

»Und weil du so tüchtig und gehorsam bist, werde ich mit dir nach Pakistan fliegen, damit du siehst, woher ich komme, und auch deine Verwandten kennenlernst.« Sie lehnte sich zurück, nahm mein Gesicht in beide Hände und sah mir in die Augen. »Nur wir beide, Sam. Nur du und ich.«

Mutter berührte mich sonst nie, außer, um mich zu schlagen. Sie sprach auch nie freundlich mit mir. Jetzt nahm sie mich zum ersten Mal wahr, und ich war machtlos dagegen, dass mir Tränen der Dankbarkeit übers Gesicht flossen. Ich stammelte etwas – an die genauen Worte kann ich mich nicht erinnern –, vollkommen überwältigt von diesem unerwarteten Gefühl, das mir aus tiefster Seele aufstieg und mich ganz und gar erfüllte. Ich hatte das alles nur aus einem einzigen Grund getan und ertragen, nämlich, um mir die Zuneigung und Anerkennung meiner Mutter zu erkämpfen, auch wenn ich mir eigentlich nicht viel von meinem Einsatz versprochen hatte. Und nun war der ersehnte Tag tatsächlich da. Zur Belohnung würde ich nun mit ihr verreisen. Nur wir beide ganz allein!

Ich wusste nichts über Pakistan. Meine Geschwister, die schon dort gewesen waren, sprachen nicht darüber, und Mutter hatte mir gegenüber natürlich auch nie ein Wort über dieses Land verloren. Da ich im Kinderheim einmal einen Urlaub am Meer verbracht hatte, war ich sicher, dass es auch in Pakistan Läden, einen Strand und andere Kinder gab, mit denen ich spielen konnte. Vielleicht auch nicht, aber das war nicht weiter wichtig, denn Urlaub bedeutete, dass ich nicht im Haushalt arbeiten, also weder kochen noch putzen musste, und den ganzen lieben Tag lang mit Mutter glücklich sein konnte.

Als ich am nächsten Tag aus der Schule kam, war eine Frau zu Besuch, die uns als »Tante« vorgestellt wurde, obwohl Mutter sie »Fatima« nannte. Sie war eine angeheiratete Tante, keine Blutsverwandte, und etwa in Mutters Alter, hatte im Gegensatz zu ihr aber ein freundliches Wesen.

Ich fand sie sofort nett, und meine Sympathien für sie nahmen noch mehr zu, als ich am folgenden Abend die Teller zum Spülen in die Küche trug und sie zu Mutter sagen hörte: »Meine Töchter arbeiten nicht halb so viel wie Sam. Warum lässt du sie alles allein erledigen? Es könnte ihr auch jemand helfen.«

An diesem Abend und auch an den nächsten folgten mir Tara, die zum Essen gekommen war, und Hanif in die Küche, um zu kochen und das Essen zu servieren. Mutter räumte sogar ihren schmutzigen Teller selbst ab, anstatt wie sonst nach mir zu rufen, damit ich es tat. Trotz meiner neu erwachten Affenliebe zu Mutter und ihrer Urlaubspläne mit mir entging mir nicht, wie viel angenehmer mein Leben seit der Ankunft der Tante war, weil ich nun ein wenig Unterstützung erfuhr.

Nicht nur im Haus bewirkte die Tante einige Veränderungen. Sie nahm Mena und mich auch mit in den Park um die Ecke, den wir mit unserem Dad besucht hatten. Doch anders als er ermutigte sie uns, zu den anderen Kindern hinüberzulaufen und mit ihnen zu spielen und den Park zu erkunden.

Im Park gab es viele Bäume, Blumen und Rasenflächen sowie einen Spielplatz. Aber am besten gefiel uns der See mit den Ruderbooten in der Mitte. Über dem Wasser flogen zahlreiche verschiedene Vögel, die wir gerne beobachteten. Die Schwäne fanden wir am schönsten. Dad ließ uns – vermutlich aus Angst vor einer Rüge von Mutter – nie zu dicht ans Wasser. Nun konnte ich aus der Nähe sehen, wie groß die Vögel waren und wie weiß ihr Gefieder schimmerte. Sie schienen in der Sonne zu leuchten, während sie anmutig vorbeiglitten. Am liebsten wäre ich gar nicht mehr nach Hause gegangen und hätte sie immer weiter angestarrt.

Als ich so dasaß, erinnerte ich mich an Cannock Chase, die offene Landschaft rings um das Haus und die Geschichten, die Tante Peggy mir vorgelesen hatte. Eine handelte von einem hässlichen kleinen Vogel, den niemand mochte. Doch dann ging er fort und verwandelte sich in einen Schwan, den schönsten Vogel von allen. Vielleicht ist es mit mir ja dasselbe, dachte ich mir. Ich reise nach Pakistan, und dort wird aus der bösen Sam, die alles falsch macht und geschimpft werden muss, das reizende Mädchen, das sich in Wirklichkeit in ihr verbirgt. Wenn ich dann nach Hause komme, werden Tara, Hanif und die übrigen Familienmitglieder mich nicht wiedererkennen. Alles wird anders sein. Und dann bin ich nie wieder unglücklich.

»Sam, Sam, komm. Die Tante sagt, wir müssen gehen«, riss Mena mich aus meinen Gedanken, indem sie mich am Ärmel zupfte.

»Was, jetzt schon?«, fragte ich.

Mena nickte.

Ich stand auf, bewegte mich aber so langsam wie möglich, weil ich dieses kleine Paradies nicht verlassen wollte.

Wir folgten der Tante zu dem Waldstück neben dem Eingang zum Park, wo der Spielplatz war. Ich war immer noch in meinen Tagtraum versunken und hatte noch kein Wort mit Mena gewechselt.

»Schau, da drüben«, meinte sie plötzlich. »Die Schaukeln.«

Als sie mich anlächelte, wurde mir klar, dass ich nicht die Einzige war, die nicht nach Hause wollte.

In den drei Tagen, die die Tante bei uns verbrachte, war ich unglaublich glücklich. Sie behandelte mich freundlich und gütig, und als es Zeit zum Abschiednehmen war, umarmte sie mich. Ich klammerte mich fest an sie. Weil sie sehr groß war, fühlte ich mich in ihren Armen geborgen wie in einem Nest. Am liebsten hätte ich sie festgehalten, konnte das jedoch vor Mutter schlecht sagen, weil mir so eine Bemerkung sicher eine Tracht Prügel eingebracht hätte. Doch ich wusste, dass ich wieder mit Kochtöpfen, Mopp und Besen allein sein würde, sobald die Tante fort war.

Schließlich machte sich die Tante mit einem leisen Kichern von mir los, hob mein Kinn an und musterte mich nachdenklich, bevor sie sich an Mutter wandte. »Sie sieht dir sehr ähnlich.«

»Ja, das finde ich auch«, erwiderte Mutter, was mich freudig überraschte.

Selbst Tara teilte diese Ansicht. »Du bist die Hübscheste von uns«, sagte sie, doch bei ihr klang es nicht wie ein Kompliment.

Kurz nach dem Besuch der Tante musste ich wieder ins Krankenhaus, um meinen Fuß operieren zu lassen, und kehrte wie üblich mit einem Gipsbein zurück. Am Samstagmorgen ging Mena vor mir nach unten zur Toilette. Kurz darauf hörte ich ihre raschen Schritte auf der Treppe. Sie kam ins Zimmer gestürmt. »Sam, wir ziehen um. Komm und sieh dir das an!«

Umzug? Ich hatte keine Ahnung von einem Umzug gehabt! Und wohin? Mühsam stand ich auf und hinkte nach unten, wobei ich mich fragte, was da los sein mochte. Tatsächlich standen Mutter und Hanif in der Küche und verstauten alle Gerätschaften in Kartons. »Endlich bist du aus den Federn«, meinte Mutter. »Dann kannst du jetzt ja helfen.«

»Hier, nehmt den da und packt alle Töpfe und Pfannen hinein«, befahl Hanif und reichte uns einen Karton. Ich fing an, die Sachen von den Regalen zu holen und sie nach Größe zu stapeln, bevor ich sie in den Karton legte. Allerdings verstand ich die Welt nicht mehr. Mutter wollte ich lieber nicht fragen, denn sie brüllte Hanif gerade wegen irgendetwas an und wies dabei in Richtung Wohnzimmer.

»Ziehen wir jetzt nach Pakistan?«, flüsterte ich Mena zu.

»Keine Ahnung. Mir hat auch niemand was gesagt.«

Als Hanif zurück in die Küche kam, verstummten wir, denn wie ich inzwischen gelernt hatte, war Mundhalten die beste Strategie. Mutter hatte mir doch erzählt, dass wir erst in drei Monaten nach Pakistan fliegen würden! Wozu also diese Hast? Kamen die anderen jetzt etwa mit? Würden unsere Sachen währenddessen in den Kartons gelagert werden? Wie sollte ich kochen, wenn alles weggepackt war?

Endlich waren wir mit der Küche fertig. Ich brauchte ein wenig länger, weil ich mich mit meinem Gipsbein weder schnell bewegen, noch die oberen Regale erreichen konnte. »Jetzt aber ein bisschen plötzlich«, rief Hanif, als die Kartons voll waren. »Packt alles in eurem Zimmer zusammen.« Sie gab uns einige Kartons für unsere Kleider und wenigen Habseligkeiten.

Da wir nicht viel besaßen, dauerte es nicht lange, alles zu verstauen. Wir packten Kleider, Kissen, Steppdecken und Wolldecken zusammen. Unter den Decken versteckte ich die Bücher aus der Bibliothek, die wir nie zurückgegeben hatten.

Ich hatte es einfach nicht über mich gebracht, da ich befürchtete, dann nie wieder ein Buch in die Hände zu bekommen.

Ich war immer noch neugierig, was los war, obwohl Mena mir ständig sagte, ich solle mir nicht den Kopf darüber zerbrechen, weil wir es noch früh genug herausfinden würden. Aber ich wollte es nun einmal wissen und steckte deshalb den Kopf in Sabers Zimmer, um festzustellen, ob er – oder sogar Salim – besser informiert war als wir.

Saber war gerade mit dem Packen fertig und sah mich an. »Weißt du, ob wir die Betten mitnehmen?«, erkundigte er sich.

»Keine Ahnung.« Ich zuckte die Achseln. »Da mir niemand Anweisungen gegeben hat, was ich damit machen soll, bleiben sie vermutlich hier. Weißt du, wohin wir ziehen?«

»Ich habe keinen Schimmer, mir hat niemand was gesagt. Trägst du meine Kartons runter, Sid? Ich muss kurz weg.« Mit diesen Worten rannte er die Treppe hinunter, bevor ich protestieren konnte.

Im nächsten Moment rief Mutter, sie brauche Hilfe mit ihren Sachen, sodass ich nach unten humpeln und ihre Befehle entgegennehmen musste.

Kurz darauf fuhr ein Transporter vor. Manz stieg aus, und Hanif nahm auf dem Beifahrersitz Platz. Währenddessen ging Manz ins Haus und betrachtete die überall gestapelten Kartons.

»Okay, Leute, jetzt laden wir alles in den Wagen. Ich will noch heute Abend in Glasgow sein.«

Glasgow?

Wo war denn Glasgow?

Mena und ich wechselten fragende Blicke. Wir wussten noch immer nicht, was gespielt wurde. Außerdem hatten wir den ganzen Tag noch nichts gegessen. Eigentlich hatte ich gehofft, dass wir vor der Abfahrt noch einen Bissen bekommen würden. Doch da Manz uns zur Eile antrieb, sah es wohl nicht danach aus.

Schließlich war alles im Wagen verstaut. Mutter setzte sich mit Hanif, dem Baby und Salim nach vorne. Saber tauchte wie auf ein geheimes Zeichen genau in dem Moment auf, als der letzte Karton verladen wurde. Manz breitete eine Decke über die Kartons und befahl Mena, Saber und mir einzusteigen.

Dann schloss er die Heckklappe, sodass es plötzlich stickig und stockfinster wurde. Obwohl ich wusste, dass die anderen beiden neben mir saßen, fand ich es ein wenig gruselig. Außerdem fing Saber ganz schauerlich zu heulen an. *»Huh – huh – huh.«*

»Sei still, Saber, sonst trete ich dich«, drohte ich. »Und mit dem Gips tut das sicher weh.«

»Dazu musst du mich erst mal finden.«

Im nächsten Moment fiel plötzlich ein Lichtstrahl in den hinteren Teil des Transporters. Manz war vorne eingestiegen und hatte das kleine Fenster geöffnet, das die Fahrerkabine von der Ladefläche trennte. Nun konnten wir die anderen hören, uns sehen und sogar ein wenig Luft schöpfen. Mit einem tückischen Grinsen blickte ich Saber an, der sich an die Kartons hinten im Wagen lehnte. »Jetzt habe ich dich«, meinte ich. Der Motor sprang an, und wir fuhren los.

Da wir jetzt Licht und Luft hatten, beruhigte ich mich ein wenig, denn als es im Wagen dunkel geworden war, hatte ich es mit der Angst zu tun bekommen. Wir drei unterhielten uns und kamen zu dem Schluss, dass wir alle keine Ahnung hatten, wo Glasgow war. Also spielten wir stattdessen ein Spiel – oder wenigstens versuchten wir es, weil Saber es immer wieder verdarb. »Ich sehe was, was du nicht siehst, und das fängt mit M an«, sagte er, und bevor wir antworten konnten, rief er: »Ach, wieder Möbel. Gewonnen.« Schließlich verstummte er und schlief ein.

»Ach, er kann eine richtige Landplage sein, Mena«, meinte ich leise zu ihr. »Manchmal ist er so nett, und dann wieder könnte man ihn schütteln.«

»Ich weiß. Was hältst du davon, wenn wir es ihm gleichtun? Es war ein langer Tag.« Auch sie begann, vor sich hin zu dösen.

Ich saß noch eine Weile da und schreckte bei jedem Rütteln und Rattern des Wagens hoch. So dachte ich wenigstens, bis ich jäh erwachte. Der Wagen hatte angehalten. Der Motor wurde abgestellt.

»Sind wir schon da?«, fragte Mena. Saber streckte sich gähnend. Dann riss Manz die Tür auf.

»Alles raus«, befahl er. Saber war der Erste. Dann rutschte ich nach vorne, um auszusteigen – und traute meinen Augen nicht. Denn dort vor dem Haus, wo wir standen, erkannte ich das runde freundliche Gesicht meiner Tante, die mich anlächelte.

»Tante Fatima!«

»Hallo, Sam! Willkommen in Glasgow!«, sagte sie. »Ich habe die Schlüssel zum Haus heute Morgen geholt.« Nachdem sie sie Manz gegeben hatte, kam sie mit ausgestreckten Händen auf mich zu, um mir aus dem Wagen zu helfen. Mit einem breiten Lächeln ließ ich mich von ihr umarmen und drückte sie an mich, obwohl mir von dem langen Sitzen auf dem Boden das Bein eingeschlafen war.

Sie umarmte Mena ebenfalls und drehte sich dann zu dem Haus um. »Ist es nicht toll? Es ist größer als euer altes Haus, und ihr habt hier mehr Platz. Kommt, ich zeige euch alles.« Mit diesen Worten zog sie uns beide mit, sodass Saber und Manz den Wagen allein abladen mussten.

Es war eine große Parterrewohnung mit drei Schlafzimmern, einer Küche, einem Wohnzimmer, einem Bad und einem großen Keller. Alle Zimmer waren geräumig und hatten sehr hohe Decken.

Wir betraten das erste Zimmer. »Das hier werdet ihr beide mit eurer Mutter teilen«, verkündete die Tante lächelnd.

Ich spürte, wie Mena neben mir erstarrte, und wusste, dass sie dasselbe dachte wie ich. Nun war Schluss mit dem gemütlichen Lesen abends im Bett, denn Mutter würde uns Tag und Nacht herumkommandieren. Aber wir schwiegen und sahen uns um. Die Wände waren schmutziggelb, und der Teppich wirkte fadenscheinig. Aber sonst war es gar nicht so schlecht. Gegen den muffigen Geruch, der mich an das Haus in Walsall erinnerte, ließ sich sicher etwas tun, indem man gelegentlich ein Fenster öffnete.

Die Frage, warum andere beschlossen, wer wo schlafen sollte, kam mir überhaupt nicht in den Sinn, denn ich wusste, dass meine Bedürfnisse stets an letzter Stelle standen.

Das nächste Zimmer war größer und hatte riesige Fenster, durch die das Licht hereinströmte. Es war zwar ebenfalls schmutzig und abgewohnt, doch die Tante sagte, dass hier der Fernseher hinkommen solle. Endlich stand er nicht mehr in Mutters Schlafzimmer, sodass wir die Sendungen ansehen konnten, die uns gefielen.

(Im Laufe der Jahre entwickelten Mena und ich trickreiche Methoden, das Fernsehprogramm auszuwählen. Wenn Mutter, was selten geschah, hereinkam, wimmelten wir sie mit irgendeiner Ausrede ab: »Mutter, du siehst so müde aus. Möchtest du vielleicht eine Kopfmassage?« Dann opferte eine von uns ein wenig Zeit, damit sie einschlief und wir in Ruhe fernsehen konnten.)

»Und hier haben wir den Keller«, meinte die Tante. Mena und ich spähten durch die Tür in die Dunkelheit am Fuße der wackeligen Treppe und beschlossen, lieber nicht hinunterzugehen. Es dauerte einige Wochen, bis ich mich in den Keller wagte.

Manz und Hanif bekamen das zweite Schlafzimmer, Saber beanspruchte das dritte für sich allein. Zu meiner Freude gab es hier eine Innentoilette und ein richtiges Badezimmer. Im hinteren Teil des Hauses befand sich noch ein kleiner Raum, der Heizungsraum, der Salims Reich wurde. Mutter wandte zwar ein, es sei viel zu warm dort, doch Salim bestand darauf, und da er der Jüngste und sehr verwöhnt war, ließ sie sich rasch umstimmen.

»Und hier ist die Küche. Kommt und schaut euch den Garten an«, sagte die Tante. Wir folgten ihr gehorsam, mussten aber feststellen, dass die Küche ziemlich spärlich möbliert war. Außerdem waren die Arbeitsflächen sehr schmutzig. Allerdings reichte der Platz für einen Tisch und Sitzplätze. Wenn wir erst einmal Stühle oder ein Sofa besaßen, hatten wir also einen weiteren Raum, um uns aufzuhalten. Durch das Fenster war ein riesiger Garten zu sehen. Natürlich war er verwildert, aber man konnte etwas daraus machen.

»Ihr habt nach der langen Reise sicher Hunger. Ich habe euch etwas zu essen mitgebracht«, sprach die Tante weiter, während sie Teller mit Curryeiern und *rotis* verteilte. Zum Glück hatte sie es, was die Menge anging, sehr gut gemeint und ich griff ordentlich zu, weil ich den ganzen Tag nichts bekommen hatte.

Die Tante wohnte gleich nebenan. Ihr ältester Sohn war verheiratet, ihre älteste Tochter schon fast zwanzig und sehr nett. Wenn wir sie besuchten, bot sie uns immer etwas zu essen an. Ein Kopfnicken von Mutter bedeutete, dass wir annehmen durften.

Obwohl mir das neue große Haus sehr gut gefiel, hatte ich noch einige Fragen. Waren wir vielleicht aus Walsall geflohen? Ich wurde das Gefühl nicht los, dass wir vor meinem alten Leben, vor der Schule und vor der Außenwelt an sich auf der Flucht waren. Oder waren wir umgezogen, weil Manz in Glasgow ein Geschäft eröffnen wollte? Ich hatte keine Ahnung, denn niemand machte sich die Mühe, mir etwas zu erklären. Dennoch fühlte ich mich in Glasgow wohl, da ich glaubte, dass sich unser Leben hier normalisieren würde. Wir konnten uns im Fernsehen *Starsky und Hutch* anschauen und durften sogar allein in die Stadt gehen. Weil hier viele Asiaten lebten, war Mutter überzeugt, dass Mena und ich hier nichts anstellen konnten, ohne dass sie davon erfahren hätte.

Saber richtete sich im Keller ein, ernannte ihn zu seinem Hobbyraum und zog sich stundenlang dorthin zurück. Oft erzählte er uns Gruselgeschichten über Gespenster, die dort in den dunklen Ecken lauerten. Mena lauschte mit weit aufgerissenen Augen. Mich hingegen erinnerten die Geschichten an die, die Amanda und ich im Kinderheim erfunden hatten, und so glaubte ich ihm kein Wort und lachte nur, wenn er fertig war.

»Du nimmst mich nicht ernst, richtig, Sid?«

»Nein, natürlich nicht. Es gibt keine Geister.«

»Da wäre ich mir nicht so sicher«, entgegnete er und sah mir tief in die Augen. »Wenn du so überzeugt davon bist, vergewissere dich doch selbst. Komm heute Abend in den Keller, falls du dich traust.«

»Natürlich komme ich runter«, antwortete ich wie aus der Pistole geschossen. »Nur nicht heute Abend. Ich muss zuerst den Abwasch erledigen.«

»Du hast also doch Angst«, gab er grinsend zurück. »Schau, Mena, sie fürchtet sich.« Selbstzufrieden lehnte er sich zurück, voller Gewissheit, mich überführt zu haben.

»Ich fürchte mich nicht, sondern habe einfach keine Zeit. Wenn ich die Töpfe nicht schrubbe, kriege ich Ärger.«

Sein Lächeln verflog. »Gut. Dann also später, wenn alle

schlafen. Ich gehe mit dir und Mena runter, und ich verspreche, keine Gruselgeschichten zu erzählen. Wir können uns einfach nur hinsetzen und reden.«

Ich überlegte kurz. Eine kleine Abwechslung kam mir recht gelegen, da es mir im Haus allmählich zu langweilig wurde. »Gut, dann gehen wir.« Allerdings durfte ich Mutter und Manz nicht wecken, die unseren Ausflug sicher nicht als Abwechslung, sondern als Regelverstoß betrachtet hätten. »Aber wir müssen ganz leise sein, einverstanden?«

Als ich schließlich im Bett lag, dachte ich schon, dass er nicht mehr kommen würde. Es wurde später und später, und das Haus erschien mir immer stiller. Bestimmt wachte Mutter beim kleinsten Geräusch auf. Plötzlich öffnete sich die Tür mit einem leisen Quietschen, und ich erkannte im Dämmerlicht Sabers Gesicht. Sobald er sah, dass ich wach war und ihn bemerkt hatte, winkte er mich zu sich. Ich warf einen Blick auf Mena. An ihrem Atem sah ich zwar, dass sie nicht schlief, doch sie zog die Decke fest um sich, wie um mir mitzuteilen, dass sie nicht mitmachen würde. Also schlich ich mich aus dem Bett. »Mena will nicht«, flüsterte ich Saber zu. »Du hast versprochen, mich nicht zu erschrecken.«

Er nickte. Gemeinsam pirschten wir uns den Flur entlang zur Kellertür. Saber ging vor, machte Licht und tastete sich vorsichtig die Treppe hinunter. Auf halbem Wege blieb er stehen und drehte sich zu mir um. »Los«, zischte er.

Ich stand noch immer oben. Weil es im Haus so still und vor mir sehr dunkel war, fühlte ich mich längst nicht mehr so mutig wie vor einigen Stunden. Genau wie in Walsall, wenn ich zur Toilette gemusst hatte, während alle anderen schliefen, machte ich mir Angst, indem ich mir Dinge einbildete.

»Los«, wiederholte er. Vorsichtig wagte ich erst einen, dann noch einen Schritt auf die Treppe. Da nichts quietschte oder ächzte, war ich beruhigt. Saber bedeutete mir, ich solle die Tür schließen, damit uns wirklich niemand hörte. Ich gehorchte, obwohl mir durch den Kopf schoss, dass ich mir damit den Fluchtweg abschnitt, falls mich dort unten doch etwas Schreckliches erwartete.

Am Fuße der Treppe schien es noch dunkler zu sein. Der kleine Lichtstreifen, der unter der Tür durchschimmerte, reichte kaum bis zu dem Flur, in dem wir uns nun befanden. Ich konnte nur noch das Funkeln von Sabers Augen sehen. »Mach Licht«, flüsterte ich.

»Hier gibt es keines«, antwortete er. »Aber ich habe Kerzen da. Ich zünde sie an.« Mit diesen Worten verschwand er in der Finsternis und ließ mich stehen.

Ich hörte, wie er ein Streichholz anriss, und im nächsten Moment wurde es hell im Raum. Saber erschien mit einer Kerze in der Hand, deren Flamme zwar flackerte und knisterte, aber genug Licht verbreitete, sodass ich mich umschauen konnte. Die Backsteinwände waren mit Spinnweben bedeckt. Hie und da hatte jemand ein Graffiti eingeritzt.

»Komm hier rüber, Sam. Hier unten verbringe ich meine Zeit«, erklärte Saber. Ich folgte ihm und stellte fest, dass er sich recht gemütlich eingerichtet hatte. Er hatte eine Matratze aufgetrieben und sie mit einem Laken bedeckt. Auf dem Boden standen noch mehr Kerzen, die er nun anzündete. Neben der Matratze entdeckte ich einen Stoß Comichefte.

Ich setzte mich, nahm ein Heft und blätterte es durch. »Manchmal komme ich runter und lese, wenn ich es oben nicht mehr aushalte.« Saber kauerte mir gegenüber an der Wand und musterte mich. Ich legte das Comicheft weg. »Wenn es oben zu schlimm wird.« Schweigen entstand, und ich spürte einen Kloß in der Kehle. »Wenn sie dich schlagen und beschimpfen«, fuhr er fort. »Ich hasse sie, wenn sie das tun.«

Ich brachte keinen Ton heraus.

Saber drehte sich zur Wand um. »Da ist ein Loch, wo ich ein paar Kekse versteckt habe. Wenn du möchtest, kannst du hier sitzen, ein paar davon essen und die Comics lesen. Falls du Abstand brauchst.«

Tränen traten mir in die Augen, und der Kloß in meinem Hals löste sich auf. »Danke, Saber«, stieß ich hervor. Um die beklommene Stille zu überspielen, griff ich wieder nach dem Comicheft. »Woher hast du das Geld für all die Sachen?«, fragte ich.

»Dad«, erwiderte er. »Er hat mir jede Woche Taschengeld gegeben. Früher habe ich die Hefte nach der Schule bei ihm zu Hause gelesen. Ich finde es schrecklich hier, denn ich glaube nicht, dass er uns noch einmal besuchen wird. Es ist zu weit.«

»Du warst bei Dad *zu Hause?*«

»Pssst, Sam, nicht so laut. Ja, klar.« Er zuckte die Achseln.

»Da hast du also gesteckt«, rief ich aus.

»Häh?«

»Nichts.«

Eine Weile saßen wir wortlos da, bis mir kalt wurde. »Ich glaube, ich gehe jetzt besser wieder ins Bett, Saber«, meinte ich. Er nickte.

»Dann also los.« Mit diesen Worten fing er an, die Kerzen auszublasen.

Ich wartete, bis er fertig war, und dann kehrten wir zur Treppe zurück.

Als ich mit kalten Füßen im Bett lag, lächelte ich in die Dunkelheit.

Inzwischen war ich gewachsen. Eines Tages in der Küche warf Hanif mir einen merkwürdigen Blick zu und sagte etwas, worauf Mutter sich zu mir umdrehte. *O nein*, dachte ich. *Was ist denn jetzt schon wieder?* Mutter ging hinaus und kam mit einem weißen Gegenstand zurück. »Es wird Zeit, dass du so etwas trägst«, verkündete sie. »Hanif wird dir zeigen, was du tun sollst.« Verdattert betrachtete ich das zerknitterte Stück Stoff in meiner Hand, entfaltete es und begriff endlich, was ich vor mir hatte: Es war einer von Taras alten Büstenhaltern. Hanif erklärte mir, wie man ihn anlegte, und schickte mich zum Umziehen ins Bad. Wie das Unterhöschen, das ich einmal im Monat benutzte, passte er nicht richtig, aber das war ich ja inzwischen gewöhnt und ließ mich davon nicht stören.

Tara wohnte nicht bei uns. Nach unserem Umzug nach Glasgow kam sie mit ihrem Mann, der als Kellner arbeitete, für ein paar Tage zu Besuch. Dann nahmen sich die beiden eine Wohnung, etwa anderthalb Kilometer entfernt von uns. Kurz darauf gingen Mena, Saber und ich uns die Wohnung ansehen. Auf einem Beistelltisch hatte Tara ein Foto von Mutter in einem silbernen Rahmen aufgebaut. Saber nahm es, betrachtete es eine Weile und meinte dann zu dem Foto: »Eigentlich bin ich hier, um einmal von dir wegzukommen, und wieder beobachtest du mich.« Mit diesen Worten legte er das Foto mit dem Gesicht nach unten auf den Tisch. Wir alle lachten, und mir entging nicht, dass Tara sich genauso amüsierte.

In Glasgow genossen wir ein wenig mehr Freiheiten als früher, und ich liebte die saubere Luft und die Tatsache, dass es im Sommer hier bis spätabends hell war. Doch als der Herbst kam und ich auf der Straße Mädchen in Schuluniformen sah, wurde mir ein wenig mulmig zumute. Bis jetzt hatte nämlich niemand das Thema Schule erwähnt – und offenbar war das auch nicht die Absicht.

Eines Abends beim Abwaschen sprach ich mit Mena darüber. Ich hatte die Hände im Spülwasser, während sie abtrocknete. Auch mit ihr hatte man nicht über die Schule geredet. »Warum sorgst du nicht dafür, dass Mutter sich entspannt, und fragst sie, wenn sie dich sicher nicht anbrüllt?«, schlug sie vor.

Nach dem Abwasch verabreichte ich Mutter eine Kopfmassage. Da sie oft über Kopfschmerzen klagte, freute sie sich immer darüber. Außerdem wusste ich, wie ich Mutter rasch zum Einschlafen brachte, indem ich bestimmte Stellen an ihrem Kopf massierte, was sie lockerer machte. Nach etwa zehn Minuten war sie beinahe eingeschlafen. »Mum«, sagte ich leise. »Werden wir hier denn nicht zur Schule gehen? Ich habe bereits ein paar Wochen verpasst, und es wird schwierig werden, den Stoff nachzulernen.«

»Wozu?«, murmelte sie. »Du und ich fliegen im Oktober nach Pakistan. Du brauchst nicht mehr in die Schule.«

Ich massierte sie weiter, bis sie eingeschlafen war. Dann starrte ich sie hasserfüllt an und wusste nicht, wohin mit meiner Wut. Also stürmte ich in die Küche zurück zu Mena, um ihr alles zu erzählen.

Mena schien nicht weiter erstaunt. »Ich mag die Schule sowieso nicht. Mir macht das nichts aus.«

»Aber mir!« Ich musste mich beherrschen, um nicht zu schreien. »Ich gehöre in allen Fächern zu den Klassenbesten! Was soll ich denn den ganzen Tag zu Hause anfangen?«

Mena verzog das Gesicht und wandte sich ab. Vielleicht hing ihre Gleichgültigkeit damit zusammen, dass sie im Gegensatz zu mir keine gute Schülerin war. Doch mit wem sollte ich denn sonst darüber sprechen?

Die Tage schienen sich endlos dahinzuschleppen, was möglicherweise seinen Grund darin hatte, dass es so lange hell blieb. Es mochte auch daran liegen, dass ich den ganzen Tag zu Hause verbrachte. Ich gewöhnte mir einen festen Ablauf an. So wartete ich zum Beispiel jeden Montag, bis der Mann von oben seine Zeitungen wegwarf, weil ich dann für den Rest der Woche etwas zu lesen hatte. In Walsall hatten wir die Zeit anhand des Verhaltens unserer Nachbarn abgeschätzt: Wenn der Mann von gegenüber zur Arbeit fuhr, war es halb neun. Hier in Glasgow gab es am Ende der Straße eine Kirche, deren Turmuhr jede Stunde schlug. Alle im Haus beklagten sich über den Lärm, aber ich war froh darüber, da ich so wenigstens wusste, wie spät es war. Die einzige Uhr im Haus gehörte Hanif, was ihr die Möglichkeit gab, mir pünktlich meine Aufgaben zuzuteilen.

Einen Monat später kam Mutter mit neuen Kleidern nach Hause, die sie eigens für mich gekauft hatte. »Schau, Sam, schau«, sagte sie. »Jetzt dauert es nicht mehr lang.«

Dann setzte sie sich zu mir und erzählte mir alles über Pakistan, sodass ich mich noch mehr auf die Reise freute. Sie berichtete, ihre Familie besäße dort viel Land, das Wetter sei schön warm, und ich müsste auch nicht kochen und putzen, da es für so etwas Dienstmädchen gab. Mit jeder ihrer Geschichten wuchs meine Aufregung, und ich malte mir ein Land aus, wo die Leute den ganzen Tag vor Glück sangen und tanzten wie in den Filmen, die wir im Fernsehen sahen. An allem herrschte Überfluss, und die Menschen waren immer freundlich. Und das Beste war, dass Mutter nett zu mir sein würde. Sie behandelte mich inzwischen zwar besser, verlangte jedoch immer noch, dass ich die Hausarbeiten erledigte. In Pakistan, so sagte sie, würde ich hingegen keinen Finger mehr rühren müssen, und dennoch wäre sie immer bei mir. In meinem konfusen Zustand wurde die Reise nach Pakistan für mich zu einer Auszeichnung, zur Belohnung dafür, dass ich so viel ertragen hatte. Nun würde ich endlich für mein Leid entschädigt werden. Gebannt lauschte ich Mutters Schilderungen eines Landes, wo ich mit ihr glücklich sein würde.

Es gab nur einen Wermutstropfen: Mena würde nicht bei mir sein. Mena, die fast jeden meiner Gedanken teilte und alle meine Träume kannte. »Ich wünschte, du würdest mitkommen«, sagte ich eines Abends zu ihr.

»Ich auch.« Nach einer Pause fügte sie hinzu: »Deine ganze Arbeit schaffe ich niemals allein.«

»Hanif hilft dir bestimmt«, erwiderte ich, und wir beide kicherten. »Wenn sonst niemand da ist, wird ihr wohl nichts anderes übrig bleiben.«

Der Tag der Abreise brach an. Mutter packte unsere Koffer, und Manz trug sie zum Auto. Ich umarmte Mena. Sie drückte mich ganz fest an sich.

»Du wirst mir fehlen«, meinte sie. »Wann kommst du zurück?«

»Ich weiß nicht«, antwortete ich, und plötzlich fiel mir ein, dass ich mir darüber noch gar keine Gedanken gemacht hatte. Doch die Zeit reichte nicht mehr, um Mutter zu fragen.

»Los, beeilt euch, ich muss wieder zur Arbeit«, drängte Manz. Ich küsste Mena auf beide Wangen, verabschiedete mich, stieg ein, und dann ging es los.

Auf dem Weg zum Busbahnhof war es still im Wagen. Niemand sagte ein Wort. Als wir dort waren, lud Manz rasch die Koffer aus, stellte sie auf den Gehweg, küsste Mutter und brauste los, ohne mich eines Blickes zu würdigen. Nachdem unser Gepäck im Bus verstaut war, stiegen wir ein und setzten uns. Da es auf der langen Fahrt nach Süden nichts zu tun gab, nickte ich ein, und als ich schlaftrunken erwachte, waren wir schon am Flughafen, und man händigte uns unser Gepäck aus.

Sofort begann Mutter wieder, mich herumzukommandieren. »Hol so ein Ding«, befahl sie und wies auf die Gepäckwagen. »Bleib in meiner Nähe. Schieb das.« Sie marschierte voran, während ich mich mit dem Gepäckwagen abmühte.

Da es im Terminal hoch herging, wich ich Mutter nicht von der Seite. Wir standen in einer Schlange nach der anderen. Geschminkte Frauen lächelten mich an, und unser Gepäck wurde von einem Fließband geschluckt, sodass ich wenigstens nichts mehr schieben musste. Dann kontrollierte ein Mann Mutters Pass, und wir setzten uns bis zum Einsteigen in einen großen Warteraum. Natürlich sprach Mutter kein Wort mit mir. Ich stellte keine Fragen und stand auch nicht auf, um mir die hell erleuchteten Läden anzuschauen. Schade, dass ich nichts zu lesen mitgenommen hatte.

Nach einer Weile durften wir endlich ins Flugzeug. Ich hatte einen Fensterplatz und blickte während wir noch standen und auch beim Start die ganze Zeit hinaus. Das Vibrieren der Motoren ängstigte mich, sodass ich mich an die Armlehnen klammerte und mich hilfesuchend nach Mutter umsah. Aber sie hatte die Augen geschlossen.

Die Triebwerke dröhnten, und das Flugzeug beschleunigte so ruckartig, dass ich in meinen Sitz gedrückt wurde. Als die Maschine abhob, fühlte ich mich plötzlich sehr schwer. Ich hatte ein Klingeln in den Ohren und schluckte heftig, damit sie wieder aufgingen, wie Mena es mir erklärt hatte. Dann flog die Maschine gerade, und alles beruhigte sich.

Die Städte und Dörfer vor dem Fenster sahen aus wie Spielzeug, und ich schaute hinunter, während wir immer mehr an Höhe gewannen. Die hin und her fahrenden Autos erinnerten mich an Linien auf Papier. Dann flogen wir durch die Wolken, es rüttelte ein bisschen, und plötzlich befanden wir uns im hellen Sonnenschein. Ein Signal ertönte, und einige Leute standen auf.

Nachdem ich das Bordmagazin Wort für Wort gelesen hatte, folgte ich Mutters Beispiel und schlief den restlichen Flug. Ich wachte davon auf, dass Mutter mich rüttelte und sagte, wir seien in Pakistan angekommen.

11

Als ich die Treppe hinunter aus dem Flugzeug stieg, schlug mir eine unglaubliche Hitze entgegen. Mir war ein wenig übel und flau im Magen. Sobald wir im Terminal waren, kam ein Kuli auf uns zu. Mutter begann, mit ihm zu verhandeln und schien ihre Sache recht gut zu machen. So müde und elend ich mich auch fühlen mochte, fand ich es dennoch seltsam mitzuerleben, wie geschickt meine Mutter sich in der Außenwelt anstellte. Nachdem sie sich auf einen Preis geeinigt hatten, half der Mann uns mit unserem Gepäck und begleitete uns aus dem Terminal.

Draußen war es so unerträglich heiß, dass ich mich neben der Tür übergeben musste. Erleichtert, aber verlegen, sah ich mich nach Mutter um, doch die war einfach weitergegangen. Ich bekam es mit der Angst zu tun. Inzwischen wurde ich von einigen Kindern, manche nur halb so alt wie ich, umringt, die mir bettelnd die Hände entgegenstreckten. »Bitte gib uns Geld.« »Ich habe solchen Hunger.«

Sie taten mir leid, weil sie so zerlumpt und abgemagert waren und verfilztes Haar und schmutzige Gesichter hatten. Aber ich hatte kein Geld bei mir. Als sie sich näher an mich herandrängten, stieg mir der Geruch ihrer ungewaschenen Kleider in die Nase.

Ich stellte fest, dass Mutter am Taxistand wartete und mich ungeduldig zu sich winkte. »Komm schon!«, rief sie. »Was trödelst du herum? Beeilung!«

Verglichen mit dem grauen Himmel und den dunklen Gebäuden in Glasgow erschien mir alles merkwürdig, und ich konnte kaum fassen, dass ich vor nur zwölf Stunden in einer völlig anderen Welt gewesen war.

Die Menschen auf der Straße, die wir entlangfuhren, trugen alle die gleichen Kleider wie wir, doch das war es auch schon mit der Ähnlichkeit. Kinder liefen mit Tabletts herum. »Eine Tasse Tee zwei Rupien. Wer möchte einen Tee?«, fragten sie. Der Anblick, wie sie sich vor unserem Wagenfenster drängten, ohne auch nur einen Tropfen zu verschütten, brachte mich zum Lachen. Frauen verkauften Waren aus Körben und riefen im Gehen die Preise aus. Männer kochten am Straßenrand auf offenen Feuern, sodass trotz der geschlossenen Fenster bald ein kräftiger würziger Geruch im Wageninneren herrschte. Busse und Lastwagen waren in allen Farben des Regenbogens bemalt, und Radfahrer schlängelten sich halsbrecherisch durch den Verkehr.

Schließlich verließen wir die geschäftige Innenstadt und fuhren eine Landstraße entlang, die uns immer wieder durch belebte kleine Dörfer führte. Alles sah sehr schmutzig aus, und es war schrecklich heiß.

Als wir endlich anhielten, war es dunkel, und wir schienen uns irgendwo in der Einöde zu befinden. Es gab keine Straßenlaternen, überall war es stockfinster, und nur in der Ferne schimmerte ein schwaches Licht.

Plötzlich näherte sich Hufgetrappel, und zu meinem Erstaunen erschien ein Pferdewagen aus der Dunkelheit. Der Fahrer sprang ab, begrüßte Mutter mit einer Umarmung und half dem Taxifahrer beim Umladen der Koffer in den Wagen, dann hob er mich hoch, küsste mich und setzte mich in den Karren. Er sagte, er sei mein Onkel Ghani. Ich verstand »Gandhi«, und da es so dunkel war und ich ihn nicht richtig sehen konnte, stellte ich ihn mir als alten Mann mit runder Brille vor. Er klang sogar alt.

Ich saß neben Mutter auf der harten Holzbank. Als der Onkel das Pferd mit einem Zungeschnalzen antrieb, setzte der Wagen sich ruckartig in Bewegung, sodass ich fast heruntergefallen wäre. Die Bank war unbequem und die Straße voller Schlaglöcher, doch da es meine erste Fahrt in einem Pferdefuhrwerk war, fand ich es trotzdem sehr spannend.

Seltsame Geräusche und Gerüche erfüllten die Luft. Hunde bellten in der Ferne, und ganz nah bei uns rauschte Wasser, als führen wir an einem Flussufer entlang. Mutter und der Onkel plauderten miteinander. Der Lichtschein, den ich in der Ferne gesehen hatte, wurde langsam heller, bis der Onkel schließlich das Pferd zügelte und verkündete, wir seien da. Ich war todmüde, als ich vom Wagen sprang, und wünschte mir nichts weiter als ein warmes Bett, um endlich schlafen zu können. Mutter ging wortlos voran, doch ich folgte ihr, ganz die gehorsame Tochter, weil ich so froh war, allein mit ihr hier zu sein.

Durch einen großen Torbogen traten wir in eine Siedlung, die man nur als mittelalterliches Dorf beschreiben kann. Schattenhafte Gestalten kauerten an offenen Feuern, die Luft roch nach Qualm. Im Hintergrund waren die Umrisse einiger kleiner Hütten zu erkennen. Im nächsten Moment erhoben sich die Schemen und verwandelten sich in Menschen, die auf uns zuliefen. »Tante ist da! Tante ist da!«, riefen sie und umarmten und küssten Mutter. Dann wandten sie sich mir zu und umarmten und küssten mich ebenfalls. Obwohl ich mich über diese überschwängliche Begrüßung freute, empfand ich sie auch als ein wenig merkwürdig. Wer waren diese Leute? Da mir niemand etwas erklärte, wurde offenbar von mir erwartet, dass ich genauso verfuhr wie zu Hause – beobachten und meine eigenen Schlüsse daraus ziehen.

Während wir den Platz überquerten, kehrten die Leute an ihre Feuer zurück. Dann gingen wir durch einen weiteren Torbogen in einen Hof, der im dämmrigen Schein einiger Lampen lag. Mutter marschierte nach rechts durch eine Tür in einen Raum, der von einer nackten Glühbirne an der Wand erleuchtet wurde. Also gab es hier offenbar elektrischen Strom, eine Frage, die ich mir bereits gestellt hatte. Im Raum standen zwei Betten und ein Ventilator. Entkräftet ließ ich mich auf eines der Betten sinken.

Da kam eine große magere Frau herein und umarmte erst Mutter und dann mich. Sie stellte sich als meine Tante Kara vor.

»Hast du Hunger?«, erkundigte sie sich.

Ich schüttelte den Kopf. »Aber Durst«, antwortete ich leise und schüchtern.

Sie ging hinaus und kehrte kurz darauf mit zwei Gläsern Wasser zurück. Ich nahm eines und stürzte den Inhalt hinunter. Bevor das kühle Wasser meine Zunge berührt hatte, war mir gar nicht klar gewesen, wie durstig ich war.

Kara nahm mir das Glas ab. »Du bist sicher sehr müde.« Sie zog mir die Schuhe aus und breitete eine dünne Decke über mich, nachdem ich mich hingelegt hatte. Das Bett war hart. Doch ich war so erschöpft, dass ich sofort einschlief.

Ich brauchte etwa eine Woche, um mich an den Tagesablauf, das Essen und die Umgebung zu gewöhnen. Mutter und Kara gingen Freunde besuchen, sodass ich mir selbst überlassen blieb. Mutter verbot mir, den Hof zu verlassen, bis sie zurück war, was oft erst abends der Fall war. Manchmal stellte Kara mir ein paar *rotis* zum Mittagessen hin. Wenn nicht, kamen meine Cousinen Amina, Nena und Sonia, die nebenan wohnten und etwa gleichaltrig waren, zu mir zum Spielen und brachten mir etwas Essbares mit.

Nachdem Mutter und Kara am Abend zurückgekehrt waren, unternahmen Nena, Amina und ich lange Spaziergänge über die Felder. Wir pflückten Zuckerrohr und kauten das köstliche süße Fruchtfleisch oder stiegen auf die Bäume, um uns an den kleinen grünen *bir*-Früchten zu laben, die ich sehr lecker fand. Stundenlang saß ich auf einem Ast und redete mit meinen Cousinen.

Ich kletterte gerne auf Bäume und beobachtete die Vögel, die nach Hause in ihre nur eine Armeslänge entfernten Nester flogen. Auch die Spaziergänge und der Geschmack der frisch gepflückten Früchte machten mir Freude. Außerdem fand ich es schön, wie alle sich gegenseitig bei der Arbeit halfen. Hier musste ich nicht halb so viel tun wie zu Hause. Wenn man nichts zu essen hatte, gab es immer jemanden, der gerade kochte und gern mit einem teilte. Und das Allerbeste war, dass mich niemand schlug.

Nach einem Monat jedoch kam es zu einer drastischen Veränderung, auch wenn man mir diese Information wie immer vorenthielt, sodass ich nur einen Stimmungswandel wahrnehmen konnte. Mutter ging nicht mehr aus, sondern empfing stattdessen Besuche. Besonders eine Familie kam jeden Tag und brachte Körbe mit Obst sowie Kleider für mich mit. Kara, die stets Tee für alle Gäste kochte, gab sich immer ganz besondere Mühe, wenn diese Familie erschien. Ich schloss daraus, dass es sehr wichtige Leute sein mussten. Und eines Tages stellte Mutter mich ihnen endlich vor.

»Das ist Onkel Akbar, und das sind seine beiden Söhne Afzal und Hatif und seine Tochter Fozia.« Akbar war klein und mager und nicht viel größer als ich. Allerdings war ich dreizehn, während er über sechzig zu sein schien. Afzal und Hatif, die sich sehr ähnlich sahen, schätzte ich auf Ende Zwanzig. Nur ihre Nasen und Haare unterschieden sich. Afzal hatte eine spitzere Nase als sein Bruder und längeres Haar, das ihm bis über die Ohren reichte. Fozia war um einiges älter und ähnelte ihren Brüdern ebenfalls. Sie begrüßte mich mit einem Lächeln.

»Komm und setz dich zu uns«, forderte sie mich auf und nahm meine Hand.

Ich war schüchtern und fühlte mich beklommen, denn ich hatte den Eindruck, dass diese Leute mich eindringlich musterten. Deshalb wusste ich nicht, was ich sagen sollte, als ich mich neben Fozia auf einen Stuhl unter einen Baum setzte. Aus Erfahrung war mir allerdings klar, dass die Besucher stundenlang mit Mutter plauderten. Deshalb versuchte ich, mir meine Langeweile nicht anmerken zu lassen, bis Nena durch das Tor hereinstürmte und fragte, ob ich spielen kommen wollte. Ich wartete auf Mutters Nicken und machte mich rasch aus dem Staub.

Später am Nachmittag erkundigte sich Mutter, welcher Junge mir besser gefallen habe, Afzal oder Hatif.

Ich verzog das Gesicht. *Junge?* Die beiden waren doch erwachsene Männer, sodass ich kaum auf sie geachtet hatte. Weshalb sollte ich mir Gedanken über ihr Aussehen machen? Also zuckte ich nur die Achseln. »Keine Ahnung. Warum?«, erwiderte ich.

»Nichts«, sagte sie rasch. »Nur eine Frage.« Dabei beließ sie es.

Ich unternahm mit Nena und den anderen Kindern einen Abendspaziergang. Nena und ich hatten uns gut angefreundet, und während wir zum Flussufer schlenderten und uns setzten, unterhielten wir uns über das Leben in Pakistan und stellten Vergleiche mit England an.

»Mir gefällt es in Pakistan«, meinte ich. »Ich muss nicht so viel kochen und putzen.«

»Aber es gibt nichts zu tun!«

Ich lachte auf. »Mich stört das nicht. Früher bin ich viel geschlagen worden, doch seit ich hier bin, kriege ich keine Prügel mehr.« Ich legte mich ins Gras. Das Plätschern des Wassers wirkte beruhigend auf mich, und ich starrte in die Wolken hinauf. »Mutter hat mich heute etwas Komisches gefragt.« Ich berichtete ihr von dem Gespräch mit Mutter.

Nena lachte auf. »Klingt fast, als würdest du bald heiraten!«, sagte sie. »Es ist eine nette Familie.«

Ich erstarrte vor Schreck, doch Nena schien das gar nicht zu bemerken. Sie erklärte mir, Onkel Akbars Frau sei vor einigen Jahren gestorben, sodass er die Jungen mit der Hilfe von Verwandten und seiner Tochter Fozia selbst habe großziehen müssen. Fozia sei verheiratet und habe inzwischen zwei Kinder. Nena erzählte und erzählte, als sei es völlig normal, in meinem Alter zu heiraten.

Es stimmt sicher nicht, dass ich heirate!, dachte ich auf dem Rückweg zum Haus. *Ich bin doch erst dreizehn.*

Aber ich hatte mich schwer getäuscht.

Mutter teilte mir mit, Afzal habe Gefallen an mir gefunden und wollte mich gerne heiraten. Anfangs hielt ich das für einen Scherz. Ich war ja noch viel zu jung! Doch sie fuhr fort, es wäre das Beste, wenn ich ihn sofort heiratete, da sie nicht wisse, wann wir wieder nach Pakistan kommen könnten. Ich erschauderte bis ins Mark: *sofort heiraten!*

Am nächsten Tag in aller Früh ging ich allein los, kletterte auf meinen Lieblingsbaum und setzte mich, den Rücken an den Stamm gelehnt, auf einen Ast. Stundenlang verharrte ich wie benommen in dieser Stellung, während mir unzählige Gedanken durch den Kopf wirbelten. Am liebsten wäre ich geflohen, doch ich wusste ja nicht, wo ich war. Da ich das Dorf noch nie verlassen hatte, konnte ich nicht sagen, was jenseits dieser Bäume und Felder lag. Wohin also sollte ich mich flüchten? Ich saß nur da und wünschte, ich wäre wieder in Schottland. *Warum? Warum?*, wollte ich schreien. Womit hatte ich das verdient? Ich schaute nach unten. Bis zum Boden war es ein gutes Stück.

Plötzlich hörte ich Nena nach mir rufen. »Sam! Du steckst in großen Schwierigkeiten!« Im nächsten Moment tauchte sie unter mir auf. »Wo warst du? Wir suchen dich schon den ganzen Vormittag?«, schrie sie.

»Ich habe nachgedacht.«

»Nun, du kommst jetzt am besten nach Hause. Alle machen sich Sorgen um dich.«

Ich kletterte vom Baum und folgte Nena wortlos nach

Hause. Als ich ankam, warf Mutter einen Blick auf mich und begann dann, mich zu beschimpfen und zu schlagen. Es war das erste Mal seit meiner Ankunft in Pakistan, dass ich Prügel bezog, und weil ich mich hier sicher und geborgen gefühlt hatte, tat es umso mehr weh.

»Wenn ich dich noch einmal dabei erwische, wie du den Hof verlässt, bringe ich dich um. Kapiert!«

»Ja«, flüsterte ich mit einem demütigen Nicken.

»Du wirst nächste Woche heiraten«, verkündete sie.

Stundenlang saß ich weinend unter den tief hängenden Ästen des Baumes im Hof. Meine Verletzungen schmerzten zwar, waren aber nicht der Grund für meine Tränen.

»Hör auf zu heulen und komm ins Bett«, rief Kara von der Tür aus. »Wenn du deine Mutter verärgerst, schlägt sie dich wieder.«

In jener Nacht tat ich kaum ein Auge zu. Ich hatte wirklich geglaubt, dass mein Leben eine Wendung zum Guten genommen hatte. Wie dumm von mir, mich solchen trügerischen Hoffnungen hinzugeben! Ich hätte wissen müssen, dass irgendwo jemand war, der mir eine lange Nase drehte und höhnte: »Jetzt wollen wir doch mal sehen, wie du aus diesem Albtraum rauskommst.«

Als ich endlich einschlief, träumte ich von einer Hochzeit. Es war eine große Feier, und in der Mitte saß ein Mädchen und lächelte. Sie war genauso schön wie Tara an ihrem Hochzeitstag, und als ich sie anschaute, warf sie mir einen Blick zu und grinste verschwörerisch. Ich erwiderte die Geste. Dann wirbelten Tänzerinnen an ihr vorbei, und ich erwachte.

In den nächsten Tagen wurde nicht über die Hochzeit gesprochen. Ich selbst erwähnte sie tunlichst nicht, in der Hoffnung, dass alle es vergessen hätten oder dass es wirklich nur ein schlechter Scherz von Mutter gewesen war. Meine Verwandten lebten ihren Alltag, wie sie es seit unserer Ankunft getan hatten.

Einige Tage später, wir hatten gerade gefrühstückt, schritt Akbar in Begleitung seiner Familie und einiger anderer Leute durch das Tor. Sie trugen alle gute Sachen, als wären sie zu einer Feier eingeladen. Deshalb nahm ich an, dass sie Mutter abholen wollten, denn bei uns war ja nichts für ein Fest vorbereitet worden. Mutter trat elegant gekleidet aus dem Haus und wies Kara an, mit mir hineinzugehen und mir beim Anziehen zu helfen.

Mich anziehen?, fragte ich mich. »Wofür soll ich mich denn anziehen?«, erkundigte ich mich bei Kara.

»Für deine Hochzeit, du Dummerchen«, antwortete sie lächelnd, als handle es sich um ein Spiel.

Hochzeit? Heute? Die Vorbereitungen für Taras Hochzeit hatten eine Ewigkeit gedauert. Schöne Kleider wurden gekauft, das Haus wurde geschmückt, Freunde und Verwandte erschienen, um Lieder zu singen, Musik zu machen und zu tanzen. Es war ein richtiges Fest gewesen. Am Abend vor der Trauung hatten sich alle Frauen und Mädchen im Kreis zusammengesetzt und sich mit Henna Muster auf die Hände gemalt. Hier hingegen waren sechs Tage vergangen, ohne dass mir auch nur ein Mensch etwas vorgesungen, mir die Hände geschmückt, mir das Haar gerichtet, mir Musik vorgespielt oder mir Kleider genäht hätte.

Kara sagte, sie besäße ein rotes Kleid, das ich anziehen

könne. Ich erinnerte mich an Taras Hochzeitskleid, den prächtigen roten *shalwar-kameez* mit passendem Schleier, alles mit kunstvoller Goldstickerei verziert, ihr hübsch geschminktes Gesicht mit den Goldpunkten an den Augen und den Lippenstift, der dieselbe Farbe gehabt hatte wie das Kleid. Dazu die goldenen Halsketten und Armbänder, die im Licht funkelten. Nun, das wäre doch gar nicht so schlecht gewesen.

Aber Kara zerrte nur einen Koffer unter dem Bett hervor, entnahm ihm ein schlichtes rotes Kleid und bügelte es. Es sah gebraucht aus, ein himmelweiter Unterschied zu Taras eleganten Sachen. Kara sagte, das Kleid gehöre ihrer Tochter.

»Es war sehr teuer«, erklärte sie. »Sie hat es vor einigen Jahren gekauft und es nur ein paar Mal getragen. Dann wurde sie schwanger und passte danach nicht mehr hinein.« Kara reichte mir das Kleid und befahl mir, mich rasch umzuziehen, da der *molvi* jeden Moment erwartet wurde.

Widerstrebend nahm ich das Kleid und schlüpfte hinein. Es war ein wenig zu weit, und die Ärmel reichten mir über die Handgelenke, doch Kara war mit dem Ergebnis zufrieden.

In diesem Moment kam Nena herein. »Ich kämme dir die Haare«, meinte sie und griff nach der Bürste. Benommen und sprachlos saß ich auf dem Bett, während sie hinter mir kauerte, mir das Haar bürstete und es zusammenband. Dann stellte sie sich vor mich und musterte mich eingehend. »Du siehst hübsch aus«, sagte sie. »Tante, haben wir Schmuck da?«

»Nein, es ist schon in Ordnung so.«

Ich redete mir ein, dass es sicher nur eine Probe war. Ich konnte doch unmöglich heute heiraten. Schließlich hatte ich weder Schmuck noch Schminke und trug alte Sachen, die nicht richtig passten. Ich brauchte keinen Spiegel, um zu wissen, dass ich bei weitem kein so beeindruckendes Bild abgab wie Tara an ihrem Hochzeitstag. Vor Angst war mir ganz übel, und es schnürte mir die Kehle zu, als Kara mir einen roten Schleier reichte. Ich legte ihn mir aufs Haar, worauf sie ihn mir übers Gesicht zog. Dann ging sie hinaus. Ich brach in Tränen aus.

Nena tätschelte mir die Schulter. »Oh, Sam, wein doch nicht. Es ist nicht leicht, das Haus deiner Eltern zu verlassen, aber du schaffst das schon.«

Wie sollte ich Nena erklären, dass ich nicht aus diesem Grund weinte?

Im nächsten Moment kehrte Kara mit dem *molvi* zurück.

»Hallo, Tochter«, murmelte er. »Wiederhole einfach alles, was ich sage.« Dann sprach er Arabisch, und zwar so leise, dass ich ihn kaum verstehen konnte.

Ich wiederholte die ersten Wörter, die ich mitbekommen hatte, und nuschelte dann den Rest. Kurz darauf verließen er und Kara den Raum.

Nena umarmte mich fest. »Du musst bald fort, aber ich bin sicher, dass du in ein paar Tagen auf Besuch kommen kannst.«

Mutter trat ein. »Es ist Zeit für dich zu gehen. Du wirst die Familie deines Ehemannes in dein neues Zuhause begleiten.«

Mein Ehemann? Beim Aufstehen zitterten mir die Knie, sodass ich mich rasch wieder setzen musste, um nicht zu stürzen. Dann sah ich Mutter an und begann erneut zu weinen.

Aber sie packte mich nur am Arm und zerrte mich zur Tür. Dort wies sie auf Onkel Akbar. »Das ist jetzt dein Vater. Und das ist dein Ehemann«, verkündete sie. Dabei zeigte sie auf einen der Söhne, der lächelnd dastand.

Nein, nein!, dachte ich. Das kann nicht wahr sein! Es ist bestimmt nur ein Albtraum.

»Geh jetzt«, sagte Mutter und stieß mich zu den mir wildfremden Männern hinüber.

Ich will nicht gehen, versuchte ich zu protestieren, brachte aber kein Wort heraus. Stattdessen wich ich in Richtung Tür zurück.

Da trat Mutter auf mich zu und baute sich drohend vor mir auf. »Wehe, wenn du jetzt eine Szene machst, Sameem. Steh auf und geh mit deinem Ehemann.«

Ich blickte sie an, in der Hoffnung, dass sie die Tränen in meinen Augen sehen und meine Angst verstehen würde, doch sie wandte sich ab.

Also blieb mir nichts anderes übrig, als zu gehorchen. Mir war übel, und ich zitterte am ganzen Leibe. Nun musste ich einen Mann begleiten, den ich gar nicht kannte. Als man mich zum Wagen führte, schaute ich mich noch einmal um. Doch niemand stand im Tor, um mir zum Abschied nachzuwinken.

Wir fuhren aus dem Dorf und am Fluss vorbei zur Hauptstraße. Afzal saß neben mir. Er sprach zwar mit mir, aber ich konnte in meiner Benommenheit nichts verstehen. Alles war wie ein Nebel. Etwa zwanzig Minuten später erreichten wir ein anderes Dorf. Mein sogenannter Ehemann beugte sich zu mir hinüber. »Das ist jetzt dein Zuhause«, sagte er.

Sie brachten mich durch ein großes Holztor, das in einen Hof mündete. Es sah ganz ähnlich aus wie in dem Haus von Mutters Verwandtschaft, und auch hier gab es eine Kochstelle mit offenem Feuer und eine Wasserpumpe in der Ecke. Akbar begleitete mich durch das Haus in ein Schlafzimmer, wo er mich anwies, mich aufs Bett zu setzen. Dann ging er hinaus und ließ mich mit Afzal allein. Ich hörte, wie an der Tür mit einem lauten Scheppern der Riegel vorgeschoben wurde.

Am liebsten wäre ich aufgesprungen, hätte die Tür entriegelt und wäre davongelaufen, ganz gleich wohin, einfach nur möglichst weit weg. Ich wusste, dass nun etwas Schreckliches geschehen würde, denn mir stellten sich die Nackenhaare auf, und mein Herz klopfte wie wild. Als ich zu Boden blickte, sah ich eine Ameise auf mich zukommen. Ich konzentrierte mich auf das Insekt, und als es unter dem Bett verschwand, beneidete ich es sehr. Wie gerne hätte ich mich auch unter dem Bett verkrochen.

Afzal kam, setzte sich neben mich und streichelte mein Gesicht. Ich war machtlos dagegen, dass ich unter der Berührung zusammenzuckte. Dann beugte er sich vor, um mich zu küssen. Noch nie war ich auf diese Weise geküsst worden. Tante Peggy hatte mich manchmal auf die Stirn geküsst, vor allem, wenn ich mich verletzt hatte. Doch in unserer Familie gab es keine Küsse. Afzals Gesicht war behaart, und er roch unangenehm. Außerdem kratzten seine Bartstoppeln, und ich wollte ihn gerade wegschieben, als er mir zu meinem Entsetzen die Zunge in den Mund steckte und sie hin und her bewegte. Ich wich zurück und hätte mich am liebsten übergeben. Außerdem bekam ich keine Luft mehr. Was zum Teufel tat er da? Ich wusste zwar, dass ich gehorchen musste, wenn ich nicht ebenso Prügel bekommen wollte wie zu Hause, aber ich hatte keine Ahnung, was er von mir erwartete. Ich fand es einfach nur ekelhaft.

Wieder wollte er mich küssen. Diesmal sagte ich *nein*, um zu verhindern, dass er es ein zweites Mal versuchte. Als ein merkwürdiger Ausdruck über sein Gesicht huschte, kehrte ich ihm den Rücken zu. Ich spürte, dass er mich anstarrte, und hörte seinen Atem hinter mir. Also wandte ich meine Aufmerksamkeit wieder der Ameise auf dem Boden zu, die inzwischen zielstrebig weitergekrochen war. So gerne wäre ich diese Ameise gewesen, um mich noch in diesem Moment aus dem Staub machen zu können. *Bring mich fort von hier, bring mich nach Hause*, wollte ich schreien. Doch es gab niemanden, der mich gehört hätte. Wir waren in ein Zimmer eingeschlossen, weit weg von allen Menschen, die mich kannten. Mir hätte ohnehin niemand geholfen.

Da schob Afzal seine Hand unter mein Kinn und hob meinen Kopf an. Als er sich wieder zu mir hinüberbeugte, rutschte ich noch weiter weg. Jedoch hatte er offenbar damit gerechnet und stieß mich rücklings aufs Bett. Erneut näherte er sein Gesicht meinem, aber ich drehte mich zur Seite. In Gedanken schrie ich wie am Spieß. *Nein, nein, nicht!* Doch bis auf seinen schweren Atem war nichts zu hören. Endlich ließ er mich los, allerdings nicht etwa, um sein Vorhaben aufzugeben. Während ich noch erschrocken nach Luft schnappte, warf er sich wieder auf mich und begann, an meinen Kleidern zu zerren. Ich war wie gelähmt vom

Ansturm der Ereignisse. Unterdessen fing Afzal an, mich auszuziehen, und obwohl ich ihn anschreien wollte, er solle mich in Ruhe lassen, brachte ich keinen Ton heraus. Schließlich schien er mit seinem Werk zufrieden, kramte vorne in seinem *shalwar-kameez* und legte sich auf mich. Ich hatte keine Ahnung, was nun geschehen würde. Dieses Eindringen in einen Teil meines Körpers, mit dem ich mich bis jetzt kaum beschäftigt hatte und von dem ich nur wusste, dass er zu mir gehörte, tat so weh, dass ich einen lauten Schrei ausstieß. Während er sich auf mir wand und mir Schmerzen zufügte, versuchte er, mich zum Schweigen zu bringen. Allerdings fand er meine Reaktion offenbar normal, denn er hielt nicht inne. Mir blieb nichts anderes übrig, als die Hände vors Gesicht zu schlagen und zu tun, als geschehe das alles nicht wirklich. Ich kniff so fest die Augen zu, dass meine Tränen kaum fließen konnten. *Warum machst du das mit mir?*, rief eine innere Stimme. *Bitte, hör auf, bitte, tu mir nicht mehr weh.*

Und dann war es plötzlich vorbei. Erschaudernd blieb er liegen, wälzte sich von mir, rückte seine Kleider zurecht und stand auf. Ich nahm die Hände vom Gesicht und rollte mich zu einer Kugel zusammen. Meine gesamte Leibesmitte schmerzte. Afzal trat durch eine Tür am anderen Ende des Raums. Sobald er draußen war, schnappte ich mir mein Kleid vom Boden neben dem Bett und zog es rasch an. Dann sah ich mich nach meiner Hose um und sah sie am Fußende liegen. Als ich aufstand und die Füße auf den Boden stellte, erschauderte ich wieder. Der Boden war kalt, und ich fror entsetzlich. So verharrte ich neben dem Bett, zitterte derart, dass ich mich kaum auf den Beinen halten konnte, und fragte mich ratlos, was da gerade geschehen war.

Im nächsten Moment öffnete sich die Tür und Afzal kehrte zurück. Wieder schaute ich zu Boden, wo inzwischen drei Ameisen auf die Tür zusteuerten, und sah deshalb nur seine Füße, als er vor mir stehen blieb.

»Alles in Ordnung?«, erkundigte er sich.

Ich nickte, weil ich nicht wusste, was ich sonst antworten sollte, denn ich befürchtete, er könnte mir wieder wehtun, wenn ich verneinte.

»Das Bad ist dahinten«, sagte er.

Ich hob den Kopf ein Stück und stellte fest, dass er auf die Tür zeigte, aus der er gerade gekommen war. Als er die Tür nach draußen entriegelte, strömte Licht in den Raum. Bis dahin war mir die Dunkelheit gar nicht aufgefallen.

Plötzlich fand ich mich im Badezimmer wieder, ohne zu wissen, wie ich dort hingekommen war. Ich stellte mich unter die Dusche. Das Wasser weckte meine Lebensgeister. Ich war wund zwischen den Beinen und hatte Blut an den Oberschenkeln, das ich wegspülte. Die Schmerzen hingegen blieben, sodass ich weinend unter der Dusche zu Boden sank.

Nach einer Weile klopfte es an der Tür, und eine Frauenstimme fragte, ob mir etwas fehle. Als ich nicht antwortete, klopfte sie noch einmal.

»Alles in Ordnung?« Diesmal klang die Stimme ein wenig besorgt.

Da ich auf keinen Fall wollte, dass sie hereinkam, während ich unter der Dusche stand, bat ich sie, einen Moment zu warten.

Hastig zog ich mich an, öffnete die Tür und trat ins Schlafzimmer. Dort holte ich tief Luft und sagte: »Ich will nach Hause.«

Sie sah mich verdattert an. »Du bist jetzt hier zu Hause«, erwiderte sie.

»Aber ich will nicht hierbleiben. Ich will zu meiner Mutter.«

In diesem Moment kam Afzal herein.

»Sie sagt, sie will nach Hause«, erklärte die Frau.

»Du kannst nur gehen, wenn deine Mutter dich abholt«, antwortete Afzal.

»Bitte«, flüsterte ich. Dann atmete ich durch, damit meine Stimme kräftiger klang. »Bring mich nach Hause. Ich will nach Hause. Ich will einfach nur nach Hause!«

»Fahr sie hin«, meinte die Frau.

»Nicht jetzt«, entgegnete Afzal. »Morgen früh. Wenn ich sie heute nach Hause bringe, wird ihre Mutter denken, dass etwas nicht stimmt.«

Er legte mir die Hand auf die Schulter und versprach, mich morgen nach Hause zu fahren. Allerdings bedeutete das, dass ich die Nacht in diesem Bett verbringen musste, wo er mich möglicherweise wieder anfassen würde, und davor hatte ich eine Todesangst.

»Hast du Hunger?«, fragte die Frau. Ohne eine Antwort abzuwarten, stand sie auf. »Ich hole dir etwas.« Damit ging sie hinaus.

Wo wollte sie hin? Da ich mich fürchtete, mit Afzal allein zu bleiben, schickte ich mich an, ihr zu folgen. Aber er blockierte die Tür mit dem Arm. »Ich liebe dich«, sagte er.

Da ich draußen das Klappern von Töpfen hörte, setzte ich mich wieder aufs Bett, in der Hoffnung, er würde mir nichts tun, solange jemand in der Nähe war.

Während ich angespannt und nervös auf die Rückkehr der Frau wartete, fragte ich mich, warum alle Menschen, die mich angeblich liebten, mir wehtaten und mir körperliche Schmerzen zufügten. Mutter hatte ihre »Liebe« zu mir dadurch ausgedrückt, dass sie mich jahrelang geprügelt hatte. Manz' Kopfnüsse hatten dauerhafte Beulen hinterlassen. Und jetzt das! Tja, da äußerlich keine unversehrte Stelle mehr übrig war, war es vermutlich nur folgerichtig, dass man sich nun an meinem Körperinneren schadlos hielt. Nun war mir endgültig klar geworden, dass ich keinen Teil von mir für mich behalten und der »Liebe« anderer Menschen entziehen konnte. Ich fühlte mich wie betäubt, zerbrochen, wertlos und entkräftet.

Bald kam die Frau mit dem Essen zurück, und ich sah sie das erste Mal richtig an. Es war Afzals Schwester Fozia. Sie trug einen hübschen rosafarbenen *shalwar-kameez*, und das locker zusammengebundene Haar floss über ihre Schultern. Lächelnd stellte sie das Tablett auf einen Tisch vor ein zweisitziges Sofa in der Ecke. Aber ich wollte nichts essen. Ich wollte nur nach Hause.

»Greif zu«, forderte Afzal mich auf.

Um nicht zu riskieren, dass er mich anschrie oder mich schlug, folgte ich ihm zum Sofa und betrachtete das Essen, das lecker roch. Es gab Reis und zwei verschiedene Currys, eines mit Lamm und eines mit Huhn, *rotis*, Salat und Joghurt-Chutney.

»Was möchtest du?«, fragte Afzal und reichte mir einen Teller mit einem *roti*. Obwohl er nur nett zu mir sein wollte, traute ich ihm nach dem, was er mir gerade angetan hatte, nicht mehr. »Wir haben immer genug zu essen. Ich beziehe die Lebensmittel beim Großhändler, um sie an Straßenhändler weiterzuverkaufen. Also kann ich gut für dich sorgen«, sagte er.

Als ich auf das Lammcurry wies, reichte er mir den Löffel. Ich gab ein wenig auf meinen Teller, zerriss das *roti* in zwei Hälften, setzte mich und begann zu essen. Er ließ sich neben mir nieder und bediente sich aus den Schalen. Obwohl ich am liebsten von ihm weggerutscht wäre, knabberte ich nur an meinem *roti*.

»Braucht ihr noch etwas?«, fragte Fozia.

»Nein, alles ist bestens, Fozia«, antwortete Afzal. »Setz dich doch zu uns. Du hast mehr als genug gekocht.«

»Ich habe schon gegessen«, erwiderte sie, aber zu meiner Erleichterung ging sie nicht.

Beim Essen spähte ich durch die offene Zimmertür direkt in die Küche. Sie erinnerte mich stark an unsere Küche in England, denn es gab Hängeschränke und ein Spülbecken, ein himmelweiter Unterschied zu Mutters Haus hier, wo man auf dem offenen Feuer kochen und an einer Pumpe spülen musste. Hinter der Küche führten Stufen zum Dach.

Nach dem Essen räumte Fozia ab. Doch anstatt das Geschirr in die Küche zu bringen, trug sie es nach draußen und stapelte es neben der Pumpe. Ich fragte mich, warum sie nicht das Spülbecken in der Küche benutzte.

Beim Gedanken an die Pumpe bekam ich das Bedürfnis nach frischer Luft. »Ich muss mir die Hände waschen«, stieß ich hervor.

»Dann nimm das Waschbecken im Bad«, antwortete Afzal und zeigte mit dem Finger.

Meine Verzweiflung wuchs. Obwohl ich bis vor ein paar Monaten mein Leben lang ein Waschbecken benutzt hatte, hatte ich damit gerechnet, mir die Hände draußen waschen zu können, weil ich es inzwischen so gewöhnt war.

Seufzend ging ich ins Bad und schloss die Tür. Vorhin beim Duschen hatte ich nicht richtig darauf geachtet, doch nun stellte ich fest, dass alle Wände von oben bis unten gefliest waren. In der Ecke gab es auch eine Toilette. Sie war zwar im Boden versenkt, dass man sich hinkauern musste, doch sie besaß wenigstens eine Spülung. Rasch wusch ich mir die Hände und trocknete sie an dem Handtuch ab, das an einem Haken neben dem Waschbecken hing.

Da ich das Schlafzimmer bei meiner Rückkehr leer vorfand, ging ich hinaus, wo Afzal mit Fozia sprach.

Afzal drehte ich um und sah mich an. »Möchtest du gern hier draußen sitzen?«

Ich nickte.

Er durchquerte den Hof und brachte einen Stuhl herbei. Während er einen anderen Stuhl holen ging und sich neben mich setzte, nahm ich Platz. Allmählich wurde es dunkel. Da ich es nicht wagte, mich umzuschauen, beobachtete ich Fozia beim Geschirrspülen. Aus dem Augenwinkel sah ich, dass Afzal mich musterte, was mich verlegen machte. Dann hörte ich Stimmen von der anderen Seite der Mauer. Im nächsten Moment öffnete sich langsam das Tor.

»*Ami, Abu* fragt, wann du nach Hause kommst«, sagte ein kleines Mädchen. Bei meinem Anblick blieb sie stehen und starrte mich an.

Ich erwiderte ihren Blick.

Sie war etwa sechs Jahre alt und trug einen roten *shalwar-kameez*, der viel eleganter aussah als meiner, obwohl heute mein Hochzeitstag war.

»Ja«, erwiderte Fozia rasch. »Ich bin gleich da.« Sie brachte das Geschirr ins Haus.

Das Mädchen musterte mich immer noch.

»Sag *salaam* zu deiner Tante«, meinte Afzal zu ihr.

Sie streckte die Hand aus. »*Salaam*, Tante«, flüsterte sie.

Lächelnd schüttelte ich ihr die Hand. »Wie heißt du denn?«, fragte ich.

»Shabnam.«

Fozia trat aus dem Haus. »Komm, Shabnam, wir gehen«, verkündete sie und wandte sich dann an Afzal. »Brauchst du noch etwas?«

»Nein«, antwortete Afzal rasch. Sie nahm das kleine Mädchen an der Hand, ging und ließ mich mit Afzal allein.

Der Gedanke, die Nacht mit ihm verbringen zu müssen, ängstigte mich, und ich betete um Kraft. Nur die Hoffnung, morgen wieder wohlbehalten bei meiner Mutter zu sein, half mir, es zu überstehen.

Am nächsten Morgen wurde ich von einem Hahnenschrei geweckt. Was für ein Albtraum, dachte ich. Im nächsten Moment hörte ich die Dusche plätschern und fuhr erschrocken hoch. Es war kein Albtraum, sondern noch viel schlimmer: Es war die Wirklichkeit.

Nachdem ich geduscht und das von Fozia gebrachte Frühstück verzehrt hatte, fragte mich Afzal, ob ich immer noch nach Hause wollte. Ich nickte rasch. Natürlich wollte ich nach Hause. Ich hatte nicht die geringste Lust, hier zu bleiben.

»Ich hole das Auto«, sagte er.

Erleichtert atmete ich auf.

Kurz darauf kehrte er zurück, und ich stieg ein. Die Fahrt aus dem Dorf und die Hauptstraße entlang schien eine Ewigkeit zu dauern. Als wir endlich in die Staubstraße am Fluss einbogen, hatte ich Herzklopfen. Ich war wieder zu Hause.

Sobald der Wagen stoppte, riss ich die Tür auf und sprang hinaus. Während ich zum Haus ging, lief Nena mir entgegen. Doch anstatt mich wie erwartet zu umarmen, packte sie mich an den Schultern. »Was machst du hier?«, erkundigte sie sich und sah mich an, als hätte ich etwas verbrochen.

Da ich dachte, Mutter würde sich freuen, mich zu sehen, lächelte ich ihr zu, als sie aus dem Haus kam.

»Warum bist du wieder hier?«, wollte sie wissen. »Weshalb hast du nicht gewartet, bis ich dich abhole?«

Mein Lächeln verflog. Sie fragte mich nicht, wie ich mich fühlte, sondern machte einfach kehrt und meinte, sie werde mit Kara in die Stadt fahren und bald zurück sein. Es war, als wüsste sie nicht, was ich durchgemacht hatte. Vielleicht war es ihr auch gleichgültig.

Ich stand einfach da und starrte auf meine Füße, die wie am Boden festgeklebt schienen, sodass ich mich nicht rühren konnte.

»Ich habe dich gewarnt«, meinte Afzal und setzte sich auf einen Stuhl unter den Baum. »Du hättest warten müssen, bis sie zu uns kommt.«

Seine Selbstzufriedenheit zeigte mir, wie ich mich entscheiden musste. Ich holte tief Luft, marschierte unter Aufbietung all meiner Kräfte ins Haus, schloss die Tür und lehnte mich von innen dagegen.

Niemanden scherte es, was aus mir wurde. Keinen Menschen kümmerte es, wie es mir ging.

Die Gedanken wirbelten wild durch meinen Kopf. Seit dem Abschied vom Kinderheim hatte ich stets alles getan, was von mir verlangt wurde. Ich hatte geputzt und gekocht, mich zusammengenommen und war nie frech gewesen – und hatte dennoch Prügel bezogen. Meine eigene Familie hatte mich beschimpft, mich wegen meines Stotterns gehänselt und mich so unbeschreiblich erniedrigt. Und nun das.

Ich gehörte nicht hierher. Nirgendwo gab es einen Platz für mich. Niemand liebte mich. Niemand interessierte sich für mich. Und die Menschen, die vorgaben, mich zu lieben, logen offenbar, denn man brauchte sich ja nur anzuschauen, was sie mit mir gemacht hatten: Sie hatten mich einem wildfremden Menschen übergeben wie einen Gegenstand, damit er mir noch mehr wehtun konnte. Mein Vertrauen in meine Mitmenschen war zerstört. Ich war am Ende.

Ich hatte genug davon, herumgestoßen zu werden. Die Schläge und die Beschimpfungen ließen sich ertragen, und auch die Hausarbeit und die ständige Erschöpfung störten mich nicht. All das war auszuhalten. Die Ereignisse der letzten vierundzwanzig Stunden hingegen überstiegen alles, was mir bis jetzt widerfahren war. Ich hatte gedacht, Mutter hätte mich auf eine Urlaubsreise mitgenommen, weil sie mich liebte. Jetzt sah ich, dass alles nur ein Täuschungsmanöver gewesen war. Sie hatte mich verraten und mich an einen Mann verschachert, der mir noch mehr Schmerzen zufügte als sie. Es war ihr anscheinend auch gleichgültig, dass ich zu ihr zurückgekehrt war. Würde sie mich nun an jemanden anderen weiterreichen, der das Werk, mich zu zerstören, fortsetzte?

Dieser Gedanke traf mich wie ein Schlag, sodass ich bebend zu Boden sank. Was, wenn das Schlimmste noch nicht ausgestanden war? Wie konnte ich sicher sein, dass mein Leiden nun den Höhepunkt erreicht hatte? Wo lag nur mein Fehler, dass niemand mich lieben wollte? Offenbar war ich ein abscheulicher Mensch. Das musste der Grund sein. Wenn mir nur jemand erklärt hätte, was ich falsch machte! Ich hätte es so gerne gewusst. War es vielleicht zu viel verlangt, dass ich mir wünschte, jemand möge mich gern haben?

Diese Grübeleien lasteten bleischwer auf mir, und als ich vom Boden aufsah, fiel mein Blick auf ein Regal, wo eine kleine braune Flasche stand. Was scherte es die Welt, ob es mich gab? Niemand würde mich vermissen. Ich hatte nicht mehr die Kraft, um weiterzukämpfen. Der Tod war offenbar der einzige Ausweg. Ich hatte keinen Lebensmut mehr. Also nahm ich die Flasche, die irgendwelche weißen Tabletten enthielt, öffnete sie und kippte den Inhalt in meine Handfläche. Meine Hand zitterte kaum, während ich etwa fünfzehn Tabletten schluckte. Als nach einer Weile nichts geschah, nahm ich noch ein paar und wartete darauf, dass ich endlich in Ohnmacht fiel.

Warum dauerte das so lange? Weshalb spürte ich nicht, dass etwas passierte? Im nächsten Moment ging die Tür auf, und Afzal kam herein. Rasch versteckte ich die leere Flasche hinten im Regal, in der Hoffnung, dass er sie in dem schlechten Licht nicht gesehen hatte.

Er trat auf mich zu und streckte die Hand aus. »Komm, wir fahren nach Hause«, sagte er.

Erschöpft, niedergeschlagen und selbst vom Tod verschmäht, brach ich in Tränen aus und weigerte mich, mir von ihm aufhelfen zu lassen. Auf dem Weg zur Tür wurden mir die Knie weich, mir schwindelte, und ich schaffte gerade noch die wenigen Schritte bis zu einem der Betten. Alles drehte sich um mich. Ich schloss die Augen und wartete auf das Ende.

12

Ich wachte auf. Ein Mann, den ich noch nie zuvor gesehen hatte, saß auf der Bettkante. Er hatte ein Stethoskop um den Hals, weshalb ich annahm, dass er ein Arzt sein musste. Der Mann betrachtete mich lächelnd. »Du hast uns einen ziemlichen Schrecken eingejagt«, meinte er.

»Ich will sterben«, murmelte ich benommen. »Warum haben Sie mich nicht sterben lassen?«

»Sei nicht albern«, hörte ich Afzals Stimme ganz in meiner Nähe. »Du willst nicht sterben.« Sein Gesicht lugte hinter dem des Arztes hervor.

Die Sonne schien zur Tür herein, aber ich erschauderte trotz der Wärme. Ich wollte weglaufen, doch als ich mich anschickte, den Kopf zu heben, konnte ich nicht, denn er fühlte sich an wie mit einer Tonne Ziegelsteine beschwert. Mein Mund war so trocken, als wäre er mit Sägemehl ausgestopft. Da hörte ich ein Rascheln, und es gelang mir den Kopf ein Stück zu drehen, sodass ich Kara, Mutter und einige Kinder in Schuluniformen erblickte.

Der Arzt erhob sich und verabschiedete sich, nachdem er gesagt hatte, ich solle viel Wasser trinken. Mutter folgte ihm hinaus, Afzal nahm seinen Platz ein.

»Ich habe großen Durst«, stieß ich hervor, obwohl Nägel in meiner Kehle kratzten. »Kannst du mir Wasser holen?«

Nena stand auf und brachte mir ein Glas Wasser. Als sie zurückkam, hatte ich Mühe, den Kopf zu heben, um es zu trinken.

Afzal kniete sich neben mein Bett. Mit einer Hand stützte er mir den Kopf, mit der anderen nahm er Nena das Glas ab und hielt es mir an die Lippen. Das Wasser war sehr erfrischend. Ich trank alles aus.

»Möchtest du mehr?«, fragte Afzal leise.

»Nein«, antwortete ich.

»Ich bin froh, dass du wach bist«, sagte Nena und tätschelte mir die Schulter. »Ich besuche dich wieder, wenn ich heute Nachmittag aus der Schule komme.«

»Schule?«, fragte ich verdattert. »Am Freitag ist doch keine Schule.«

Sie lächelte mich merkwürdig an. »Heute ist Montag, Dummerchen. Du hast über zwei Tage lang geschlafen.« Dann ging sie mit den anderen Kindern, nachdem alle sich verabschiedet hatten.

»Ich werde für dich sorgen«, sagte Afzal. »Erklär mir einfach, was du willst oder brauchst, und ich hole es dir.« Langsam erhob er sich und stellte das leere Glas auf den Boden. »Wenn es dir besser geht, fahren wir nach Hause.«

Diese Vorstellung ängstigte mich sehr. Auch wenn der Tod mir diesmal eine lange Nase gedreht hatte, wollte ich nicht so rasch aufgeben und hatte ganz und gar nicht vor, gesund zu werden. Sobald ich aufstehen konnte, würde ich noch mehr von den Tabletten nehmen. Dass ich mit Afzal nach Hause ging, kam nicht in Frage.

»Der Arzt sagt, dass du *hamila* sein könntest«, fuhr Afzal fort. »Vielleicht bist du deshalb in Ohnmacht gefallen. Er hat zwar nicht verstanden, warum du zwei Tage lang nicht aufgewacht bist, meint aber, der Körper könnte in einen

Schockzustand geraten, wenn eine Frau in deinem Alter in anderen Umständen ist.« Er lächelte. »Falls das stimmt, fliegst du bald zurück nach Schottland.«

Was? Zurück nach Schottland? Das änderte natürlich alles! Allein der Gedanke, wieder nach Hause zu dürfen, sorgte dafür, dass ich mich gleich viel besser fühlte. Ich wusste zwar nicht, was »in anderen Umständen« bedeutete, doch ich war fest entschlossen, es so schnell wie möglich zu werden.

Endlich fand ich mich damit ab, dass meine Mutter mich nie lieben würde. Nicht einmal mein Selbstmordversuch hatte etwas genützt. Mich selbst zu verletzen, brachte keine Lösung. Da es mir keinen Ausweg verhieß, gab ich es auf. Ich war nicht mehr die kleine Sam, die Fehler machte, patzte und dafür bestraft wurde – das Mädchen, das sich unermüdlich abmühte und trotzdem Prügel bezog. Allerdings war die Erkenntnis, dass ich die Liebe meiner Mutter nie bekommen würde und mich für nichts und wieder nichts jahrelang hatte beschimpfen, schlagen und misshandeln lassen, ein schwerer Schock für mich. Alles war gleichgültig geworden. Nichts spielte mehr eine Rolle.

Am nächsten Tag war mir noch immer schwindelig, doch ich konnte mich schon aufrichten, wenn ich mir ein Kissen unter den Kopf schob.

Gegen Mittag fragte mich Kara, ob ich draußen in der Sonne sitzen wolle. Als ich nickte, half sie mir aus dem Bett. Das Zimmer drehte sich um mich, und ich musste blinzeln, als wir nach draußen kamen. Ich versuchte, mich auf die Bäume im Hof zu konzentrieren, aber sie schwankten dauernd von rechts nach links, sodass ich mich an Kara festhalten musste, um nicht zu stürzen.

»Lehn dich an die Mauer, während ich einen Stuhl für dich unter den Baum stelle«, sagte Kara.

Ich drückte mich an die Mauer und stützte den Kopf dagegen, doch sie wackelte ebenfalls. Ich fand nirgendwo Halt und spürte, wie ich zu Boden glitt. Im nächsten Moment war Kara an meiner Seite, hielt mich fest und half mir zum Stuhl. Ich lehnte den Kopf gegen das Kissen, während die Vormittagssonne durch den Baum schien. Da mein Schädel pochte, schloss ich die Augen und hoffte, die Welt würde endlich aufhören, sich zu bewegen.

»Was möchtest du gerne essen?«, fragte Kara.

Überrascht schlug ich die Augen auf. Diese Frage hatte man mir noch nie gestellt. Ich aß einfach, was ich vorgesetzt bekam. Sofort fielen mir Pommes mit Tomatensauce ein. Seit Ewigkeiten hatte ich keine Pommes mehr gegessen. »Ich hätte gerne Pommes.«

»Was sind denn Pommes?«

Ich erklärte, wie man sie zubereitete, worauf Kara versprach, es zu versuchen.

Kurz darauf wehte der köstliche Duft bratender Pommes zu mir hinüber. Mir lief das Wasser im Mund zusammen, und ich konnte es kaum noch erwarten.

»Hoffentlich ist es so richtig«, meinte Kara, als sie mir einen Teller reichte, dessen Inhalt nach Pommes roch und auch so aussah. Es schmeckte zwar anders als erwartet, doch ich schob es darauf, dass die Tomatensauce fehlte.

Ich fand es so lecker, dass ich einen Nachschlag verlangte, aber Kara sagte, der Arzt hätte verboten, mir am ersten Tag zu viel zu essen zu geben. Nachdem sie mir ein Glas Wasser gebracht hatte, wies sie mich an, mich auszuruhen. Ich schlief den Großteil des Tages und wurde abends von Afzal geweckt.

»Es wird kalt«, meinte er. »Ich bringe dich hinein.«

Mir war nicht mehr so schwindelig wie zuvor. Ich fror zwar, aber ich konnte ohne seine Hilfe ins Haus gehen.

Afzal fuhr zwar an diesem Abend nach Hause, versprach aber, am nächsten Tag wiederzukommen. Und er hielt Wort.

»Heute bringe ich dich nach Hause.«

Inzwischen ängstigte mich das nicht mehr, weil Mutter mir erklärt hatte, dass wir in wenigen Wochen nach Schottland zurückkehren würden. Solange ich diesen Gedanken am Leben erhielt, konnte ich alles ertragen.

An diesem Abend fuhr ich mit ihm nach Hause. Als wir ankamen, wirkte alles verändert und viel sauberer und heller. Schon an der Tür konnte ich Pommes riechen, und ein etwa zehnjähriges Mädchen reichte mir einen Teller, sobald ich mich gesetzt hatte. Das Zimmer sah nicht mehr so dunkel und muffig aus wie zuvor. Auf dem Boden lag ein roter Teppich, und es duftete nach Räucherstäbchen.

Auf einigen Stühlen und auf dem Bett saßen Leute, die mich anstarrten. Einige von ihnen wie Hatif und seine Schwester erkannte ich. Die anderen waren hauptsächlich Frauen. Alle nickten, als ich sie ansah. Dennoch fühlte ich mich seltsam, weil ich nicht wusste, wer sie waren.

Akbar kam herein und reichte mir ein Glas Wasser. »Wenn du etwas brauchst, sag es nur Afzal«, meinte er.

Ein Teller Pommes, zubereitet von jemand anderem? Jemand, der für mich putzte? Jemand, der mir etwas zu trinken gab und mir anbot, mir meine Wünsche zu erfüllen? Das war doch für ein paar Wochen auszuhalten. Bald würde ich nach Schottland zurückkehren. Nur Afzal und das, was er nachts im Schlafzimmer von mir wollte, machten mir noch Angst.

In den nächsten Tagen gewöhnte ich mir einen festen Ablauf an. Morgens stand ich auf, duschte und wartete dann darauf, dass Fozia, die nebenan wohnte, das Frühstück brachte. Jeden Tag sagte Afzal mir, dass er mich liebte, und jede Nacht fügte er mir Schmerzen zu.

Ich hasste die Nächte. Bei Dämmerung betete ich, die Sonne würde ein wenig länger am Himmel bleiben, und die Zikaden würden nicht zu zirpen beginnen, um den Abend anzukündigen. Der Grund war das, was Afzal tat, wenn er allein mit mir war. Er berührte mich an Stellen, wo ich nicht angefasst werden wollte, kletterte dann auf mich und tat mir weh. Weil ich bis jetzt ständig grundlos bestraft worden war, dachte ich, er bestrafe mich für etwas, das ich falsch gemacht hatte. Anschließend wälzte er sich stets von mir herunter und schlief ein, während ich mich weinend in die andere Richtung drehte.

Nur der Gedanke an meine Rückkehr nach Schottland half mir, nicht zu verzweifeln und mich mit meiner Situation abzufinden. Als ich seit vier Tagen wieder in Afzals Haus wohnte, stattete Mutter mir einen Besuch ab. Sie hatte Neuigkeiten aus Schottland: Hanif hatte eine Tochter zur Welt gebracht. Außerdem hatte Mutter Manz von meiner Hochzeit erzählt. Sie blieb zehn Minuten und meinte dann, ich solle meine Sachen packen, da sie mich jetzt mit nach Hause nehmen wolle. In etwa einer Woche würden wir nach Glasgow fliegen.

Auf der Rückfahrt zu ihrem Haus konnte ich kaum still sitzen. Mutter wollte in dieser Woche unsere Flüge buchen, und wir sprachen darüber, dass niemand davon wissen dürfe. Sie schrieb mir sogar vor, welche Kleider ich einpacken sollte.

Als wir wieder bei Mutters Verwandten waren, stellte ich fest, dass ich meine Periode hatte, und ich bat sie um eine Binde.

Zu meiner Überraschung fing Mutter an zu schimpfen. »Du bist noch immer nicht in anderen Umständen!«, rief sie. »Du darfst erst wieder nach Glasgow, wenn es so weit ist, selbst wenn du dazu noch eine Weile hierbleiben musst.«

Mir traten die Tränen in die Augen. »Was meinst du damit?«

Doch Mutter stürmte nur hinaus und ließ mich in heller Angst zurück. Ich konnte doch unmöglich hierbleiben! Ich musste nach Hause. Weinend lief ich hinaus und flüchtete mich auf meinen Lieblingsbaum.

»Ich habe so oft zu dir gebetet«, sagte ich zu Gott. »Und habe dich angefleht, mir zu helfen. Ich weiß nicht, wie ich das länger aushalten soll, und ich habe dich um deinen Beistand gebeten. Nun beschwöre ich dich, etwas für mich zu tun.« Unter Tränen blickte ich zum Himmel.

Nena war mir gefolgt und stand unter dem Baum. »Was ist los?«, rief sie zu mir hinauf. »Warum weinst du? Sam, bitte rede mit mir.«

»Geh weg! Lass mich in Ruhe!«

»Ich komme rauf.« Mit diesen Worten kletterte sie auf den Baum und setzte sich neben mich auf einen Ast. »Also? Warum weinst du?«

»Weil ich nicht in anderen Umständen bin, und das heißt, dass ich nicht nach Schottland zurückdarf.«

»Ich dachte, dir gefällt es hier.«

»Schon, bis ich geheiratet habe. Aber jetzt will ich nur noch nach Hause. Ich finde es schrecklich.«

»Oh, Sam, du kommst bestimmt bald in andere Umstände. Lass uns umkehren. Es ist sinnlos, dass du hier oben sitzt und weinst. Das nützt nichts.«

Wir stiegen vom Baum und gingen langsamen Schrittes und schweigend zum Haus zurück.

Nach einer Woche bei Mutter zog ich wieder zu Afzal. Erneut dachte ich an Selbstmord, doch solange die Möglichkeit einer Heimreise nach Schottland bestand, beschloss ich, alles auf diese Hoffnung zu setzen, auch wenn es bedeutete, dass ich die nächsten Monate wie ein willenloser Roboter leben musste. Also tat ich alles, was mir gesagt wurde, und stellte keine Fragen.

Mit Ausnahme der Nächte, in denen er mir wehtat, behandelte Afzal mich um einiges besser, als Mutter es je getan hatte. Er ließ mich nicht im Haushalt schuften, sorgte dafür, dass ich genug zu essen bekam, und erkundigte sich täglich, ob ich etwas brauchte. Außerdem schenkte er mir viele schöne neue bunte Kleider. Und dennoch fühlte ich mich wie eine Gefangene.

Da ich das Dorf nicht verlassen konnte, verbrachte ich

den Großteil meiner Zeit nebenan bei Fozia. Morgens gingen Afzal, Hatif, Akbar und Fozias Mann zusammen zur Arbeit. Wenn sie weg waren, machte Fozia für uns und die Kinder das Frühstück.

Ihr Haus ähnelte dem, in dem ich mit Afzal lebte. Es gab eine kleine Küche, hinten ein Badezimmer und eine Treppe, die zu zwei Zimmern führte, die, wie auch die Küche, nur selten benutzt wurden.

»Warum kochst du nicht in der Küche?«, wollte ich einmal von ihr wissen, weil ich neugierig war, warum sie sich draußen über dem offenen Feuer abmühte, obwohl sie doch eine Küche im Haus hatte.

»Drinnen ist es im Sommer zu heiß«, erwiderte sie. »Ich koche nur im Winter dort oder wenn es regnet.«

Da sie einen freundlichen und geduldigen Eindruck machte, schob ich noch eine Frage nach, die mich schon länger beschäftigte. »Wann regnet es hier denn eigentlich?« In den Monaten, die ich inzwischen hier war, war nämlich noch kein einziger Tropfen vom Himmel gefallen.

»Ich glaube, das dauert noch ein paar Wochen.«

»Ein paar Wochen?«, wunderte ich mich. »Woher weißt du das?«

»Es ist jedes Jahr dasselbe. Es regnet erst, wenn das Wetter wechselt.«

Tagsüber unterhielten wir uns immer wieder, während ich ihren Tagesablauf verfolgte. Nach dem Frühstück verschwanden die Kinder im Haus einer Cousine und kehrten erst zum Abendessen zurück.

Fozia verdiente ein wenig Geld, indem sie für die Leute

im Dorf Kleider nähte, sodass wir am Tag mindestens einen Besucher hatten. Wir mussten mit den Gästen plaudern und ihnen Tee anbieten, und ehe sie gingen, übergaben sie Fozia ein großes Stück Stoff. Ich schaute zu, wie sie daraus innerhalb weniger Stunden einen *shalwar-kameez* machte. Anschließend war es an der Zeit, das Essen zu kochen, bevor alle von der Arbeit nach Hause kamen. Jeden zweiten Tag erschien ein Mädchen, um das Bad zu putzen und das Haus zu fegen. Sie sah recht armselig aus und starrte mich beim Arbeiten an, auch wenn sie sich nie etwas anmerken ließ.

»Du bist zum Arbeiten hier, nicht zum Glotzen«, schimpfte Fozia, als sie das Mädchen dabei ertappte. Rasch wandte die Gescholtene sich ab und schrubbte umso heftiger.

Mir tat sie leid. Schließlich wusste ich, wie es war, zu schuften, ohne dafür gelobt zu werden. Also ging ich auf die Toilette, und als ich herauskam, sagte ich: »Du hast das Bad ganz wunderbar geputzt. Alles ist blitzblank.« Dabei lächelte ich freundlich.

Sie hörte auf zu fegen und sah mich an. »Was?«

»Du hast das Bad wunderbar saubergemacht.«

Ein Lächeln erstrahlte auf ihrem Gesicht, und sie senkte den Kopf. Ich merkte ihr an, dass sie noch nie gelobt worden war. Von nun an lächelte sie, wenn sie die Fußböden fegte, und ich lobte sie, so oft ich konnte.

»Du weißt schon, dass ich sie fürs Putzen bezahle«, meinte Fozia eines Tages zu mir.

»Ja, aber Anerkennung kostet nichts.«

Einen Monat später wurde ich erneut zu Mutter gebracht.

»Hast du wieder deine Periode gehabt?«, lautete ihre erste Frage.

Ich nickte bedrückt, wohl wissend, dass sie eine andere Antwort hören wollte.

Wie ich geahnt hatte, durfte ich nicht nach Schottland, sondern wurde zu Afzal geschickt.

Einige Wochen später erzählte mir jemand, dass Mutter in drei Wochen nach Schottland fliegen wollte. Ich war verzweifelt, und in jener Nacht fasste ich den Entschluss, dass ich mich wirklich umbringen würde, wenn sie mich zurückließ. Allein würde ich es hier nicht ertragen. So gleichgültig ich Mutter auch sein mochte, bedeutete sie doch meine einzige Verbindung zu Schottland. Falls sie mich nicht mitnahm, würde ich mein Zuhause vielleicht nie wiedersehen.

Bei meinem nächsten Besuch nach zwei Wochen schüttelte ich den Kopf, bevor Mutter mich fragen konnte, ob ich meine Periode gehabt hätte. Ich war neugierig, warum sie das so interessierte, und wusste nur, dass es mit dem Thema »andere Umstände« und meiner Rückkehr nach Glasgow zusammenhing. Genaueres konnte ich allerdings nicht sagen.

»Bist du sicher?«

»Ja.«

Kara kam herein und umarmte mich. »Du darfst dich nicht zu viel bewegen«, sagte sie. »Schließlich wollen wir nicht, dass du wieder krank wirst.«

Diesmal blieb ich bei Mutter und wurde in den nächsten Tagen von Afzal umsorgt. Jeden Tag brachte er mir frisches

Obst und Gemüse und wollte wissen, ob er sonst noch etwas für mich tun könne. Und das alles, weil ich »in anderen Umständen« war! Ich verstand nicht, warum alle so ein Theater veranstalteten, weil ich die Bedeutung des Wortes *hamila* nicht verstand. Mich interessierte nur, dass ich deshalb nach Schottland zurückkehren durfte, und das genügte mir. Mir fiel auf, dass Mutter viel netter zu mir war und dass Afzal seine nächtlichen Aktivitäten einstellte. Offenbar hatte ich es endlich geschafft, ihnen eine Freude zu machen.

Mutter buchte die Flüge, während ich die letzte Woche bei Afzal verbrachte, wo Fozia mich behandelte wie eine Königin. Sie war schon immer freundlich zu mir gewesen. Doch nun servierte sie mir das Frühstück sogar im Bett und bat mich, mich auszuruhen. Ich begriff den Grund für dieses Tamtam nicht, denn schließlich war ich ja nicht krank und musste nicht geschont werden.

Die Nacht vor der Abreise verbrachte ich bei Mutter. Irgendwann nahm Afzal mich beiseite.

»Vergiss mich nicht, wenn du fort bist«, sagte er. »Wir sehen uns, sobald du den Antrag stellst, dass ich nach England kommen kann.«

Ich fragte mich, was er wohl meinte, obwohl es mir eigentlich gleichgültig war, und nickte nur. »Pass auf dich auf und sag mir Bescheid, wenn du etwas brauchst«, meinte er noch.

Wieder nickte ich, obwohl ich ihm in Wahrheit nur mit halbem Ohr zuhörte. In Gedanken war ich längst in Schottland und freute mich auf die Heimreise. Allerdings wollte ich mir nichts anmerken lassen, denn tief in meinem Innersten hatte ich Angst, in letzter Minute meine Periode zu bekommen, weil Mutter mich dann sicher zurücklassen würde.

Als Mutter und ich später unsere Koffer packten, achtete ich darauf, den Großteil der Sachen mitzunehmen, die ich geschenkt bekommen hatte, denn ich freute mich schon darauf, Mena meine neue Garderobe zu zeigen.

An diesem Abend war das Haus voller Leute. Die meisten Dorfbewohner waren erschienen, um sich zu verabschieden, sodass wir erst um zwei Uhr morgens ins Bett kamen.

Afzal und sein Vater verbrachten die Nacht im Nebenzimmer, während ich mit Nena redend im Bett lag.

»Ich werde dich vermissen«, sagte sie. »Es war schön, dich hier zu haben. Hoffentlich besuchst du uns bald.«

Ja, ja, dachte ich. *Wenn es nach mir geht, sieht dieses Land mich niemals wieder.* Allerdings sagte ich ihr das nicht, um sie nicht zu kränken; stattdessen nickte ich nur und schlief ein.

Am nächsten Morgen wachten wir früh auf. Die Sonne schien, und es wehte eine erfrischende Brise. Rasch wusch ich mich und setzte mich dann zum Frühstücken unter den Baum mit den herabhängenden Ästen. Nena gesellte sich zu mir.

»Wann fährst du?«, fragte sie.

»Ich weiß nicht.«

»Wann reist Sam denn ab?«, rief sie Kara zu, die gerade in den Hühnergehegen in einer Ecke des Hofes die Eier einsammelte.

»Nach dem Mittagessen«, antwortete diese.

»Also hast du noch Zeit für einen Spaziergang«, meinte Nena lächelnd zu mir. »Wollen wir nach dem Frühstück aufbrechen?«

»Ja, gerne.«

Sobald wir aufgegessen hatten, machten wir uns auf den Weg und schlenderten durch das Dorf zu den Feldern.

»Komm, wir klettern noch ein letztes Mal auf deinen Baum und gehen anschließend zum Fluss«, schlug Nena nach einer Weile vor.

»Ja«, sagte ich wieder.

Wir saßen auf dem Baum und blickten über die Felder. Es war ein heißer Tag im Mai. Inzwischen hatte ich mich an das Wetter und das Essen gewöhnt, und die Leute im Dorf waren freundlich. Einerseits gefiel es mir hier, denn es war so still und friedlich, einfach nur in der Sonne zu sitzen. Wenn da nur nicht meine Ehe gewesen wäre, die mir die Idylle verdarb. Unverheiratet hätte ich vielleicht sogar bleiben wollen, anstatt mich verzweifelt nach Schottland zu sehnen.

Allerdings vermisste ich mein Leben in Glasgow tatsächlich, obwohl ich noch vor einem Jahr jeden, der das behauptete, für verrückt erklärt hätte. Trotzdem fehlten mir die Hausarbeit, auf Hanifs Kinder aufzupassen und vor allem Mena. Außerdem hatte ich dort wenigstens über meinen Körper bestimmen dürfen. Zugegeben, ich wurde misshandelt und geschlagen, doch diese Wunden heilten mit der Zeit. Afzad hingegen war in mich eingedrungen und hatte mich innerlich verletzt, und ich war sicher, dass mir die Narben ein Leben lang erhalten blieben. Nun war ich fest entschlossen, nach dem, was sie mir angetan und wie sie mir ihre Geringschätzung gezeigt hatte, Mutter niemals wieder zu gehorchen.

Als Nena und ich zum Haus zurückkehrten, luden Afzal und Onkel Ghani gerade unser Gepäck in den Karren. Wir würden ins Stadtzentrum fahren und dort ein Taxi zum Flughafen nehmen. Ich saß in der Mitte zwischen Kara und Mutter, Afzal vorne bei Ghani. Auf dem Weg durch das Dorf liefen Nena, Amina und einige andere Kinder hinter uns her. Am Tor blieben sie stehen und winkten uns nach.

»Auf Wiedersehen, Tante, auf Wiedersehen, Sam. Ihr werdet uns fehlen. Auf Wiedersehen.«

Ich winkte lächelnd zurück und war froh, endlich hier wegzukommen. Allerdings hatte ich auch ein leicht schlechtes Gewissen, weil ich sie überhaupt nicht vermissen würde.

Die Vormittagssonne brannte heiß, doch ein Lüftchen kühlte uns, während wir am Fluss vorbeifuhren. Als wir die Hauptstraße erreichten, die uns in zehn Minuten in die Stadt bringen würde, wurde es sofort stickig und staubig.

Zum ersten Mal nahm ich mir die Zeit, mir Afzal richtig anzusehen. Bis jetzt hatte ich ihn kaum eines Blickes gewürdigt, vermutlich weil ich nicht wollte, dass der Mensch, der mir wehtat, ein Gesicht bekam. Ich hätte zwar seinen mageren Körper beschreiben können, nicht jedoch seine Züge. Nun stellte ich fest, dass er ein schmales Gesicht und sehr kleine Augen hatte. Er trug keinen Bart oder Schnurrbart. Als er bemerkte, dass ich ihn betrachtete, verzog sich sein breiter Mund zu einem Lächeln, das sich auch in seinen Augen spiegelte. Erschrocken stellte ich fest, dass ich einen Monat mit ihm zusammengelebt hatte, ohne ihn wirklich zu kennen. Ganz gleich, ob alle ihn als meinen Ehemann bezeichneten, für mich war er das nicht. Er war einfach nur ein fremder Mensch, mehr nicht. Also verabschiedete ich mich von ihm und wandte mich einfach ab.

Auf der Rückfahrt zum Flughafen wirkten die Straßen völlig anders auf mich als auf dem Hinweg. Wieder kamen wir durch dieselben Dörfer, wo ungewaschene Leute an den Straßenecken Handel trieben, Essensdünste die weniger appetitlichen menschlichen Gerüche überdeckten und die einstöckigen, von der Straße zurückversetzten Häuser mit der staubigen Landschaft verschmolzen. Nein, dieses Land konnte mir gestohlen bleiben, dachte ich.

Eine Stunde später erreichten wir Lahore. Die Häuser, die die Straße zum Flughafen säumten, waren riesengroß und hatten gewaltige Gärten und Tore, vor denen Wachleute Posten standen. Hier waren die Straßen nicht schmutzig, und es stank – im Gegensatz zu den Dörfern vorhin – auch nicht nach Kloake. Am Straßenrand wuchsen Bäume und wir fuhren an einer ehrwürdig aussehenden Universität vorbei.

Fast zweifelte ich daran, dass wir uns noch in Pakistan befanden. Jedenfalls war es nicht das Pakistan, in dem ich die letzten acht Monate verbracht hatte.

Der Fahrer stoppte vor dem Flughafengebäude. Obwohl es hier nicht so heiß war wie auf der Landstraße, brach mir der Schweiß aus. Nachdem wir unser Gepäck aufgegeben hatten, umarmte Kara uns und wünschte uns eine gute Reise. Auf dem Weg zum Warteraum sah ich mich noch einmal um. Kara blickte uns nach. Ich winkte ihr ein letztes Mal zu.

Im Warteraum waren viele Plätze frei. Wir setzten uns, und die kühle Luft aus der Klimaanlage fühlte sich einfach himmlisch an. Ich war so müde, dass ich beinahe eingenickt wäre. Doch Mutter weckte mich. »Komm, es ist Zeit zum Einsteigen«, sagte sie.

Ich schlief den ganzen Flug nach London durch, denn in meiner Erleichterung, dem Albtraum entronnen zu sein, konnte ich mich endlich entspannen und die Augen schließen, ohne befürchten zu müssen, von Afzal belästigt zu werden. Bei der Landung in London, wo wir in die Maschine nach Glasgow umsteigen mussten, wachte ich auf und blieb während des anderthalbstündigen Anschlussfluges wach, weil Tee und ein Imbiss serviert wurden. Seit dem Frühstück in Pakistan hatte ich nämlich nichts mehr gegessen.

Das Stadtzentrum von Glasgow war so sauber und roch so gut, dass ich mich fühlte wie im Paradies. Es war ein Traum! Nun war ich zu Hause, und das Leben war schön. »Schaut, ich bin wieder da!«, hätte ich am liebsten laut gejubelt.

Als wir an unsere Haustür klopften, schien niemand wach zu sein. Es dauerte etwa eine Minute, bis Mena uns gähnend und schlaftrunken aufmachte. Bei unserem Anblick riss sie die Augen auf. »Du bist zurück! Du bist zurück!«, rief sie, während sie mir um den Hals fiel.

Grinsend erwiderte ich die Umarmung.

Mena half, das Gepäck ins Haus zu bringen. Mutter ging sofort zu Bett, klagte über Kopfschmerzen, sagte, sie werde jetzt schlafen, und verbot uns, sie zu stören.

Ich folgte Mena in die Küche, wo wir ein paar Scheiben Toast aßen. Sie erzählte mir, während unserer Abwesenheit hätte es jeden Tag »Englisches Essen« gegeben – Pommes, wie auch ich sie mochte. Ich beneidete sie um diese Monate der Freiheit und das Leben ohne Mutters Verbote und Einschränkungen. Mena überhäufte mich mit Fragen über Pakistan.

»Wie war es dort? War es sehr heiß? Wie ist dein Ehemann?«

Ich antwortete in derselben Reihenfolge: »Schrecklich. Ja, sehr heiß. Ebenfalls schrecklich.«

»Manz hat mir alles erzählt. Wusstest du, dass Hanif ein Mädchen zur Welt gebracht hat?«

»Ja, von Mutter.«

Als ich mich umblickte, stellte ich fest, dass die Küche sauber war. Das Geschirr stand gespült auf dem Abtropfbrett.

Aus den anderen Zimmern war kein Mucks zu hören. Ich erkundigte mich bei Mena nach der Uhrzeit.

»Ungefähr acht. Alle schlafen noch.«

»In Pakistan mussten wir um sechs Uhr aufstehen«, berichtete ich. »Und bei der Hausarbeit helfen. Sogar am Sonntag. Aber das hat mich nicht gestört, bis ich geheiratet habe.« Ich seufzte auf und lächelte ihr zu. »Ich bin ja so froh, wieder zu Hause zu sein. Nie wieder will ich zurück nach Pakistan. Sind Hanifs Kinder schon wach?«

»Ach, weißt du das gar nicht? Sie sind ein paar Wochen

nach Mutters Abreise ausgezogen und haben jetzt eine Sozialwohnung drüben in Govanhill. Außerdem hat Saber geheiratet, kurz nachdem du weg warst.«

Jetzt fiel es mir wieder ein. Mutter hatte es zwar erwähnt, doch ich hatte es im Strudel der Ereignisse vergessen. »Wie ist sie denn?«, fragte ich. »Erzähl es mir.«

»Sie heißt Tanvir und ist ein paar Tage nachdem ihr fort wart aus Pakistan gekommen. Sie ist eine entfernte Cousine. *Paji* hat die Ehe arrangiert, doch die Hochzeit war nicht so groß wie die von Tara. Tanvir verbringt die meisten Zeit in ihrem Zimmer und kommt nur heraus, wenn Saber etwas zu essen will oder wenn sie seine Kleider waschen muss. Ich glaube, sie ist ganz in Ordnung.« Mena zuckte die Achseln. »Sie sorgt gut für Saber, und er betet sie an. Ach, schau! Er hat ihr sogar eine Waschmaschine gekauft. Und eine Mikrowelle.« Sie wies auf die neuen Geräte.

»Hat Saber denn Arbeit?«, wollte ich wissen, denn ich fragte mich, wie er sich das alles leisten konnte.

»Ja, er kellnert in einem Restaurant in der Innenstadt. Bald werden wieder Kinder durchs Haus tollen. Saber hat mir erzählt, Tanvir sei in anderen Umständen.«

»Ich auch«, erwiderte ich rasch.

Mena starrte mich entgeistert an. »Aber das geht doch nicht! Du bist erst vierzehn. Um ein Baby zu kriegen, muss man mindestens sechzehn sein.«

Ein Baby? War es das, was *hamila* bedeutete? Ich bekam ein Kind? Ich hatte das Gefühl, als ob mir der Magen in die Füße sackte, denn plötzlich fiel es mir wie Schuppen von den Augen. Ich brach in Tränen aus.

Mena nahm mich in die Arme. »Wein doch nicht, Sam.«

»Sie haben mir nur gesagt, dass ich in anderen Umständen bin. Ich wusste gar nicht, dass das heißt, dass ich ein Baby bekomme.«

Mena drückte mich fest an sich. »Keine Sorge, alles wird gut.« Dann schob sie mich auf Armeslänge von sich und wischte mir die Tränen ab. »Stell dir einfach vor, dass du dann einen eigenen Menschen hast, den du lieb haben und mit dem du spielen kannst.«

Doch all ihre Beteuerungen konnten mir die Angst nicht nehmen, und ich war völlig ratlos. Es war Mai 1983. Ich war vierzehn Jahre alt. Und ich würde ein Kind zur Welt bringen.

13

Im Laufe der nächsten Wochen kehrte für mich wieder der Alltag ein, der aus Kochen und Putzen bestand, auch wenn die von Saber angeschafften Geräte mir die Arbeit sehr erleichterten. Im Gegensatz zu Tanvir, die praktisch rund um die Uhr von Übelkeit gebeutelt wurde, litt ich wegen der Schwangerschaft nicht unter Brechreiz.

»Das darfst du nicht essen«, warnten sie alle. »Und das auch nicht. Du musst viel Wasser trinken. Holt ihr ein Glas Saft. Hast du es auch bequem? Leg die Füße hoch und ruh dich aus.« Die ganze Familie scharwenzelte um sie herum. Ich war zwar froh, dass ich mich nicht übergeben musste, hätte ein wenig Fürsorglichkeit aber ebenfalls zu schätzen gewusst. Warum musste ich mich weiter krummschuften, obwohl ich auch ein Baby bekam? Weshalb durfte ich mich nicht ebenfalls schonen?

Ohne Hanif und ihre Kinder hatte ich zum Glück weniger zu tun. Leider musste ich aber feststellen, dass sie während meiner Abwesenheit meine Sachen durchwühlt und einiges weggeworfen hatte, so zum Beispiel den von Mutter genähten orangefarbenen *shalwar-kameez*. Obwohl ich ihn nicht mehr tragen konnte, hatte er mir viel bedeutet, da es sich schließlich um ein Geschenk meiner Mutter handelte. Als ich herausfand, dass er im Müll gelandet war, bedauerte ich das sehr. Natürlich scherte Hanif sich nicht im Geringsten um meine Gefühle.

Vermutlich hatte Mutter gedacht, die Ehe würde mir den

Eigensinn austreiben. Doch nach meinen Erlebnissen in Pakistan – wo ich mit einer Hochzeit überrumpelt und anschließend von meiner Mutter fortgeschickt worden war –, hatte ich über vieles nachgedacht. Mir war dabei endgültig klar geworden, dass Mutter nie für mich sorgen würde. Und deshalb musste ich auf mich selbst aufpassen. Mutter war zwar nach unserer Rückkehr nach Glasgow dieselbe geblieben, ich aber hatte mich verändert. Allerdings ahnte sie nicht, dass ihr Plan nicht aufgegangen war, und glaubte immer noch, sie könne mich genauso unterdrücken wie den Rest der Welt. Ständig telefonierte sie mit Pakistan, kommandierte Afzals Familie herum und drohte, die Ehe aufzulösen, wenn sie ihr nicht gehorchten. Sie brauchte es einfach, dass ihre Mitmenschen nach ihrer Pfeife tanzten. Dass Afzal erst offiziell einreisen durfte, wenn ich volljährig war, benutzte sie als Druckmittel, um ihren Willen durchzusetzen.

Afzal schrieb mir einen Brief, in dem er beteuerte, er liebe mich und könne es kaum erwarten, nach Schottland zu kommen. Jedoch erwähnte er weder die Schwangerschaft, noch erkundigte er sich nach meiner Gesundheit. Manchmal dachte ich an ihn und daran, was er mir angetan hatte. Aber nach einer Weile verzieh ich ihm. Eigentlich hatte ich angenommen, dass er ein paar Monate vor der Geburt anreisen und für mich und das Baby sorgen würde, aber nichts dergleichen geschah. »Er hätte dir wenigstens etwas in diesem Brief schicken können«, sagte Mutter, worauf ich überlegte, was sie wohl damit gemeint haben mochte. Was hätte er mir denn schicken sollen? Mutter zerriss den Brief, vermutlich, weil ich noch minderjährig war. Aber wahrscheinlicher war, dass sie mich unter ihrer Fuchtel halten wollte. Ich war für sie nichts weiter als eine Schachfigur, die sie nach Belieben herumschieben konnte. Die Frage, ob ihre Entscheidungen auch für mich das Richtige waren, kam ihr nie in den Sinn. Was ihr nützte, musste automatisch auch gut für mich sein.

Mutter schien es in Glasgow zu gefallen. Sie war viel unterwegs, besuchte Tante Fatima und andere Leute und hatte hier einen größeren Bekanntenkreis als in Walsall. Sie ging auch zu Gebetsversammlungen und fand dort vier oder fünf neue Freundinnen, die sich bald gegenseitig einluden. Bis jetzt hatte sie nie großes Interesse an Religion gezeigt, nicht einmal in Pakistan. Mena und ich wurden zum Glück mehr oder weniger in Ruhe gelassen. Sie erwartete zwar von uns, dass wir sie zu den Gebetsversammlungen begleiteten, doch da diese nur etwa zwei Mal jährlich stattfanden, war das nicht weiter weltbewegend. Obwohl Mutter zu Hause auch weiterhin nicht sehr religiös war, wurde sie nach außen hin immer frömmer. Wir hatten den Eindruck, dass sie damit Tante Fatima und ihre Freundinnen beeindrucken wollte. Aber da sie in Glasgow viel weniger einsam und glücklicher zu sein schien als in Walsall, hatten wir keine Einwände.

Tara wohnte etwa zehn Minuten die Straße hinauf. Allerdings kam es mir vor, als wäre sie niemals ausgezogen, denn sie saß ohnehin meistens bei Mutter herum und plauderte mit ihr und Hanif über die neuesten Ereignisse in Pakistan. Außerdem beschwerte Tara sich ständig über ihren Mann und fragte, was sie tun solle, damit er nicht immer wieder betrunken nach Hause käme. »Schmeiß ihn raus und erteil ihm eine Lektion«, lautete Mutters Rat, und so wurde mein Schwager – ebenso wie seinerzeit mein Vater – recht häufig vor die Tür gesetzt.

Drei Monate nach unserer Rückkehr aus Pakistan verkündete Mutter, ich müsse heute zum Arzt gehen. Wie immer war Nachfragen verboten, denn obwohl ich Mutter nicht länger traute, wagte ich nicht, Zweifel an ihren Worten zu äußern. Jedoch hatte ich die Vermutung, dass der Arzt feststellen sollte, ob ich nun schwanger war. Und wenn nicht? Würde Mutter mich dann nach Pakistan zurückschicken?

»Wenn der Arzt wissen will, wie du schwanger geworden bist, überlass mir das Reden«, befahl Mutter, als wir in der Praxis waren.

Dr. Walters, seit unserem Umzug nach Glasgow unser Hausarzt, war schon ziemlich alt und hatte eine freundliche Art. »Was willst du jetzt tun?«, fragte er nach der Untersuchung und musterte mich forschend. »Wie willst du denn für ein Baby sorgen? Du bist doch selbst noch ein Kind.«

Mutter legte mir die Hand aufs Bein. *Kein Wort,* sollte das heißen. »Ich war mit ihr in Pakistan«, sagte sie zu dem Arzt. »Und eines Abends ist sie weggelaufen und hat mit einem Jungen geschlafen. So ist sie schwanger geworden, Herr Doktor.«

Ich hielt den Atem an und biss mir auf die Lippe. Aber ich wagte es nicht, sie der Lüge zu bezichtigen. So gerne ich es auch getan hätte, brachte ich es in Gegenwart des Arztes nicht über mich, auch wenn es mir vor Zorn den Magen zusammenkrampfte, weil sie mich als Flittchen hinstellte. Zum ersten Mal seit Beginn der Schwangerschaft wurde mir übel – allerdings vor Wut und Ekel. Als ich sie ansah, wich sie wie immer meinem Blick aus.

»Ich werde zu ihr halten und ihr helfen«, fuhr Mutter rasch fort, als ahnte sie, dass ich kurz davor stand, Dr. Walter die Wahrheit zu sagen.

Achselzuckend stellte er ein Rezept für Eisentabletten aus, wies mich an, täglich eine zu schlucken, und fügte hinzu, er werde für mich einen Termin in einer Entbindungsklinik vereinbaren.

Auf dem Heimweg ließ Mutter sich von mir das Rezept geben und zerriss es. »Du wirst diese Tabletten nicht nehmen«, verkündete sie. »Davon wird das Baby nur groß, und du bekommst Schwierigkeiten, wenn es hinauswill.«

Tränen brannten in meinen Augen, als ich neben ihr her nach Hause trottete.

Einige Wochen später hatte ich einen Termin in der Entbindungsklinik. Tara begleitete mich zur Schwangerensprechstunde, um aufzupassen, dass ich mich bloß nicht verplapperte. »Wenn man dich fragt, warum du schwanger bist, antwortest du, du hättest mit einem Jungen geschlafen und wüsstest nicht, wo er jetzt ist«, wies sich mich an, als wir im Wartezimmer saßen.

Für mich klang das, als hätte ich etwas Verbotenes getan. Beim Betreten des Behandlungszimmers hatte ich das Gefühl, dass selbst die Krankenschwester mich missbilligend musterte. Vielleicht hatte der Arzt ja etwas in meiner Krankenakte notiert. Wie gerne hätte ich herausgeschrien, dass es nicht meine Schuld war.

Die Krankenschwester untersuchte mich und machte

eine Ultraschallaufnahme. Dazu rieb sie mir den gewölbten Bauch mit einem Gel ein und fuhr mit einem kleinen Gerät darüber. Währenddessen sah sie nicht mich an, sondern betrachtete den Bildschirm, der mit dem Gerät verbunden war. Ich konnte nur verschwommene graue Schemen ausmachen. Dann erklärte sie mir in forschem Ton, was sie sah: »Aha, da haben wir es«, verkündete sie. »Hier ist das Baby. Das da sind der Kopf und ein Arm.« Ich starrte in die Richtung, in die ihr Finger zeigte, und bekam zum ersten Mal mein Baby zu Gesicht. Der Kopf war zwar nicht sehr deutlich wahrzunehmen, aber ich erkannte, wie das kleine Herz pochte, als die Schwester darauf deutete. Der Anblick verschlug mir fast den Atem. In mir wuchs ein Baby, und sein Herz klopfte. Da auf dem Bildschirm war es! Ich erwartete tatsächlich ein Baby!

Nachdem die Krankenschwester mir Blut abgenommen hatte, erschien die Hebamme und verkündete, ich sei nun in der sechzehnten Schwangerschaftswoche. In weiteren vierundzwanzig Wochen würde das Baby zur Welt kommen. Ihre freundliche Stimme beruhigte mich ein wenig.

»Haben Sie schon gespürt, wie das Baby sich bewegt?«, fragte sie.

»Ich wusste nicht, dass es das soll«, erwiderte ich und schüttelte den Kopf.

»Oh, ja.« Lächelnd tätschelte sie mir die Schulter. »Vielleicht haben Sie nicht damit gerechnet. Aber da Sie es jetzt wissen, werden Sie es sicher bemerken.«

»Die Hebamme hat gesagt, ich müsste spüren, wie das Baby sich bewegt«, meinte ich auf dem Heimweg zu Tara.

»Keine Ahnung. Halt den Mund.«

Ihr scharfer Tonfall ließ mich schlagartig verstummen, und mein Glücksgefühl verflog.

Wie durch ein Wunder spürte ich in jener Nacht im Bett wirklich, dass das Baby sich bewegte. Begeisterung ergriff mich, als ich beide Hände auf den Bauch legte und mir wünschte, es möge sich wieder rühren. Es tat mir den Gefallen, und diesmal traten mir Freudentränen in die Augen. Ich sprach mit niemandem darüber, da sich ohnehin kein Mensch für mein Baby interessierte. Mena schwieg wie immer, um Mutter nicht zu verärgern, und Mutter achtete nicht auf mich.

Ich hingegen tat mein Bestes, um sie gegen mich aufzubringen. Schon in Pakistan hatte ich begonnen, ihr Widerworte zu geben, und da sie mich zunächst mit Nichtachtung strafte, machte ich weiter, als wir wieder in Glasgow waren. Anfangs beschimpfte sie mich nur, doch es dauerte nicht lang, bis es wieder die erste Ohrfeige setzte. Allerdings gab sie acht, nicht meinen Bauch zu treffen, und schlug nur mit halber Kraft zu. Ich fuhr fort, mich zu wehren, da die Züchtigungen meinen einzigen Kontakt zu ihr darstellten. Sonst berührte sie mich nie, weshalb ich, so absurd es klingen mag, die Schläge beinahe begrüßte.

Da Manz sich kaum blicken ließ, musste ich mich nicht wie früher vor ihm fürchten. Und so fühlte ich mich in gewisser Weise wie ein Kind, das schulfrei hat und zu Hause bleiben darf. Trotz meiner Schwangerschaft war es, als könnte ich meine verpasste Kindheit nachholen. In Pakistan war ich eine Erwachsene gewesen, doch hier in Glasgow hüpfte ich wieder mit Mena auf den Betten herum. Mein Abstand zu Mutter wurde größer, während ihre Macht über mich immer mehr abnahm. Was sie sagte oder tat, wurde mir immer gleichgültiger. Es kümmerte mich einfach nicht länger.

Da mein Bauch in den nächsten Monaten wuchs und wuchs, fiel mir die tägliche Hausarbeit zunehmend schwerer. Doch obwohl ich sehr müde war, geschwollene Füße hatte und nicht mehr so lange stehen konnte, wurde von mir erwartet, dass ich weiter kochte und putzte. Ich bekam zwar einige Unterstützung von Mena, durfte aber im Gegensatz zu Tanvir nicht den ganzen Tag im Bett herumliegen. Zum Glück jedoch blieb ich von den unangenehmeren Seiten einer Schwangerschaft verschont und freute mich auf mein Baby.

Wenn Mutters Freundinnen zu Besuch kamen, musste ich meinen Bauch mit einem Schal bedecken und in der Küche bleiben. Ich durfte auch nicht einkaufen gehen, weil Mutter befürchtete, dass die Leute mich anstarren könnten. Nach ihrer Version der Dinge hätte ich mich meiner Schwangerschaft schämen müssen, aber weit gefehlt. Wenn ich den Mülleimer ausleerte, ließ ich mir so viel Zeit wie möglich, um die frische Luft und den Sonnenschein zu genießen.

Als ich fast im neunten Monat war, wies Mutter mich an, ihr Bescheid zu sagen, falls ich Krämpfe hätte, insbesondere dann, wenn sie in regelmäßigen Abständen kämen.

»Das ist ein Zeichen dafür, dass das Baby rauswill«, erklärte sie.

In jener Nacht im Bett spürte ich, wie das Baby trat und sich bewegte. Bevor Mutter das Thema angesprochen hatte,

hatte ich mir gar keine Gedanken darüber gemacht, wie das Baby meinen Bauch verlassen sollte. Ich hatte mir vorgestellt, mein Baby würde, fein säuberlich in eine Decke gewickelt, geliefert, während ich erschöpft und glücklich dalag. Der Grund war, dass ich Neugeborene nur aus dem Fernsehen kannte und dass sie dort immer so gezeigt wurden.

In der Schule hatte ich einmal mitgehört, wie ein anderes Mädchen ihrer Freundin von ihrem kleinen Bruder erzählte, der vor einem Tag geboren worden war. Sie sagte, man hätte das Baby aus dem Bauch ihrer Mutter herausschneiden müssen und diesen anschließend wieder zugenäht. Wir alle hatten vor Ekel gekreischt.

Nun wurde ich das Bild nicht mehr los, wie ich in einem Krankenhauszimmer aufgeschnitten wurde, und bekam Todesangst. Dann jedoch fiel mir Hanif ein. Da sie bei der Geburt ihrer Kinder offenbar nicht gelitten hatte, kam so etwas in unserer Familie vielleicht nicht vor. In den nächsten Tagen klammerte ich mich an diese Hoffnung, weil ich nicht wusste, wen ich nach all diesen Dingen fragen sollte.

Einige Tage später wachte ich am frühen Morgen plötzlich von einem heftigen Ziehen im Unterbauch auf. Rasch wurde mir klar, dass das die Krämpfe waren, von denen Mutter gesprochen hatte, denn es hörte auch nach ein paar Minuten nicht auf. Also beschloss ich, Mutter zu wecken, die inzwischen in einem anderen Zimmer schlief.

Ich befürchtete, sie könnte mich deshalb ausschimpfen. Doch als ich »Mum? Mum?« rief, kam sie zu meiner Überraschung sofort in unser Zimmer.

»Wie groß ist der Abstand? Wie lange geht das schon?«

»Etwa eine halbe Stunde. Ich weiß nicht.«

Sie schickte sich an, in ihr Zimmer zurückzukehren. »Sag mir, wenn der nächste kommt.«

»Jetzt«, antwortete ich mit möglichst zittriger Stimme. »Es fängt wieder an.«

»Gut. Leg dich hin und gib mir Bescheid, wenn der nächste beginnt.«

Der Krampf dauerte etwa fünfzehn Sekunden und war nicht sehr stark. Er fühlte sich eher unangenehm als schmerzhaft an. Inzwischen war Mena aufgewacht. »Wie spät ist es?«, fragte sie.

»Schlaf weiter!«, rief Mutter aus dem Nebenzimmer. »Es ist erst halb acht.«

Mena kuschelte sich wieder in die Decke, schlief aber nicht ein, sondern lag nur da und beobachtete mich. Ich konzentrierte mich darauf, sie anzuschauen, damit ich nicht mehr solche Angst hatte. Nach einer Weile begann der nächste Krampf.

»Es geht wieder los«, meldete ich Mutter.

»Gut. Zwanzig Minuten Abstand. Ich rufe jetzt einen Krankenwagen.«

Mena hielt meine Hand, als die Krämpfe stärker wurden. Inzwischen fürchtete ich mich entsetzlich. Bis jetzt hatte ich mich gefreut, das Baby in mir zu spüren, doch das hier war anders. Das waren ja richtige Schmerzen! Ich wünschte, jemand würde mich trösten, mir versichern, dass alles gut werden würde, und mir erklären, was da geschah. Mutter jedoch stand vor dem Haus und wartete auf den Krankenwagen.

Zehn Minuten später traf er ein. Zwei Sanitäter forderten mich auf, sie hinaus auf die Straße zu begleiten, damit sie mir in den Wagen helfen konnten. Mena folgte mir bis zur Tür.

Bevor ich einstieg, sah ich sie an, lächelte und winkte ihr zum Abschied zu.

Wir fuhren los. Kein Familienmitglied begleitete mich, um im Krankenhaus meine Hand zu halten. Es war, als wäre ich in diesem Zustand so abstoßend, dass ich aus dem Haus entfernt werden musste. Sogar Manz war im Krankenwagen mitgefahren, als Hanif ihre Kinder bekam.

Im Krankenhaus machten sich einige Schwestern an mir zu schaffen. Dann ließ man mich allein. Die Krämpfe wurden immer schlimmer. »Es wird noch eine Weile dauern«, sagte der Arzt, der mich untersuchte. »Ich werde Ihnen eine Rückenmarksnarkose geben.«

Ich dachte, das bedeutete, dass sie mich nun aufschneiden würden, um das Baby herauszuholen. Diese Vorstellung machte mir eine solche Angst, dass ich die Schwester, die mit ihm hereingekommen war, panisch ansah.

Sie legte mir die Hand auf die Stirn. »Keine Sorge. Das ist nur ein kleiner Pieks in den Rücken. Dann hören die Schmerzen auf.«

Ich atmete erleichtert auf. »Oh, gut.« Alles hier war so fremd und verwirrend. Aber wenigstens wurden die Schmerzen nun endlich gestillt.

Wie die Schwester gesagt hatte, gab der Arzt mir eine Spritze in den Rücken, und kurz darauf verschwanden die Krämpfe.

»So«, meinte die Schwester. »Jetzt ist alles in Ordnung. Wir lassen Sie jetzt eine Weile allein. Wenn Sie etwas brauchen, müssen Sie nur hier drücken. Dann kommt sofort jemand.« Sie wies auf einen Knopf an der Wand über meinem Bett. »Ist jemand von Ihrer Familie da, um Ihnen Gesellschaft zu leisten?«

Ich schüttelte den Kopf. »Nein, ich bin allein«, antwortete ich lächelnd. »Könnte ich vielleicht etwas zu lesen haben?«

Sie ging hinaus und kehrte kurz darauf mit einigen Zeitschriften zurück. Ich las, während sie immer wieder nach mir sah. Nach einer Weile schlief ich ein.

Offenbar ließ die Wirkung der Rückenmarksnarkose gegen halb sechs Uhr abends nach, denn ich wurde wieder aus dem Schlaf gerissen. Diesmal war es noch schlimmer als zuvor. Ein schneidender Schmerz fuhr mir vom Unterleib bis hinauf in den Magen und wieder zurück, sodass mir die Luft wegblieb. Ich schrie auf und hatte plötzlich das dringende Bedürfnis zu pressen. Meine Flanken und mein Rücken wurden steif. Ich fühlte mich, als würde ich gleich platzen. Noch ehe ich den Knopf drücken konnte, um die Schwester zu rufen, hatten sie meinen Schrei offenbar gehört, denn einige Leute kamen hereingelaufen und schoben mein Bett in den Kreißsaal.

Schwestern wimmelten um mich herum, während ich weiter von schrecklichen Krämpfen geschüttelt wurde. Eine Schwester legte Decken an das Fußende des Bettes, eine andere nahm das Laken weg, das über mir ausgebreitet worden war. Kurz schoss mir der Gedanke durch den Kopf, wie merkwürdig es war, dass sich plötzlich alles nur um mich drehte. Allerdings verflog er rasch wieder, als immer neue Wehen in Wellen meinen Körper durchzuckten. Ich wollte um ein Schmerzmittel bitten, konnte aber nichts weiter tun als zu keuchen und die Schreie zu unterdrücken. Keine Ahnung, warum ich nicht schrie. Vermutlich war der Grund, dass man mich so viele Jahre zum Stillsein gezwungen hatte.

Eine Schwester untersuchte mich und verkündete, das Baby werde gleich da sein.

»Ich-muss-aufs-Klo«, stieß ich, von Wehen geschüttelt, hervor.

»Nein, meine Liebe, das ist nur das Gefühl, wenn das Baby rauskommt«, erklärte die Schwester, die neben meinem Kopf stand und mir den Schweiß von der Stirn wischte. »Keine Sorge. Alles ist in Ordnung.«

»Aber-ich-muss-wirklich-aufs-*aaaaah!*«, schrie ich, als ein Schmerz, der alle bisherigen Krämpfe noch übertraf, durch meinen Körper schoss und drohte, mich in zwei Hälften zu zerreißen.

Die Schwester schob mir den Arm unter die Schultern, zog mich hoch und legte zwei Kissen unter meinen Kopf. »Setzen Sie sich auf«, sagte sie. »Dann ist das Pressen leichter.«

Ich verstand nicht, was sie meinte, und konnte vor lauter Schmerzen ohnehin nicht klar denken. Wie durch einen Nebel hörte ich rings um mich herum Stimmen, begriff aber nicht, was alle von mir erwarteten. Bald war es mir auch gleichgültig. Ich wollte nur noch, dass die Schmerzen endlich aufhörten.

Als zwei Schwestern mir die Beine auseinanderdrückten, hatte ich das Gefühl, mein Rücken würde entzweigebrochen. Eine andere Schwester erschien und stellte sich ans Fußende des Bettes.

»Weiter so«, forderte sie mich mit kräftiger Stimme auf. »Weiter so. Sie machen das prima.«

Was mache ich prima?, fragte ich mich. Die Schwester wischte mir das Gesicht ab und strich mir sanft das Haar aus dem Gesicht. In einem plötzlichen Moment der Klarheit hatte ich nicht mehr das Gefühl, zerrissen zu werden, und mir wurde bewusst, dass mich seit Jahren niemand mehr so zärtlich berührt hatte.

Dann verstärkte sich der Druck in meinem Unterleib plötzlich bedrohlich, und es schien, als wäre die ganze Welt um mich ins Wanken geraten. »Jetzt ganz lange pressen«, sagte eine Stimme – ich wusste nicht, wer es war. »Los, pressen Sie, so fest Sie können. Pressen! Pressen!«

»Ich kann nicht mehr«, schrie ich, während die Tränen mir übers Gesicht liefen. »Ich kann nicht mehr. Bitte helft mir! Bitte!«, flehte ich.

Die Schwester neben mir hielt meine Hand. Ich klammerte mich daran. »Gleich ist es vorbei«, sagte sie leise. »Nur noch ein paar Mal pressen. Sie schaffen das.«

Inzwischen schienen meine Hüften auseinanderzubrechen. Ich schrie auf. Und dann spürte ich, wie etwas zwischen meinen Beinen klemmte.

»Holt es raus! Holt es raus!«, rief ich in Todesangst.

»Noch ein Mal pressen. Los, noch ein Mal ganz fest pressen!«

»Ahhhhh«, schrie ich und presste dabei.

Im nächsten Moment waren die Schmerzen vorbei. Kurz wurde es still im Raum.

Und dann fing ein Baby an zu schreien.

Die Schwestern legten es mir auf den Bauch. »Es ist ein Junge«, sagte eine.

Lachend und weinend berührte ich ihn. »Pssst, Kleiner, pssst«, murmelte ich, von einer tiefen Liebe erfüllt, die mich alles Leid vergessen ließ.

Zwei Arme streckten sich aus, um mir das Baby abzunehmen. »Ich kümmere mich jetzt um ihn. Wir müssen ihn wiegen und ihm ein Armband geben.« Mit diesen Worten wollte die Schwester ihn hochheben.

»Nein!«, protestierte ich und umklammerte mein Kind. Ich wollte ihn behalten und verstand nicht, was sie mit »wiegen« und »Armband« meinten. Wenn sie ihn mitnahmen, würde ich ihn nie wiedersehen, dachte ich voller Angst. Sie würden mich nach Hause schicken und mir mein Baby stehlen. Während die Schwester mich säuberte und den Dammriss nähte, brach ich in Tränen aus.

»Verzeihung«, meinte die Schwester, die mein Weinen missverstand. »Ich möchte Ihnen nicht wehtun. Aber es muss sein. Wir wollen doch nicht, dass Sie eine Infektion bekommen.«

»Wo haben Sie mein Baby hingebracht?«, stieß ich hervor, während es mir die Kehle zuschnürte. »Darf ich es bitte sehen?«

»Nicht jetzt, meine Liebe, denn zuerst muss ich ...«

In diesem Moment kam eine andere Schwester herein und unterbrach sie. »Wie lange brauchst du noch?«

»Bin gleich fertig.«

»Kannst du sie anschließend zurück auf die Station bringen?«

»Ja, wenn wir hier durch sind, kümmere ich mich darum.«

Bald setzte die Schwester mich in einen Rollstuhl und schob mich zurück zur Station. Ohne mein Baby. Ich wollte sie anschreien, sie müsse es mir zurückgeben, aber ich hatte einen so dicken Kloß im Hals, dass ich kaum Luft bekam.

Im Zimmer zog die Schwester die Vorhänge um ein Bett zurück.

»Schaffen Sie es allein?«, fragte sie. Mit einem müden Nicken hievte ich mich aus dem Rollstuhl. Im Nachbarbett hielt eine Frau ein winziges Baby an ihre Brust, und ich fragte mich, warum sie ihr Kind bei sich haben durfte und ich nicht. Vielleicht lag es ja daran, dass ich zu jung war.

Ich legte mich ins Bett und dachte an das winzige Lebewesen, das ich für einen Moment hatte berühren dürfen. Während die Schwester mich zudeckte, brach ich wieder in Tränen aus.

Da kam eine andere Schwester herein. Sie schob etwas vor sich hier und blieb am Fußende des Bettes stehen. »Soll ich ihn hier hinstellen oder neben Sie?«

Mein Junge! In einem durchsichtigen Bettchen auf Rädern.

Unter Tränen lächelte ich der Schwester zu. Wahrscheinlich hatte ich in meinem ganzen bisherigen Leben nicht so stolz und glücklich gestrahlt. »Könnten Sie ihn bitte neben mich stellen?«

Lächelnd schob sie ihn neben mein Bett. »Wenn Sie etwas brauchen oder wenn er aufwacht, drücken Sie auf den Knopf an der Wand.« Mit diesen Worten ging sie hinaus.

Ich betrachtete das winzige Gesichtchen meines Sohnes

und die noch kleinere Hand, die im Schlaf auf seiner Brust ruhte. Ganz vorsichtig streichelte ich ihn, nur um mich zu vergewissern, dass es ihn wirklich gab. Ich wurde von einem Glücksgefühl überwältigt und musste gleichzeitig gegen den Schlaf ankämpfen.

Mein eigen Fleisch und Blut. Mein Baby. Mein Sohn.

Man hatte mich mit einer Lüge nach Pakistan gelockt und zu einer Scheinehe gezwungen. Dieses Kind hatte ich gegen meinen Willen empfangen. Doch nun, da es geboren war, liebte ich es auf Anhieb und von ganzem Herzen. Sobald ich meinen Sohn angesehen und berührt hatte, hatte ich gewusst, dass ich ihn so lieben würde wie bis jetzt noch nichts in meinem kurzen Leben. Ich lag im Bett und hatte mich ihm zugewandt. Obwohl mir jeder Knochen im Leibe wehtat, durchströmte mich Seligkeit bei der Betrachtung meines Sohnes. Der Schmerz der letzten Stunden war vergessen, während ich ihn musterte und wusste, dass ich etwas Wunderbares vollbracht hatte. Ich hatte Leben geschaffen, und zwar nicht irgendeines, sondern *seins*. Er war jetzt bei mir. Beim Einschlafen fühlte ich mich so friedlich wie noch nie.

Eine Krankenschwester weckte mich, und ich setzte mich schläfrig auf, als sie meinen Sohn aus seinem Bettchen hob und ihn mir in die Arme legte. Lächelnd sah ich sein wunderschönes Gesicht an.

»Haben Sie sich denn schon einen Namen überlegt?«, fragte sie.

»Azmier«, antwortete ich. »Er soll Azmier heißen.« Mutter hatte uns eingebläut, dass der erste Sohn einer ihrer Töchter Azmier heißen müsse. Sie hatte ihrer eigenen Mutter versprochen, ihren Enkel nach dieser heiligen Stätte in Indien zu benennen, die meine Großmutter einmal besucht hatte. Eigentlich hatte Mutter gedacht, dass Tara ihr den ersten Enkelsohn schenken würde. Hanif hatte sie ausdrücklich verboten, diesen Namen zu benutzen, der für den Sohn ihrer Tochter reserviert war.

»Das ist aber ein hübscher Name«, erwiderte die Schwester. »Ich glaube, Azmier hat Hunger«, fuhr sie fort. »Wollen wir versuchen, ihn zu füttern?«

Ich hatte gesehen, wie Hanif ihr Baby stillte, und wollte es genauso machen. Allerdings hatte ich es mir viel schwieriger vorgestellt. Als die Schwester mein Nachthemd öffnete und Azmiers Mund zur Brustwarze führte, fing er sofort an, gierig zu saugen. »Hoppla!«, rief sie aus. »Das habe ich ja noch nie erlebt. Normalerweise sind einige Versuche nötig, bis ein Baby trinkt.«

Ich lächelte ihr zu und sah dann wieder Azmier an. Die ganze Situation erschien mir noch vollkommen unwirklich. Um sicherzugehen, dass ich nicht nur träumte, streichelte ich Azmiers Haar. Während er trank, wurde ich wieder müde, obwohl ich gerade erst von einem Nickerchen aufgewacht war, und wäre beinahe wieder eingeschlafen. Offenbar hatte die Schwester damit gerechnet, denn sie sah immer wieder nach uns.

Bald schlief Azmier ebenfalls ein. Aber ich wollte ihn nicht in sein Bettchen legen, weil ich zu schwach dazu war und weil ich es so schön fand, meinen Sohn im Arm zu halten. Also betrachtete ich ihn weiter und bewunderte ihn lächelnd. Gerade dämmerte ich wieder weg, als die Schwester zurückkehrte.

»Könnten Sie ihn ins Bettchen legen?«, fragte ich.

Vorsichtig hob sie ihn aus meinen Armen und tat es. Er schlief ungerührt weiter, als habe er gar nicht bemerkt, dass er bewegt worden war. Zärtlich streichelte die Schwester sein schwarzes Haar und wandte sich dann wieder mir zu. »Soll ich Ihnen eine Tasse Tee und Toast bringen?«

Bis jetzt hatte ich gar nicht an Essen gedacht. »Ja, bitte.«

»Trinken Sie den Tee mit Zucker?«

»Nein.«

»Gut, ich bin gleich wieder da.«

Während ich dasaß und wartete, wurde mir klar, dass mir noch nie jemand eine Tasse Tee angeboten hatte, und ich fühlte mich sehr erwachsen. Aber das war ich jetzt ja auch: Schließlich hatte ich ein Baby.

Kurz darauf kehrte die Schwester zurück. »Bitte sehr«, sagte sie, als sie das Tablett auf einen Tisch stellte und ihn an mein Bett schob.

Ich aß zuerst den Toast und trank dann den Tee. Er schmeckte absolut köstlich, und ich hatte zum ersten Mal seit Monaten wieder das Gefühl, mein Essen genießen zu können, denn während der Schwangerschaft hatte ich keinen Geschmackssinn gehabt.

Am nächsten Morgen um sechs wachte ich auf. Azmier lag ruhig in seinem Bettchen und hatte die hübschen dunkelbraunen Augen weit aufgerissen.

»Hallo. Wie geht es dir denn heute?«, sagte ich und streichelte seine weiche Haut. Ich konnte noch immer kaum fassen, dass er mein Baby war.

Eine Krankenschwester erschien. »Gleich gibt es Frühstück«, verkündete sie. »Möchten Sie zuerst duschen?«

»O ja, das wäre schön.« Vorsichtig stand ich auf.

»Sind Ihre Sachen da drin?«, erkundigte sich die Schwester und bückte sich, um mein Nachtkästchen zu öffnen.

»Was für Sachen?«

»Ihre persönlichen Dinge.« Sie richtete sich auf und sah mich merkwürdig an.

»Nein, ich habe nichts mitgebracht.«

»Nicht einmal ein Nachthemd oder Pantoffeln?«

»Ich habe Schuhe«, erwiderte ich leise, während mir die Schamesröte ins Gesicht stieg.

Sie seufzte auf. »Ich schaue, ob ich Ihnen etwas besorgen kann«, sagte sie.

Ich hatte das Gefühl, mich lächerlich gemacht zu haben. Obwohl ich nicht hatte wissen können, dass ich fürs Krankenhaus einen Koffer hätte packen müssen, war es mir peinlich, nicht von selbst auf den Gedanken gekommen zu sein. Als Kind hatte ich nie etwas ins Krankenhaus mitgenommen, da es dort Schlafanzüge, Handtücher und Zahnbürsten gab. Also wartete ich und hoffte, dass die Schwester etwas für mich auftreiben konnte, denn ich wollte unbedingt duschen. Nach einer Weile kam sie mit einigen Sachen zurück.

»Hier, schauen Sie«, meinte sie und reichte mir ein Handtuch, ein Stück Seife, einen Pyjama und Pantoffeln. »Die Dusche ist gleich um die Ecke. Ich habe gerade nachgesehen, sie ist frei. Und dann noch das hier.« Sie öffnete ein Päckchen Binden. »Sie werden gleich eine brauchen. Die anderen lege ich in Ihren Schrank.« Sie gab mir außerdem ein Papierhöschen.

In den grünen Pantoffeln, die ich von ihr bekommen

hatte, machte ich mich auf den Weg zur Dusche. In der einen Hand hatte ich Handtuch und Pyjama, mit der anderen hielt ich mein Nachthemd hinten zu.

Nach der heißen Dusche fühlte ich mich zwar sauberer, war aber ein bisschen wackelig auf den Beinen. Ich kehrte zurück ins Zimmer und hatte gerade mein Bett erreicht, als Azmier zu weinen begann.

»Er scheint Hunger zu haben«, sagte die Frau im Nachbarbett, die inzwischen aufgewacht war und ihr Baby stillte. »Ist es ein Junge oder ein Mädchen?«

»Ein Junge.« Ich nahm ihn aus dem Bett und legte ihn an die Brust. »Und Ihre?«

»Ein Mädchen«, antwortete sie und betrachtete ihre Tochter mit einem zärtlichen Lächeln. »Bei mir haben die Wehen eine Ewigkeit gedauert. Vor zwei Tagen bin ich eingeliefert worden. Als Sie herkamen, war sie gerade geboren.«

»Wirklich?« Ich dachte daran, dass ich nicht einmal einen ganzen Tag in den Wehen gelegen hatte, und fühlte mich plötzlich wie ein Glückspilz. »So lange?«

»Ja, aber es war die Mühe wert.«

»Stimmt.« Ich lächelte ihr zu und wusste, dass wir etwas ganz Besonderes miteinander teilten.

»Ich heiße übrigens Julie.«

»Ich bin Sam.«

»Sie sehen noch sehr jung aus«, sagte Julie.

Ich lächelte nur, ohne auf ihre offensichtliche Frage einzugehen, denn ich hatte nicht die geringste Lust darüber zu reden, wie alt ich war und warum ich so jung ein Baby bekommen hatte.

Eine Schwester kam herein. »Schläft er?«, wollte sie wissen.

»Nein, er ist hellwach und schaut mich an.« Wieder betrachtete ich Azmier und lächelte.

»Soll ich Ihnen zeigen, wie man ihn wickelt?« Ich nickte. »Dann bringen Sie ihn in den Wickelraum.«

Ich folgte ihr in einen Raum, in dem sechs Wickeltische in einer Reihe standen. Neben dem Waschbecken in der Zimmerecke stand ein Stapel Plastikbadewannen.

»Legen Sie ihn auf einen der Tische.« Ich nahm den nächstbesten. Die Schwester stellte sich neben mich. »Und jetzt knöpfen Sie den Strampelanzug auf.«

Ich zog ihn aus, wie ich es schon bei Hanifs Kindern unzählige Male getan hatte, und wechselte routiniert die Windel, ohne auf weitere Anweisungen zu warten.

Sie kicherte.

»Sie haben das wohl schon öfter gemacht?«

Ich sah sie an und erwiderte ihr Lächeln. »Ja, sehr oft.«

»Das merke ich, weil man jungen Müttern normalerweise jeden Schritt erklären muss. An wem haben Sie denn geübt?«

»Ich habe zwei Neffen und eine Nichte und kümmere mich häufig um sie.«

»Ausgezeichnet. Ich wette, Sie wissen auch, wie man ein Baby badet.«

Ich grinste sie an.

Sie seufzte theatralisch auf. »Ich wünschte, alle Mütter hier wären so wie Sie.«

Ich nahm ihm die Windel wieder ab und wir plauderten über Babys und Azmier, während ich ihn rasch badete. Als das Wasser seine Haut berührte, stieß er einen empörten Schrei aus, sodass ich ihn beruhigen musste. Obwohl ich Erfahrung darin hatte, war es für mich ein gewaltiger Unterschied, ob ich Hanifs Kind badete oder mein eigenes. Als ich fertig war, reichte die Schwester mir seine Windel, einen blauen Strampler und ein Hemdchen.

»Kommen Sie«, sagte sie. »Wir gehen zurück auf die Station.«

Nachdem ich Azmier angezogen hatte, wickelte ich ihn in seine Decke, aber so, dass die Ärmchen frei blieben. Im Krankenzimmer roch es appetitlich nach Toast. Als ich Azmier in sein Bettchen legte, hörte ich hinter mir eine Stimme. »Was hätten Sie denn gern zum Frühstück, meine Liebe?«

»Könnte ich Toast und Tee haben, bitte?«

Die Dame nickte lächelnd. »Aber natürlich. Möchten Sie auch Frühstücksflocken? Sie haben sicher großen Hunger.«

Ich kletterte ins Bett. »Ja, stimmt. Cornflakes wären schön.«

Ich zog das Tablett vor mich, und sie stellte das Frühstück darauf. Wehmütig erinnerte ich mich, dass mir seit der Zeit im Kinderheim niemand mehr ein Frühstück serviert hatte. Es war zwar nur eine kleine Geste, doch sie bedeutete mir sehr viel.

Die Dame, die mir das Frühstück gebracht hatte, legte eine kleine Karte und einen Stift auf den Tisch. »Kreuzen Sie an, was Sie zum Mittagessen möchten. Ich hole die Karte später ab.«

Beim Essen studierte ich den Speisenplan und kreuzte Folienkartoffel mit Salat und zum Nachtisch Apfel-Streuselkuchen mit Schokocreme an. Beim bloßen Gedanken lief mir das Wasser im Munde zusammen, denn das hatte ich schon lange nicht mehr gegessen.

»Ich hasse Krankenhausessen«, riss Julie mich aus meinen Gedanken.

»Hmm«, brummte ich ausweichend, auch wenn ich sicher war, dass es mir ausgezeichnet schmecken würde. Außerdem war es eine wunderbare Abwechslung zu der Ernährung, an die ich mich hatte gewöhnen müssen.

Nach dem Essen schob ich den Tisch beiseite und klappte das Kopfteil des Bettes herunter. Azmier schlief fest. Und da ich auch müde war, zog ich die Decke hoch und dachte daran, wie ich in meiner Kindheit verwöhnt worden war. Tante Peggy war die gütigste und wunderbarste Frau gewesen, die ich je kennengelernt hatte, und sie hatte mich während meiner gesamten Zeit im Kinderheim stets fürsorglich und einfühlsam behandelt. Ich nahm mir fest vor, so wie sie zu sein und darauf zu achten, dass Azmier in Liebe und Geborgenheit aufwuchs. Mit anderen Worten, ich wollte mich auf keinen Fall so verhalten wie meine Mutter. Ich empfand ein neues Gefühl der Macht. Es war Azmier zu verdanken, meiner Liebe zu ihm und meinem Wunsch, ihn zu beschützen. Ich lächelte meinem schlafenden Sohn zu und schlief auch rasch ein.

Die nächsten beiden Tage waren wundervoll, und ich verbrachte sie genauso wie den ersten. Nach dem Aufwachen ging ich duschen. Dann stillte ich Azmier, aß etwas und schlief wieder ein. Manchmal unterhielt ich mich mit Julie, hin und wieder las ich Zeitschriften, und manchmal betrachtete ich einfach nur meinen wunderschönen Sohn.

Es war nach dem Mittagessen des dritten Tages, ich hatte gerade Azmier gewickelt und legte ihn in sein Bettchen, als ich Taras Stimme hörte.

»Was hast du getan?«

Ich wirbelte herum und sah sie am Fußende des Bettes stehen. Da Julie gerade ihre Tochter badete, waren wir allein im Zimmer. Ich lächelte ihr zu, froh, dass mich endlich jemand besuchte. »Ich habe ihn eben gewickelt. Er ist wach. Möchtest du ihn dir anschauen?«

Da ich mit einem Ja rechnete, drehte ich mich um und wollte ihn aus dem Bettchen holen. Aber sie sagte nur: »Hat dich jemand über das Baby ausgefragt?«

Ich richtete mich auf, und mein Lächeln war schlagartig wie weggeblasen. »Was soll das heißen?« Eigentlich hatte ich gedacht, dass sie sich über mein Baby freuen und neugierig darauf wäre.

»Du weißt genau, was ich meine«, zischte sie. »Hat jemand gefragt, wer der Vater ist?«

Ich verzog das Gesicht. »Nein. Warum denn auch?«

Im nächsten Moment machte sie auf dem Absatz kehrt und stolzierte hinaus. Sprachlos blickte ich ihr nach. Sie hatte sich weder nach mir noch nach dem Baby erkundigt, nicht wissen wollen, wie viel es wog, und nicht darum gebeten, es im Arm halten zu dürfen. Es interessierte sie auch nicht, ob ich etwas brauchte. Bevor ich Gelegenheit hatte, mich zu rühren, kam sie wieder hereinmarschiert.

»Die Schwestern sagen, du wirst in zwei Tagen entlassen«, verkündete sie mit harter Stimme. »Ich hole dich um die Mittagszeit ab.« Mit diesen Worten ging sie davon. Diesmal kehrte sie nicht zurück.

Am Tag meiner Entlassung musste ich die Schwester fragen, ob ich die Kleidung, die Azmier trug, behalten könne, weil ich keine Anziehsachen für ihn hatte. Ich bat auch um eine der Decken.

Die Schwester musterte mich mitleidig. »Nun, eigentlich ist das nicht erlaubt, aber in Ihrem besonderen Fall machen wir eine Ausnahme.«

»Danke«, antwortete ich erleichtert, wunderte mich aber, was denn an meinem Fall so besonders sein sollte.

Ich zog die Sachen an, in denen ich hergekommen war und die mich inzwischen umschlotterten. In der Tasche meiner Strickjacke klimperten ein paar Münzen. Nachdem ich ein paar Windeln eingepackt hatte, saß ich da und wartete. Die Zeit schlich dahin. Ein Uhr. Zwei Uhr. Wo steckte Tara bloß? Drei Uhr. Die Mittagszeit war doch längst vorbei. Vier Uhr. Schließlich hatte ich das Warten satt und beschloss, mit dem Bus nach Hause zu fahren. Mein Geld reichte dafür. Also hob ich Azmier aus dem Bett und ging zum Schwesternzimmer, um mich zu verabschieden.

»Ist jemand gekommen, um Sie abzuholen?«, fragte eine Schwester überrascht und sah sich um.

»Nein«, erwiderte ich in bemüht ruhigem und festem Ton. »Ich nehme den Bus.«

Die beiden Schwestern schnappten nach Luft und starrten mich entgeistert an.

Dann räusperte sich eine von ihnen. »Ich kann Sie nicht daran hindern, mit dem Bus zu fahren, Sam, aber Sie müssen noch ein bisschen warten, damit ich Sie zum Ausgang begleiten kann.«

»Gut, einverstanden«, sagte ich. »Wo soll ich denn warten?«

»Warum gehen Sie nicht wieder in Ihr Zimmer? Ich komme gleich zu Ihnen.«

Also setzte ich mich auf mein Bett. Inzwischen war es viertel nach vier, und ich wurde immer ungeduldiger. Gerade wollte ich zum Schwesternzimmer zurückkehren, als Tara erschien.

»Bist du fertig?«, fragte sie.

»Wo hast du denn gesteckt?«, entgegnete ich. »Ich warte schon seit einer Ewigkeit.«

»Ich habe doch gesagt, dass ich kommen würde.«

Kopfschüttelnd sah ich sie an. »Also los«, meinte ich.

Als wir am Schwesternzimmer vorbeigingen, meinte die eine: »Ach, sehr gut, jemand holt Sie ab. Wir haben schon befürchtet, Sie würden wirklich den Bus nehmen.«

Tara drehte sich zu mir um. »Was soll das heißen, du wolltest mit dem Bus fahren? Bist du übergeschnappt?«

»Ich habe nicht mehr damit gerechnet, dass mich jemand abholt.«

»Sie spinnt«, sagte Tara zu der Krankenschwester und ging einfach weiter.

»Nein, ich spinne nicht!«, rief ich.

Sie blieb stehen und starrte mich gehässig an. Ich erwiderte ihren Blick. Bis jetzt hatte ich mich nie gegen sie gewehrt, doch jetzt war alles anders. Ich hatte ein Baby und musste für meinen Sohn stark sein.

Tara wandte sich als Erste ab. Auf der Heimfahrt wechselte sie kein Wort mit mir.

»Sie war frech zu mir«, verkündete Tara, sobald wir ins Wohnzimmer kamen, wo Mutter uns erwartete.

Die Autofahrt hatte mich ermüdet, und ich setzte mich, ohne zu widersprechen. Mutter nahm Azmier und sagte, ich solle mich hinlegen und mir keine Gedanken um das Baby machen. Aber mir war nicht wohl dabei, den beiden mein Kind anzuvertrauen. Als ich Azmier in den Armen meiner Mutter sah, stellte ich mir vor, wie ich selbst dort gelegen hatte. Auch ihre Worte »Lass mich für ihn sorgen« weckten meinen Argwohn. *Etwa so, wie du für mich gesorgt hast?*, hätte ich am liebsten gerufen, und beim bloßen Gedanken daran drehte sich mir den Magen um. Also nahm ich ihr Azmier wieder ab. »Schon gut«, sagte ich. »Ich bin nicht müde.«

In diesem Moment kam Mena herein. Ihre Hände und die Hälfte ihres Gesichts waren voller Mehl. Als sie das Baby anstarrte, fing ich an zu lachen, worauf sie mich verdattert musterte.

»Warum lachst du? Glaubst du etwa, ich will so das Baby anfassen? Ich backe gerade *rotis*, aber ich konnte es nicht erwarten, das Baby zu sehen.«

»Ich weiß«, meinte ich, immer noch kichernd. »Du hast genauso viel Mehl im Gesicht wie an den Händen.« Mena war keine sehr gute Köchin. Obwohl sie sich Mühe gab, war das Essen oft halb gar oder angebrannt. »Wer ist das, Azmier?«, fragte ich und hielt ihn hoch. »Ist das deine alberne Tante, die sich als Clown verkleidet hat?«

»Er ist ja so niedlich!«, sagte Mena und kam näher. »Schau dir die winzigen Finger an! Die *rotis* können warten. Ich wasche mir jetzt die Hände, damit ich ihn im Arm halten kann.«

Dankbar blickte ich ihr nach. Sie war die Erste in meiner

Familie, die von meinem Baby begeistert war, und das bedeutete mir unendlich viel.

Im nächsten Moment fing Azmier an zu weinen, weil er Hunger hatte. Ich ging mit ihm in mein Zimmer, um ihn zu stillen.

Kurz darauf kam Mena herein, setzte sich neben mich und beobachtete erstaunt, wie das Baby trank.

»Tut das nicht weh?«, fragte sie.

»Ein bisschen. Bist du mit dem Kochen fertig? Mir knurrt der Magen.«

»Oh, natürlich. Ich hole dir etwas zu essen.« Wenig später kehrte sie mit einem scharfen Hühnchencurry und Reis zurück. Es war zwar nicht unbedingt das, worauf ich im Krankenhaus Appetit gehabt hatte, schmeckte aber sehr lecker, sodass ich es im Nu hinunterschlang.

Da es kein Bettchen für Azmier gab, schlief er bei mir. Ich hatte nicht einmal andere Anziehsachen für ihn als die, die mir im Krankenhaus geschenkt worden waren.

Am nächsten Morgen kam eine Krankenschwester, um nach Azmier und mir zu sehen, und sich zu vergewissern, dass alles in Ordnung war und dass wir alles hatten, was wir brauchten. Es war mir peinlich zuzugeben, dass ich keine Kleidung für mein Baby besaß. Nachdem sie sich im Zimmer umgeschaut hatte, fragte sie mich, wo das Baby denn schliefe, und ich erklärte es ihr.

»Ich versuche, Ihnen ein Bettchen und Babysachen zu besorgen«, sagte sie.

Am selben Abend kam sie mit einem Bettchen und vier großen Tüten voller Kleidung zurück.

Während Mena und ich das Bettchen in eine Zimmerecke stellten, kramte Mutter in den Kleidern herum. Da fiel es mir wie Schuppen von den Augen: Sie hatte genau gewusst, dass die Schwester alles Nötige mitbringen würde, wenn sie nichts für Azmier anschaffte. Es machte mich wütend, dass meine eigene Familie nicht einmal neue Sachen für mein Baby kaufte, während Hanif mit allem überschüttet wurde. Mutter sortierte die Kleider zu Häufchen und räumte die weg, die ihm noch zu groß waren. Ich betrachtete den Rest. Die Kleidung war zwar gebraucht, aber noch in recht gutem Zustand und sauber. In einer Tüte befanden sich Decken. Ich nahm einige, breitete sie im Bettchen aus und legte Azmier darauf.

In den nächsten Tagen stellte ich fest, dass es großen Spaß machte, ein anderes Lebewesen zu versorgen. Meinen Sohn zu bemuttern und mich um ihn zu kümmern, war das Schönste, was ich seit langem getan hatte. Es erinnerte mich an meine Puppenspiele mit Amanda vor so vielen Jahren, nur mit dem Unterschied, dass das hier viel wichtiger und deshalb befriedigender war. Außerdem hatte mein Leben nun endlich einen positiven Inhalt – was eine gewaltige Veränderung war.

Eines Nachts, als ich Azmier stillte, beobachtete ich ihn ganz genau beim Trinken. Er hatte die Augen geöffnet und sah mich an. Als er genug hatte, senkten sich langsam seine Lider, und seine wunderschönen Wimpern flatterten, während er langsam einschlief. Ich betrachtete ihn und spürte, wie seine Brust sich beim Atmen hob und senkte. Sein Leben bedeutete mir so viel, dass ich ihm ein Versprechen gab. »Du wirst nicht dasselbe durchmachen wie ich«, flüsterte ich, damit mich niemand hörte. »Ich werde sie daran hindern. Niemand wird dich anschreien, beschimpfen, schlagen oder verprügeln. Ich schwöre, nie so etwas zu tun und es bei niemandem sonst zuzulassen. Ich werde dich davor beschützen. Du musst nicht nach ihrer Pfeife tanzen, sondern sollst ein freier Mensch sein und erblühen wie eine Blume.« Dann neigte ich meinen Kopf zu ihm hinunter und besiegelte meinen Eid mit einem Kuss auf seine Stirn.

14

Als Azmier acht Monate alt war, eröffnete Manz eine Eisenwarenhandlung, und Mena begann, dort zu bedienen. Nachdem ich monatelang die Hausarbeit mit ihr geteilt hatte, ruhte die ganze Last nun wieder allein auf meinen Schultern, und bald war ich völlig erschöpft. Außerdem musste ich feststellen, dass Mutter mich in meiner Elternrolle nicht ernst nahm und immer alles besser wusste. Ständig kritisierte sie meinen Umgang mit Azmier, verbot mir, mit ihm spazieren zu gehen, und schrieb mir vor, wie ich ihn ernähren sollte. Wenn er schrie, durfte ich ihn nicht in den Arm nehmen, denn Mutter behauptete, ich würde ihn damit nur verwöhnen.

Allerdings galten diese Regeln nicht für Sham, den Sohn von Tanvir und Saber, der einen knappen Monat nach Azmier geboren war.

Sham war bei allen Ausflügen dabei, sie durften ihm anziehen und zu essen geben, was sie wollten, und Mutter persönlich tröstete ihn, wenn er weinte.

Trotz der vielen Arbeit fand ich immer die Zeit, Azmier zu füttern und zu wickeln und mit ihm zu spielen. Er war ein fröhliches Baby und schrie kaum, jedenfalls viel seltener, als ich es von Hanifs Kindern in Erinnerung hatte. Mit vierzehn Monaten war er sauber und fing zu laufen an. Als Sham die ersten Schritte machte, überschlugen sich Tanvir und Saber förmlich vor Begeisterung. Azmiers erste Gehversuche etwa ein oder zwei Wochen später fielen außer

Mena, die ihm etwas Süßes schenkte und ihn küsste, niemandem auf.

Afzal ließ nichts von sich hören, nachdem Mutter ihm von Azmiers Geburt berichtet hatte. Keine Geburtstagskarten. Gar nichts.

Anfangs hatte ich mir gewünscht, dass Afzal kommen und für uns sorgen würde. Und da er sich nicht einmal die Mühe machte, sich nach seinem Sohn zu erkundigen, fühlte ich mich im Stich gelassen. Bald jedoch wurde mir – wie immer – klar, dass ich nicht nur mich selbst, sondern auch Azmier allein durchbringen musste. Es war meine Aufgabe, ihn zu beschützen.

Manchmal litt ich sehr darunter, und ich weinte, während Azmier in meinen Armen schlief.

Nacht für Nacht, wenn niemand zuhörte, erzählte ich ihm die Geschichten, die ich als kleines Mädchen in den Büchern im Kinderheim gelesen hatte. Die Lieder, die ich ihm vorsang, hatte ich bei Tante Peggy gelernt, wenn ich mit ihr auf dem Sofa kuschelte. Außerdem erfand ich viele Geschichten über Kinder, die in den Wäldern in Cannock Chase lebten.

Allmählich veränderte ich mich und lernte mich durchzusetzen. Ich ging mit Azmier in die Stadt, wann ich wollte, und ließ mich nicht mehr herumkommandieren, sodass ich im Laufe der Monate immer unabhängiger wurde. Dad war mir darin ein Vorbild. Als Azmier knapp zwei Jahre alt war, besuchte er uns für ein paar Tage, ging etwas besorgen, kehrte mit einer Tüte zurück und kam in die Küche, wo ich gerade stand. »Aus dem Weg!«, brüllte er. Ich zuckte zusammen, denn noch nie hatte Dad mich angeschrien. Er sah sich um und entdeckte einen Topf, den er benutzen wollte, der aber schmutzig war. »Spül ihn!«, rief er und schleuderte den Topf ins Spülbecken.

Zitternd vor Angst gehorchte ich. Unterdessen hatten Mutter, Tara und Mena den Radau gehört und eilten in die Küche.

»Was machst du da? Was willst du hier? Raus!«, kreischte Mutter.

Dad wirbelte herum. »Maul halten, du Schlampe!«, brüllte er.

Da befahl Mutter uns, ins Schlafzimmer zu laufen, während sie die Polizei verständigte.

Die anderen rannten hinaus, doch ich ließ mir Zeit und betrachtete ihn. Dad von dieser Seite zu erleben, war für mich eine aufrüttelnde Erfahrung und ein wichtiger Anstoß. Ich deutete es als Zeichen, dass ich es genauso machen musste. Wenn Dad es schaffte, konnte ich es auch. Und so fasste ich endlich den Mut, mich gegen meine Familie zu wehren.

Die Polizisten trafen ein und riefen einen Krankenwagen, nachdem Mutter ihnen erklärt hatte, er benähme sich so, weil er seine Medikamente nicht genommen habe und eine Beruhigungsspritze brauche. Dad ließ sich widerstandslos abführen. Doch für mich war etwas anders geworden, denn er hatte mir, ohne es zu wissen, etwas vermittelt.

Mutter nutzte den Besuch der Polizei, um Azmier einzuschüchtern. »Wenn du nicht brav bist, kommt die Polizei und nimmt dich mit«, drohte sie ihm. »Dann stecken sie dich ganz allein in ein Zimmer, geben dir nichts zu essen und zu trinken und schlagen dich, falls du versuchst wegzulaufen. Also musst du immer artig sein und tun, was ich dir sage.« Es machte mich sehr wütend, dass sie ihm solche Gräuelmärchen erzählte, denn er hatte danach große Angst. Aber die Worte ließen sich nicht mehr ungeschehen machen.

Noch zorniger wurde ich an dem Tag, als sie ihm befahl, mich mit *Baji* – große Schwester – anzusprechen, Menas und mein Titel für Tara. »Nein, das ist nicht richtig, ich bin seine Mutter, und er soll mich auch so nennen.« Daraufhin brüllte sie, ich sei zu jung, um Mutter zu sein, und sehe aus wie ein Mädchen. Sie wolle nicht, dass ihre neuen Freundinnen peinliche Fragen stellten. Und was war, wenn jemand zu dem Schluss kam, dass ich in meinem Alter kein Baby haben dürfe, und es mir wegnahm? Widerstrebend stimmte ich zu, weil ich mich schämte, mit vierzehn Mutter geworden zu sein. Aber sobald sie draußen war, brachte ich Azmier bei, Mum zu mir zu sagen. »Wie nennst du sie?«, fragte Mutter streng, wenn er mich in ihrer Gegenwart so ansprach. Azmier, der sich vor ihr fürchtete, rief dann rasch *Baji*, und ich bekam eine Ohrfeige für meinen Ungehorsam. Aber ich war bereit, diesen Preis zu zahlen, um zu hören, dass mein Sohn mich Mum nannte.

Bald hatte ich jede Nacht denselben Traum. Ich war sehr einsam und befand mich in einem Zimmer. Es war eine Mansarde, hoch über der Wohnung von Menschen, die ich kannte und hören konnte. Überall waren Kisten aufgestapelt, und Vitrinen voller Schmuckstücke funkelten im Dämmerlicht. Jemand – ich weiß nicht, wer – sagte, ich dürfe mir ein Stück aussuchen. Ich sah mir alle Vitrinen an, bis ich einen Kettenanhänger entdeckte, der mir am besten gefiel. Er war zwar stark angelaufen, aber mit einer strahlenden roten Rose verziert, die mir wunderschön entgegenleuchtete. Ich streckte die Hand danach aus, doch ich wachte jedes Mal auf, bevor ich sie berühren konnte. Dann lag ich da, starrte zur Decke und fragte mich, was dieser Traum wohl zu bedeuten hatte. Morgens war ich unzufrieden und gereizt.

Allerdings befreite meine neue Unabhängigkeit mich nicht von meinen alten Problemen. Nach einigen Monaten eröffnete Manz zusätzlich zu dem Eisenwarenladen noch eine Gemüsehandlung in derselben Straße und verlangte, dass Mutter morgens nicht nur Mena, sondern auch mich zur Arbeit schickte. Aber ich weigerte mich. Wer würde sich um Azmier kümmern? Bei Mutter wollte ich ihn auf gar keinen Fall lassen. »Ich will nicht kostenlos für dich arbeiten«, sagte ich. »Ich bin hier sowieso schon die Haussklavin, und jetzt verlangst du auch noch, dass ich in deinem Laden schufte.«

Und so begannen Manz' Prügelorgien wieder, die ich längst in den Tagen vor Pakistan zurückgelassen geglaubt hatte. Als ich blutend auf dem Boden lag, baute Manz sich vor mir auf. »Du wirst im Laden arbeiten!«, brüllte er. »Mum wird sich um deinen dämlichen Balg kümmern. Außerdem ist Tanvir hier. Sie kann auch für ihn sorgen.« Da wurde mir klar, dass ich keine Wahl hatte.

Bis jetzt war ich morgens freudig aufgewacht, hatte meinen Sohn in den Arm genommen, zugeschaut, wie er die

Augen öffnete, und dann den Tag mit ihm begonnen. Erst frühstückten wir, und anschließend machte ich mich an die Hausarbeit, während er zu meinen Füßen spielte. Am nächsten Morgen jedoch war ich zum Aufbruch bereit, bevor er sich bewegt hatte. Denn wenn Manz auf die Hupe drückte, erwartete er, dass Mena und ich sofort angerannt kamen. Also küsste ich Azmier nur rasch auf die Stirn und lief los, damit ich nicht in Tränen ausbrach.

Manz parkte in einer Nebenstraße, die von der belebten Hauptstraße abging. Diese wurde auf beiden Seiten von Läden gesäumt. Er marschierte voraus zum Eisenwarenladen, wo Mena wortlos den Schlüssel entgegennahm und die Tür aufschloss. »Komm mit«, befahl er mir dann, ohne sich umzudrehen. Und so trottete ich hinter ihm her die Straße hinunter bis zu einem Laden mit dem Namen *Green Pastures*, wo er das Rollgitter öffnete.

Ich betrachtete die Regale mit Dosen und Gläsern auf der einen und die Theke auf der anderen Seite des Raums. »Zuerst kümmerst du dich um die Kartoffeln«, riss Manz mich aus meinen Gedanken. »Die Säcke stehen da in der Ecke.« Er wies in den hinteren Teil des Ladens. »Du wiegst fünf Pfund auf der Waage dort ab, tust sie in eine Tüte und knotest sie zu. Die vollen Tüten stapelst du ordentlich da drüben. Wenn du fertig bist, sage ich dir, was du als Nächstes tun sollst.«

Ich machte mich an die Arbeit, aber natürlich hatte er sofort etwas auszusetzen. »So wird das nichts. Mach Platz, ich zeige dir, wie es geht.« Er nahm eine leere Tüte. »Zuerst füllst du sie.« Er gab einige Kartoffeln hinein. »Und dann wiegst du sie. Siehst du? Knapp fünf Pfunf. Das ist in Ordnung.« Ich sparte mir den Einwand, dass die Tüte nicht annähernd fünf Pfund Kartoffeln enthielt, was jeder deutlich sah, denn ich hatte keine Lust auf eine Kopfnuss. Manz hob die Tüte von der Waage, band sie zu und stellte sie neben sich auf den Boden. In diesem Moment kam ein Kunde herein. »Weitermachen. Aber ein bisschen Tempo.«

Ich wog die Kartoffeln ab, musste jedoch die ganze Zeit an Azmier denken. War er schon aufgewacht? Würde ihm jemand Frühstück machen? Oder nahmen sie ihn erst wahr, wenn er weinte?

Als ich mit den Kartoffeln fertig war, ging ich zu Manz. »Ich habe Hunger. Darf ich mir etwas zu essen holen?«, fragte ich.

»Ja, und besorg auch etwas für Mena, wenn du schon dabei bist. Aber beeil dich«, antwortete er.

Da ich nicht wusste, worauf ich Appetit hatte, beschloss ich, Mena zu fragen, was sie wollte, und dann dasselbe für mich zu kaufen. Auf dem Weg zur Eisenwarenhandlung kam ich an einer Bäckerei vorbei. In Menas Laden war nicht viel los, und sie freute sich, mich zu sehen. »Wie läuft es denn?«, erkundigte sie sich lächelnd. Ich erzählte es ihr und fragte sie dann, was sie essen wollte. »Geh bitte in die Bäckerei am Ende der Straße und hol mir ein paar Sandwiches. Ei und Mayonnaise«, erwiderte sie. Mit diesen Worten griff sie in die Kasse und gab mir einen Fünf-Pfund-Schein. Ich kaufte mir ein Pastetchen und ein Stück Sahnetorte und die Sandwiches für Mena und brachte sie ihr in den Laden, wo wir uns hinter die Theke setzten und uns unterhielten.

»Findest du es nicht langweilig, jeden Tag hier zu sein?«, wollte ich wissen.

»Eigentlich nicht. Jedenfalls ist es besser, als zu Hause rumzuhocken und von Mutter beschimpft und geohrfeigt zu werden.«

Damit hatte sie allerdings recht. Wenn ich mir nur nicht solche Sorgen um meinen Sohn gemacht hätte! »Ja. Ich hoffe bloß, dass es Azmier gut geht. Ich wünschte, ich hätte ihn mitnehmen können.«

»Ihm passiert schon nichts, Sam. Er ist ein zäher kleiner Bursche«, meinte Mena und aß den letzten Bissen von ihrem Sandwich. »Aber jetzt gehst du besser. Oder willst du, dass Manz wieder sauer wird?«

Sobald ich den Laden betrat, hatte Manz neue Aufträge für mich. »Ich zeige dir jetzt, wie die Kasse funktioniert, damit ich morgen in den Großmarkt fahren kann. Passt du auch richtig auf? Du tippst die Zahlen ein und drückst dann auf diese Taste. Mehr brauchst du nicht zu wissen. Hol ein paar Sachen und tu so, als wärst du eine Kundin, damit ich dir vormachen kann, wie es geht.«

Ich legte einige Gegenstände in einen Einkaufskorb und brachte sie zur Kasse, wo Manz mir noch einmal demonstrierte, wie man die Preise eingab. Nachdem ich es verstanden hatte, bediente ich den restlichen Tag über die Kundschaft.

Abends beim Nachhausekommen war ich todmüde. Doch als Azmier auf mich zulief und mich umarmte, fühlte ich mich gleich viel besser. Noch nie hatte mich jemand so überschwänglich begrüßt wie er, und es machte mich sehr froh. Ich drückte ihn fest an mich und bedeckte sein wunderschönes Gesicht mit Küssen, bis er zu lachen anfing. »Hattest du einen netten Tag ohne mich? Hast du mich vermisst?«, fragte ich. Er kicherte und verlangte sein Abendessen. In diesem Moment erschien Mutter und sagte, ich müsse das Abendessen zubereiten und außerdem für das Mittagessen des nächsten Tages vorkochen, damit Azmier tagsüber etwas habe.

Ich stellte Azmier auf den Boden und eilte, leise vor mich hinschimpfend, in die Küche. Den ganzen Tag hatte ich im Laden an der Kasse gestanden und wollte mich nun eigentlich hinsetzen und mich ausruhen – ebenso wie Hanif und Tanvir. Stattdessen musste ich nicht nur für alle kochen, sondern auch noch für das morgige Mittagessen sorgen. Ich bereitete genug Reis und Curry für zwei Mahlzeiten zu. Nachdem Azmier und ich gegessen hatten, legte ich ihn in sein Bettchen und ging selbst zu Bett. Um acht Uhr schliefen wir beide tief und fest.

Es schienen nur wenige Minuten vergangen zu sein, als Mena mich wach rüttelte. »Sam, Sam!«

»Was ist?«, murmelte ich schlaftrunken.

»Beeil dich. Manz kommt gleich.«

Es war genauso wie am Vortag. Da Azmier noch schlief, küsste ich ihn, und dann liefen wir los. In der Ladenstraße ging Mena in die Eisenwarenhandlung, während ich Manz folgte. Ich half ihm, die Regale einzuräumen, und besorgte dann Frühstück für Mena und für mich. »Sei in einer Viertelstunde zurück«, sagte Manz, als ich ging. »Ich muss in den Großmarkt.«

Während ich mir mit Mena einige Sandwiches teilte, vertraute ich ihr an, dass ich Angst davor hatte, allein im Laden zu sein. »Was ist, wenn etwas schiefgeht? Oder wenn ich falsch kassiere? Ich will nicht allein im Laden bleiben.«

»So ging es mir beim ersten Mal auch«, erwiderte sie. »Doch es ist nicht schlimm, wenn du einen Fehler machst. Entschuldige dich einfach bei der Kundschaft. Und falls es wirklich ein großes Problem gibt, bitte jemanden, mich zu holen. Dann schließe ich hier und helfe dir eine Weile.«

Zu meiner Überraschung fand sogar Manz aufmunternde Worte für mich. »Das kriegst du schon hin«, meinte er, bevor er ging. »Schließlich ist um diese Tageszeit nicht viel los. In etwa zwei Stunden bin ich wieder da.«

Ich hoffte, dass überhaupt niemand kommen würde, aber natürlich gaben sich die Kunden die Klinke in die Hand, sobald Manz fort war. Ich hatte so viel zu tun, dass ich gar nicht merkte, wie die Zeit verging, und bald kehrte Manz, den Lieferwagen voller Waren, zurück.

»Komm und hilf mir beim Abladen«, sagte er.

Ein »Wie ist es gelaufen?« oder »Toll, dass du es allein geschafft hast« wäre zwar nett gewesen, doch so viel Lob war bei Manz zu viel verlangt. Nachdem der Wagen abgeladen war, räumte ich den restlichen Nachmittag Regale ein und bediente die Kundschaft. Am späten Nachmittag fühlte ich mich müde und hungrig und hätte gern etwas getrunken. Doch Manz erlaubte es nicht. »Wir fahren sowieso bald nach Hause. Dort kannst du etwas trinken«, lautete seine Antwort.

Auf der Heimfahrt nickte ich ein. Als ich in der Küche Kühlschrank und Schränke durchsuchte, stellte ich fest, dass nichts fertig Gekochtes im Haus war. Da Azmier über Hunger geklagt hatte, sobald ich über die Schwelle trat, machte ich uns beiden ein Stück Toast. Allerdings mussten wir den Toast trocken essen, weil es keine Butter gab. Nachdem der erste Hunger so gestillt war, fing ich an, das Curry zuzubereiten.

»Heute keinen Reis, Sam!«, rief Mutter, die die Küchendünste gerochen hatte. »Mach *rotis.*«

Da Azmier neben mir stand, zählte ich langsam bis zehn und streckte ihr dann die Zunge heraus, was Mena zum Schmunzeln brachte. »Schau, Sam, ich helfe dir mit den *rotis*. Du kannst Azmier das erste geben. Er hat offenbar wirklich großen Hunger.«

Azmier verschlang gierig das *roti*.

»Normalerweise ist er nicht so hungrig, Mena«, meinte ich. »Ich habe den Verdacht, dass ihm den ganzen Tag niemand etwas zu essen gibt.«

An diesem Abend versteckte ich einen Teller mit Essen unter meinem Bett. »Was machst du da?«, fragte Mena, die mich dabei beobachtet hatte.

»Was glaubst du? Jetzt haben wir wenigstens etwas, wenn wir morgen nach Hause kommen.«

»Mutter sagt, uns wären in der Küche einige Dinge ausgegangen«, wandte ich mich am nächsten Abend, bevor wir nach Hause fuhren, an Manz. »Sie möchte, dass ich Brot, Eier, Butter und Milch mitbringe.«

»Gut, aber beeil dich«, schimpfte er. »Ich will schließen.«

Ich verstaute alle Dinge von Mutters Liste in einer Tüte und schmuggelte noch ein paar Schokoriegel dazwischen. Zu Hause versteckte ich die Schokoriegel unter meinem Kopfkissen und ging dann in die Küche.

»Es ist wieder nichts zu essen da«, meldete Mena. »Und ich verhungere.«

Ich legte den Finger an die Lippen, um sie zum Schweigen zu bringen, holte den Teller mit Essen, den ich gestern beiseite geschafft hatte, wärmte alles in der Mikrowelle auf und teilte es mit Mena und Azmier.

Dazu aßen wir Brot, während ich das Abendessen für die anderen kochte. Von diesem Tag an versteckte ich jeden Abend Essen, damit ich Azmier etwas geben konnte, sobald ich nach Hause kam.

Es war schrecklich, den ganzen Tag von meinem Sohn getrennt zu sein, denn es war offensichtlich, dass niemand richtig für ihn sorgte. Wenn Mena und ich das Haus betraten, war er stets hungrig. Außerdem machte sich niemand die Mühe, ihn zu baden oder ihm auch nur Hände und Gesicht zu waschen. Ich hatte keine Ahnung, was er tagsüber trieb, doch wenn ich ihn danach fragte, schien er stets guter Dinge zu sein. Doch ich wusste, dass sich niemand mit ihm beschäftigte.

Nachdem ich ihm etwas zu essen gegeben hatte, badete ich ihn, las ihm Geschichten vor, sang für ihn oder spielte mit seinen Fingern und Zehen. Dann brachte ich ihn zu Bett.

Ich litt entsetzlich darunter, dass ich ihm nicht das geben konnte, was er brauchte, nämlich ganztägige Zuwendung. Wenn ich auf dem Bett lag und zusah, wie er in seinem Kinderbettchen schlief, betete ich um ein Wunder. Ich konnte meine Wünsche nicht in Worte fassen, aber ich wusste, dass er es einmal besser haben sollte als ich. Im Laden musste ich die ganze Zeit an ihn denken und stellte mir vor, wie unser Leben aussehen würde, wenn wir einfach davonliefen. Wir würden ein kleines Haus mit einem Garten finden, wo wir den ganzen Tag im Sonnenschein zusammen spielen konnten. Dann lächelte ich in mich hinein.

»Was grinst du so?«, fragte Manz dann. »Träumst du?«

Wenn niemand im Laden war, versetzte er mir eine Kopfnuss, und der Traum war jäh zu Ende.

15

Azmiers dritter Geburtstag war ein Tag wie jeder andere, denn außer mir und Mena dachte niemand daran. Ich hatte im Laden ein paar Schokoriegel mitgehen lassen, und als wir drei allein waren, gaben wir ihm die Schokolade und gratulierten ihm zum Geburtstag. Shams Geburtstag drei Wochen später war eine völlig andere Angelegenheit. Tara brachte ihm Spielzeug mit, von Mutter bekam er neue Kleider und Tanvir und Saber überhäuften ihn ohnehin mit Geschenken.

In jener Nacht wälzte sich Azmier, der inzwischen dem Kinderbettchen entwachsen war und bei mir im Bett schlief, unruhig hin und her. Da ich das auf den aufregenden Tag schob, wollte ich ihn vorsichtig streicheln, damit er weiterschlief. Als ich ihn am Rücken berührte, zuckte er zusammen. Ich war ratlos, denn ich wollte ihn nicht wecken, um nachzusehen, was los war. Licht zu machen, kam auch nicht in Frage, da Mena dann wach geworden wäre. Also wartete ich, bis am nächsten Morgen die Sonne aufging, und lüpfte dann sein Hemd.

Mir blieb fast das Herz stehen. Denn mitten auf seinem Rücken entdeckte ich einen riesigen Bluterguss. Die Verletzung war noch frisch und konnte nicht von einem Sturz auf der Kellertreppe oder davon herrühren, dass er sich im Garten irgendwo angestoßen hatte. Lautlose Tränen rannen mir übers Gesicht. Mein kleiner Junge wurde genauso geschlagen wie ich. Ich hatte doch geschworen, ihn zu beschützen, und nun hatte ich versagt. Im nächsten Moment bemerkte ich, dass er ins Bett gemacht hatte, das passierte ihm sonst nie.

Azmier drehte sich zu mir um und lächelte, bis er meine Tränen sah. Er legte die Ärmchen um mich. »Nicht weinen, Mama«, sagte er. »Alles wird gut. Pssst.«

Ich schmunzelte, denn das waren genau meine Worte, wenn er weinte. Nachdem ich mir die Wangen abgewischt hatte, drückte ich Azmier an mich. »Du hast recht, Schätzchen. Alles wird gut.«

Dann half ich ihm in die Kleider und zog rasch das Bett ab. Seinen Pyjama und die Bettwäsche steckte ich in die Waschmaschine, damit niemand erfuhr, dass er ins Bett gemacht hatte, und ihn deshalb schlug. Wir aßen ein paar Scheiben Toast, und dann war es Zeit für mich, zur Arbeit zu gehen. Ich konnte es kaum ertragen, ihn zurückzulassen, und hatte solche Sorge, dass ihm etwas zustoßen könnte, während ich nicht bei ihm war.

Auf der Fahrt zum Laden in Manz' Auto fasste ich einen Entschluss: Wir würden fliehen. Sie hatten mir keine andere Wahl gelassen. Ich würde einen Koffer packen, und dann würden wir gehen. Ganz gleich, wohin. Nur weg von hier.

Ich wartete, bis ich eine Pause machen konnte, und erzählte Mena beim Essen von meinem Plan.

»Wo willst du denn hin?«, fragte sie.

»Keine Ahnung«, antwortete ich. »Aber sicher ist es überall besser als hier.«

»Aber wo willst du wohnen? Wovon willst du leben? Geh

nicht, Sam. Sie werden dich finden und dich umbringen oder dich für immer nach Pakistan schicken.«

Ich sah sie an. Sie hatte recht. Ganz bestimmt würden sie uns suchen. Und was würden sie dann mit mir machen? Würden sie mich tatsächlich nach Pakistan verfrachten? Sicher würden sie mich schlagen, vielleicht sogar töten. In unseren Kreisen, geschah so etwas öfter. Und da ich hier außer meiner Familie niemanden kannte, würde mich auch kein Mensch vermissen. Nicht einmal Mena würde bei der Polizei aussagen, denn dazu hatte sie viel zu große Angst. Und was sollte dann aus Azmier werden?

Gut, dann stand ich eben vor einem schwierigen Problem. Aber ich musste einen Weg finden, Azmier hier rauszuholen. Da ich nirgendwo hinkonnte, kein Fahrgeld besaß und niemanden hatte, der mich vor meiner Familie beschützte, saß ich im Moment noch hier fest. Doch mir würde schon etwas einfallen. Mir fehlte nur noch die zündende Idee.

Obwohl ich mir in den nächsten Tagen den Kopf über eine Lösung zermarterte, blieb der Geistesblitz aus. Als ich eines Abends nach Hause kam und in die Küche ging, um das Abendessen zu kochen, stand ich zu meiner Überraschung vor Mutter. Wie immer, wenn sie kochte, waren um sie herum offene Packungen und Geschirr verstreut, und die Spüle stand voller schmutziger Töpfe. *Jetzt muss ich auch noch putzen!*, konnte ich nur denken. *Warum?* »Wir erwarten morgen Besuch«, erklärte Mutter. »Hol die Butter aus dem Kühlschrank. Gib mir die Zwiebeln.«

Noch mehr hungrige Mäuler zu stopfen! Und dazu die

Unordnung! Mutter kommandierte mich herum, als sei die Küche Neuland für mich und nicht der Ort, wo ich allabendlich ihre Mahlzeiten zubereitete. »Hol mir die große Bratpfanne herunter. Spül diese Schüssel.« Beim Zwiebelschneiden verriet sie mir endlich den Grund ihrer ungewöhnlichen Betriebsamkeit. »Hadschi Osghar kommt morgen aus Pakistan. Seine Familie ist sehr reich und angesehen. Würz das Curry nicht zu scharf. Ich erledige heute Abend so viel wie möglich und koche morgen den Reis.«

Natürlich wollte Mutter unter allen Umständen verhindern, dass Hadschi Osghar nach Hause zurückkehrte und seiner Familie erzählte, sie habe ihn nicht richtig umsorgt und verpflegt. Einzig und allein aus diesem Grund stand sie jetzt in der Küche. Ich musste mir auf die Lippe beißen, um nicht laut loszulachen.

Hadschi durfte man sich nennen, wenn man auf dem Hadsch, also der Pilgerfahrt nach Mekka, gewesen war. Es war ein Ehrentitel, und so erwartete ich am nächsten Abend beim Nachhausekommen eigentlich, einen frommen und würdevollen Herrn mit Bart im Wohnzimmer vorzufinden – einen Doppelgänger des Mannes, der uns damals den Koran gelehrt hatte. Allerdings wurde ich sofort zum Abwaschen abkommandiert, ohne einen Blick auf ihn werfen zu dürfen. Meine Familie hatte nicht nur bereits gegessen, sondern sogar – zum ersten Mal – Azmier etwas abgegeben und Mena und mir die Reste übrig gelassen. Vor dem Spülen setzten wir uns also in die Küche und aßen. Gerade waren wir fertig, als es an der Küchentür klopfte. Ein glatt rasierter junger Mann in Jeans und T-Shirt kam herein.

»Hallo, ich bin Osghar. Darf ich mir die Hände waschen?« Er lächelte sympathisch und sprach so ruhig und freundlich mit uns, dass mir zunächst die Worte fehlten. In unserem Haus war solch ein höflicher Ton nicht üblich.

»Ja, natürlich«, sagte ich schließlich. Sein Verhalten war eine angenehme Abwechslung zu dem, was uns sonst bei unserer Rückkehr von der Arbeit erwartete. Als ich ihm ein Handtuch reichte, lächelte er wieder.

In diesem Moment kam Manz herein. »Bist du fertig? Lass uns gehen. Ich zeige dir die Stadt.«

Nachdem sie fort waren, starrten Mena und ich uns an und schlugen die Hände vor den Mund, damit man unser Lachen nicht hörte.

»Oh, mein Gott! Wie ein Hadschi sieht er wirklich nicht aus«, stieß ich errötend hervor. »Dazu ist er viel zu hübsch.«

Mena schnappte nach Luft. »Du bist verheiratet, Sam!«, neckte sie mich.

»Ach, ja.« Das hatte ich ganz vergessen. »Aber schauen ist schließlich nicht verboten.« Wir kicherten wieder.

Am nächsten Morgen stand ich als Erste auf. Ich weckte Mena und ging dann in die Küche. Osghar war schon dort und lächelte mir zu, als ich eintrat. Wir wünschten uns höflich einen guten Morgen, doch ich konnte ihn sonst nichts mehr fragen, da Manz erschien und meinte, wir müssten gleich los. Nachdem ich für alle Toast gemacht hatte, brachen wir auf.

Osghar begleitete Manz und mich und fuhr später mit ihm zum Großmarkt. Als sie zurückkamen, ging ich wie immer hinaus, um beim Abladen zu helfen. Aber Osghar sah mich nur mit großen Augen an und hievte die Kartons von der Ladefläche. »Danke, wir schaffen das schon«, sagte er schmunzelnd.

Ich bedankte mich mit einem Nicken und kehrte, von einem warmen Gefühl erfüllt, in den Laden zurück. Die Mitglieder meiner Familie sahen mir nur selten ins Gesicht, wenn sie mit mir sprachen, und so freundlich waren sie auch nie. Auch war ich es nicht gewöhnt, dass mich jemand ständig anlächelte, und ich genoss es sehr. Osghar war nicht nur ein angenehmer Gast, sondern zudem nett und hilfsbereit. Allerdings würde er bald wieder abreisen, und dann würde mein Leben wieder sein wie immer.

Am Abend nach dem Abwasch schickte ich Azmier zu Bett. Doch er rannte hinaus, und ich hörte, wie er zu Osghar und Mutter sagte: »Pssst, verratet ihr nicht, dass ich hier bin. Ich verstecke mich.«

Als ich ihm folgte, entdeckte ich ihn hinter dem Vorhang. »Hat jemand Azmier gesehen? Es ist Schlafenszeit«, rief ich laut. Osghar grinste und machte das Spiel mit. »Ich habe keine Ahnung.«

»Hmm. Wo mag er wohl sein?«

»Ob er im Garten ist?«, fragte Osghar, während ich mich zum Fenster schlich.

»Buh!«, kreischte ich und riss den Vorhang zurück.

Azmier lachte aus vollem Halse, als ich ihn hochhob. »Nein, ich will nicht ins Bett«, protestierte er, aber er war fröhlich und guter Dinge.

Am nächsten Tag war Manz unterwegs, und Osghar leistete mir im Laden Gesellschaft. Nachdem er eine Weile die Sonderangebote neben der Kasse hin und her geschoben hatte, meinte er zögernd: »Deine Mutter hat mir letzte Nacht eine Geschichte erzählt.«

»Worum ging es denn?«, fragte ich.

»Ich war überrascht, dass du einen dreijährigen Sohn hast, denn dafür siehst du noch viel zu jung aus. Also habe ich mich bei deiner Mutter erkundigt.«

»Und?« Ich schlang die Arme um den Leib und wartete auf sein Urteil.

»Sie sagte, du hättest in Pakistan mit einem Mann geschlafen, worauf sie dich mit ihm hätten verheiraten müssen.«

Ich spürte, wie eiskalte Wut in mir aufstieg.

»Aber ich glaube ihr nicht«, fügte er rasch hinzu, als er mein Gesicht sah.

Tränen traten mir in die Augen. Ich konnte es nicht fassen, dass meine Mutter einen Freund der Familie so unverfroren angelogen hatte. Obwohl es mich eigentlich nicht überraschen sollte, dass sie die Wahrheit derart verdrehte, tat es noch mehr weh, es aus Osghars Mund zu hören.

»Hey, entschuldige«, meinte er leise. »Ich wollte dich nicht kränken.«

»Ach, schon gut, inzwischen müsste ich an ihre Lügen gewöhnt sein«, schluchzte ich, wischte mir die Augen ab und putzte mir die Nase. »Soll ich dir die wahre Geschichte erzählen?«

Er nickte.

»Meine Mutter hat mich unter Vortäuschung falscher Tatsachen nach Pakistan gelockt, als ich dreizehn war, und mich gezwungen, einen fremden Mann zu heiraten.« Als ich ihm alles erklärte, brachen sich die so lange aufgestauten Gefühle, die Wut, die Verzweiflung, das Elend und die Einsamkeit, endlich Bahn, und ich fühlte mich gleich viel besser. Mir war gar nicht klar gewesen, wie wenig Gelegenheit ich bis jetzt gehabt hatte, mir alles von der Seele zu reden. Mit Mena konnte ich nicht offen darüber sprechen, denn sie wollte lieber gar nicht wissen, was sie möglicherweise erwartete.

»Jetzt bin ich siebzehn«, fuhr ich fort, »und habe einen dreijährigen Sohn, den ich liebe. Aber ich darf nicht bei ihm sein, sondern sitze in diesem dämlichen Laden, während er zu Hause ist. Weißt du, dass gestern der erste Tag war, an dem ich Azmier beim Nachhausekommen nicht hungrig und schmutzig angetroffen habe? Außerdem habe ich vor ein paar Tagen herausgefunden, dass sie ihn schlagen, wenn ich nicht da bin. Jetzt macht er wieder ins Bett.«

Plötzlich war es mir peinlich, dass ich einem fremden Menschen das Herz ausgeschüttet hatte. »Ich weiß nicht, warum ich dir das alles erzähle. Aber du wolltest die Wahrheit hören, und ich schwöre, das ist sie.« Natürlich kannte ich den Grund für meine Offenheit: So lange hatte ich auf einen gütigen Blick und ein freundliches Wort verzichten müssen und deshalb einfach nur darauf reagiert, dass jemand nett zu mir war.

Osghar schwieg eine Weile. »Ich weiß nicht, was ich dazu sagen soll«, meinte er schließlich. »Welche Mutter tut denn so etwas?«

In diesem Moment erschien Manz, und damit war das Gespräch zu Ende.

»Morgen hast du einen Termin mit einem Anwalt für Ausländerrecht«, wandte er sich an mich. »Er will, dass du einige Papiere unterschreibst.«

»Was für Papiere?«, hakte ich nach.

Wovon redete er?

»Wenn ich dich morgen hinbringe, unterschreib einfach und frag nicht so viel«, brüllte Manz. Osghar blickte zu Boden.

Den restlichen Abend war ich sehr still. Nach dem Abendessen kam Osghar wieder zu mir in die Küche und bat, sich die Hände waschen zu dürfen.

»Es tut mir leid, was heute passiert ist«, begann er. »Ich wollte dir nicht wehtun.«

»Schon gut. Ich musste es mir einfach von der Seele reden«, erwiderte ich. »Seit ich mit dir gesprochen habe, geht es mir viel besser.«

Als er sich mit tropfnassen Händen vom Waschbecken abwandte, reichte ich ihm ein Handtuch. Kurz berührten sich unsere Hände, und unsere Blicke trafen sich.

Da kam Tanvir herein, und der Zauber war verflogen. »Brauchst du etwas, Osghar?«

»Nein, alles bestens.«

Er legte das Handtuch weg und folgte ihr ins Wohnzimmer.

In jener Nacht fand ich keinen Schlaf. Stundenlang lag ich wach und dachte an Osghar. Etwas war geschehen, das ich nicht in Worte fassen konnte. Obwohl ich eigentlich wütend und verängstigt hätte sein müssen, hatte ich nur Osghars Lächeln vor Augen und erinnerte mich an die Berührung seiner Hände, als ich ihm das Handtuch gab.

Am nächsten Morgen bat Manz Osghar, Mena Gesellschaft zu leisten, während er mich zu meinem Termin mit dem Anwalt brachte.

Ich hatte den Termin völlig vergessen. Worum mochte es wohl gehen? Weshalb musste ich hin? Wozu brauchte ich um alles in der Welt einen Anwalt? Sollte ich geschieden werden? Gab es Schwierigkeiten mit Azmiers Geburtsurkunde? Wie gerne hätte ich Manz all diese Fragen gestellt, doch ich verkniff sie mir, weil er mich ohnehin nur beschimpft hätte. Als Mena mich ratlos ansah, zuckte ich nur fast unmerklich die Achseln.

In der Anwaltskanzlei saßen Manz und ich eine Weile schweigend im Wartezimmer. Schließlich bat uns ein hochgewachsener Mann in sein Büro und forderte mich auf, Platz zu nehmen. Ich fühlte mich plötzlich sehr klein, obwohl ich sicher bin, dass er nicht die Absicht hatte, mich einzuschüchtern. Doch sein eleganter Anzug, das geräumige Büro mit dem riesigen Schreibtisch aus Mahagoni und die Papiere, die sich darauf türmten, trugen noch zu meiner Beklommenheit bei.

»Sie müssen einige Dokumente unterzeichnen, damit Sie Antrag auf Einreise Ihres Ehemannes nach Großbritannien stellen können«, sagte der Mann.

Plötzlich geriet der Boden unter mir ins Wanken, sodass ich mich fest an die Armlehnen meines Stuhls klammern musste. *Mein Ehemann? Was?* Ich hatte nicht das Gefühl, mit diesem Mann in Pakistan verheiratet zu sein. Zorn stieg in mir auf, aber in Gegenwart des Anwalts brachte ich keinen Ton heraus. Deshalb war Manz mir also die Erklärung schuldig geblieben! Er hatte mich ebenso hereingelegt wie

Mutter, um mich in diese Kanzlei zu locken. Ich spürte, wie er mich beobachtete, damit ich bloß nichts tat, um seine Pläne zu durchkreuzen. Trotz des Surrens in meinem Schädel bemerkte ich, dass der Anwalt einige Papiere vor mich hingelegt hatte.

»Bitte unterschreiben Sie hier«, meinte er und markierte die entsprechenden Stellen mit einem Kreuz, »und hier.«

Manz beugte sich vor und stützte einen Arm neben die Papiere auf den Schreibtisch. Mit der anderen Hand bedeutete er mir, der Aufforderung des Anwalts Folge zu leisten. Für einen Außenstehenden mochte es wie eine liebevolle brüderliche Geste wirken – *»Schau, wir schaffen das gemeinsam«* –, doch ich wusste genau, dass es sich um eine Drohgebärde handelte. Da ich keine andere Wahl hatte, unterzeichnete ich mit zitternder Hand die Dokumente.

»Und dann noch hier, bitte.« Anschließend unterschrieb der Anwalt selbst »Um Ihre Unterschrift zu bezeugen«, erklärte er mir, steckte die Papiere in einen Umschlag und legte ihn in eine Aktenablage. »Vielen Dank. Ich werde Ihren Antrag an die Einwanderungsbehörde weiterleiten. Sobald ich von ihnen höre, gebe ich Ihnen Bescheid.« Mit diesen Worten stand er auf und begleitete uns zur Tür.

Auf der Rückfahrt zum Laden wechselte ich kein Wort mit Manz.

Innerlich jedoch kochte ich. Mein angeblicher Ehemann war für mich ein gesichtsloser Fremder, der mir wehgetan und außerdem keinen Versuch unternommen hatte, sich mit seinem Sohn in Verbindung zu setzen. Und nun sollte er hierher kommen! Wahrscheinlich erwartete er von mir, dass ich für ihn kochte und seine Kleider wusch.

Außerdem – beinahe hätte ich im Auto einen Schreckensschrei ausgestoßen – würde ich wieder mit ihm das Bett teilen müssen.

Nein, das nicht. Nur das nicht. Bei der bloßen Vorstellung, er könnte mich anfassen, wurde mir übel.

Offenbar hatten Mutter und Manz die Formulare an meiner Stelle ausgefüllt. Wie konnten sie es wagen! Plötzlich wurde mir klar, dass Manz vermutlich auch meine Unterschrift gefälscht hätte, wenn sie nicht von einem Anwalt beglaubigt werden müsste. Dann wäre ich eines Tages von der Arbeit gekommen, und hätte den fremden Mann vorgefunden, mit Azmier auf dem Schoß, als wäre nie etwas geschehen.

Ich war so wütend, dass ich mich abwenden und aus dem Fenster schauen musste, damit Manz es nicht merkte. Dann atmete ich langsam und tief ein und aus, um mich zu beruhigen, wie Tante Peggy es mir vor so vielen Jahren beigebracht hatte, damit ich mein Stottern in den Griff bekam. Allerdings nützte es diesmal nichts.

Als wir wieder im Laden waren, hörte ich Manz nur mit halbem Ohr zu, bis es Zeit für meine Mittagspause mit Mena war. »Schick Osghar zu mir, wenn du dort bist«, befahl er.

Sofort fing Mena an, mich auszufragen. »Worum ging es denn bei dem Termin?«

»Moment, ich erzähle es dir gleich«, antwortete ich. »Osghar, Manz möchte, dass du rüber in den anderen Laden kommst.«

»Okay, bis später«, meinte er und lächelte mir im Gehen aufmunternd zu, eine Geste, die ich leider nicht erwidern konnte.

»Los, raus mit der Sprache«, drängte Mena. »Wie war es?«

Sobald die Tür hinter Osghar ins Schloss gefallen war, berichtete ich ihr alles. »Diese Schweine haben hinter meinem Rücken die Formulare ausgefüllt, um ihn hierher einzuladen. Keinen einzigen Brief hat er mir geschrieben oder sich nach seinem Sohn erkundigt. Inzwischen ist es über drei Jahre her! Nie hat er ihm eine Geburtstagskarte geschickt. Für wen zum Teufel halten die sich eigentlich? Ich will nicht, dass er herkommt, aber ich konnte beim Anwalt nichts sagen, weil Manz mich keine Minute aus den Augen gelassen hat. Was soll ich tun, Mena, verrat mir, was ich tun soll?«

Mena war ebenso entsetzt wie ich. »Mutter und Manz laden deinen Mann ein?«

»Ja! Mena, ich kenne diesen Kerl doch gar nicht und kann mich kaum erinnern, wie er aussieht. Nur einige Monate habe ich mit ihm verbracht und bin nach Schottland zurückgekehrt, sobald ich schwanger war. Ich weiß nur noch, dass er ein grässlicher Mensch ist und mir wehgetan hat. Außerdem glaube ich nicht, dass wir richtig verheiratet sind. Das Eheversprechen gilt sicher nicht, denn ich habe ja kein Wort von dem verstanden, was der *molvi* da genuschelt hat. Er darf nicht herkommen, Mena, er darf einfach nicht.«

»Aber was willst du jetzt machen, Sam?«

»Ich weiß noch nicht, doch ich lasse mir etwas einfallen. Dass ich mit dem Kerl zusammenlebe, kommt überhaupt nicht in Frage.«

Schweigend saßen wir da. Ich wartete darauf, dass Mena mir einen Rat gab, aber sie seufzte nur und meinte: »Hast du auch solchen Hunger wie ich? Holst du mir bitte eine Tüte Pommes?«

Ich starrte sie entgeistert an. Offenbar hatte sie mich nicht richtig verstanden. »Gut, gib mir Geld.«

Ich ging zur Pommesbude und wartete gerade in der Schlange, als ich eine Hand am Arm spürte. Osghar stand da und lächelte mich an. Er war vor mir in der Schlange gewesen und zu mir nach hinten gekommen, denn ich hatte in meiner Geistesabwesenheit nicht bemerkt, dass er mich nach vorne winkte.

Nachdem wir entschieden hatten, was wir bestellen wollten, meinte Osghar: »Manz hat mir erzählt, worum es bei dem Termin ging. Und nach deinem Gesichtsausdruck zu urteilen, bist du nicht sehr froh darüber.«

Osghar kannte nach unserem gestrigen Gespräch zwar meine Geschichte, aber ich war nicht sicher, ob ich ihm meine Pläne anvertrauen sollte. Jedenfalls war jetzt nicht der richtige Zeitpunkt. Als wir die Pommesbude verließen, sagte ich deshalb zu ihm: »Wir reden später weiter. Sicher wartet Manz auf sein Essen, und wenn er uns zu oft zusammen sieht, wird er mich mit Argusaugen beobachten. Und das kann ich im Moment überhaupt nicht gebrauchen.«

Osghar nickte und ging, während ich zu Mena zurückkehrte. Wir aßen schweigend, während mir zahlreiche unausgegorene Gedanken und Strategien im Kopf herumwirbelten. Allerdings fiel mir nichts ein, was ich wirklich in die Tat umsetzen konnte.

An diesem Abend kam Mutter nach dem Essen in die Küche. »Morgen gehst du nicht in den Laden«, verkündete sie. »Ich will mit Tanvir zum Einkaufen, und du musst auf die Kinder aufpassen.« Mit diesen Worten verschwand sie.

Ich war außer mir vor Freude – ein ganzer Tag zu Hause

allein mit Azmier. Ich brachte den Abend irgendwie hinter mich, und selbst in der Nacht erschien mir meine Lage nicht mehr so düster, weil ich mit meinem Sohn zusammen sein durfte. Nachdem am nächsten Morgen alle fort waren, stand ich auf und spülte das Frühstücksgeschirr. Azmier, Sham und ich spielten Verstecken im Haus und Fangen im Garten. Danach nahm ich Azmier auf den Schoß, setzte Sham neben mich und erzählte den beiden eine Geschichte. Anschließend tollten wir wieder herum. Ich wünschte, jeder Tag wäre so schön gewesen.

Während die Jungen durch den Garten rannten, ging ich hinein, um das Mittagessen zu kochen. Da klopfte es an der Tür. Als ich aufmachte, stand der Briefträger vor mir und überreichte mir einen großen, flachen braunen Umschlag.

»Ein Brief für Sameem Aktar. Unterschreiben Sie bitte hier«, sagte er. Nachdem ich unterschrieben hatte, schloss ich die Tür und starrte auf das Kuvert. Ein Brief für mich? Von wem mochte er wohl sein? Schließlich erwartete ich nichts und kannte auch niemanden, der mir geschrieben hätte.

Als ich den Umschlag aufriss, hielt ich meinen Pass und ein Schreiben von der pakistanischen Botschaft in der Hand. Darin stand, dass man mir hiermit meinen Pass mit einem Einreisevisum für Pakistan zurückschickte.

Offenbar hatte es Mutter und Manz nicht gereicht, meinen sogenannten Ehemann unter Vortäuschung falscher Tatsachen hierher einzuladen. Es sah ganz danach aus, als wollten sie mich nach Pakistan schicken, damit ich ihn dort in Empfang nahm. In meiner Wut hätte ich am liebsten die

Wohnung verwüstet. Stattdessen ging ich ganz ruhig in mein Zimmer, versteckte den Pass unter der Matratze und kochte dann das Essen für die Jungen. Gefühllos wie ein Roboter erledigte ich den Rest der Hausarbeit. Innerlich war ich wie abgestorben. Wie konnten sie mir so etwas antun?

Als Tanvir und Mutter, beladen mit Tüten voller Stoffe zum Kleidernähen, von ihrem Einkaufsbummel zurückkehrten, hatten sie auch einen neuen Koffer bei sich. Ich erkundigte mich, was sie damit wollten.

»Ich muss nach Pakistan«, erwiderte Mutter. »Ein Notfall. Willst du mitkommen?«, fügte sie hinzu. »Nächste Woche geht es los.«

»Nein, lieber nicht«, antwortete ich so beiläufig wie möglich. »Wer kümmert sich dann um Azmier? Möchtest du jetzt zu Mittag essen?«

Nachdem ich den beiden das Mittagessen serviert hatte, flüchtete ich in die Küche, um das Abendessen in Angriff zu nehmen. Zur Abwechslung war ich froh über die Arbeit, weil sie mir die Möglichkeit gab, den anderen aus dem Weg zu gehen. Während ich so langsam und sorgfältig wie möglich die Zutaten zerkleinerte, malte ich mir die schrecklichsten Dinge aus.

Wann, so fragte ich mich, hätten sie mir denn reinen Wein eingeschenkt? Wäre Mutter wirklich in der Lage gewesen, heimlich meinen Koffer zu packen und zu Manz ins Auto zu steigen, als führen wir nur in den Laden? *Ach, da drüben ist ja der Flughafen! Was für ein Zufall, komm, lass uns verreisen.* Was hatten sie sich bloß dabei gedacht? Glaubten sie und Manz allen Ernstes, ich hätte solche Angst vor ihnen, dass ich alles mit mir machen ließe?

Um sechs Uhr kam Mena hinter Osghar und Manz zur Tür herein. Nachdem sie das Abendessen verspeist hatten, verkündete Manz, er müsse noch einmal weg und werde in ein paar Stunden zurück sein. Mutter ging zu Bett, da der Einkaufsbummel sie erschöpft hatte. Saber und Tanvir waren nicht zu Hause, und Mena meinte, sie sei müde, und legte sich gegen halb acht schlafen. Azmier schlief um acht ein.

Ich setzte mich zu Osghar ins Wohnzimmer. »Nein, alles in Ordnung, sie schlafen«, sagte ich, als er mich fragend ansah. Nachdem ich eine Weile meine auf dem Schoß gefalteten Hände betrachtet hatte, holte ich tief Luft. »Sie wollen mich nach Pakistan verschleppen, Osghar. Die Papiere, die ich bei dem Anwalt unterschreiben musste, dienen dazu, dass ich diesen Mann mit zurückbringen kann. Außerdem haben sie meinen Pass wegen eines Visums an die Botschaft geschickt. Mutter fliegt nächste Woche und will, dass ich sie begleite. Aber sie wissen nicht, dass ich ihnen auf die Schliche gekommen bin.« Ich blickte ihm ins Gesicht. »Heute, als Mutter weg war, hat der Briefträger den Pass gebracht. Sie ahnt nicht, dass ich ihn habe und dass ich über ihre Pläne im Bilde bin. Ich kann nicht nach Pakistan, Osghar, ich kann nicht. Und ich will nicht, dass dieser Mann hierherkommt. Niemals.« Meine Wut war stärker als mein Selbstmitleid, sodass ich innerlich kochte, anstatt zu weinen.

Osghar war entsetzt. Nachdem er einige meiner Worte wiederholt hatte, saß er eine Weile schweigend da. »Ich fasse nicht, dass man jemandem wie dir so etwas antun kann, Sam.« Als ich das hörte, hielt ich kurz den Atem an.

»Was willst du jetzt machen?«, fragte er.

»Ich weiß es nicht.« Ich flocht die Finger immer wieder ineinander, als wollte ich die Lösung ertasten. »Am liebsten würde ich Azmier nehmen und an einen Ort fliehen, wo sie uns niemals finden werden.«

»In ein paar Tagen reise ich ab«, meinte Osghar nach einer Weile. »Komm doch mit.«

16

Ungläubig starrte ich Osghar an. Mitkommen? *Endlich alldem hier entrinnen?*

»Ich fahre nach Manchester, um Freunde zu besuchen«, sprach er weiter.

»Was?«, stieß ich schließlich hervor. »Soll das ein Scherz sein?«

»Du willst weg. Ich will weg«, erwiderte er, als wäre es das Natürlichste der Welt. »Ich werde dich und und Azmier beschützen. Schau, ich bin deshalb hier, weil ich mir einfach ein Ticket an den entlegensten Ort gekauft habe, der mir eingefallen ist, und ins nächstbeste Flugzeug gestiegen bin. Du warst ja selbst in Pakistan und kennst die Zustände dort. Deshalb möchte ich momentan auch nicht zurück. Ich will dir nicht vormachen, dass es leicht wird, denn das wäre gelogen. Doch ich habe ein bisschen Geld gespart und werde mir Arbeit suchen. Ich verspreche dir, für dich zu sorgen.«

Während ich seiner sanften Stimme lauschte, fragte ich mich, ob das wohl das Wunder war, für das ich gebetet hatte. Hatte ich nun endlich die Lösung meiner Probleme gefunden?

»Ich muss darüber nachdenken«, antwortete ich und stand auf. Er erhob sich ebenfalls, hauchte mir einen Kuss auf die Stirn und nahm mich zärtlich in die Arme. Zum ersten Mal seit meinem Abschied aus dem Kinderheim vor zehn Jahren tröstete mich jemand anders als Mena mit einer liebevollen Umarmung. Ich fühlte mich so geborgen, dass ich gar nicht mehr losgelassen werden wollte.

Als ich am nächsten Abend nach einem ereignislosen Tag im Laden nach Hause kam, war Mutter gerade dabei, ihren Koffer zu packen. »Ich fliege morgen nach Pakistan«, verkündete sie, doch Manz fiel ihr ins Wort.

»Was ist mit Sam? Kommt sie nicht mit?«

»Ihr Pass ist noch nicht da. Schickst du sie nach, sobald er kommt, Manz?«

Ich erschauderte und konnte mir die Frage nicht verkneifen. »Warum muss ich mit? Ich will nicht«, protestierte ich.

Da spürte ich einen gewaltigen Schlag im Rücken und schrie auf. Die Knie gaben mir nach, sodass ich zu Boden stürzte. Manz ballte schon die Faust, um weiter auf mich einzuprügeln, als Osghar ins Zimmer stürmte. Sofort erfasste er die Situation und hielt Manz zurück.

»Du fliegst nach Pakistan und holst deinen Mann ab!«, brüllte Manz mit überschnappender Stimme. »Hast du kapiert? Hast du kapiert?«

»Bist du noch ganz bei Trost?«, schrie Osghar. Er schob Manz weg von mir ins Wohnzimmer und baute sich zornig vor ihm auf. »Seine Schwester oder überhaupt eine Frau zu schlagen, ist das Hinterletzte.«

Da die Tür hinter ihnen zufiel, konnte ich den Rest des Streits nicht verstehen.

Mutter sah mich verächtlich an. »Das hast du dir selbst zuzuschreiben«, sagte sie kalt. »Es geschieht dir ganz recht.«

Ich achtete nicht auf sie, weil mir etwas anderes im Kopf

herumging. Noch stärker als die Schmerzen von Manz' Schlag war meine Überraschung, weil Osghar mich verteidigt hatte. Noch nie war ein anderer Mensch für mich in die Bresche gesprungen, denn niemand besaß den Mut, sich gegen Mutter aufzulehnen – geschweige denn gegen meinen Bruder. Und dennoch hatte Osghar es getan. Für mich. Ich war ihm dankbar. Endlich war da ein Mensch, dem ich so viel bedeutete, dass er die Art, wie man mich behandelte, nicht nur in Frage stellte, sondern sogar dagegen einschritt. Und da wusste ich, dass er die Antwort auf meine Gebete war und dass ich für immer von ihm beschützt werden wollte.

Ich stand auf und schleppte mich, die Hand an den Rücken gepresst, in die Küche, wohin Mena Azmier in Sicherheit gebracht hatte. Osghar folgte mir und musterte mich eingehend.

»Alles in Ordnung?«, fragte er.

»Das war doch noch gar nichts«, erwiderte ich mit einem gezwungenen Lächeln. »Nur die Aufwärmübungen.«

Osghar füllte ein Glas mit Leitungswasser und reichte es mir. Dann nahm er ein zweites Glas und brachte es Manz, der immer noch herumbrüllte.

»Was, sie will nicht nach Pakistan? Sie fliegt, da kannst du einen drauf lassen, und wenn ich sie dazu umlegen und in einem Leichensack hinschicken muss.«

Mutter war an diesem Abend zu beschäftigt, um ihre Umgebung wahrzunehmen, und bemerkte deshalb nicht, wie glücklich ich war. Ich konnte es kaum erwarten, dass sie endlich abreiste, denn ich befürchtete, sie könnte meinen Pass finden. Ein Glück, dass sie so bald flog, denn ich hätte es sicher nicht noch einige Wochen geheim halten können, dass der Pass bereits eingetroffen war. Mutter und Manz hätten bestimmt bei der Botschaft Erkundigungen eingeholt.

In jener Nacht lag ich hellwach im Bett. Ich konnte nicht schlafen und hörte, dass Osghar und Manz sich bis zwei Uhr morgens im Wohnzimmer unterhielten. Inzwischen stand mein Entschluss, mit Osghar fortzugehen, fest. Ich konnte die Prügel nicht mehr ertragen, ebenso wenig wie die Vorstellung, dass Azmier dasselbe Schicksal erleiden könnte. Es war genug. Nein, mehr als genug. Welche Pläne Osghar genau für unser gemeinsames Leben hatte spielte keine Rolle. Alles war besser als dieser Albtraum. Auch wenn ich nicht wusste, was die Zukunft für mich bereithielt, stand eines fest: Wenn ich hierbliebe, hätte ich gar keine Zukunft. Ich mochte Osghars ruhige Art. An mehr konnte ich jetzt nicht denken. Nach Manz' Drohung, mich nötigenfalls in einen Leichensack zu stecken, kam Bleiben für mich nicht mehr in Frage. Denn wer würde sich um Azmier kümmern, wenn ich nicht mehr lebte?

Am nächsten Morgen auf der Fahrt zu den Läden sprach niemand ein Wort. Am Gemüseladen ging ich sofort nach hinten und fing an, die Kartoffeln abzuwiegen und in Tüten zu verpacken, bis Manz mich rief.

»Geh an die Kasse. Ich fahre Mutter zum Flughafen. Komm, Osghar.«

»Ich wollte mir heute eigentlich Schuhe kaufen«, erwiderte Osghar. »Kannst du mich auf dem Weg zum Flughafen in der Stadt absetzen?«

»Klar«, antwortete Manz, und Osghar ging hinaus. Mutter erinnerte Manz daran, mich unbedingt nach Pakistan zu schicken, sobald mein Pass da sei. Ich setzte eine Unschuldsmiene auf, damit sie mir meine geheimen Gedanken nicht anmerkten – *das könnt ihr vergessen!* Stattdessen lächelte ich nur und nickte ihr zu. Sie hatte die Macht über mich verloren, denn ich war nicht mehr die eingeschüchterte kleine Sam, die sich vor ihr geduckt hatte, sondern eine erwachsene Frau. Ich hatte ein Recht auf ein eigenes Leben und brauchte mir keine Vorschriften machen zu lassen. Sie hatte den Bogen überspannt. Deshalb fiel es mir leicht, dazustehen und sie reden zu lassen. Sollte sie doch sagen, was sie wollte. Bald war ich sie für immer los!

Endlich fuhren sie ab. Anstatt ihnen nachzublicken, drehte ich mich um und kehrte zurück in den Laden. Sie war fort. Nicht mehr lange, und ich würde auch weg sein.

Etwa zwanzig Minuten später kam Osghar mit leeren Händen wieder.

»Wo sind die Schuhe?«, fragte ich.

Mit einem entwaffnenden Grinsen zuckte er die Achseln. »Es gab keine, die mir gefallen hätten.«

»Dann hast du sicher nicht richtig gesucht.« Trotz meiner Angst und Nervosität lächelte ich ihn an. »Du warst ja kaum eine halbe Stunde weg.«

Plötzlich wurde seine Miene ernst. »Ich bin zurückgekommen, weil wir reden müssen. Ich lasse dich nicht allein hier. Ich liebe dich, Sam, und ich will für dich sorgen. Und auch für Azmier.« Er nahm einen Ring aus der Tasche. »Deshalb bin ich in die Stadt gefahren, Sam. Willst du mich heiraten?«

Ich erstarrte. Nur mein Herz klopfte wie wild. »Hast du vergessen, dass ich schon verheiratet bin?«

»Nein, bist du nicht.« Sein Tonfall war drängend. »Du warst noch viel zu jung und wusstest nicht, was geschah. Du hast ja nicht einmal die Trauungszeremonie verstanden. Also, ja oder nein?«

Es war, als hätte jemand einen Fleck weggewischt. Alles klang so einleuchtend. Natürlich war ich nicht wirklich verheiratet. Ich war überrumpelt worden. Mein ganzes Leben lang hatte man mich in Dunkelheit gefangen gehalten. Und nun holte Osghar mich ins Licht. Auf einmal erschien mir die Welt viel heller, und Hoffnung keimte in meinem Herzen auf. Ich hatte eine Zukunft. Ich konnte glücklich werden! »Ja, natürlich heirate ich dich!« Ich steckte mir den goldenen Ring an. »Ich habe mich letzte Nacht entschieden, mit dir zu kommen. Hier halte ich es nicht mehr aus. Und wie lautet der Plan?«

»Der Plan? Nun, deine Mutter ist fort. Das heißt, dass nur noch deine Schwägerin im Haus ist. Wir müssen einen Weg finden, deinen Koffer rauszuschmuggeln, ohne dass jemand etwas merkt.«

Da brauchte ich nicht lange zu überlegen. »Morgen will sie mit Sham zum Arzt, weil er so schlimmen Husten hat. Wenn sie weg ist, muss ich zu Hause bleiben, um auf Azmier aufzupassen. Also können wir los, sobald sie geht.« Endlich konnte ich mit Freude in die Zukunft blicken. Ich hatte Schmetterlinge im Bauch.

Osghar drückte fest meine Hand. »Bist du sicher, dass du das willst?«

Ich nickte. »Ja, ganz sicher. Ich bin mir noch nie einer Sache sicherer gewesen. Aber ich habe auch ein bisschen

Angst. Und ich muss es Mena erzählen. Ich kann nicht fort, ohne mich von ihr zu verabschieden. Sie wird Azmier vermissen.«

Osghar und ich legten uns den Plan für den nächsten Tag zurecht. Bevor er meine Hände losließ, beugte er sich vor und küsste mich sanft auf die Lippen. Den ganzen restlichen Tag spürte ich noch die Berührung.

An diesem Abend, als niemand in Hörweite war, nahm ich Mena in der Küche beiseite.

»Mena, ich muss dir etwas sagen. Jetzt, da ich weiß, was sie mit mir vorhaben, kann ich nicht mehr bleiben. Osghar hat Azmier und mich gebeten, mit ihm zu kommen. Er will mich heiraten. Ich muss es tun. Morgen gehe ich fort.«

»Was?«, rief sie aus. »Nein, nein, das darfst du nicht!«

»Pssst, nicht so laut«, zischte ich. »Wenn dich jemand hört!«

»Oh, Sam, Manz wird dich finden und töten. Und wer kümmert sich dann um Azmier?«

Sie hatte recht, was Manz betraf. Ich wusste, dass er mich so verprügeln würde, dass ich nicht mehr gehen konnte, wenn er mir auf die Schliche kam. Vielleicht würde er mir sogar noch Schlimmeres antun. Allerdings war es vermutlich meine letzte und einzige Chance.

»Pass auf«, meinte ich und umfasste fest Menas Hände. »Falls mir etwas zustößt, möchte ich, dass du für Azmier sorgst. Einverstanden?«

Sie nickte. Als sie in Tränen ausbrach, musste ich auch weinen und wir klammerten uns verzweifelt aneinander.

»Du verstehst mich doch, Mena. Ich muss es tun. Ich

kann nicht länger mit ansehen, was Azmier hier durchmacht. Er braucht Liebe und Zuneigung, keine Schläge und Knüffe.«

»Ich weiß. Und ich kann deine Gründe nachvollziehen. Ich habe einfach nur Angst, dass Manz dich finden könnte. Was dann passiert, will ich mir lieber gar nicht vorstellen.« Wir umarmten uns und vergossen noch ein paar Tränen.

Ich war überzeugt, dass Mena nichts geschehen würde. Niemand würde sich an ihr schadlos halten, denn sie hatte gelernt, sich abzugrenzen. Wenn sie jemand anschrie, fing sie an zu weinen. Wenn ihr eine Arbeit nicht passte, schnitt sie sich in den Finger oder stellte sich so ungeschickt an, dass man sie kein zweites Mal fragte. In dieser Hinsicht war sie viel talentierter als ich. Und da ihr klar war, dass sie ohnehin nie gelobt werden würde, hielt sie einfach den Kopf gesenkt und ließ die Welt über sich hinwegbranden. Sie hatte die Erfahrung gemacht, dass es manchmal besser war, nichts zu wissen, und sie hielt sich an diese Maxime. Ich war die Einzige in der Familie, die gegen diese Regel verstieß, weil ich von Tante Peggy etwas anderes gelernt hatte – der Grund, warum ich ständig um die Anerkennung meiner Familie kämpfte und nach einem Ersatz für die Liebe meiner alten Erzieherin suchte. Als ich Menas mageren Körper an mich zog, war ich sicher, dass sie nicht an meiner Stelle zum Sündenbock werden würde, wenn ich fort war.

Endlich lösten wir uns voneinander. Während wir unsere Tränen trockneten, sagte Mena: »Gib acht auf dich und pass auf meinen Lieblingsneffen auf. Versuch, dich zu melden.«

Sie hielt inne. »Nein, lieber nicht. Lass es dir einfach nur gut gehen.« Sie sah mich an, und wieder kamen ihr die Tränen. »Ich begreife es noch nicht ganz.«

»Ich hab dich lieb, Mena.«

»Ich dich auch.«

Am nächsten Morgen stand ich auf und machte Frühstück für alle. Mena kam in die Küche, bevor sie zur Arbeit musste, und umarmte mich. »Du wirst mir fehlen«, flüsterte sie. »Ich liebe dich.« Dann hob sie Azmier hoch und drückte ihn fest an sich. »Wenn du älter bist, musst du wiederkommen. Und wehe, wenn du mich vergisst. Ich liebe dich mehr als alles auf der Welt.«

Ich versuchte, den Kloß in meiner Kehle hinunterzuschlucken, als sie auf der Türschwelle stehen blieb und sich ein letztes Mal umblickte. »Auf Wiedersehen«, flüsterte ich. »Ich liebe dich.«

Dann war sie fort.

Ich hörte, wie Manz' Lieferwagen sich entfernte. So weit, so gut. Azmier nahm ich mit in mein Zimmer, damit er Menas Abschiedsworte bloß nicht Tanvir gegenüber wiederholte. Ich erzählte ihm eine Geschichte, stellte mit den Händen die handelnden Figuren dar und kitzelte ihn, um ihn zum Lachen zu bringen.

Endlich kam Tanvir herein. »Ich gehe jetzt. In einer Stunde bin ich zurück.«

»Gut«, antwortete ich so ruhig wie möglich. »Hoffentlich wird Sham bald wieder gesund.«

Als kurz darauf die Eingangstür zufiel, rannte ich zum

Fenster und spähte hinaus, bis Tamvir und Sham nicht mehr zu sehen waren. Nachdem ich sicher war, dass sie nicht umkehren würden, hastete ich ins Nebenzimmer, um einen Koffer zu holen.

Ich hatte nur diesen einen Koffer, deshalb packte ich ihn sorgfältig, obwohl ich in meiner Eile die Sachen am liebsten nur hineingestopft hätte: einige *shalwar-kameez* für mich, ein alter BH, zwei Paar Schuhe zum Wechseln, einige Schmuckstücke und mein Pass mit dem nun überflüssigen pakistanischen Visum. Den übrigen Platz füllte ich mit Azmiers Kleidern.

Azmier kam zu dem Schluss, dass es sich um ein lustiges neues Spiel handeln musste, und nahm die Sachen aus dem Koffer, sobald ich sie hineinlegte. Unter gewöhnlichen Umständen hätte ich mitgespielt, doch heute hatte ich einfach keine Zeit dafür. »Azmier, nicht jetzt, mein Schatz. Ich muss diesen Koffer packen«, wies ich ihn freundlich zurecht. »Setz dich einfach ruhig hin und schau Mummy zu. Wir fahren heute mit der Eisenbahn, wird das nicht ein Spaß?« Ich bemühte mich um einen fröhlichen Ton, damit er mir meine Angst nicht anmerkte.

Endlich war der Koffer voll. Ich schloss ihn und stellte ihn an die Eingangstür. Dann ging ich durch die Wohnung. Osghars Koffer befand sich in seinem Zimmer, und ich stellte ihn neben meinen. Ich war nicht traurig, diese Wohnung zu verlassen, denn sie war für mich nie ein Zuhause gewesen. In der Küche machte ich einen Toast für Azmier, denn ein kleiner Imbiss konnte sicher nicht schaden, da bis zur nächsten Mahlzeit womöglich einige Zeit vergehen würde.

Gerade hatte ich ihm die letzten Krümel aus dem Gesicht gewischt, als es an der Tür pochte. Obwohl ich Osghar erwartete, schlug mir das Herz bis zum Halse, während ich aufmachen ging. Ein rascher Blick durch den Spion sagte mir, dass er es wirklich war. Allerdings half auch mein erleichtertes Aufatmen nicht gegen mein Herzklopfen. Schließlich war ich im Begriff davonzulaufen. Ich hatte das Wort selbst noch nicht ausgesprochen, und als ich es jetzt tat, bekam ich feuchte Handflächen. Noch nie im Leben hatte ich solche Angst gehabt.

Ich öffnete die Tür. Unsere Blicke trafen sich, aber wir standen beide zu sehr unter Anspannung, um zu lächeln. »Bist du bereit?«, fragte Osghar.

»Ja. Hier sind die Koffer. Kannst du sie ins Taxi bringen, während ich Azmier hole?«

Ich nahm meinen Sohn in den Arm und trug ihn zur Tür. Inzwischen hatte Osghar die Koffer verstaut und hielt mir die Tür auf.

»Hast du alles?«, erkundigte er sich.

Als ich nickte, schloss er die Tür. Ohne zurückzublicken, ging ich den Gartenweg entlang zum Taxi. Es war der 17. November 1987, und ich verließ endlich meine Familie.

»Zum Hauptbahnhof bitte«, wies Osghar den Fahrer an und meinte dann zu mir: »Ich habe die Fahrkarten besorgt, bevor ich euch abgeholt habe. Der Zug fährt in zwanzig Minuten.«

Ich brachte kein Wort heraus. Auf der Fahrt saß Azmier auf meinem Schoß, sah aus dem Fenster und zeigte mit dem Finger auf seine Entdeckungen. Als wir den Bahnhof betraten, zitterte ich am ganzen Leib. Fest hielt ich Azmiers

Hand umklammert, während Osghar meinen großen Koffer und seinen kleineren hinter sich her zum Bahnsteig zog.

»Wir müssen zu Bahnsteig acht«, sagte er.

Azmier trottete neben uns her, als wir zum Bahnsteig hasteten. Am Zug trug ich Azmier hinein und suchte Sitzplätze für uns. Unterdessen verstaute Osghar das Gepäck. Beim Hinsetzen spähte ich aus dem Fenster und hielt Ausschau nach Manz oder einem anderen bekannten Gesicht. Dabei betete ich, der Zug möge endlich abfahren. Noch zehn Minuten, ein Zeitraum, in dem alles Mögliche geschehen konnte. Vor lauter Angst malte ich mir die schrecklichsten Dinge aus, obwohl ich wusste, wie albern das war. Deshalb verriet ich Osghar auch nichts davon.

Was, wenn Tanvir uns beim Nachhausekommen nicht angetroffen und Manz angerufen hatte? Vielleicht war er ja schon unterwegs hierher.

Womöglich bereits im Bahnhof!

Oder sogar im Zug, sodass er sich jeden Moment auf mich stürzen und mich an den Haaren hinauszerren würde. Mein Herz klopfte so laut, dass ich es hören konnte.

»Wo fahren wir hin, Mummy?«, fragte Azmier.

»Wir machen eine Reise mit der Eisenbahn, Schatz«, antwortete ihn und zog ihn fester an mich. »Pssst. Schau aus dem Fenster und gib mir Bescheid, wenn es losgeht.«

»Alles wird gut«, versuchte Osghar, mich zu beruhigen, und nahm mir gegenüber Platz. »In vier Stunden sind wir in Manchester. Dann rufe ich gleich meinen Freund an.«

Im nächsten Moment zuckte ich zusammen.

»Wir fahren, Mummy!« Azmier hatte recht. Der Zug hatte sich endlich in Bewegung gesetzt.

»Ja, wir fahren.« Ich umarmte ihn. Als der Zug den Bahnhof verließ, beruhigte ich mich allmählich. Meine Schultern lockerten sich, und das Herzrasen hörte auf.

Nun konnte Manz uns nicht mehr erwischen. Er konnte uns nichts mehr tun. Wir waren in Sicherheit.

Den Großteil der Fahrt verbrachten wir damit, Azmier bei Laune zu halten. Osghar lachte mit ihm über die alberne Geschichte, die ich ihm erzählte. Sie handelte von zwei ungezogenen Jungen, die den anderen Fahrgästen im Zug Streiche spielten. Dann erfand ich weitere Geschichten über Cannock Chase und die Trolle im Wald.

Azmier sah mich an. »War deine Mutter auch dort?«, erkundigte er sich in aller Unschuld.

Ein Bild stand mir vor Augen – nicht Mutter, nein, sondern Tante Peggy. »Nein, war sie nicht«, antwortete ich Azmier. Darauf drehte er sich um, schaute aus dem Fenster und benannte vergnügt jeden Gegenstand, der vorbeisauste. Ich hielt Osghars Hand. Plötzlich wurde mir etwas klar, das ich in meinem Innersten vermutlich schon immer gewusst hatte: Mutter hatte mich zwar zur Welt gebracht, aber mir nie Zuwendung, geschweige denn Liebe geschenkt. Die Frau, die mich erzogen, mich geliebt, mich Stärke gelehrt und mir die Werte beigebracht hatte, nach denen ich lebte, war Tante Peggy. Sie war mehr meine Mutter gewesen als die Frau, dich mich geboren hatte. Meine Kehle wurde ganz trocken. Osghar holte mir etwas zu trinken.

»Wo sind denn Azmiers Spielsachen?«, fragte er dann. »Ich kann ihm etwas zum Spielen aus dem Koffer holen.«

Ich schluckte. »Er hat keine Spielsachen.«

»Hast du etwa vergessen, sie einzupacken?«, hakte Osghar überrascht nach.

»Nein, er hat keine. Die Spielsachen in der Wohnung gehören alle Sham.«

Osghar starrte mich entgeistert an und schüttelte dann den Kopf.

Kurz darauf schlief Azmier, den Kopf auf meinen Schoß gebettet, ein. Osghar erklärte mir, sein Freund werde uns helfen, eine Wohnung zu finden. Er fügte hinzu, er werde sich irgendeine Arbeit suchen und Geld für uns verdienen, damit ich zu Hause bleiben und für Azmier sorgen könne. Ich sagte nicht viel, denn ich fasste es noch immer nicht richtig, dass ich tatsächlich geflohen war und in einem Zug in Richtung Süden saß, ohne dass meine Familie davon wusste. Bestimmt würde Manz Nachforschungen anstellen. Und was wären die Folgen für uns? Für uns drei? Schließlich durfte ich nicht nur an mich selbst und Azmier denken, denn Manz würde sich sicher auch an Osghar rächen, wenn er uns erwischte. Ich versuchte, mir keine Sorgen zu machen.

Stattdessen sah ich Osghar an und lächelte. Wir waren unterwegs in eine ungewisse Zukunft, ohne Geld, ohne Essen und ohne ein Dach über dem Kopf. Aber das spielte keine Rolle. Zum ersten Mal seit einer Ewigkeit erlebte ich, was es bedeutete, frei und mit einem anderen Menschen glücklich zu sein. Obwohl ich diesen Mann kaum kannte, wusste ich, dass er sanft und gütig war und mich beschützen würde. Wir waren beide in Sicherheit.

Um drei Uhr nachmittags erreichten wir Manchester.

Osghar rief seinen Freund Iqbal an, der eine Viertelstunde später erschien.

»Ich kann euch nur für ein paar Wochen unterbringen«, sagte er. »Ich habe mir gerade ein eigenes Haus gekauft und die Schlüssel zu dem Haus vom Wohnungsamt, wo ich früher gewohnt habe, noch nicht abgegeben. Dort könnt ihr eine Weile bleiben.«

Iqbal fuhr uns sofort hin und überreichte uns den Schlüsselbund.

»Der ist für die Vordertür und der für die Hintertür«, erklärte er, als er uns ins Haus brachte.

Das Haus roch muffig und war ziemlich schmutzig. Im Wohnzimmer standen ein dreisitziges schwarzes Sofa und in der Zimmerecke ein kleiner Tisch. Die Wände waren fleckig, es war kalt, und der Gaskamin schien kaputt zu sein. Der Boden war mit einem schäbigen grauen Teppich bedeckt. Die Küche befand sich im hinteren Teil des Hauses. Über der Spüle gab es ein Fenster und auf dem nackten Betonboden stand ein Herd mit vier Platten, der aussah, als hätte ihn nie jemand geputzt. Das einzige Küchenutensil war ein gespülter Topf im Waschbecken.

Wir gingen hinauf, um die Schlafzimmer zu besichtigen, die in einem etwas besseren Zustand waren als die unteren Räume. Im ersten Zimmer gab es ein Doppelbett mit einer nackten Matratze. Der Teppich war sauber, und das Fenster bot einen Blick in den Garten. Im Nebenzimmer stand ebenfalls ein Bett. Die Tapete schmückte ein Teddybärenmuster, und auf dem Boden lag ein bunter Teppich. Das Bad war völlig verdreckt. Osghar musterte mich, und ich merkte ihm an, dass er sich Sorgen machte, wie ich reagieren würde.

»Tja, hier ist wohl Großreinemachen angesagt«, meinte ich mit einem Blick auf Osghar. »Aber das bin ich ja gewöhnt«, fügte ich hinzu. »Es macht mir nichts aus, schließlich habe ich ja jahrelange Übung darin. Kein Problem also.« Da Iqbal dabei war, verkniff ich mir die Bemerkung, dass ich mich wie in einem Palast fühlte, einfach nur, weil meine Familie nicht da war. Ich würde mit Osghar und Azmier hier leben und nur für mich selbst und die Menschen, die ich liebte, putzen – ein himmelweiter Unterschied!

Wir kehrten zurück nach unten. »Gibt es in der Nähe Läden?«, fragte Osghar. »Ich muss Bettwäsche und Lebensmittel kaufen.«

»Ich fahre dich hin. Sam kann hier mit dem Kleinen warten«, erwiderte Iqbal.

Osghar umarmte mich rasch. »Ich bin gleich zurück.«

Als ich mich aufs Sofa setzte, nahm Azmier neben mir Platz.

»Mir gefällt das Haus«, sagte er. »Ist das Zimmer mit den Teddys an der Wand meins?«

»Ja. Dein eigenes Zimmer, ganz allein für dich.« Ich drückte ihn an mich.

Nach einer Weile wand er sich aus meinen Armen und lief davon. »Ich spiele jetzt in meinem Zimmer«, rief er. Ich lächelte. Azmier benahm sich wie ein ganz normaler Dreijähriger und war fröhlich, lebhaft und sorglos. Der glückliche Klang seiner Stimme und das Wissen, dass ihm nichts geschehen konnte, waren alle Risiken wert.

Während ich auf dem Sofa saß, stand mir plötzlich das Bild meiner Mutter vor Augen. Mir war klar, dass sie so wütend sein würde wie noch nie in ihrem Leben, wenn sie begreifen musste, dass ich ihr einen Strich durch die Rechnung gemacht hatte. Doch das kümmerte mich nicht. Sie war so weit weg, dass ich keine Angst mehr vor ihr zu haben brauchte. Ich legte mich aufs Sofa, lauschte dem vergnügten Kichern meines Sohnes und schlief irgendwann ein.

Zwei Stunden später kehrte Osghar mit Einkaufstüten zurück. Er hatte einige Decken und Lebensmittel besorgt. Azmier rannte die Treppe hinunter und rief Osghars Namen, worauf dieser ihm eine der Tüten reichte. »Das ist für dich«, sagte er.

»Was ist denn da drin?«, fragte Azmier.

»Wenn du es aufmachst, siehst du es«, erwiderte Osghar mit einem spitzbübischen Grinsen.

Azmier öffnete die Tüte und holte ein Spielzeugauto, Wachsmalkreiden und ein Malbuch heraus. Unten in der Tüte lagen Süßigkeiten und Chips.

»Was sagt man, Azmier?«, forderte ich ihn auf.

»Ich gehe in mein Zimmer spielen!«, verkündete er und rannte wieder nach oben.

Ich musste lachen und sparte mir die Ermahnung. »Danke«, meinte ich zu Osghar, nachdem ich mir die Glückstränen aus den Augen gewischt hatte. »Von uns beiden.«

»Bestimmt hast du Hunger«, erwiderte Osghar, ging in die Küche und stellte die Tüte mit den Lebensmitteln auf die Arbeitsfläche. »Ich habe Pappteller und Besteck gekauft«, rief er mir zu. »Aber keinen Topf, weil ich gesehen habe, dass hier einer ist.« Er öffnete eine Dose Gemüsesuppe, wärmte sie in dem Topf auf und verteilte sie in Schälchen. Dann brachte er Suppe und Brot zum Tisch im Wohnzimmer.

»Komm essen«, forderte er mich auf.

»Iss nur. Ich habe keinen richtigen Hunger.«

»Was denkst du gerade?«, fragte er mich.

Seufzend versuchte ich, meine Gedanken zu ordnen. »Ich fühle mich glücklich, aber ratlos. Ich bin sehr durcheinander. Außerdem weiß ich, dass ich nur den ersten Schritt gemacht habe und dass noch ein weiter Weg vor mir liegt. Es kann nur besser werden, doch ich habe Angst.«

Er kam zu mir hinüber und nahm meine Hand. »Du bist nicht allein. Ich bin bei dir. Also können wir unsere Verwirrung miteinander teilen. Bestimmt wird es nicht leicht, aber ich verspreche dir, dass wir es schaffen und irgendwann ankommen werden. Ganz gleich wo. Und jetzt musst du etwas essen.« Er zog mich auf die Füße.

Ich ging in den Flur und rief Azmier zu Tisch. Erst beim Essen bemerkten wir, wie groß unser Hunger war. Die Suppe war in Windeseile vertilgt, und wir verschlangen einen ganzen Laib Brot.

Danach machte ich die Betten und gab Azmier eine Decke. Da es schon spät war, sagte ich ihm, er solle sich hinlegen, was er auch ohne Widerspruch tat. Allerdings bestand er darauf, sein neues Spielzeugauto mit ins Bett zu nehmen. »Gute Nacht, Schatz, träum was Schönes.« Ich küsste ihn. »Bleiben wir hier?«, fragte Azmier. »Mir gefällt es.«

»Ja. Wir müssen zwar bald ein neues Haus finden, aber wir fahren nicht mehr zurück nach Glasgow. Und morgen suchen wir für dich einen Kindergarten, damit du ein paar

Freunde bekommst.« Wieder küsste ich ihn, setzte mich neben ihn, streichelte sein Haar und sang ihm Schlaflieder vor. Als er eingeschlafen war, schlich ich nach unten, wo Osghar auf dem Sofa saß.

»Ich glaube, ich besorge mir morgen zuerst einen Job«, meinte er. »Iqbal ist sicher, dass er mich in einer Kleiderfabrik unterbringen kann.« Er zuckte die Achseln und lächelte. »Das ist besser als nichts.« Dann stand er auf, kam auf mich zu und schloss mich in die Arme. Eigentlich hätte ich die Situation als beklemmend oder gar peinlich empfinden müssen – aber ich tat es nicht. Es war wunderschön. Also schmiegte ich mich an ihn und hob den Kopf, um ihm in die Augen zu schauen. Er küsste mich. »Wie geht es dir jetzt?«

Seine Lippen waren weich und sanft. »Gut«, murmelte ich, als er mich wieder küsste. »Sehr gut.« In diesem Moment wünschte ich mir nichts sehnlicher, als dass er mich noch einmal küssen würde.

»Wollen wir raufgehen, wo es gemütlicher ist?«, schlug Osghar vor.

Ich nickte.

Wir legten uns ins Bett und kuschelten uns aneinander. In seinen Armen fühlte ich mich wohl und geborgen. Zum ersten Mal, seit ich denken konnte, wurde ich um meiner selbst willen geschätzt und nicht, weil ich für andere eine Funktion erfüllte. Während ich so neben ihm lag, kamen die Erinnerungen daran zurück, wie glücklich ich als kleines Mädchen gewesen war, und ich weinte ein wenig, als mir klar wurde, wie wenig Grund zur Freude ich in meinem Leben gehabt hatte. Osghar hielt mich einfach im Arm, und da wusste ich, dass sich meine Gefühle nicht in meiner Liebe zu Azmier erschöpften. Ich konnte auch Osghar lieben. Die Zeit, in der ich alles in mich hineinfressen musste, war endlich vorbei. Mein Leben war plötzlich ein Traum geworden, aus dem ich gar nicht mehr aufwachen wollte.

In jener Nacht liebten wir uns nicht. Osghar streichelte nur sanft mein Gesicht, bis ich eingeschlafen war.

17

Als am nächsten Morgen die Sonne durch die Gardinen schien, fragte ich mich, wie spät es wohl sein mochte. Ich war sicher, verschlafen zu haben, und ärgerte mich über Mena, weil sie mich nicht geweckt hatte, bevor sie in den Laden fuhr.

»Guten Morgen. Wie viel Uhr ist es?« Osghar drehte sich zu mir um.

Wie hatte ich vergessen können, wo ich war? Es war gleichzeitig seltsam und wunderschön, in einem fremden Haus neben dem Mann meiner Träume aufzuwachen! Mir wurde ganz schwindelig vor Glück.

»Wie geht es dir heute?«, erkundigte sich Osghar, als ich nicht antwortete.

»Ich fühle mich so lebendig und könnte Bäume ausreißen«, erwiderte ich.

»Das muss die Liebe sein.« Er zwinkerte mir zu und nahm seine Armbanduhr vom Fensterbrett. Es war acht.

Wir überlegten gerade, ob wir aufstehen sollten, als wir Azmier rufen hörten: »Mummy, wo bist du?«

»Also raus aus den Federn«, sagten wir beide im Chor.

Ich bereitete ein einfaches Frühstück zu. Es war fertig, als Osghar nach unten kam, und wir aßen zusammen. Um zehn holte Iqbal Osghar ab, um auf Arbeitssuche zu gehen. Ich blieb bei Azmier zu Hause. Nachdem ich geputzt hatte, zog ich mich an und machte mit Azmier einen Spaziergang, um das Viertel zu erkunden. Schließlich interessierte es mich, wo wir nun lebten.

Es war sehr still. Die Straße wurde von Bäumen gesäumt, und ich konnte überall Vögel singen hören. Allerdings ging ich nicht weit, aus Angst, mich zu verlaufen. Als wir wieder zu Hause waren, half ich Azmier, sein Malbuch auszumalen. Ich betete, dass Osghar Arbeit finden würde.

Zwei Stunden später kehrte er mit der guten Nachricht zurück, dass er tatsächlich eine Stelle hatte.

»Komm mit, ich zeige dir, wo die Läden und die Bushaltestelle sind«, sagte er.

Wir schlenderten zur Hauptstraße. »Alle Busse hier fahren in die Innenstadt«, erklärte er. »Und gleich um die Ecke sind einige Läden.«

An der Hauptstraße gab es auch eine Schule.

»Oh!«, rief ich aus. »Lass uns reingehen und fragen, ob ein Kindergartenplatz frei ist.«

Ich marschierte voran zum Eingang. Die Schule war ziemlich klein. An den Wänden in der Vorhalle hingen Kinderbilder, die Jesus und Szenen aus der Bibel darstellten. Wehmütig erinnerte ich mich an meine eigene Zeit in der Vorschule, die ganz ähnlich gewesen sein musste wie diese hier, auch wenn ich sie viel größer im Gedächtnis hatte.

Als ich mich im Sekretariat nach einem Kindergartenplatz erkundigte, erwiderte die Frau, da müsse ich mit der Erzieherin sprechen. Mit diesen Worten wies sie auf eine Tür. Ich klopfte an. Eine hochgewachsene Frau machte auf und sah erst mich und dann Osghar an. Als sie Azmier bemerkte, lächelte sie.

»Was kann ich für Sie tun?«, sagte sie.

»Ich wollte wissen, ob Sie vielleicht einen Kindergartenplatz für meinen Sohn haben. Wir sind gerade erst hierhergezogen.«

Nachdem sie ein paar Fragen gestellt hatte, meinte sie, sie hätte noch einige Plätze frei. Azmier könne nächste Woche Montag anfangen. Es war zwar nur ein Vormittagsplatz, gab ihm aber wenigstens Gelegenheit, mit anderen Kindern zu spielen und Freunde zu finden.

Auf dem Heimweg begriff ich endlich, dass all das wirklich geschah. Osghar hatte Arbeit. Azmier würde den Kindergarten besuchen. Und wir hatten sogar ein Haus, das wir in ein Zuhause verwandeln konnten. Meine Gebete waren endlich erhört worden.

Unsere Hochzeit fand sechs Wochen später kurz vor Weihnachten statt. Es war eine schlichte Zeremonie, und unsere einzigen Gäste waren zwei Freunde von Osghar, die als Trauzeugen fungierten. Da wir es uns nicht leisten konnten, zur Feier des Tages in ein Restaurant zu gehen, brachte ich Azmier früh zu Bett und wir aßen zu Hause bei Kerzenschein, als Osghar abends zurückkam.

Obwohl wir jede Nacht das Bett miteinander teilten, hatten wir uns noch nicht geliebt. Wir hatten darüber gesprochen und uns geeinigt, damit zu warten, bis wir verheiratet waren. Als wir nach dem Essen nach oben und ins Bett gingen, zögerten wir nicht. Ich hatte meine Angst vor Nähe verloren, und als Osghar seine Hand nach mir ausstreckte, ergriff Leidenschaft Besitz von mir. Die schrecklichen Erinnerungen, die ich so lange mit mir herumgetragen hatte, wurden in einer Welle der Lust davongespült.

»Ich liebe dich«, sagte ich, als ich danach in seinen Armen lag.

»Ich liebe dich auch.«

Am nächsten Morgen weckte mich Osghar mit den Worten, er müsse jetzt zur Arbeit. Durch die offenen Vorhänge strömte Sonnenlicht herein.

»Musst du wirklich?«, protestierte ich.

»Ja.« Er beugte sich vor und küsste mich zärtlich, was nicht unbedingt dazu beitrug, meine Meinung zu ändern. »Und du musst aufstehen und Azmier in den Kindergarten bringen. Allerdings würde ich auch viel lieber zu Hause bleiben.«

»Gut, dann also bis heute Abend«, erwiderte ich lächelnd.

Es war der erste Tag unseres neuen Lebens.

Im Laufe der nächsten Monate gewöhnten wir uns in unserer neuen Umgebung ein. Osghar hatte eine Sechstagewoche und verdiente genug, sodass wir die Erstausstattung für den Haushalt anschaffen konnten. Wir kauften einen Kühlschrank, einen Fernseher, Geschirr und Besteck. Der Alltag spielte sich ein. Nachdem ich Azmier in den Kindergarten gebracht hatte, gönnte ich mir eine Tasse Tee und las in Ruhe. Es war paradiesisch, zu lesen, ohne dass mich jemand als faul beschimpfte oder mir das Buch aus der Hand riss. Anschließend putzte ich das Haus, und wenn es Mittag war, kochte ich und holte Azmier dann vom Kindergarten ab.

Eines Abends kam Osghar wie immer nach Hause. Wir aßen, und ich brachte Azmier zu Bett. Gerade lagen wir aneinandergekuschelt auf dem Sofa, als es an der Tür klopfte.

Es war Iqbal, der mit Osghar reden musste. Ich ging nach oben, um zu bügeln.

Ich konnte zwar ihre Stimmen hören, jedoch nichts verstehen, bis Osghar plötzlich rief: »Aber wo sollen wir hin? Wir haben noch keine Wohnung in Aussicht. Gib uns doch noch ein paar Wochen.« Mir wurde flau im Magen. Das konnte nur eines bedeuten.

Kurz darauf fiel die Tür zu, und Osghar kam nach oben. Er setzte sich aufs Bett und ließ verzweifelt die Schultern hängen. »Er hat gesagt, wir müssten morgen früh hier raus. Unsere Sachen können wir bei ihm unterstellen, bis wir eine Wohnung haben. Er hilft uns beim Transport.«

Angst stieg in mir hoch, doch ich wollte nicht, dass Osghar etwas davon merkte. Er hatte so viel für mich getan, weshalb ich es nicht ertragen konnte, dass er beim ersten Hindernis den Mut verlor. Schließlich hatte bis jetzt auch alles geklappt, obwohl so vieles hätte schiefgehen können. »Keine Sorge, Osghar, wir finden schon etwas«, meinte ich so aufmunternd wie möglich.

Allerdings konnte ich in jener Nacht nicht schlafen, weil ich ständig darüber grübelte, wo wir nun wohnen sollten. Wir hatten keine Ersparnisse, um die Kaution für eine Mietwohnung zu stellen, weil Osghars Verdienst gerade fürs Nötigste reichte. Also wandte ich mich an den Einzigen, von dem ich mir Hilfe versprach: Ich betete. Dann schlief ich ein.

Am nächsten Morgen erschien mir unsere Lage schon viel rosiger, denn ich wusste, dass wir eine Lösung finden würden. Nachdem Iqbal uns geholfen hatte, unsere Sachen in seine Garage zu stellen, machte er sich auf den Weg zur Arbeit.

»Komm, wir gehen zum Wohnungsamt«, schlug ich vor. »Sie werden uns sicher irgendwo unterbringen. Schließlich sind wir jetzt ja obdachlos.«

18

Im Wartebereich des Wohnungsamtes saß bereits ein anderes Paar mit zwei Kindern. Wir setzten uns ein Stück abseits, und Azmier lief gleich in die Spielecke. Nach einer Viertelstunde erschien eine Dame und ließ sich hinter einem Tisch mit der Aufschrift »Anträge« nieder. »Der Nächste bitte«, rief sie.

Ich warf einen Blick auf das wartende Paar. »Sie sind dran. Wir werden schon bedient«, sagten die beiden.

Also traten Osghar und ich an den Schreibtisch und nahmen Platz.

»Kann ich Ihnen helfen?«

Hoffentlich, dachte ich. »Wir haben keine Wohnung«, antwortete ich.

Die Mitarbeiterin des Wohnungsamtes, die Linda hieß, stellte uns viele Fragen. »Wie lange sind Sie schon in Manchester? Wo haben Sie in den letzten Monaten gewohnt? Ist das Ihr Ehemann? Warum arbeitet er nicht?«

Ich erklärte ihr, wie wir nach Manchester gekommen waren. Dass Osghar sehr wohl arbeitete, musste ich ihr verschweigen, weil er keine Arbeitsgenehmigung hatte, weshalb ich es natürlich nicht erwähnen durfte. Sein Visum würde in wenigen Monaten ablaufen, aber wir hatten noch keine Gelegenheit gehabt, uns auch noch darüber Gedanken zu machen. Alles zu seiner Zeit. Zuerst brauchten wir ein Dach über dem Kopf. Dann konnten wir die übrigen Probleme in Angriff nehmen. Ich erzählte der Frau, dass ich von zu Hause geflohen sei. Hier hätten wir bei einem Freund gewohnt, doch der habe uns vor die Tür gesetzt. Nun hätten wir keine Bleibe mehr. Linda hörte voll Anteilnahme zu und bat uns dann zu warten, während sie sehe, was sie für uns tun könne.

Wir kehrten zu unseren Plätzen zurück und warteten. Und warteten. Um zehn waren wir angekommen, und inzwischen war es bereits zwei. Wir hatten Hunger, und unsere Angst wuchs. In wenigen Stunden würde es dunkel werden. Wo sollten wir hin, wenn das Wohnungsamt uns nicht unterbringen konnte? Die andere Familie war vor einer Stunde gegangen. Man hatte sie in eine Notunterkunft eingewiesen, bis das Wohnungsamt eine richtige Wohnung für sie fand. Sicher würde man doch auch für uns etwas tun!

Um die Zeit totzuschlagen, erzählte ich Azmier weitere Geschichten über die Wälder von Cannock Chase, die mich an glückliche Zeiten erinnerten. Aber irgendwann wurde er unruhig und rannte wieder in die Spielecke hinüber.

Osghar sah mich erstaunt an, als ich mich an ihn lehnte und er die Tränen sah, die mir übers Gesicht liefen. »Schon gut«, meinte ich. »Ich bin nur müde.« Ich lächelte ihm zu. »Ich bin froh, mit dir hier zu sein. Natürlich nicht *hier*«, fügte ich hinzu und ließ den Blick durch die Amtsstube schweifen. »Aber zusammen mit dir. Wir schaffen das, da bin ich ganz sicher. Jemand hält seine schützende Hand über uns. Alles wird gut.«

Endlich kehrte Linda zurück. Sie hatte gute Nachrichten. »Wir könnten Ihnen eine Wohnung anbieten«, verkündete sie lächelnd. Osghar und ich sahen uns erleichtert an. »Und zwar in einem Wohnblock für Obdachlose. Dort können Sie bleiben, bis wir etwas Dauerhaftes für Sie gefunden haben.« Sie gab uns die Adresse, zeigte uns den Weg auf dem Stadtplan und fügte hinzu, der Sicherheitsdienst erwarte uns bereits.

Die Wohnung war nicht weit von unserem ehemaligen Haus entfernt. Unterwegs kauften wir Pommes, die Azmier hungrig verschlang. Als wir ankamen, erklärte uns der Wachmann die Regeln.

»Sie müssen bis zweiundzwanzig Uhr hier sein, sonst werden Sie nicht mehr reingelassen. Wenn Freunde oder Verwandte zu Besuch kommen, müssen sie sich zuerst bei mir anmelden«, sagte er streng. Er begleitete uns in den ersten Stock, öffnete die Tür der rechten Wohnung, überreichte uns die Schlüssel und ging.

Die Wohnung hatte zwei Zimmer, ein Schlafzimmer und ein Wohnzimmer, und eine sehr kleine Küche. In dem kahlen Schlafzimmer standen drei Einzelbetten an der Wand. Das zweisitzige Sofa im Wohnzimmer war sehr fleckig, der Esstisch in der Ecke am Fenster voller Kratzer. In der Küche konnte man sich kaum umdrehen. Auf der einen Seite gab es einen Elektroherd, auf der anderen eine kleine Arbeitsfläche und ein Schränkchen. Das Spülbecken befand sich unter dem Fenster gegenüber der Tür. Nun hatten wir ein Dach über dem Kopf. Es war zwar noch kein richtiges Zuhause, aber es gehörte uns. Zum ersten Mal hatte ich eine eigene Wohnung, aus der mich niemand hinauswerfen konnte – und wo mich kein Mensch herumkommandierte und schlug. Nicht einmal meine Mutter hatte hier Zugriff auf mich. Ich ging ins Schlafzimmer und legte mich hin, denn ich fühlte mich schwindelig, aber dennoch voller Tatendrang. Endlich gab es einen Ort, an dem wir alle zusammen sein konnten. Azmier legte sich neben mich.

Osghar folgte uns. »Du warst den ganzen Tag auf den Beinen«, sagte er. »Ruh dich mit Azmier aus. Ich besorge uns etwas zum Abendessen.«

Ich nickte, schloss die Augen und schlief ein. In meinem Traum schwebte ich mit Azmier und Osghar durch die Luft. Im nächsten Moment wurde ich wach gerüttelt. Als ich schlaftrunken die Augen aufschlug, beugte Osghar sich über das Bett und meldete, die Polizei stehe vor der Tür und frage nach mir.

Ich hatte so tief geschlafen, dass ich noch immer nicht ganz wach war, als ich zur Tür taumelte.

Es waren zwei Polizisten, ein Mann und eine Frau. »Sind Sie Sameem Aktar?«, erkundigte sich die Frau.

»Ja.«

»Können wir hereinkommen? Wir müssen mit Ihnen reden.« Ich zögerte einen Moment und hatte schreckliches Herzklopfen. Doch dann hielt ich ihnen weit die Tür auf. Azmier, der im Flur stand, flüchtete beim Anblick der Uniformen sofort ins Schlafzimmer, während ich die Polizisten ins Wohnzimmer führte.

»Was wollen Sie?« Da ich vom Schlafen noch einen trockenen Mund hatte, klang meine Stimme eher wie ein Krächzen.

»Wir müssen uns vergewissern, dass es Ihnen und Ihrem Sohn gut geht. Wo ist Ihr Sohn? Dürfen wir ihn bitte sehen?«, erwiderte die Polizistin.

Verdattert ging ich ins Schlafzimmer, um Azmier zu holen. Allerdings konnte ich ihn nirgendwo entdecken, bis mir klar wurde, dass er sich unter dem Bett versteckt hatte. »Ich habe nichts angestellt!«, rief er, als ich ihn ansah. »Bitte, Mummy, sag ihnen, sie sollen mich nicht mitnehmen. Ich verspreche auch, brav zu sein. Bitte, Mummy, bitte!« Es brach mir fast das Herz, als mir einfiel, dass meine Mutter ihm mit der Polizei gedroht hatte, wenn er unartig war.

Ich kauerte mich neben das Bett. »Pssst, Azmier, mein Schatz. Sie wollen dich doch nicht mitnehmen, du Dummerchen. Komm raus.« Mit diesen Worten hielt ich ihm die Hand hin. Widerstrebend kroch er unter dem Bett hervor und griff nach meiner Hand. Als ich ihn hochhob und ins Wohnzimmer trug, klammerte er sich zitternd vor Angst an mich. Ich erklärte den Polizisten, warum er sich so fürchtete.

Die Polizistin schüttelte den Kopf. Einen Moment lang sah sie sehr zornig aus, als hätten die Worte meiner Mutter sie ebenso gekränkt wie mich.

Der männliche Polizist lächelte Azmier freundlich an. »Oh, nein, junger Mann. Wir nehmen keine Kinder mit. Dann wären die Eltern nämlich sehr traurig. Wir wollen den Menschen helfen. Auch deiner Mummy. Ist das in Ordnung? Dürfen wir deiner Mummy helfen?« Azmier nickte fast unmerklich. »Sehr gut. Du bist aber ein mutiger Junge, weil du so gut auf deine Mummy aufpasst. Möchtest du mitkommen und dir das Polizeiauto anschauen?«

Azmier schüttelte zwar den Kopf, klammerte sich aber wenigstens nicht mehr an mich.

Mir hingegen wurde immer mulmiger. »Könnten Sie mir jetzt endlich erzählen, worum es geht?«, fragte ich.

»Kennen Sie jemanden namens Manz?«, erkundigte sich der Polizist.

»Ja, er ist mein Bruder«, antwortete ich. Ich sah mich nach Osghar um, doch der hatte das Zimmer verlassen, um die Wohnungstür zu schließen.

Der Polizist zog überrascht die Augenbrauen hoch. »Heute Nachmittag wurden am Stadtrand von Manchester drei Männer festgenommen. Als wir ihren Wagen durchsuchten, fanden wir einen Zettel mit Ihrem Namen und einer Adresse sowie Waffen, um Sie und Ihren Sohn zur Kooperation zu zwingen. Die Männer haben ein volles Geständnis abgelegt: Manz habe sie beauftragt, Sie und Ihren Sohn unter allen Umständen und koste es, was es wolle, nach Glasgow zurückzubringen. Für den Fall, dass Sie Widerstand leisten sollten, hatten sie andere Pläne.«

Bei diesen Worten erbleichte ich, sank aufs Sofa und drückte Azmier fest an mich.

»Was haben Sie, Sameem?«, fragte die Polizistin.

In diesem Moment kam Osghar herein. Der Polizist wiederholte seine Worte und nannte die Adresse, wo die Männer nach uns gesucht hatten. Osghar setzte sich neben mich und legte beschützend den Arm um mich.

»Das darf doch nicht wahr sein!«, stieß ich, am ganzen Leibe zitternd, hervor. »Dort haben wir bis heute Morgen noch gewohnt. Wir sind gerade erst hier eingezogen.« Tränen strömten mir übers Gesicht. »Heute Nachmittag.« Was, wenn wir noch im Haus gewesen wären? Wenn Iqbal uns heute Morgen nicht vor die Tür gesetzt hätte? »Woher hatten sie die Adresse?«, erkundigte ich mich.

Die Polizisten schüttelten den Kopf. »Sie behaupten, Ihr Bruder hätte sie ihnen gegeben.«

Osghar schnappte nach Luft. »Am Tag vor unserer Abreise habe ich mein altes Adressbuch weggeworfen, nachdem ich alle Adressen in ein neues abgeschrieben hatte. Offenbar hat er es aus dem Mülleimer geholt, als wir weg waren.«

Der Polizist nickte. »Das könnte eine Erklärung sein. Sameem, dürften wir Sie bitten, uns aufs Revier zu begleiten und eine Aussage zu machen?«

Als es an der Tür klopfte, schrak ich zusammen. »Das ist sicher Detective Constable Blackly«, meinte die Polizistin. »Ich lasse ihn rein.« Kurz darauf trat ein dritter Polizist ins Wohnzimmer und stellte sich vor.

»Ich bin erleichtert, dass Sie wohlauf sind, Sameem«, sagte er. »Wir haben Manz in Schottland festgenommen und bringen ihn her.«

»Ich will ihn aber nicht sehen«, stieß ich hervor.

»Das müssen Sie auch nicht«, beruhigte mich Detective Constable Blackly. »Wir würden uns nur freuen, wenn Sie aufs Revier kommen und eine Aussage machen würden.«

Das war der Tropfen, der das Fass zum Überlaufen brachte. Erst der Verlust unseres Hauses, dann das stundenlange Warten auf dem Amt, anschließend der Umzug in diese kleine Wohnung – und nun wurde ich auch noch von der Polizei geweckt! Vor lauter Erschöpfung konnte ich mich kaum noch auf den Beinen halten. Ich war so entsetzlich müde und hatte einfach nicht mehr die Kraft, mich heute weiter mit der Welt auseinanderzusetzen.

Obwohl ich vor meiner Familie, ihrem Hass und der Angst geflohen war, die sie mir einflößte, hatte es nun ganz den Anschein, als sei ich immer noch nicht weit genug gelaufen. »Was für eine Aussage?«, rief ich. »Ich will einfach nur in Ruhe gelassen werden, damit ich mein Leben leben kann. Warum begreift das denn niemand?« Mein Ausbruch brachte Azmier zum Weinen. Osghar nahm ihn mir aus den Armen, trug ihn hinaus und schloss die Tür.

Die Polizistin setzte sich neben mich und hielt mir die Hand, während ich um Beherrschung rang. Als ich zu weinen aufhörte, reichte sie mir ein Taschentuch, damit ich mir die Augen abtupfen konnte. »Sameem«, sagte sie, »wir werden uns um Sie kümmern. Sie müssen im Revier niemandem begegnen, den Sie nicht sehen wollen, doch wir brauchen Ihre Hilfe, damit wir verstehen, was da los ist. Es ist besser, wenn wir die Befragung dort durchführen, um Ihren Sohn nicht noch mehr zu beunruhigen. Einverstanden?« Sie lächelte mir aufmunternd zu.

Ich trocknete meine Tränen, nickte und stand auf. »Ich gebe nur Bescheid, dass ich Sie begleite«, meinte ich zu den drei Polizisten.

Dann ging ich nach meinem Sohn sehen. Osghar hatte ihm einen Keks gegeben, und nun spielte er zufrieden mit einem Teddybären und einem Lastwagen. Osghar sah mich fragend an.

»Ich muss mit, um die Aussage zu machen, und bin bald zurück. Pass auf Azmier auf.«

»Nein«, protestierte Osghar. »Wir kommen mit.«

»Ich möchte Azmier nicht aufs Revier mitnehmen«, widersprach ich. »Er spielt gerade so schön und hat heute schon genug erlebt. Du wirst dich wie immer gut um ihn kümmern.«

Widerstrebend stimmte Osghar zu.

Detective Constable Blackly begleitete mich zu einem Zivilfahrzeug und die beiden uniformierten Polizisten kehrten zu ihrem Streifenwagen zurück. Auf der Fahrt zum Polizeirevier schwieg ich, unzählige Fragen gingen mir durch den Kopf. Wie konnte Manz uns so etwas antun? Was dachte er sich bloß dabei? Was würde Mutter sagen, wenn sie davon erfuhr? Was sollte nun aus der Familie werden, wenn Manz in Haft saß und seine Läden nicht mehr betreiben konnte?

Schließlich erreichten wir das Revier. »Wissen Sie, warum Ihr Bruder das getan hat?«, erkundigte sich DC Blackly, als wir ausstiegen.

»Er wollte mich nach Pakistan schicken«, erwiderte ich. »Und wenn ich nicht freiwillig geflogen wäre, hätte er mich vermutlich unter Drogen gesetzt und in ein Flugzeug verfrachtet. Dann wäre ich irgendwo in Pakistan wieder aufgewacht.«

»Aber warum? Sie sind doch achtzehn und alt genug, selbst über Ihr Leben zu entscheiden.«

Ich zuckte die Achseln. »Jedenfalls war das sein Plan und der Grund, warum ich von zu Hause weggelaufen bin«, antwortete ich. Ich merkte dem Polizisten an, dass er noch mehr auf dem Herzen hatte, aber lieber warten wollte, bis wir in einem Vernehmungszimmer saßen. Als er mich einen Flur entlangführte, hielt ich den Kopf gesenkt und betrachtete meine Füße, um die Männer, die auf mich angesetzt worden waren, auch nicht zufällig ansehen zu müssen.

Er zeigte auf eine Tür.

»Ich rufe eine Polizistin, die Ihre Aussage aufnimmt«, meinte DC Blackly und ging davon.

Ich ließ mich auf einen der beiden Stühle nieder. Das einzige andere Möbelstück im Raum war ein kleiner Tisch. Der Raum hatte keine Fenster. Die Wände waren in einem trüben Grau gestrichen. Kurz darauf kam eine Polizistin, eine Akte in der Hand, herein.

»Hallo, Sameem, ich heiße Theresa. Wie geht es Ihnen?«, begrüßte sie mich freundlich.

»Gut«, log ich.

»Ich werde Ihre Aussage aufnehmen. Aber zuerst erzähle ich Ihnen, was passiert ist. Ein Kollege und ich haben auf der Schnellstraße drei Männer wegen einer allgemeinen Verkehrskontrolle angehalten. Im Kofferraum des Wagens haben wir Totschläger, Baseballschläger und Messer gefunden.«

Unwillkürlich schnappte ich nach Luft, als ich das hörte.

»Wir haben die Männer festgenommen und aufs Revier gebracht«, fuhr sie fort. »Bei der Vernehmung stellte sich dann heraus, dass sie Geld dafür bekommen sollten, Sie und den Jungen zu entführen und nach Schottland zurückzubringen. Nach der Tat hätten sie den Rest der Bezahlung erhalten. Im Verhör nannten sie Manz als die Person, die ihnen das Geld gegeben habe. Einer der Männer hatte einen Zettel mit Ihrem Namen, dem Ihres Sohnes und Ihrer Adresse in der Tasche. Sie haben gesagt, sie hätten den Auftrag gehabt, Sie zu erledigen und den Jungen zu entführen, falls es ihnen nicht gelingen sollte, Sie zum Mitkommen zu bewegen.«

Ich begann zu zittern und malte mir aus, was wohl geschehen wäre, wenn sie uns gefunden und die Waffen im Auto gegen mich verwendet hätten. Denn ich hätte ihnen weder Azmier ausgeliefert noch hätte ich mich verschleppen lassen.

»Alles in Ordnung?«, erkundigte sich die Polizistin mitfühlend. »Soll ich Ihnen etwas zu trinken besorgen?«

»Wir sind erst heute Morgen aus diesem Haus ausgezogen«, erwiderte ich mit bebender Stimme und blickte zur Decke. Ganz sicher hielt jemand seine schützende Hand über uns.

»Wollen Sie wirklich sofort anfangen? Lassen Sie mich Ihnen zuerst ein Glas Wasser holen.«

Theresa ging hinaus und kehrte kurz darauf mit dem Wasser zurück.

»Okay, beginnen wir«, sagte sie.

Ich hatte gedacht, dass meine Aussage nicht lange dauern würde, doch es wurden zwei Stunden daraus. Theresa erkundigte sich nach jeder Einzelheit und schrieb alles sorgfältig auf, damit ich es nachlesen und unterzeichnen konnte.

Anschließend war ich erschöpft und sprach auf der Rückfahrt im Polizeiauto kein Wort.

Als ich nach Hause kam, schlief Azmier schon. Dennoch legte ich mich neben ihm aufs Bett und drückte ihn fest an mich.

Nachdem ich ihn zugedeckt hatte, ging ich ins Wohnzimmer, um Osghar alles zu erzählen.

»War es sehr schlimm?«, fragte Osghar, als ich fertig war. »Es muss schrecklich gewesen sein, zwei Stunden lang darüber zu sprechen. Ich habe mir solche Sorgen gemacht. Ich liebe dich. Und du hast recht. Jemand hält seine schützende Hand über uns. Hoffentlich bleibt das auch so.«

19

Am nächsten Morgen beim Aufwachen fühlte ich mich nicht wohl. Mir brummte der Schädel, und mir war übel. Obwohl das nach den Ereignissen des letzten Tages kein Wunder war, bestand Osghar darauf, mich zum Arzt zu bringen.

Nachdem die Ärztin sich nach meinen Symptomen erkundigt hatte, bat sie mich, mich auf ein Bett hinter einem Wandschirm zu legen. Osghar wartete auf der anderen Seite. Die Ärztin tastete meinen Bauch ab. »Wussten Sie, dass Sie schwanger sind?«, sagte sie.

»Was?«, riefen Osghar und ich im Chor aus.

Sie lachte auf. »Das beantwortet meine Frage. Ich muss noch ein paar Tests durchführen, um auf Nummer sicher zu gehen, aber meiner Schätzung nach sind Sie im dritten Monat.« Osghar kam um den Wandschirm herum und umarmte mich. »Also kann ich Ihnen keine Medikamente verschreiben«, fuhr die Ärztin fort. »Außerdem sind Ihre Symptome in der Schwangerschaft ganz normal.«

»Wir kriegen noch ein Baby«, meinte Osghar grinsend. Ich drückte ihn an mich und fühlte mich gleichzeitig ängstlich und glücklich, und liebte ihn in diesem Moment noch mehr: »*Noch* ein Baby«, hatte er gesagt. Obwohl ich nie an seiner Liebe zu Azmier gezweifelt hatte, war das ein eindeutiger Beweis dafür.

In den nächsten Monaten mussten wir viel planen. Es machte mir zu schaffen, dass wir keine richtige Wohnung hatten, in der Azmier aufwachsen konnte – ganz zu schweigen von einem zweiten Baby. Mein Bauch wuchs und wuchs, meine Füße schwollen an, und ich litt an Nasenbluten.

Als ich mit Azmier schwanger gewesen war, hatte Mutter mir verboten, die vom Arzt verschriebenen Tabletten zu nehmen, und zwar mit der Begründung, das Kind könne davon zu groß werden, sodass ich Schwierigkeiten bei der Geburt haben würde. Diese Warnung geisterte mir immer noch durch den Kopf, sodass ich die Eisentabletten, die die Ärztin mir gab, nicht schluckte. *Wegen Mutter.* Trotz allem, was sie mir angetan hatte, nahm ich das, was sie sagte, weiterhin für bare Münze. Allerdings ging ich diesmal zu sämtlichen Vorsorgeuntersuchungen. Meistens kam Osghar mit; manchmal blieb er auch zu Hause und passte auf Azmier auf.

Die zweite Schwangerschaft unterschied sich sehr von der ersten, da ich nicht mehr das Gefühl hatte, von den Krankenschwestern schief angesehen zu werden. Sie behandelten mich wie jede andere Mutter, und Osghar veranstaltete ein solches Tamtam um mich, dass es mir manchmal zu viel wurde. Wenn mir übel war, bestand er darauf, dass ich die Füße hochlegte. Außerdem verbot er mir die Hausarbeit, was ich jedoch nicht als Wohltat, sondern eher als verunsichernd empfand. Da ich noch nie erlebt hatte, wie jemand Aufhebens um mich machte, konnte ich damit nicht umgehen und fühlte mich seltsamerweise meiner Unabhängigkeit beraubt. Also behauptete ich, es ginge mir gut, auch wenn das nicht stimmte. Ich riss alles im Haushalt an mich, holte Azmier vom Kindergarten ab, machte ihm etwas zu essen und sank dann erschöpft aufs Sofa. So sehr hatte ich mich daran gewöhnt, mich für andere krumm zu schuften, dass ich gar nicht in der Lage war, kürzerzutreten und auch einmal an mich zu denken. Ich wollte stark genug sein, um alle Probleme allein zu schultern – oder besser, ich glaubte, dass ich es sein musste. Deshalb hielt ich es für meine Aufgabe, die Behörden abzuklappern, damit wir endlich eine richtige Wohnung bekamen, mich um Osghars Aufenthaltsgenehmigung zu kümmern und für meine Familie zu sorgen.

Jede Woche ging ich zu Fuß in die Innenstadt – ich hatte kein Geld für den Bus –, um auf dem Wohnungsamt nachzufragen, ob endlich ein öffentlich gefördertes Haus frei geworden sei. Aber ich erhielt immer dieselbe Antwort: »Nein, tut mir leid, wir haben noch nichts.«

Es war zum Verzweifeln. Osghar brauchte eine dauerhafte Adresse, die er bei der Einwanderungsbehörde angeben konnte, denn er hatte eine Aufenthaltsgenehmigung beantragt, und zwar mit der Begründung, er sei mit einer britischen Staatsbürgerin verheiratet. Ständig befürchtete ich, man könnte ihm nicht erlauben, bei mir zu bleiben. Was, wenn er ausgewiesen wurde? Wie sollte ich dann mit zwei Kindern, ohne Wohnung und so wenig Geld zurechtkommen, dass es kaum für das Nötigste reichte? Jeden Tag betete ich, dass unsere Lage sich endlich besserte. Ich wollte doch nur ein Dach über dem Kopf und eine Aufenthaltsgenehmigung für Osghar, damit wir weiter zusammenleben konnten. War das wirklich zu viel verlangt?

Zwei Wochen vor der Geburt kam endlich der lang ersehnte Anruf.

»Ein Haus ist frei geworden. Nicht weit entfernt von Ihrer jetzigen Adresse. Um elf Uhr wird Sie ein Mitarbeiter des Wohnungsamtes dort erwarten, damit Sie sehen können, ob es Ihnen gefällt«, sagte die Frau.

»Ich nehme es!«, rief ich und unterdrückte einen Freudenschrei. »Es ist mir egal, wo es steht, solange es nur vier Wände und ein Dach hat!«

Ich freute mich so auf ein richtiges Zuhause, dass wir schon um halb elf vor dem Haus in Moss Side standen und auf den Mitarbeiter des Wohnungsamtes warteten. Es war ein kleines Reihenhaus ohne Vorgarten, sodass man aus der Eingangstür direkt auf den Gehweg trat. Wir spähten durch das Fenster ins Wohnzimmer, das recht klein und schwarzweiß tapeziert war. Alles sah sehr sauber aus, und wir wussten auf den ersten Blick, dass wir dort glücklich sein würden. Oben gab es zwei Schlafzimmer, ein größeres, in das ein Doppelbett passte, und ein kleineres, das sich ausgezeichnet für einen dreijährigen Jungen eignete. Der Platz in der Wohnküche reichte für einen Esstisch und ein Sofa.

Endlich hätten wir ein Dach über dem Kopf, etwas, wo wir auf Dauer bleiben konnten, damit unser Baby nach der Geburt nicht obdachlos war. Allerdings gab es im Haus keine Möbel, und wir hatten bis jetzt immer nur möbliert gewohnt. »Worauf sollen wir schlafen?«, fragte ich.

»Ich bekomme heute meinen Lohn«, antwortete Osghar. »Dann kaufe ich uns ein gebrauchtes Bett. Außerdem müssen wir ja nicht sofort aus der Obdachlosenunterkunft ausziehen. Ich bin sicher, dass man uns ein paar Tage Zeit lässt, um alles zu organisieren.«

Als wir abends in unsere Wohnung zurückkehrten und uns zum Schlafen auszogen, bemerkte ich, dass ich außergewöhnlich müde war.

Am nächsten Tag ging Osghar zur Arbeit, versprach jedoch zum Mittagessen zurück zu sein. Während Azmier seine Spielsachen in Tüten verstaute, packte ich unsere Kleider in einen Koffer. Obwohl ich kaum etwas getan hatte, war ich so erschöpft, als hätte ich den ganzen Vormittag hart gearbeitet. Als Osghar hereinkam, lag ich auf dem Bett und sagte ihm, dass ich mich nicht wohlfühlte und Bauchschmerzen hatte.

»Das ist sicher nur die Aufregung wegen des Umzugs«, meinte Osghar.

Ich war anderer Ansicht, denn diese Krämpfe kannte ich. Also zählte ich mit, bis sie in Abständen von etwa sieben Minuten auftraten. Um halb eins teilte ich Osghar mit, die Geburt habe angefangen.

»Bist du sicher?« Panik stand ihm in sein sonst so ruhiges Gesicht geschrieben. »Kriegst du wirklich jetzt gleich das Baby?«

Ich erinnerte mich an Azmiers Geburt. »Nein, das dauert wahrscheinlich noch eine Weile«, antwortete ich deshalb.

Aber Osghar wurde immer nervöser und eilte zur Telefonzelle, um ein Taxi zu rufen. Kurz darauf war es da, ein Glück, denn anderenfalls hätte ich das Baby vermutlich zu Hause zur Welt gebracht. Als wir uns dem Krankenhaus näherten, wurden die Wehen immer stärker, und um viertel vor eins schleppte ich mich in gekrümmter Haltung zum Empfang.

»Ich glaube, mein Baby kommt«, keuchte ich der Frau

entgegen. »Die Wehen sind noch auszuhalten, werden aber stärker.«

»Können Sie gehen?«, fragte die Krankenschwester, die auf mich zueilte. »Ich bin gleich zurück«, fügte sie hinzu, ohne eine Antwort abzuwarten. Wenige Sekunden später erschien sie mit einem Rollstuhl. »Setzen Sie sich, meine Liebe, ich bringe Sie sofort auf die Wöchnerinnenstation.«

Ich nahm im Rollstuhl Platz. Osghar und Azmier liefen mit besorgten Mienen neben mir her. Auf dem Weg zur Wöchnerinnenstation erklärte ich Azmier, dass er bald einen kleinen Bruder oder eine kleine Schwester zum Spielen haben werde. »Hoffentlich wird es ein Bruder«, flüsterte Azmier mir zu, bevor die Schwester mich in den Kreißsaal schob. Ich lächelte.

Im Kreißsaal reichte mir eine andere Schwester ein Krankenhausnachthemd. Zwei weitere Schwestern stöpselten Geräte ein und zogen Kabel. Nachdem ich mich umgezogen hatte, half mir eine Schwester auf das Bett. Ihre Kollegin verkabelte mich mit den Geräten. Inzwischen waren die Wehen sehr stark, und ich hatte das Bedürfnis zu pressen.

»Sie können doch unmöglich schon so weit sein«, sagte die Schwester. »Ich habe noch gar nicht nachgesehen, ob der Muttermund richtig geweitet ist. Warten Sie!«

»Ich kann aber nicht warten!«, rief ich

Die andere Krankenschwester eilte hinaus, um die Hebamme zu holen. In diesem Moment platzte die Fruchtblase, und die Wehen verwandelten sich in entsetzliche Schmerzen. Es fühlte sich an, als kralle sich etwas in meine Wirbelsäule ein und verdrehe sie, so heftig waren die Wehen. Ich konnte mich nicht erinnern, dass es bei Azmiers Geburt so schlimm gewesen wäre. »Es tut weh!«, schrie ich. »Ich will etwas gegen die Schmerzen. Gebt mir etwas gegen die Schmerzen.«

»Dafür ist es zu spät. Das Baby kommt. Pressen, Sam, pressen!«

Die Hebamme trat ein und warf einen Blick zwischen meine Beine. »Sollte das eine Hausgeburt werden?«, fragte sie.

»Nein«, ächzte ich. Es war, als würde ich innerlich zerrissen.

»Ich kann den Kopf sehen«, verkündete die Hebamme. »Nur noch ein paar Mal pressen.«

Ich presste und presste, hörte einen Schrei – war das ich? – und dann ein leises Wimmern.

»Es ist ein Junge!«

Um zehn nach eins hielt ich Asim in den Armen. Die Schwestern hatten kaum Zeit gehabt, mich in den Kreißsaal zu bringen.

Ich war erschöpft.

Bis jetzt hatte ich immer geglaubt, dass ich nur eine begrenzte Menge an Liebe geben konnte, doch das war ein Irrtum gewesen – denn als ich das kleine Bündel an mich drückte, wurde ich von Liebe durchströmt. Ich hatte befürchtet, meine Liebe zwischen meinen beiden wundervollen Söhnen aufteilen zu müssen, aber nun floss ich über vor Liebe für Azmier, Asim und Osghar. Es war ein Wunder.

Kurz darauf kam Osghar mit tränenüberströmtem Gesicht herein. »Die Schwester hat mir gesagt, dass es ein Junge ist«, meinte er und umarmte mich fest.

Ich nickte nur. Es war so tröstend und erleichternd, dass ich diesmal nicht allein war.

Azmier erschien neben ihm. »Darf ich ihn sehen? Darf ich ihn sehen?«, fragte er aufgeregt.

»Ja, komm her«, antwortete ich und streckte die Arme aus. »Du musst mich loben. Dein Wunsch ist nämlich in Erfüllung gegangen. Du hast einen kleinen Bruder.«

Nachdem wir uns noch einmal umarmt und geküsst hatten, legte eine Schwester Osghar die Hand auf die Schulter. »Könnten Sie bitte draußen warten, während wir Ihre Frau versorgen? Anschließend bringen wir sie auf die Station. Sie können ja schon einmal vorgehen.«

»Wir lieben dich«, sagte Osghar. Die beiden winkten, und Azmier warf mir eine Kusshand zu.

Ich winkte zurück. »Bis gleich.«

Auf der Station wurde ich schon von Osghar und Azmier erwartet. Der kleine Asim schlief in seiner Wiege am Fußende des Bettes. Nachdem ich ihn geküsst hatte, legte ich mich hin.

»Du siehst müde aus.« Sanft strich Osghar mir eine Haarsträhne von der Wange. »Ruh dich aus. Wir fahren in die Stadt und kaufen Babysachen. Am Abend kommen wir wieder und besuchen dich.«

Ich konnte gerade noch nicken, bevor ich einschlief. Eine Krankenschwester weckte mich und teilte mir mit, dass mein Baby schrie. »Haben Sie schon entschieden, ob Sie stillen oder mit dem Fläschchen füttern wollen? Er scheint Hunger zu haben.«

»Auf jeden Fall stillen«, erwiderte ich.

Die Schwester reichte mir Asim und schloss den Vorhang um das Bett.

Osghar und Azmier besuchten mich täglich im Krankenhaus. Am vierten Tag wurde ich entlassen, und Osghar hatte ein Taxi gerufen, um uns nach Hause zu bringen.

Als wir an unserem neuen Haus ankamen, stellte ich fest, dass Osghar es bereits eingerichtet hatte. Für das gebrauchte Sofa hatte er zwanzig Pfund bezahlt und außerdem für Azmier eine alte Campingliege besorgt. Für unser Schlafzimmer hatte er eine neue Matratze gekauft und sie auf den Boden gelegt.

»Mehr konnte ich mir nicht leisten, aber es ist wenigstens ein Anfang«, meinte er.

»Und ich habe Anziehsachen für Asim besorgt, Mummy«, verkündete Azmier stolz. »Schau.« Er zog die Kleider aus einer Tüte.

»Die hast du aber gut ausgesucht.«

Wir standen im Wohnzimmer. Asim schlief in meinem Arm. Osghar legte den Arm um meine Taille und zog mich an sich. Azmier umklammerte mein Knie und betrachtete lächelnd seinen kleinen Bruder. Nun hatte ich eine wundervolle Familie.

Ich hatte sehr darunter gelitten, dass ich Azmier bei seiner Geburt nichts hatte bieten können. Nun, bei Asim, brauchte ich mir darüber keine Sorgen zu machen, denn Osghar würde sich um die praktischen Dinge kümmern.

Und das Schönste war, dass ich nicht mehr allein sein würde. Es war das wunderbarste Gefühl, das ich je kennengelernt hatte. Ich kuschelte mich enger an Osghar und küsste ihn auf die Wange. »Das Leben ist schön«, sagte ich.

Allerdings blieb mir ein weiteres Trauma nicht erspart: Zwei Monate nach Asims Geburt wurde der Prozess gegen Manz eröffnet. Ich blieb der Verhandlung fern, mit Ausnahme des Tages, an dem ich meine Aussage machen musste. Der Polizist, der mich in den Gerichtssaal begleiten sollte, besuchte mich am Tag davor. »Wir wissen, dass einige Mitglieder Ihrer Familie im Gerichtssaal sein werden«, meinte er. »Sicher sind sie morgen auch da, denn sie lassen sich keinen Tag entgehen. Wenn wir hereinkommen, senken Sie am besten einfach den Kopf, sprechen nicht mit ihnen und sehen sie nicht an. Einverstanden?«

Ich nickte nur, denn ich hatte meine eigenen Pläne.

Am nächsten Morgen zog ich meine neuesten, schicksten Sachen an, Kleider, die meine Familie mir nie gekauft hätte. Und als wir das Gerichtsgebäude betraten, sah ich Mutter ins Gesicht. Sie starrte mich an, und ich erwiderte ihren Blick. Hoch erhobenen Hauptes folgte ich meinem Begleiter ins Wartezimmer. Ich war stolz auf mich – stolz darauf, heute hier zu sein, und stolz, weil ich mich gegen sie und die anderen durchgesetzt hatte und nun von meiner eigenen liebenden Familie zu Hause erwartet wurde.

Manz wurde der Verabredung zur Entführung für schuldig befunden und zu vier Jahren Haft in Manchesters berüchtigtem Strangeways-Gefängnis verurteilt.

20

Ich war gerne Mutter, denn die Nähe zu meinen Söhnen bedeutete mir sehr viel. Wenn ich in den folgenden Monaten und Jahren Azmier vom Kindergarten abholte, standen die anderen Mütter oft plaudernd vor dem Tor. Ich nickte ihnen im Vorbeigehen zu, und manchmal sprachen sie mich auch an. Oft wiesen sie auf Asim in seinem Kinderwagen und meinten lachend: »Ich wette, Sie können es kaum erwarten, dass er in den Kindergarten kommt, damit Sie Ihre Freiheit wiederhaben.« Ich jedoch lächelte und nickte nur höflich, während ich mir insgeheim dachte, dass ich es mit dem Kindergarten gar nicht eilig hatte. Ich wollte so viel Zeit wie möglich mit meinem Sohn verbringen.

Seit Manz hinter Schloss und Riegel saß und ich Gelegenheit gehabt hatte, meiner Mutter an jenem Tag bei Gericht als freie Frau gegenüberzutreten, fühlte ich mich ein wenig ausgeglichener. Azmier kam in die Schule, schloss Freundschaften, und berichtete von seinem Tag, wenn ich ihn danach fragte. Abends nahm ich mir immer die Zeit, ihm bei den Hausaufgaben zu helfen. Nach einer Weile geriet ich mit den anderen Müttern ins Gespräch. Sie plauderten über dieses und jenes, zum Beispiel darüber, was sie tun wollten, wenn sie nach Hause kamen, was ihre Kinder am letzten Abend angestellt hatten und wie es vor ein paar Tagen im Pub gewesen war. Obwohl ich nicht viele Gemeinsamkeiten mit ihnen hatte, stellte ich mich zu ihnen und wurde allmählich in die Unterhaltungen einbezogen. Auf diese Weise lernte ich einige von ihnen gut kennen. Und so wurde ich nach einer Weile im Viertel heimisch und hatte das Gefühl, endlich dazuzugehören.

Osghar und ich strengten uns an, um unserer Familie ein angenehmes Leben zu ermöglichen. Er lernte Englisch und wurde schließlich britischer Staatsbürger. Nach einigen Jahren hatten wir genug gespart, sodass wir ein Haus in der Nähe eines großen Parks kauften, wo die Jungen genauso spielen konnten wie Amanda und ich in Cannock Chase. Azmier und Asim waren gute Schüler und machten mir immer große Freude. Trotz vieler schwerer Zeiten war mein Leben als Erwachsene im Gegensatz zum Großteil meiner Kindheit kein Albtraum mehr.

Eines Tages, Asim war etwa fünf, läutete das Telefon. Ich nahm ab.

»Hallo, spreche ich mit Sam?«, fragte eine Stimme mit stark schottischem Akzent.

Ich bejahte, wusste jedoch nicht, wer der Anrufer war.

»Sam, ich bin es, Saber.«

Meine Hände fingen an zu zittern, und Tränen schossen mir in die Augen. Ich hatte die Stimme meines eigenen Bruders nicht erkannt. Ich wusste nicht, ob ich lachen oder weinen sollte.

»Wie geht es dir?«, stieß ich hervor. »Woher hast du meine Nummer?«

»Tanvir hat sie von Osghars Familie in Pakistan«, erwiderte er. »Ich rufe wegen Dad an.«

O nein, dachte ich. Wenn meine Familie mich wegen Dad anrief, konnte es dafür nur einen Grund geben.

»Er ist sehr krank«, fuhr Saber fort. »Er ist bei einem Besuch in Glasgow krank geworden und hat nach dir gefragt. Ich finde, du solltest herkommen und ihn besuchen.«

»Ja, natürlich. In welchem Krankenhaus liegt er denn?«

»Im Victoria, Station vier.«

»Geht es ihm sehr schlecht?« Ich hatte einen Kloß in der Kehle und bekam kaum einen Ton heraus.

»Komm schnell.« Mit diesen Worten legte er auf, ohne sich von mir zu verabschieden.

Als Osghar am Abend nach Hause kam, erzählte ich ihm, ich müsse am nächsten Morgen nach Glasgow fahren, und erklärte ihm den Grund.

»Warum tust du dir das an? Was ist, wenn Manz dort ist? Oder noch schlimmer, deine Mutter?«

Obwohl ich bei der bloßen Vorstellung erschauderte, stand mein Entschluss fest. »Das ist mir egal. Ich muss zu Dad, bevor es zu spät ist. Falls ich einem von ihnen begegne, werde ich mich dem Problem eben stellen.«

Am nächsten Morgen nahm ich den Zug um 6:07. Auf der Fahrt nach Norden, malte ich mir die schrecklichsten Dinge aus. Was, wenn ich tatsächlich Manz über den Weg lief? Inzwischen hatte er seine Haftstrafe wegen versuchter Entführung verbüßt. Ich hatte zwar weder ihn noch sonst jemanden aus meiner Familie seitdem wiedergesehen, wusste aber, dass er mir die Schuld an seinem Gefängnisaufenthalt gab. Dieses Denken war typisch für ihn. Was war mit Mutter? Wie sollte ich reagieren, wenn ich ihr plötzlich gegenüberstand? Und meine übrige Familie? Würden sie mich beschimpfen, mich in eine Seitengasse zerren und mich dort totschlagen? Um mich von meinen Ängsten abzulenken ging ich zum Imbissstand im hinteren Teil des Zuges und holte mir einen Becher Kaffee. An meinem Platz zog ich eine Zeitschrift aus meiner Tasche und versuchte zu lesen. Doch die Wörter verschwammen vor mir auf der Seite, und ich rutschte die ganze Fahrt über unruhig hin und her.

In Glasgow nahm ich ein Taxi zum Krankenhaus. Saber hatte gesagt, dass Dad auf Station vier lag, und der Weg durch die Korridore und Treppen hinauf schien eine Ewigkeit zu dauern. Vor der Station blieb ich stehen und nahm all meinen Mut zusammen, bevor ich die Tür aufdrückte, zum Schwesternzimmer ging und nach meinem Vater fragte.

»Zweites Bett von hinten«, antwortete die Krankenschwester mit einem aufmunternden Lächeln.

Ich kam an vier Betten vorbei, in denen alte Menschen schliefen. Schließlich stand ich am Fuß des Bettes, das die Schwester mir genannt hatte. Der Mann darin sah nicht aus wie mein Vater, sondern wie ein gebrechlicher Greis. Er war an eine Infusion angeschlossen und schien dem Tode nah zu sein. Beinahe wäre ich zum Schwesternzimmer zurückgekehrt, um den Irrtum richtigzustellen. Doch dann schlug der Mann die Augen auf, und auf seinem Gesicht erschien das fröhliche Lächeln, das ich immer so geliebt hatte.

»Ich wusste, dass du kommen würdest«, sagte Dad so leise, dass ich ihn kaum verstehen konnte.

Ich beugte mich über sein Bett, und wir umarmten uns wortlos eine lange Zeit. Tränen traten mir in die Augen, aber ich blinzelte sie weg, weil ich nicht wollte, dass er sie bemerkte. Endlich lösten wir uns voneinander.

»Offenbar geht es dir sehr schlecht, Dad. Was ist passiert?« Er wirkte nicht nur krank, sondern so, als wäre er fünfundachtzig Jahre alt, nicht fünfundfünfzig.

Dad schüttelte schwach den Kopf. »Nein, ich fühle mich schon viel besser. Du hättest mich letzte Woche erleben sollen.« Er hielt inne und musterte mich eindringlich. »Du hast dich gar nicht verändert, Sam. Bist du glücklich?«

»Ja, Dad«, erwiderte ich und bereute, dass ich ihm keine Fotos von Azmier und Asim mitgebracht hatte. Es war mir nämlich sehr wichtig, dass es von meinen Söhnen – anders als von mir in meiner Kindheit – in jedem Lebensalter möglichst viele Fotos gab. Manchmal, wenn die Jungen in der Schule waren, betrachtete ich die Aufnahmen und wünschte mir zu wissen, wie ich in diesem Alter ausgesehen hatte. »Ich bin jetzt sehr glücklich.«

Wir sprachen viele Stunden lang miteinander und erinnerten uns an unsere gemeinsamen Unternehmungen, die heimlichen Ausflüge in den Zoo, zum Jahrmarkt oder in die Bibliothek und den Ärger, den er sich deswegen eingehandelt hatte.

»Hol mir bitte das Radio her«, forderte er mich auf und wies auf sein Nachtkästchen. Ich öffnete die Tür und nahm ein kleines blaues Radio heraus, das ich ihm reichte.

»Nein, behalte du es«, sagte er. »Schenk es meinem Lieblingsenkel.«

Mit Tränen in den Augen steckte ich es in die Tasche. Für mich war es wie ein Abschiedsgeschenk. Gerne wäre ich länger geblieben, doch Dad meinte, Manz käme ihn nachmittags immer besuchen, und ich wollte ihm auf keinen Fall begegnen. Also umarmte und küsste ich Dad zum Abschied. Als ich die Station verließ, drehte ich mich immer wieder um und winkte.

Während meiner Zeit im Kinderheim hatte ich meinen Dad öfter gesehen als in meinem späteren Leben – und im Kinderheim war ich am glücklichsten gewesen. Ich wusste, dass das kein Zufall war.

Wie erwartet meldete sich Saber erst nach Dads Tod wieder.

»Am Dienstag ist die Beerdigung«, teilte er mir mit. »Eigentlich wollten wir sie schon morgen abhalten, aber das Krankenhaus hat die Leiche nicht freigegeben.«

»Ich nehme am Dienstag den Frühzug«, stieß ich mühsam hervor, denn es schnürte mir die Kehle zu. »Gegen zehn müsste ich da sein.«

»Ja, das ist wohl das Beste so. Danach solltest du sofort wieder abreisen. Alle sind sehr traurig, und du darfst sie nicht noch mehr aufregen, indem du zu lange bleibst.« Mit diesen Worten legte er auf.

Mit zitternder Hand hängte ich den Hörer ein und begann, bitterlich zu weinen. Osghar nahm mich in den Arm und wiegte mich hin und her, wie ich es mit den Jungen tat, um sie zu beruhigen. Wir kamen zu dem Schluss, dass er der Beerdigung besser fernbleiben sollte, da es sonst nur böses Blut geben würde. Er wusste, dass Manz sich nicht freuen würde, ihn zu sehen, und er wollte nicht Anlass für eine Szene auf dem Friedhof sein.

Also fuhr ich allein nach Glasgow und nahm mir dort ein Taxi. Nach meiner Flucht und Manz' Verhaftung war Mutter aus dem Viertel weggezogen, das sie »Little Pakistan« nannte. Saber erklärte mir, es sei ihr peinlich gewesen, dass alle Nachbarn Bescheid wussten. Als ich ins Haus kam, erwartete Saber mich im Flur. Ich wollte ihn umarmen, aber er wich zurück. Während ich mit den Tränen kämpfte, blickte er zu Boden und wies auf eine Tür.

»Die Frauen sind da drin«, verkündete er.

Ich band mir fest das Kopftuch um und trat ein. Etwa ein Dutzend Frauen saßen auf dem Boden, murmelten Gebete und weinten. Tara, Hanif und Mena befanden sich in der Mitte des Raumes. Bei Menas Anblick machte mein Herz einen Satz, und ich trat mit tränenüberströmtem Gesicht auf sie zu. Als Tara aufschaute, sehnte ich mich so sehr nach einer Umarmung von ihr. Obwohl wir uns nie nahgestanden hatten, waren wir doch Schwestern und hatten gerade unseren Vater verloren. Ich wollte mit meinen Schwestern trauern und das Einzige mit ihnen teilen, was mich im Moment mit ihnen verband.

»Nicht hier«, sagte Tara. »Setz dich da drüben hin.« Sie wies in die Ecke neben dem Kamin.

Ich starrte sie entgeistert an, worauf sie meinen Blick finster erwiderte. Dann nickte ich und nahm den zugewiesenen Platz ein. Die anderen Frauen rutschten verlegen herum und senkten die Köpfe, als ich sie ansah.

Allerdings brauchte Tara sich nicht einzubilden, dass sie mich daran hindern konnte, um meinen Vater zu trauern und dafür zu beten, er möge sich jetzt in einer besseren und glücklicheren Welt befinden.

Die Männer der Familie – Manz, Saber, Salim, Bashir und ein paar andere, die ich nicht kannte – kamen mit Dads Sarg herein und stellten ihn hin, damit wir uns verabschieden konnten, denn Frauen waren auf dem Friedhof nicht zugelassen. Keiner schaute in meine Richtung. Tara, Hanif und Mena stützten sich gegenseitig, als sie sich laut weinend um den Sarg scharten.

Da ich den Kopf nicht hob, konnte ich nur Manz' Kinn sehen. Ich wollte keinen Blickkontakt mit ihm aufnehmen und befürchtete, er könnte wieder einen Wutanfall bekommen, was es unter allen Umständen zu vermeiden galt. Da ich ihn für unberechenbar hielt, hatte ich große Angst. Allerdings waren so viele Menschen, unter ihnen Mutters Freundinnen, hier, dass er es sicher nicht wagen würde, vor ihnen eine Szene zu machen.

Zitternd stand ich auf und näherte mich dem Sarg. Das Gesicht meines Vaters wirkte so friedlich, und mir liefen Tränen übers Gesicht. Er sah viel jünger aus als im Krankenhaus. Ich konnte nur daran denken, wie schnell zehn Jahre vergangen waren. Es war ein großer Fehler von uns gewesen, nicht in Kontakt zu bleiben, denn nun war es zu spät.

Die Frauen legten tröstend die Arme um Tara und Mena. Dann begannen wir alle zu beten, während die Männer den Sarg hinaustrugen. Ich wandte mich ab, um Manz nicht ins Gesicht schauen zu müssen.

»Adieu, Dad«, flüsterte ich, als man ihn aus dem Raum brachte.

Kurz darauf trat Tanvir auf mich zu. »Ich denke, du solltest jetzt besser gehen«, verkündete sie.

Mir stockte der Atem. »Aber ich würde gern zum Dreitagegebet bleiben.«

»Du kannst hier nirgendwo übernachten.«

Ich nahm all meinen Mut zusammen. »Danke, dass ihr mir Bescheid gesagt und mir Gelegenheit gegeben habt, mich von Dad zu verabschieden«, erwiderte ich so ruhig wie möglich. Mit diesen Worten verließ ich das Haus.

Als Dad nicht mehr lebte, besuchte ich Glasgow noch einige Male. Obwohl ich mich in meiner Familie wie eine Fremde fühlte, lag mir viel daran, Mutter und meinen Brüdern und Schwestern auf Augenhöhe zu begegnen, damit sie verstanden, dass ich mich nicht mehr herumschubsen ließ. Nach Dads Tod hatte Mutter sich nämlich mit mir in Verbindung gesetzt und mich gebeten, zu ihr zu kommen. Ich brauchte eine Weile, bis ich ihre Beweggründe verstand. Mein erster Gedanke war nämlich gewesen, dass sie sich vor dem Tod fürchtete und ihre Enkelkinder noch einmal sehen wollte. Aber weit gefehlt. Schon bei unserem ersten Treffen, etwa sechs Monate nach der Beerdigung, eröffnete sie mir ihr wahres Motiv: Ich sollte Osghar verlassen und zu meiner Familie zurückkehren. »Wir haben dir alles verziehen, was du getan hast«, sagte Mutter. »Komm einfach wieder und geh nach Pakistan zu deinem Ehemann.« Ich traute meinen Ohren nicht. »Was wollt ihr mir denn verzeihen?«
»Dass du weggelaufen bist.«

»Ich habe nichts verbrochen.«

Von diesen Besuchen kehrte ich stets traurig und mutlos zurück. Mutter hielt mich immer noch für einen schlechten

Menschen und war von mir enttäuscht. Osghar hatte großes Verständnis für mich, weil er wusste, was ich mir anhören musste. Deshalb konnte er mich auch stets trösten.

Mutter wohnte bei Salim, seiner Frau und ihren beiden Kindern. Salim besaß eine Metzgerei und verdiente gut. In der Anfangszeit herrschte wegen des Konflikts zwischen mir und Mutter eine ziemlich beklommene Stimmung. Mutter sprach kaum mit mir, erkundigte sich nur nach meinem Befinden und verschwand dann, Kopfschmerzen vorschützend, in ihrem Zimmer.

Shahad, Salims Frau, war eine entfernte Cousine aus Pakistan, eine nette junge Frau, die immer freundlich lächelte, wenn wir uns sahen. Bei meinem dritten Besuch – alle waren arbeiten oder in der Schule, und Mutter lag wie üblich im Bett – setzte sie sich zu mir ins Wohnzimmer und fragte mich, was denn zwischen mir und meiner Familie vorgefallen sei und warum sich alle mir gegenüber so kühl verhielten.

»Sie haben dir die Geschichte doch sicher erzählt«, erwiderte ich.

»Ja, *ihre* Version.« Sie blickte in ihre Teetasse. »Aber auf mich machst du einen ganz anderen Eindruck.«

Ich schluckte.

»Was reden sie denn über mich?«

»Dass du ein böser Mensch bist, um den man besser einen Bogen macht.« Shalad sah mir in die Augen. »Doch auf mich wirkst du überhaupt nicht so.«

Ich legte einen Finger an die Lippen. »Pssst. Wenn Mutter das hört, kriegst du Schwierigkeiten.«

Wir kicherten, und ab diesem Moment wurden wir Freundinnen.

Ich erklärte ihr, dass ich im Kinderheim aufgewachsen war, wovon sie nichts wusste. Außerdem erzählte ich ihr, ich sei mit dreizehn verheiratet worden und habe mit vierzehn ein Kind zur Welt gebracht. Es wunderte mich nicht, dass man diese Einzelheiten bequemerweise hatte unter den Tisch fallen lassen.

»Es ist sehr mutig von dir herzukommen«, sagte sie, als ich fertig war.

»Ich wollte ihnen noch eine zweite Chance geben, mich und meine Kinder kennenzulernen. Aber wenn sie nicht wollen, bitte sehr. Es ist ihr Verlust, nicht meiner.«

Später an diesem Tag machte Shahad in Mutters Gegenwart eine Bemerkung über Manz. »Ach, du kennst ja Manz«, entgegnete Mutter da zu meiner Überraschung. »Er handelt erst und denkt später.« Bei diesen Worten sah sie mich an, und mir wurde klar, dass ich von ihr keine bessere Begründung für die Ereignisse bekommen würde, die zu dem Prozess geführt hatten. »Ich hole sie zurück, und wenn es in einem Leichensack ist«, hatte Manz vermutlich gedroht, ohne dass jemand ihn vom Gegenteil überzeugen konnte.

»Deine Mutter ist sehr krank«, meinte Shahad, als Mutter hinausgegangen war. »Wegen ihres schlimmen Asthmas hält sie sich kaum noch in Glasgow auf und verbringt den Großteil des Jahres in Pakistan. Nur in den heißesten Monaten kommt sie her.«

Ich hatte immer gewusst, dass Mutter krank war, denn schließlich hatte sie uns mit ihrem Spucken und ihren

Kopfschmerzen ja tagtäglich daran erinnert. Allerdings ahnte ich nicht, dass es inzwischen eine ärztliche Diagnose gab. Obwohl sie an Diabetes litt, verschlang sie einen Schokoriegel nach dem anderen, weil sie Heißhunger auf Süßes hatte. Außerdem stand nun eine Sauerstoffflasche neben ihrem Bett, die sie nach Bedarf benutzen konnte.

Shahad seufzte. »Ich finde, sie sollte die Vergangenheit endlich ruhen lassen. Wenn sie sich einen Ruck gibt und sich mit dir versöhnt, werden die anderen ihrem Beispiel folgen.«

Es war eine langsame Annäherung, die sich über die nächsten drei Jahre hinzog. Im Sommer, wenn Mutter in Glasgow war, besuchte ich sie dort und blieb manchmal sogar über Nacht. Das Wissen, dass Osghar und meine Söhne mich liebten und mich zu Hause erwarteten, verlieh mir Selbstsicherheit und neue Kraft. Es war ein Riesenfortschritt in meiner Entwicklung, dass ich ihr endlich in die Augen schauen konnte – obwohl sie wie üblich den Blick abwandte. Ich spürte, wie Angst und Hass allmählich von mir abfielen.

Wenn ich in Glasgow war, traf ich mich auch mit Mena, die ein Haus gegenüber dem von Mutter gekauft hatte. Bei unserem ersten Treffen war sie recht wortkarg, obwohl wir allein waren, und wagte offenbar nicht, mir ihr Herz auszuschütten. »Ich habe dich wirklich vermisst«, machte ich deshalb den Anfang. »Azmier auch.«

Sie sah mich an. »Du hast mir ebenfalls gefehlt«, flüsterte sie, als befürchte sie, belauscht zu werden. Dann erklärte sie mir, alle hätten sich sehr verändert, seit ich fort sei. Mutter sei viel ruhiger geworden, und habe sie wegen meiner Flucht auch nicht zu einer arrangierten Ehe gezwungen.

»Bei meiner Hochzeit war ich schon einundzwanzig«, verkündete sie stolz.

Ich lächelte, weil ich wusste, dass ich trotz allem etwas bewirkt hatte.

Schließlich kam der Tag, an dem Azmier meine Mutter treffen sollte.

Zuvor jedoch musste ich ihm von seinem leiblichen Vater erzählen. Osghar hatte Azmier stets wie seinen eigenen Sohn behandelt. Aber nun war er ein Jugendlicher, weshalb ich den Zeitpunkt für gekommen hielt, ihm die Wahrheit zu sagen. Außerdem wusste ich, dass Mutter sicher Andeutungen machen würde. Es war besser, wenn Azmier es von mir erfuhr.

Eines Nachmittags – Osghar arbeitete und Asim spielte draußen mit seinen Freunden – rief ich Azmier zu mir.

Als er dasaß und mich erwartungsvoll ansah, fragte ich mich, wie ich ihm bloß erklären sollte, dass sein leiblicher Vater ein Mann in Pakistan war, der sich nie um ihn gekümmert hatte. Dennoch holte ich tief Luft und begann zu erzählen. Azmier schien nicht erstaunt, zu hören, ich sei so jung verheiratet und schwanger geworden. Allerdings war er inzwischen ja alt genug, um es selbst nachzurechnen. Ich sagte ihm, er sei der Engel gewesen, der mich gerettet habe.

Nur seinetwegen hätte ich beschlossen, am Leben zu bleiben. Außerdem habe er mir die Kraft gegeben, vor meiner Familie zu fliehen.

»Es tut mir leid, dass ich erst jetzt mit dir darüber spreche«, fügte ich hinzu. »Ich hätte Verständnis dafür, wenn du hinfliegen und ihn sehen willst.«

Er betrachtete mich mit einem Lächeln. »Nein, warum sollte ich das?« Dann zuckte er die Achseln. »Irgendwann vielleicht.« Mit diesen Worten ging er, um mit den Nachbarjungen Fußball zu spielen.

Als wir Mutter einige Wochen später besuchten, gab sie mir kaum Zeit Azmier vorzustellen. »Dein wirklicher Vater ist in Pakistan«, lautete ihr erster Satz.

Azmier zuckte nur wieder die Achseln. »Ja, ich weiß. Na und?«

Fast wäre ich vor Stolz geplatzt. Und vor unterdrücktem Gelächter, denn Mutters Gesicht war ein Bild für Götter: Keine Möglichkeit zu haben, Schaden anzurichten, war offenbar eine völlig neue Situation für sie.

Dennoch hörte Mutter nicht auf, mir mit Afzal in den Ohren zu liegen. »Er ist inzwischen verheiratet, diese Chance hast du verpasst, doch wir können ihn sicher überreden, dich zurückzunehmen.« Als ich nichts erwiderte, bohrte sie weiter: »Er hat nämlich nur Töchter und noch keinen Sohn.« Doch ich reagierte so lange nicht darauf, bis sie irgendwann aufgab.

Ich besuchte sie immer wieder, ab und zu auch mit Azmier. Allerdings kamen wir immer nur zu zweit, da Mutter den Kontakt mit Osghar und Asim strikt ablehnte. Keine Ahnung, warum ich dennoch weiter zu ihr fuhr. Ich machte es einfach, obwohl ich wusste, dass meine Mutter mich noch immer nicht als Person akzeptierte.

Asim war etwa zwölf, als ich ihn mit zu Mutter nahm, da er sie unbedingt kennenlernen wollte und neugierig auf Glasgow war. Ich hatte es einfach nicht übers Herz gebracht, ihm zu sagen, dass er nicht mitkommen könnte, und so machten wir drei – er, Azmier und ich – uns mit einem Blumenstrauß auf den Weg. Während der Fahrt war mir ziemlich mulmig, weil ich nicht wusste, welcher Empfang uns erwartete. Doch ich ließ mir nichts anmerken. Ich konnte nicht sagen, wie Mutter reagieren würde, und hatte Asims Besuch nicht angekündigt, um ihr keine Möglichkeit zu geben abzulehnen. Jedenfalls war ich fest entschlossen, mich schützend vor ihn zu stellen und zu ihm zu halten, wie es sich für eine Mutter gehört, falls meine Mutter ihn hinauswerfen sollte.

Aber Mutter überraschte mich. Wir betraten das Haus, wo ich ihn ihr ängstlich vorstellte. »Das ist dein Enkel Asim«, sagte ich.

Sie musterte ihn eine Weile. »Komm her, oder willst du deine Großmutter nicht umarmen?«, meinte sie dann. Sie drückte ihn an sich, und während sie mich über seine Schulter hinweg ansah, verrieten mir ihre Augen mehr als tausend Worte. Sie hatte sich mit der Situation abgefunden und nahm sie an, und das bedeutete mir unendlich viel.

Ich war zufrieden und hatte das Gefühl, etwas vollbracht und alle meine Ziele erreicht zu haben. Denn tief in meinem Innersten wusste ich, dass ich nur deshalb immer wieder zurückgekommen war, weil ich mich nach einem Schulterklopfen von meiner Mutter sehnte. Inzwischen hatte ich verstanden, dass ich ihre Anerkennung brauchte. Sie sollte stolz darauf sein, was ich aus meinem Leben gemacht hatte. Dann könnte ich Berge versetzen.

Ich besuchte meine Familie auch weiterhin gelegentlich und lernte sogar, Mutter auf eine gewisse Art zu lieben, auch wenn zwischen uns nie eine normale Mutter-Tochter-Beziehung bestand; es war eher eine Art Waffenstillstand. Mir wurde klar, dass nicht nur Mutter die Vergangenheit ruhen lassen musste, sondern auch ich. Ohne die Scheinehe wäre mein wunderbarer Sohn Azmier nicht geboren worden. Die Dinge hätten sich vielleicht ganz anders entwickelt, sodass ich womöglich Osghar nicht geheiratet und Asim nicht bekommen hätte. Und dann wäre mir das Glück vermutlich für immer versagt geblieben.

Es war Tara, die mich im Januar 2001 anrief und mir mitteilte, Mutter sei in Pakistan gestorben. Sie weinte so heftig, dass sie kaum einen Ton herausbrachte, als ich abhob, sodass sie den Hörer an ihre älteste Tochter weiterreichen musste. Diese erzählte mir von Mutters Tod und fügte hinzu, alle würden zur Beerdigung kommen. »Du musst auch da sein«, sagte sie.

Ich legte auf und weinte bitterlich. Zu meiner Überraschung hatte ich wirklich das Gefühl, einen wichtigen Menschen verloren zu haben, und ich erinnerte mich an ein Sprichwort, das ich einmal gelesen hatte: *Wenn jemand dich nicht so liebt, wie du es möchtest, heißt das nicht, dass er dir nicht alle Liebe schenkt, die er hat.* In diesem Moment erkannte ich endlich die Wahrheit, nämlich dass Mutter ein Mensch gewesen war, der nicht viel Liebe zu geben hatte.

Als ich Osghar erzählte, was geschehen war, waren wir uns einig, dass ich hinfliegen musste. »Geh und erweise ihr die letzte Ehre«, meinte er. »Das gehört sich so.« Allerdings empfand ich neben meiner Trauer auch Angst. Obwohl ich zur Beerdigung musste und wollte, graute mir vor der Rückkehr an den Ort, mit dem ich so viele Albträume verband.

Osghar telefonierte mit seinem Bruder und arrangierte alles. »Ich habe mit meinem Bruder vereinbart, dass du bei ihm übernachten kannst. Er wird dir einen Wagen mit Fahrer besorgen, der dich jeden Tag zum Haus deiner Mutter bringt, dort wartet und dich abends wieder zurückfährt. So wissen wir immer, wo du bist, und du kannst jederzeit aufbrechen, wenn du dich bedroht fühlst.«

Es gelang mir, ein Notfall-Visum für Pakistan zu bekommen und noch für denselben Tag einen Flug zu buchen. Manz war bereits dort. Er war bei Mutter gewesen, als sie starb. Mena, Tara, Saber und Salim trafen rechtzeitig zur Beerdigung ein, da alle zusammengelegt hatten, um die Tickets zu bezahlen. Nur ich musste mich natürlich selbst um alles kümmern und meine Reise allein organisieren. Die Zeit im Flugzeug verbrachte ich damit, Selbsthilfe-CDs zu hören, um die Kraft für das zu finden, was mir bevorstand. Kurz vor der Landung endete eine mit dem Thema, man müsse sich seinen Ängsten stellen. In den nächsten Tagen war sie mir eine große Hilfe.

Abends traf ich im Haus meines Schwagers ein und ruhte mich am ersten Tag aus, was vielleicht ein Fehler war, weil ich so Zeit hatte, über meine Sorgen nachzugrübeln. Was, wenn Azmiers Vater hier war und mit mir sprechen wollte? Ich hatte ihn seit zwanzig Jahren nicht gesehen, verschwendete keinen Gedanken an ihn und wollte nichts mit ihm zu tun haben. Unzählige Fragen stürmten auf mich ein, doch nach einigen düsteren Stunden sagte ich mir, dass ich stark sein, meinen Ängsten ins Auge sehen und die Probleme dann bewältigen musste, wenn sie entstanden – *falls* es überhaupt dazu kam.

Bei Muslimen findet die Bestattung der Leiche so bald wie möglich statt, während sich die Zeremonien über einen Monat hinziehen. Ich hatte es zwar nicht mehr zu Mutters tatsächlicher Beisetzung geschafft, traf aber rechtzeitig zur Trauerfeier ein, die am nächsten Tag beginnen sollte. Die Haupttrauerzeit, die drei Tage nach der Beerdigung endet, ist für die Familie bestimmt. Für die übrigen Verwandten und Freunde, die meist eine längere Anreise haben, gibt es anschließend eine zehntägige Trauerperiode. Dann würden alle, die Mutter gekannt hatten, auf dem Boden sitzen und für sie beten – die Männer drinnen (wo die Ventilatoren liefen) und die Frauen im Freien. Allerdings plauderten die Frauen meistens mehr als zu beten.

Osghars Schwester kam, um den Abend mit mir zu verbringen. Sie lenkte mich mit dem neuesten Klatsch ab, doch ich war so müde, dass ich einschlief, während sie noch redete.

Am nächsten Tag wollte ich gerade aufbrechen, als meine Schwägerin mir nachlief. »Fahr nicht allein«, sagte sie. »Nimm Nura, das Hausmädchen, mit. Du musst eine Begleitung haben, die Alarm schlägt, falls es Schwierigkeiten gibt.«

Nachdem ich mich bei ihr bedankt hatte, gingen Nura und ich zum Auto. Obwohl auch der Fahrer Anweisung hatte, mich zu bewachen, war meine Kehle vor lauter Angst so trocken, dass ich keinen Ton herausbrachte. Allerdings störte das nicht weiter, denn der Mann hatte keine Aufforderung zum Reden nötig.

»Keine Sorge, Schwester. Ich kenne den Weg und werde vor Ort warten, falls du etwas brauchst. Sollen wir unterwegs Rosenblätter und Räucherstäbchen besorgen?«

»Was?«, fragte ich.

»Willst du denn nicht zuerst das Grab deiner Mutter besuchen? Keine Angst, ich bleibe bei dir.«

»Ja.«

»Dann kaufen wir unterwegs Rosenblätter. Ihr Engländer kennt die Sitten nicht, aber kein Problem. Ich helfe dir.«

Da ich keine Ahnung hatte, wovon er sprach, nickte ich nur.

Wir kamen zu einem Basar und hielten an einigen Buden an, um Rosenblätter und Räucherstäbchen zu erstehen. Auf der zwanzigminütigen Fahrt sah ich aus dem Fenster und versuchte, die Umgebung wiederzuerkennen, während der Fahrer als Fremdenführer fungierte.

»Das ist das Haus deiner Mutter«, verkündete er, wies auf ein Gebäude, bog ab und fuhr weiter. »Deine Mutter ist gleich dort drüben beerdigt.« Einige Minuten später hielt er an, und als ich aus dem Fenster schaute, bemerkte ich links von mir Felder und ein Stück gerodetes Land, auf dem sich drei Hügel erhoben.

»Dieses Grab ist frisch, es muss das von deiner Mutter sein«, stellte er fest und reichte mir die Rosenblätter. »Du kannst sie hier verstreuen. Da sind ihre Füße, und dort ist ihr Kopf.« Er zeigte mit dem Finger.

Erst jetzt verstand ich wirklich. *Dieser Erdhügel ist deine Mutter*, dachte ich. Bis jetzt hatte ich mich gefühlt wie betäubt. *Hoffentlich kommst du in den Himmel. Ich wünsche es mir.* So herrschsüchtig sie im Leben gewesen sein mochte, blieb doch im Tod nichts mehr von ihr übrig. Asche zu Asche, Staub zu Staub. Ich vergoss keine Träne, sondern hatte nur Mitleid mit ihr, während ich die Rosenblätter verstreute. Dann zündete ich die Räucherstäbchen an und legte sie neben das Grab meiner Mutter. Der Fahrer und das Hausmädchen ließen mich eine Weile allein und warteten am Auto. Nachdem ich Mutters Grab gesehen hatte, fühlte ich mich gestärkt und bereit, mich allem zu stellen, was in ihrem Haus geschehen würde. Ich war fest entschlossen, mich nicht mehr unterkriegen zu lassen.

Mit diesen Gedanken ging ich zum Auto, und wir machten uns auf den Weg zu den anderen. Im Schein der späten Nachmittagssonne kam ich ins Dorf, blickte mich um und fand, dass es viel kleiner war, als ich es in Erinnerung hatte. Außerdem wirkte es nicht mehr so einschüchternd wie vor zwanzig Jahren auf mich. Ich öffnete das Hoftor von Mutters Haus und trat ein. Die Frauen, die dort betend auf dem Boden saßen, kannte ich nicht, doch der Baum mit den hängenden Ästen stand noch da und war seit damals gewachsen. Der Hof hatte sich bis auf einen Anbau am Haus nicht verändert. Auch drinnen im Haus sah alles noch genauso aus. Die zwei Betten und die Lampe in der Ecke erkannte ich sofort wieder.

Tara und Mena saßen auf einem der Betten und brachen bei meinem Anblick in Tränen aus. Ich war unsicher, ob ich sie umarmen sollte, aber dann stand Tara auf und breitete die Arme aus. Ich drückte sie an mich. Obwohl ich sehr, sehr traurig war, konnte ich nicht weinen. Nachdem ich Mena ebenfalls umarmt hatte, setzte ich mich auf das Bett.

Als ich nach Manz fragte, antwortete Tara, er sei irgendwo draußen. Ich fürchtete mich vor der Begegnung mit ihm, auch wenn ich wusste, dass mir nichts geschehen konnte. Schließlich war Saber auch da, und außerdem wurde ich von Nura und dem Fahrer begleitet. Tara, Mena und ich sprachen nicht viel. Sie erkundigten sich nur, ob ich einen guten Flug gehabt hätte und wo ich übernachtete. Allerdings war es kein beklommenes Schweigen. Es war einfach nicht der richtige Zeitpunkt zum Plaudern.

Einige Stunden später kam Manz herein und sah mich an. Unsicher, wie ich reagieren sollte, stand ich auf. Als er auf mich zutrat, zuckte ich zusammen und fragte mich, was er wohl tun würde. Doch er sagte nur: »Schön, dass du es geschafft hast. Mutter starb in meinen Armen, und kurz davor hat sie mich gebeten, mich wieder mit dir zu versöhnen.« Er machte noch einen Schritt vorwärts und umarmte mich verlegen.

Ich nickte. Obwohl ich wusste, dass wir nie Freunde sein würden, konnten wir wenigstens höflich miteinander umgehen, wenn wir uns begegneten. Ich hatte keinen Grund mehr, mich vor ihm zu fürchten.

Als Nächste trafen Saber und Salim ein.

»Gut, dass du hier bist.« Sie freuten sich, mich zu sehen, und Saber nannte mich sogar Sid. Wieder nickte ich.

An diesem Tag waren nicht viele Frauen zum Beten erschienen, doch morgen sollte es anders sein, da dann die Dreitageszeremonie stattfand, die den Höhepunkt der Trauerzeit darstellt. Bevor ich abfuhr, bat Tara mich, so früh wie möglich zu kommen, und zwar schon gegen halb neun

Uhr morgens. Auf dem Heimweg ging die Sonne unter, und die Menschen kehrten nach einem harten Arbeitstag nach Hause zurück. Pferde trotteten gemächlich vor Karren her. Ich fühlte mich genauso erschöpft wie sie.

Am nächsten Tag saßen bereits einige Frauen betend im Hof, als ich um viertel nach acht eintraf. Wie ich annahm, waren die drei Stühle, die im Hof standen, für uns bestimmt. Doch zuerst ging ich ins Haus. Tara saß auf dem Bett und sah müde aus. »Mir gefällt, was du anhast«, meinte sie, als sie aufblickte. »Darin wirst du sicher nicht frieren, wenn wir den ganzen Tag draußen sitzen müssen.«

Ich trug einen blauen *shalwar-kameez*, eine Strickjacke und ein schwarzes Umschlagtuch. Weil ich nicht mit so einer Bemerkung gerechnet hatte, murmelte ich nur »danke«.

Da sich der Hof nach dem Frühstück gefüllt hatte, banden wir uns die Kopftücher um und ließen uns – erst ich, dann Mena, dann Tara – auf den Stühlen nieder. Als ich mich umblickte, stellte ich fest, dass die Frauen mich anstarrten, was mich verlegen machte. Also beugte ich mich zu Mena hinüber und flüsterte: »Die glotzen ja, als wären wir Außerirdische. Was ist denn los?«

»Sei still, sonst muss ich lachen«, erwiderte sie.

»Was hat sie gesagt?«, fragte Tara.

»Dass die uns anglotzen wie Außerirdische«, wiederholte Mena.

Tara versteckte sich hinter Mena, um ihr Gesicht zu verbergen. »Ich weiß. Du hast recht«, meinte sie lächelnd.

Jemand kam auf mich zu. »Deine Mutter hat versprochen, wir könnten den Jungen sehen.«

Ich hob den Kopf: Eine alte Frau stand vor mir.

»Du weißt genau, wer ich bin. Fozia, Afzals Schwester.«

»Nein, ich erkenne dich nicht«, hätte ich am liebsten entgegnet, aber stattdessen sagte ich nur: »Verzeihung?«

»Deine Mutter hat versprochen, wir könnten den Jungen sehen«, wiederholte sie mit kalter Stimme.

»Welchen Jungen?« Ich verstand nicht, was sie von mir wollte.

»Unseren Jungen.«

Da begriff ich endlich, dass sie Azmier meinte. Ich blickte Tara an, die nur die Achseln zuckte. »Bitte, nicht jetzt«, erwiderte ich.

»Wir wollen den Jungen sehen«, beharrte sie, ohne auf meinen Einwand zu achten.

Ich seufzte auf. »Gut, du möchtest also die Trauerfeier stören.« Meine Stimme wurde lauter. »Und allen hier den Tag verderben. Habe ich recht? Das möchte ich dir aber nicht geraten haben.«

Erstaunt starrte sie mich an und wich zurück. Offenbar hatte sie nicht mit meinem Widerstand gerechnet. »Mein Sohn heißt Azmier«, flüsterte ich noch, als sie davonging.

Ich blieb zwei Wochen in Pakistan. Jeden Morgen fuhr ich zu Mutters Haus und kehrte bei Einbruch der Dunkelheit zu meinem Schwager zurück.

Als ich wieder in England war, schlief ich erst einmal richtig aus, denn das Erlebnis hatte mich sehr angestrengt. Dennoch war ich freudig überrascht, dass alles gut gegangen war. Ich hatte mit Mutter vor ihrem Tod Frieden geschlossen, worüber ich sehr froh war. Inzwischen weiß ich, dass die Lücke, die das Fehlen von bedingungsloser Mutterliebe hinterlässt, nie geschlossen werden wird. Ich habe lange gebraucht, um zu verstehen, was mir fehlt und warum, doch fällt es mir immer leichter, damit zu leben.

Trotz allem, was geschehen ist, war Mutter ebenso ein Teil von mir wie ich von ihr, der Grund, warum ich noch einmal nach Pakistan gereist bin. Ich wollte mich von ihr verabschieden und einen Schlussstrich unter diese Sache ziehen, damit sie mich nie mehr im Leben belastet. Meine Mutter wusste genau, was sie tat, denn wenn sie mich misshandelte, schlug sie mich nie ins Gesicht. War sie ein böser Mensch? Das glaube ich nicht. Sie war einfach nur schwer krank, weshalb sie nie eine Bindung zu mir entwickeln konnte, als ich noch ein Baby war. Später fehlte ihr deshalb vermutlich die Hemmschwelle, weshalb sie mit mir umsprang wie mit einer ungehorsamen Sklavin. Ich war ihr lästig, ein Klotz am Bein, und sie konnte mich nicht lieben.

Ob ich sie damals hasste? Nein. Hasse ich sie heute dafür, was sie mir angetan hat? Nicht wirklich, denn nun ist sie tot und kann mir nichts mehr anhaben. Habe ich sie geliebt? Nein, eigentlich nicht. Jedenfalls nicht so, wie ich meine Söhne liebe und wie es sich für eine Mutter gehört. Ich wollte sie lieben, doch sie hat es nie zugelassen und mir stattdessen Furcht eingeflößt.

Das Schicksal hatte noch eine letzte schreckliche Überraschung für mich in petto: Tara erzählte mir – natürlich voller Schadenfreude –, meine Hochzeit in Pakistan sei mehr als nur eine von Mutter arrangierte Ehe gewesen. Mein Onkel habe nämlich eine hohe Geldsumme beim Glücksspiel verloren und seinem Gläubiger ein nettes pakistanisches Mädchen mit britischem Pass zur Begleichung seiner Schulden angeboten. Meiner Mutter war ihr Bruder wichtiger gewesen als mein Wohlergehen. Vermutlich darf ich mich darüber nicht wundern.

21

Die Narben auf meinem Körper sind zwar verglichen mit denen auf meiner Seele eine Kleinigkeit, begleiten mich aber bis heute. Für mich erfüllen sie die Funktion einer Landkarte, eines Reiseführers in die Vergangenheit, der mir zeigt, welche Strecke ich zurücklegen musste, um dort anzukommen, wo ich jetzt bin. Was mir zugestoßen ist, hat mich stärker gemacht, und ich habe inzwischen gelernt, mich durchzusetzen. Deshalb habe ich mich auch der Herausforderung gestellt, meine Geschichte aufzuschreiben, obwohl ich seit dem zwölften Lebensjahr nicht mehr zur Schule gegangen war.

Durch Osghar habe ich gelernt zu lieben. Die Freunde, die ich in Manchester gefunden habe, haben mich Vertrauen gelehrt. Ein guter Freund hat dafür gesorgt, dass ich wieder in die pakistanische Gemeinschaft aufgenommen wurde und dort nichts mehr zu befürchten habe. Ich habe aus meinem Leben etwas gemacht.

Es war ein Glück, dass ich meine ersten sieben Lebensjahre im Kinderheim verbringen konnte, denn die Liebe, die ich dort erfuhr, bildete ein starkes Fundament, das es mir ermöglicht hat, die schrecklichen Ereignisse der nächsten Jahre zu überstehen. Man brachte mir bei, zu lieben, nicht zu hassen, zu verzeihen und nach vorne zu schauen. Ich bin froh über meine Entwicklung, wenn auch nicht darüber, wie sie zustandegekommen ist. Inzwischen bin ich überzeugt, dass mein Vater mir mehr Freiheit gelassen und mich wie das Kind behandelt hätte, das ich damals ja noch war. Mutter hingegen wollte unter allen Umständen verhindern, dass ich mich aus ihrer Tyrannei befreite. Ihrer Ansicht nach brauchte ein Kind eine strenge Hand und musste, nötigenfalls gegen seinen Willen, dazu gezwungen werden, sich an die Traditionen zu halten. Genau aus diesem Grund bilden asiatische Einwanderer Subkulturen und schotten sich gegen die westliche Welt ab. Lange Jahre haben Polizei, Sozialämter und Gesundheitsbehörden sie mit Glacéhandschuhen angefasst, doch das ändert sich allmählich. Meiner Ansicht nach hätte das schon viel früher geschehen müssen. Denn, wie soll der Staat die Bedürfnisse von Bevölkerungsgruppen verstehen, zu denen er keinen Zugang findet?

Zwangsehen gibt es bis heute, und es werden auch weiterhin Menschen im Namen der Ehre ermordet. Ich gehöre zu den Glücklichen, die ihre Flucht überlebt haben und nun davon erzählen können. Trotz aller staatlichen Anstrengungen, über das Thema Zwangsehe aufzuklären, muss in den Kulturkreisen, die diese Praxis weiterhin gutheißen, noch eine Menge passieren.

Im Jahr 1990 fand ich meinen ersten bezahlten Arbeitsplatz in einer Außenstelle der Einwanderungsbehörde. Ende der neunziger Jahre drückte ich zum ersten Mal, seit ich zwölf war, wieder die Schulbank, machte auf dem zweiten Bildungsweg einen Abschluss als Fachkraft für Reise und Touristik und bin dank dieser Qualifikation nun am Flughafen von Manchester am Check-in-Schalter beschäftigt. Vor kurzem habe ich in meinem Wohnviertel einen Nachbarschaftsverein gegründet und kenne deshalb inzwischen die meisten Stadträte und Behördenleiter. Dank meines Engagements konnten wir uns mehrere Millionen Pfund an Fördergeldern sichern, um unserem Viertel ein freundlicheres Gesicht zu geben.

Im Mai 2007 trat ich in den Stadtratswahlen als Kandidatin der Labour Party für den Bezirk Moss Side an und erhielt doppelt so viele Stimmen wie alle anderen Bewerber zusammen. Damit möchte ich nicht angeben, sondern nur zeigen, wie weit ich es gebracht habe.

Manchmal, wenn ich mir das Haar über die Ohren kämme, fällt mir ein, dass es Mutter so am besten gefiel. Sie sagte immer, ich hätte ihr Haar geerbt und solle es auch so tragen wie sie. Dann stecke ich es schnell wieder hinter die Ohren, denn ich will nicht, dass mich mein Spiegelbild an sie erinnert.

In meiner Jugendamtsakte traf mich ein Satz ganz besonders hart. Offenbar hatte der anonyme Schreiber den Auftrag, einen Bericht über mich und Mena zu verfassen, und bezog sich dabei auf eine Sozialarbeiterin, vermutlich Tante Peggy, auch wenn ich mir da nicht sicher bin: »Die Sozialarbeiterin befürchtet, die Kinder könnten zu sehr anglisiert werden, was eine mögliche spätere Wiedereingliederung in die Familie stark erschweren würde.«

Als das geschrieben wurde, war ich etwa drei. Die »Wiedereingliederung« in meine Familie fand erst vier Jahre später statt. Angesichts der Verhältnisse, denen ich dort ausgesetzt war, von »erschweren« zu sprechen, erscheint mir heute wie Hohn. Doch da ich heute eine andere bin und mit meinem Mann und meinen beiden Söhnen ein glückliches Leben führe, kann ich ohne Groll in jene Zeit zurückblicken. Ich bin froh, dass ich sie wohlbehalten überstanden habe.

Vor ein paar Wochen unternahmen Osghar, die Jungen und ich einen Spaziergang in der Nähe unseres Hauses. Während unsere Söhne Fußball spielten, stiegen wir beide auf einen kleinen Hügel in der Mitte des Parks. Als ich auf dem Gipfel stand, erinnerte ich mich an die vielen Male, die ich mich an einen solchen Zufluchtsort zurückgezogen hatte, mochten es die einsamen Affenhügel in Walsall oder die Baumwipfel in Pakistan gewesen sein. Kurz dachte ich an das verängstigte, einsame und unglückliche kleine Mädchen von damals. Dann drehte ich mich zu Osghar um, lehnte mich an ihn und lauschte dem Lachen meiner Söhne, die mit dem Ball herumtollten. Ich lachte mit ihnen. Endlich war ich glücklich.

Danksagung

Ganz besonders möchte ich mich bei Tante Peggy, Amina Khan, Sarah, Terie Garrison, Judith Jury, Denis Pelletier, der South Manchester Writers Group, Broo Doherty, Humphrey Price, Eleanor Birne, Helen Hawksfield und Nikk Barrow bedanken.

Vielen Dank für die Unterstützung, die ich brauchte, um meine Geschichte aufzuschreiben.